MAX FREI

Das Echo-Labyrinth 5

Buch

Beinahe hätte Max' letztes Stündlein geschlagen, als sein Kollege Sir Schurf ihn unvermittelt zu töten versucht. Was, wie sich herausstellt, auf einen Fall von Besessenheit zurückzuführen ist. Um den zugrundeliegenden Sachverhalt zu klären, ist ein Besuch im Irrenhaus vonnöten. Dort entdecken Max und Sir Juffin (der Leiter des Kleinen Geheimen Suchtrupps), dass der mächtige Magister Gugimagon bereits viele Patienten getötet und deren weltenwandlerische Seelenenergie akkumuliert hat, so dass er sich aus Echo heraus und in Max' Traumwelt hinein hat stehlen können – was eine weitere Reise an einen Ort, wie er skurriler kaum sein könnte, nach sich zieht ...

Verglichen mit den weitreichenden Plänen von Magister Gugimagon erscheint das Problem von Max' altem Freund Ande Pu weit weniger dringlich – bis Max erfährt, dass der Koffer, der dem Dichter gestohlen wurde, Einfache Zauberdinge enthält, die ihren Besitzern beispielsweise Charisma oder Unsichtbarkeit verleihen, also eigentlich ungemein nützlich sind. Nur sind sie inzwischen leider auch verboten, weil unerlaubte Magie in ihnen steckt – was einen weiteren Einsatz des Kleinen Geheimen Suchtrupps notwendig macht ...

Autorin

Max Frei ist das Pseudonym des russischen Autoren-Paares Svetlana Martynchik und Igor Stepin.

Martynchik, die den Helden Max Frei erfunden und entwickelt hat, wurde 1965 in Odessa geboren, studierte in Moskau und lebt derzeit in Vilnius/Litauen.

Max Frei ist als Autor und Held der Fantastik-Abenteuer im Echo-Labyrinth äußerst populär bei russischen Lesern aller Altersklassen. Daneben ist Max Frei in Russland bekannt als Autor populärer Werke zur modernen Kunst und als Pionier der russischen Internet-Literatur.

Von Max Frei bei Blanvalet bereits erschienen:

Das Echo-Labyrinth:
1. Der Fremdling (24413) – 2. Die Reise nach Kettari (24465) – 3. Die Füchse von Mahagon (24457) – 4. Volontäre der Ewigkeit (24485) – 5. Einfache Zauberdinge (26565)

Max Frei

Einfache Zauberdinge

Das Echo-Labyrinth 5

Aus dem Englischen
von Anna Serafin

blanvalet

Die amerikanische Originalausgabe erschien unter dem Titel
»Labirinty Eho: Mazes of Echo (Bd. 2B)«
bei Amphora, St. Petersburg.

FSC
Mix
Produktgruppe aus vorbildlich
bewirtschafteten Wäldern und
anderen kontrollierten Herkünften

Zert.-Nr. SGS-COC-1940
www.fsc.org
© 1996 Forest Stewardship Council

Verlagsgruppe Random House FSC-DEU-0100
Das für dieses Buch verwendete FSC-zertifizierte Papier
Holmen Book Cream liefert Holmen Paper, Hallstavik, Schweden.

1. Auflage
Deutsche Erstausgabe Juli 2009

Umschlaggestaltung: HildenDesign München
Umschlagfoto: © HildenDesign unter Verwendung
von Motiven
von © Topal/Shutterstock (Koffer)
und © Getty Images (Mann)
Redaktion: Andreas Heckmann
HK · Herstellung: rf
Satz: deutsch-türkischer fotosatz, Berlin
Druck und Einband: GGP Media GmbH, Pößneck
Printed in Germany
ISBN: 978-3-442-26565-7

www.blanvalet.de

Der Schatten von Gugimagon

Zugegeben – das Wetter war nicht unbedingt geeignet, um mit einem Boot unterwegs zu sein. Ich meine ein Wasser-A-Mobil, das den anderen A-Mobilen von Echo recht ähnlich sieht.

Ein kalter Wind, der für den Herbst in Echo eisig war, tobte wütend über den Churon, und meine erste Fahrt auf dem hübschesten Fluss des Vereinigten Königreichs ähnelte eher dem Ritt auf einem Känguru. Ich wurde so durchgeschüttelt, dass Kinn und Knie sich immer wieder berührten, und der Sturm ließ mich die Augen zukneifen. Auf meinen Wangen mischten sich Tränen, Regen und die Gischt des aufgepeitschten Flusses. Kein vernünftiger Mensch hätte diese Folter freiwillig auf sich genommen – dazu war schon ein Idiot wie ich vonnöten. Und das auch noch am ersten meiner beiden Sorgenfreien Tage.

Aber ehrlich gesagt: Ich war völlig begeistert!

Längst hatte ich einmal mit einem Boot unterwegs sein wollen. Meine tollkühnen A-Mobil-Fahrten waren in Echo schon legendär. Das war mir immer unverdient erschienen, denn jeder, der wie ich von der Erde stammt und an eine alte Klapperkiste mit Viertaktmotor gewöhnt ist, hätte ebenso rasch zu Ruhm gelangen können.

Boote dagegen hatte ich in meinem früheren Leben eigentlich nie benutzt. Dennoch hatte ich mir ein Herz gefasst und einige Unterrichtsstunden bei dem alten Kimpa genommen, dem treuen Diener von Sir Juffin Halli. Ich wollte meine Autorität bei den jüngeren Mitarbeitern des Hauses an der Brücke nicht verlieren, und der Haushofmeister meines Chefs hatte mich schon zu einer Zeit kennen gelernt, als ich in Echo sogar noch Probleme mit dem Besteck hatte.

So jagte ich nun über den dunklen Churon – einsam und durchnässt, aber überglücklich und mit einem nagelneuen Boot. Dass ich für meine Abenteuer den einzigen kalten Tag dieses bisher so sonnigen Herbstes gewählt hatte, verstärkte meine Begeisterung nur, denn die Umstände machten aus dem üblichen Spaziergang auf dem Wasser ein fast apokalyptisches Abenteuer – und genau das brauchte ich.

In letzter Zeit hatte ich immer stärker das Bedürfnis, mehr Pep in mein Leben zu bringen. Die Vorbereitungen zu meiner Thronbesteigung als König von Fangachra liefen noch immer. Die ehemalige Universitätsbibliothek, die man mir als Residenz zur Verfügung gestellt hatte, wandelte sich langsam aus einem so heruntergekommenen wie geheimnisvollen Gebäude in ein prächtiges, luxuriös gestaltetes Anwesen. Sogar der kleine Turm auf dem Dach bekam seltsame Teppiche, was mir gar nicht recht war.

Ab und an musste ich meine neue Residenz besichtigen, denn meine treuen Untertanen setzten alles daran, dass mir die Zimmer gefielen, und gaben viel Geld dafür aus. Bei diesen Besuchen erschien mir die Realität, an die ich mich allmählich gewöhnt hatte, wieder wie ein seltsamer Traum – wie ein Alptraum allerdings sicher nicht. Nur die Worte von König Gurig VIII. trösteten mich. Er hatte mir mehrfach versichert, ich müsse meine neue Residenz nur bei Empfängen für meine Untertanen aufsuchen, also nur wenige Male im Jahr. Niemand könne mich zwingen, dort auch sonst zu wohnen. Und den Worten des Königs soll man vertrauen.

Aber solange ich mit den ungemütlichen Wellen des Churon kämpfte, existierten all diese Probleme für mich nicht. Ich machte auch keine Zukunftspläne. Es gab nur das Hier und Jetzt, das allerdings ziemlich kalt und nass war.

»Max, bist du sehr beschäftigt?«, fragte Sir Schurf Lonely-Lokley höflich.

Seine Stumme Rede erreichte mich so unerwartet, dass ich abrupt bremste und mein Boot fast zum Kentern gebracht hätte.

»Eigentlich nicht. Was ist passiert?«, gab ich zurück.

»Bis jetzt nichts. Ich würde gern etwas eher Privates mit dir besprechen.«

»Prima, aber ich muss mich erst umziehen und mich etwas aufwärmen. Geh schon zu Techi, ich komme nach.«

»Entschuldige, Max – zwar verbringe ich meine Zeit gern im *Armstrong und Ella*, doch meine persönlichen Probleme möchte ich nicht in Gegenwart von Lady Techi besprechen. So was behandelt man vertraulich. Würde es dir etwas ausmachen, dich an einem anderen Ort mit mir zu treffen?«

»Mein Freund, du weißt, wie sehr ich Geheimnisse liebe. Komm also in meine Wohnung in der Straße der gelben Steine. Solltest du früher da sein als ich, geh einfach rein – die Tür ist offen. Und bestell bitte im *Gefräßigen Truthahn* ein Tablett voll heißer Speisen und Getränke.«

Ich vertäute mein neues Spielzeug rasch im Bootshafen Makuri, wo ich seit dem Vortag einen Liegeplatz gemietet hatte. Ein phlegmatischer alter Mann mit Bart, der finster und unzufrieden dreinblickte, kam aus seinem Verschlag, um mir beim Festmachen des Bootes zu helfen. Er sah mich entgeistert an – allerdings nicht, weil er in mir den respekteinflößenden Sir Max erkannte, denn ich hatte meinen Todesmantel nicht dabei. Offenbar gehörte für ihn jeder, der bei diesem Wetter eine Lustpartie auf dem Fluss machte, in die nächste Nervenheilanstalt.

Ich gab ihm eine Krone, was ihn in seinem Urteil über mich offenbar nur bestätigte, denn das war viel zu viel Geld für so eine Kleinigkeit. Trotzdem murmelte er ein paar kaum verständliche Dankesworte, die man schon als kleines Kind lernt, und verschwand rasch in seinem Schuppen, wo ihn sicher eine heiße Tasse Kamra erwartete.

Ich sah ihm neidisch nach. Mir stand noch eine kurze, aber unangenehme Fahrt in die Neustadt bevor, und mein eisiger Lochimantel klebte mir wie ein nasses Laken am Rücken.

Ich warf mich ins A-Mobil und fuhr so stürmisch los, als würde mich eine Schar blutdürstiger Vampire verfolgen. Zwei Minuten später betrat ich im Laufschritt meine Wohnung in der Straße der gelben Steine.

Lonely-Lokley war schon da. Reglos saß er mitten im Zimmer. Gut möglich, dass er den Mittelpunkt des Raums zuvor eigens errechnet hatte.

Begeistert musterte ich meinen Freund. Sein schneeweißer Lochimantel schimmerte im Halbdunkel der Wohnung, und seine tödlichen Hände, die wie üblich in Schutzhandschuhen steckten, lagen friedlich in seinem Schoß. Das war kein Mensch, sondern ein Todesengel.

»Du warst ja schneller als ich!«, rief ich begeistert.

»Das ist kein Kunststück – schließlich habe ich mich von der Straße der vergessenen Träume bei dir gemeldet. Ich wollte dich im *Armstrong und Ella* erwischen und hatte nicht erwartet, dass du bei diesem Wetter draußen sein würdest.«

»Tja, ich bin eben geheimnisvoll und unberechenbar!«, rief ich lachend. »Hab bitte noch ein wenig Geduld. Wenn ich mich nicht sofort umziehe, bekomme ich sicher eine Erkältung – und das, obwohl ich fast schon vergessen habe, was Krankheit bedeutet.«

»Natürlich, Max, zieh dich um. Ich an deiner Stelle würde auch noch heiß duschen.«

»Genau das habe ich vor. Aber keine Sorge – ich spute mich. Du weißt ja, wie schnell ich alles erledige.«

»Das weiß ich«, bestätigte Schurf nickend. »Ich bestelle im *Gefräßigen Truthahn* ein hochprozentiges Getränk, das dich durchwärmen wird.«

»Nicht nötig«, sagte ich und lief dabei in den Keller. »Es geht mir gut. Ich brauche keinen Alkohol.«

»Langjährige Erfahrung hat mich gelehrt, dass ein Rausch schneller vorbeigeht als eine Erkältung«, widersprach Schurf.

Nach wenigen Minuten kehrte ich bester Laune ins Wohnzimmer zurück. Mir war nicht mehr kalt, ich trug meinen wärmsten Hausmantel, und mein Magen knurrte.

Auf dem Tisch tummelten sich Teller und Tassen. Als Aperitif schenkte ich mir eine große Tasse Kamra ein.

»Jetzt fühle ich mich wieder lebendig!«, rief ich nach den ersten Schlucken.

»Gut zu wissen«, meinte Lonely-Lokley.

Ich versuchte, die Spur eines Lächelns in seinem Gesicht zu entdecken, aber was das anging, war ich bei Schurf fast immer auf verlorenem Posten.

»Bei mir zu Hause kannst du deine Handschuhe ruhig ablegen«, sagte ich und setzte mich in den Sessel neben ihm. »Wenn ich anfange, auf deine Kosten dumme Witze zu reißen, kannst du sie ja wieder anziehen. Allerdings gibt es Gerüchte, nach denen ich selbst nach meinem Tod nicht schweigen werde. Mich umzubringen, wäre also keine gute Lösung.«

»Was hast du bloß für seltsame Ideen! Dein Leben ist zu wertvoll, um es wegen kleinlicher Streitigkeiten zu beenden. Ich behalte meine Handschuhe aus anderen Gründen an.«

»Spürst du etwa Gefahr?«, fragte ich, hörte auf zu essen und versuchte, ein kluges Gesicht zu machen. Wenn Lonely-Lokley sich bedroht fühlte, war die Lage ernst.

»Aber nein, Max, ich spüre keine Gefahr, jedenfalls nicht hier und jetzt. Ich ziehe meine Handschuhe nicht aus, weil das Etui, in dem ich sie aufbewahre, in meinem Büro im Haus an der Brücke liegt. Du glaubst doch wohl nicht, dass ich sie einfach irgendwohin legen kann.«

»Was deine Handschuhe angeht, fehlen mir Kenntnisse in puncto Sicherheitstechnik«, sagte ich lächelnd. »Aber zu den Magistern mit deinen Pfoten. Erzähl mir endlich von deinen Geheimnissen. Ich sterbe vor Neugier.«

»Es ist nichts Besonderes passiert«, sagte Schurf nachdenklich. »Es gibt nichts Beunruhigendes. Trotzdem spüre ich etwas Seltsames. Max, erinnerst du dich daran, dass du mich einmal in einen deiner Träume mitgenommen hast?«

»Natürlich. Das war auf unserer Reise nach Kettari. Wir haben in einem engen Bett geschlafen, und du hast mir erlaubt, deinen Traum zu betreten, wie du das so schön genannt hast.«

»Ja«, sagte Schurf nickend. »Aber in Wirklichkeit war es umgekehrt. Die seltsamen Orte, durch die wir kamen, stammten allesamt aus deinen Träumen. Von Anfang an wusste ich, dass deine Träume besondere Aufmerksamkeit verdienen. Doch darum geht es nicht. Erinnerst du dich an die großen Sandstrände am Ufer eines ruhigen Meeres? Das sah zwar alles nicht gerade freundlich aus, aber in deiner Gesellschaft habe ich es sehr genossen.«

»Natürlich erinnere ich mich daran. Warum willst du ausgerechnet darüber reden?«

»Weil es leider nötig ist«, meinte Schurf achselzuckend. »Ich träume in letzter Zeit oft von diesem Ort – natürlich ohne deine Begleitung. Der Strand erscheint mir überhaupt nicht freundlich, und ich habe keine Lust, ihn zu besuchen – weder im Traum noch in der Wirklichkeit.«

»Vielleicht konnte ich dich damals begleiten, weil wir das gleiche Kissen benutzten«, überlegte ich.

»Theoretisch hat der Abstand zwischen den Köpfen zweier Schlafender tatsächlich einen Einfluss – besonders, wenn es sich um jemanden handelt, der in diesem Bereich so unerfahren ist wie ich. Und wie ich deine Fähigkeiten einschätze, hast du das Zeug dazu, mich in deine Träume mitzunehmen – auch wenn wir weit voneinander entfernt schlafen. Aber darum geht es nicht, dessen bin ich mir sicher. Wenn ich durch dich an diesen Traum geraten wäre, hätte ich deine Anwesenheit gespürt. Aber dort gibt es dich nicht – das ist gewiss. Irgendwer, den ich nicht sehen kann und dessen Anwesenheit mir ganz und gar nicht gefällt, hält sich offenbar dort auf. Und ich glaube, ich kenne diese Person nicht.«

»Wahnsinn!«, rief ich. »Merkwürdige Gestalten tingeln durch meinen Lieblingstraum, und ich weiß nichts davon! Jedenfalls konnte ich dich nur in meinen Traum mitnehmen, weil du die Voraussetzungen dafür mitbrachtest und den Willen dazu hattest, dich auf diese Reise zu begeben. Ich habe übrigens schon längere Zeit nicht mehr von diesem Strand geträumt. Seit meinem letzten Besuch auf dem Familiensitz von Sir Melifaro, um genau zu sein. Ich hatte diesen Traum fast vergessen – und das, obwohl ich wichtige Dinge viel schneller vergesse als Träume.«

»Es gibt nichts Wichtigeres als bestimmte Träume, Max. Seltsam, dass ich das ausgerechnet einem Menschen sagen muss, der seine Kraft aus Träumen schöpft!«, entgegnete Schurf und schüttelte erstaunt den Kopf.

»Das ist wohl so«, sagte ich nachdenklich. »In letzter Zeit allerdings ist die Wirklichkeit viel traumhafter als meine Träume.«

»Eigentlich wollte ich dich fragen, ob du kürzlich mal wieder einen Traum mit einem anderen Menschen geteilt hast, aber das ist offenbar nicht der Fall gewesen«, sagte Schurf ruhig. »Hast du früher, als du noch von dem Strand träumtest, dort nie jemanden getroffen? Hast du dort nie etwas Seltsames gespürt?«

»Nein. Ich schätze diesen Strand sehr und war mir immer sicher, er gehöre mir allein. Weißt du, manchmal ist man von Dingen seltsam überzeugt, bei denen es sich eigentlich nur um persönliche Einschätzungen handelt.«

»Dieses Gefühl kenne ich«, pflichtete Lonely-Lokley

mir bei. »Und ich glaube, man darf ihm durchaus vertrauen. Aber wie ich nun sehe, kannst du mir bei meinem Problem kaum weiterhelfen.«

»Warum sollte ich dir nicht helfen können?«, fragte ich aufgebracht. »Schließlich hab ich dich mal an diesen Strand verschleppt. Ich wusste zwar nicht, was ich da tat, aber das bedeutet nicht, dass ich keine Verantwortung trage. Es ist schließlich mein Traum: Wer könnte sich darin besser auskennen als ich?«

»Und wie willst du einen Traum verstehen, den du schon lange nicht mehr gehabt hast?«

»Lass mich kurz überlegen«, sagte ich und stellte den leeren Teller ab. Ich musste laut niesen, denn eine bösartige Erkältung trat gerade auf meine Spur.

»Du solltest kurz aufhören, an deine Unverletzlichkeit zu glauben, und ein Glas Glühwein trinken. Das ist ein altes, aber durchaus bewährtes Mittel«, sagte Lonely-Lokley im Ton eines Oberlehrers. »Viele medizinische Lehrbücher bestätigen, dass dieses Getränk wahre Wunder gegen Erkältung wirkt.«

Er wartete keine Antwort ab, sondern stellte einen Topf mit Wein auf die heiße Herdplatte.

»Wenn ich schon Glühwein trinken muss, dann wenigstens aus deiner löchrigen Tasse. Die hast du doch hoffentlich dabei? Vielleicht schützt mich ihre magische Kraft nicht nur vor Schnupfen, sondern bringt mich auch auf kluge Gedanken.«

»Warum eigentlich nicht?«, meinte Sir Schurf und griff in die Jackentasche. »Diese Tasse wirkt auf dich offenbar genauso stark wie auf die Mitglieder meines Ordens. Und schaden kann es dir nicht, daraus zu trinken.«

»Schlimmer kann es ohnehin nicht werden«, sagte ich, denn ich spürte allmählich, dass ich eine verstopfte Nase bekam.

»Halt mal«, meinte Lonely-Lokley und streckte mir die Tasse entgegen. Sein Handschuh war mit großen Runen bestickt. Dann schenkte er mir ein wenig Glühwein ein. »Das reicht.«

Ich fürchtete kurz, diesmal werde es mit der löchrigen Tasse nicht klappen und ich hätte wegen des Schnupfens den Glauben an meine magischen Kräfte eingebüßt. Doch alles lief reibungslos: Der Glühwein blieb trotz der Löcher in der Tasse, als hätte ich das halbe Leben in Lonely-Lokleys ehrwürdigem Orden verbracht.

Ich trank den Wein in einem Zug und fühlte mich gleich viel besser. Zwar hatte ich noch immer Schnupfen, doch er ließ schon nach, und mir war klar, dass er sich meiner diesmal nicht bemächtigen würde. Ich fühlte mich so leicht, frei und ausgeglichen, dass selbst viel schlimmere Ereignisse meine Stimmung nicht würden verschlechtern können.

Ich gab Lonely-Lokley die Tasse zurück und lauschte auf die Signale meines Körpers. Zuerst verschwand der Schnupfen. Der leichte Halsschmerz leistete kurz Widerstand, aber auch er war rasch verschwunden, und ich musste mich nur ein wenig räuspern. Anscheinend hatte ich die Erkältung bereits im Ansatz erstickt und mir so ein paar Tage Krankheit erspart.

»Schön, Schurf«, rief ich, als ich wieder reden konnte. »Deine Tasse arbeitet wie immer. Jetzt können wir endlich darüber sprechen, weshalb du eigentlich zu mir gekommen bist.«

»Willst du dich wirklich in meine Träume einmischen?«, fragte Lonely-Lokley. »Das ist sehr großzügig von dir, aber ich glaube, du bist vor allem neugierig.«

»Das ist doch eine gute Basis für ein neues Abenteuer«, sagte ich leicht verlegen.

»Und was möchtest du unternehmen, Max? Eigentlich wollte ich dir vorschlagen, uns wieder einen Traum zu teilen – so wie damals auf der Reise nach Kettari. Aber dadurch könnten wir viel Zeit verlieren, denn ich träume längst nicht jeden Tag von diesem Strand. Das war zwar gestern der Fall, aber wer weiß, wann es wieder passiert. In drei Tagen? In einer Woche? Außerdem arbeitest du nachts, was unser Vorhaben erschweren dürfte.«

»Eigentlich arbeite ich vierundzwanzig Stunden am Tag. Das hat mir Sir Juffin eingebrockt, aber ich will nicht klagen – immerhin führe ich ein interessantes Leben. Weißt du, Schurf, ich glaube, ich sollte zunächst den Familiensitz der Melifaros besuchen. Im Schlafzimmer seines Großvaters hatte ich die schönsten Träume meines Lebens. Ich mache mich heute noch auf den Weg. Ich weiß zwar nicht, ob meine Reise etwas nützen wird, aber angenehm wird sie gewiss.«

»Glaubst du denn, dass mein Problem so eilige Maßnahmen verlangt?«, fragte Schurf interessiert.

»Das nicht, aber mich treibt die Abenteuerlust. Nicht umsonst hat Juffin mir gerade zwei Sorgenfreie Tage gegeben. Er behauptet, ich hätte kein Talent, mich zu erholen, und ich fürchte, er hat Recht. Schon vor Sonnenuntergang habe ich eine nette Nebenbeschäftigung an Land gezogen. Da wir schon bei unserem Chef sind: Warum erzählst du ihm eigentlich nicht von deinen seltsamen Träumen?

Schließlich ist er ein alter, erfahrener Mann, der fast alles über die dunklen Sphären des Lebens weiß. Meine Erfahrung dagegen reicht nur, um zu sagen, dass mir ab und zu Träume widerfahren.«

»Eine lustige Formulierung«, bemerkte Schurf.

Das war typisch – nie wusste ich, welche Bemerkungen er übergehen und welche Wendung ihm gefallen würde.

»Was Sir Juffin anlangt«, begann mein Freund, als er das Heft, in das er meine Formulierung notiert hatte, wieder in die Jackentasche schob, und setzte dann neu an: »Es handelt sich hier um deine, nicht um meine Träume, und nur du kannst anderen davon erzählen, denn jeder hat ein Recht auf Geheimnisse. Das steht sogar im Chrember-Gesetzbuch.«

»Dort stehen auch andere Dinge, an die sich kaum jemand hält«, sagte ich lächelnd. »Und ich glaube, Juffin kennt meine Geheimnisse besser als ich. Na schön, lassen wir unseren Chef zunächst aus dem Spiel. Ich versuche lieber, den Strandtraum zu träumen. Ich glaube, Melifaro wird begeistert sein, wenn ich ihm vorschlage, mit ihm zu seinen Eltern zu fahren. Irgendeinen Nutzen muss unsere Freundschaft ja haben.«

»Deine Entschiedenheit gefällt mir«, sagte Lonely-Lokley, stellte seine leere Tasse ab und erhob sich. »Vielen Dank. Ich hoffe, du nimmst mir nicht übel, dass ich noch einiges zu tun habe.«

»Ich habe zwar oft gehört, Hoffnung sei ein trügerisches Gefühl, aber die beleidigte Leberwurst zu spielen, ist einfach nur dumm. Wenn du noch einige Minuten wartest, ziehe ich mich um und fahre dich ins Haus an der Brücke. So viel Zeit hast du doch noch, oder?«

»Vielen Dank, aber dorthin muss ich nicht«, sagte Lonely-Lokley und schüttelte höflich den Kopf. »Manchmal benutzt du wirklich seltsame Ausdrücke. Schönen Abend noch. Und halte mich auf dem Laufenden.«

Er ging zur Tür, und ich sah seiner großen Gestalt beeindruckt nach. Hoch gewachsene Menschen gehen oft gebeugt, aber Sir Lonely-Lokley verweigerte sich auch dieser Regel.

»Danke, dass du mir deine Geheimnisse anvertraut hast«, rief ich ihm nach. »Angesichts meiner baldigen Thronbesteigung ist das eine nette Abwechslung.«

Schurf drehte sich auf der Schwelle um. »Ich hoffe, dieses Abenteuer wird nicht zu turbulent für dich. Wie Alotho Aliroch zu sagen pflegt: ›Auf der Welt gibt es viele Menschen, deren Wünsche keine große Rolle spielen.‹ Und dieser Admiral aus Arwaroch ist ein scharfer Beobachter, findest du nicht?«

Lonely-Lokley wartete nicht auf meine Antwort, sondern ging auf die Straße. Nun war ich nur noch in Gesellschaft des Steins, der mir bei seiner Erzählung aufs Herz gefallen war. Schweigend schob ich ihn weg, hüllte mich in den erstbesten Lochimantel und ging ins *Armstrong und Ella*.

Unterwegs meldete ich mich per Stummer Rede bei Melifaro.

»Meine Pläne für heute Abend dürften dir gefallen.«

»Wieso? Hast du einen Harem eröffnet?«, fragte er belustigt. »Das wurde auch Zeit!«

Nachdem meine Kollegen sich die *Caligula*-DVD mit Malcolm McLaren angesehen und sich nur mühsam von diesem Kulturschock erholt hatten, ließen sie mich nicht mehr in Ruhe. Vermutlich glaubten sie, ich würde mich als König von Fangachra binnen kürzester Zeit zu einem blutigen Tyrannen von Caligula-Format entwickeln. Allmählich übertrieben sie es allerdings mit ihren Andeutungen, und ich hatte ihnen bereits gedroht, meine DVD-Sammlung dorthin zurückzubringen, woher ich sie geholt hatte. Aber das hatte niemand ernst genommen.

»Eigentlich wollte ich etwas Zeit bei deinen wunderbaren Eltern verbringen«, sagte ich zu ihm. »Hättest du keine Lust, dich mir anzuschließen? Das würde dir sicher gefallen.«

»So eine bodenlose königliche Frechheit!«, rief Melifaro entzückt. »Welche Missachtung der Lebensgewohnheiten einfacher Bürger höre ich da heraus! Will unser kleiner König jetzt sogar meinen Eltern seine inhumanen Herrschermethoden zeigen? Ein großer Regent bist du, großer König von Fangachra!«

»Hör auf mit dem Unsinn. Ich habe Besseres zu tun, als mich mit dir per Stummer Rede herumzuzanken. Wenn du so weitermachst, schwillt mir der Kamm, und meine Krone passt nicht mehr. Komm lieber zu Techi. Ich fahre dich dann in dein Elternhaus, und morgen früh gehst du wie üblich wieder ins Haus an der Brücke. Und denk daran: Für all meine Mühen knöpfe ich dir nicht eine Krone ab. Wer würde dir ein besseres Angebot machen?«

»Da kann ich wirklich nicht Nein sagen«, pflichtete Melifaro mir bei. »Aber gib doch zu, dass es dir nur darum geht, eine Nacht im Schlafzimmer meines legendären Großvaters zu verbringen. Gut, ich komme zu Techi. Du ahnst ja nicht, wie teuer dich all meine Freundschaftsdienste kommen werden.«

»Ende«, murmelte ich. »Wenn du nicht binnen einer halben Stunde dort auftauchst, wirst du es bereuen.«

Es war höchste Zeit, unsere stumme Unterhaltung abzubrechen, denn gerade betrat ich das *Armstrong und Ella*.

»Max, das kann doch nicht wahr sein! Du hättest nass und unglücklich hier auftauchen sollen, bist aber trocken und strahlst – wenn das nicht verdächtig ist!«

Techi versuchte, ein ernstes Gesicht zu machen, doch wenn jemand in diesem Gasthaus strahlte, dann sie.

»Warum staunst du? Ich bin schließlich ein mächtiger Zauberer. Ich kann violette Magie bis zum 3872. Grad anwenden, und in solchen Höhen wird jeder durchnässte und schlecht gelaunte Mensch im Handumdrehen trocken und glücklich.«

»Und warum ausgerechnet violette Magie?«, fragte Techi.

»Keine Ahnung. Vielleicht, weil mir die Farbe gefällt. Man soll sich nicht sein Leben lang auf weiße und schwarze Magie beschränken – das ist sehr konservativ.«

»Sir Schurf war heute hier«, sagte Techi. »Ich habe ihm erzählt, dass du mit deinem Boot auf dem Churon unterwegs bist. Er hat das wohl für einen Scherz gehalten und zu lächeln versucht – fast wäre ihm das sogar gelungen.«

»Da hattest du Glück, denn so was kommt selten vor. In letzter Zeit allerdings hat Lonely-Lokley sich etwas geändert. Auch in meiner Gesellschaft hat er schon lächeln wollen. Ich habe ihn bereits getroffen. Außerdem habe ich geschafft zu duschen, mich umzuziehen, zu frühstücken, mich zu erkälten und wieder zu gesunden und so verrückt zu sein, Melifaro einen abendlichen Besuch bei seinen Eltern vorzuschlagen. Und das Beste daran: Er hat eingewilligt. Findest du nicht, dass ich ein ereignisreiches Leben führe?«

»Und wie!«, seufzte Techi begeistert. »Hast du wirklich vor, mit Melifaro zu verreisen?«

»Durchaus. Und du solltest dich nicht so unverblümt darüber freuen, dass ich weg bin. Bisher hatte ich nämlich geglaubt, meine Abwesenheit mache dich unglücklich.«

»Na ja, wenn du bleiben würdest, müsste ich dir wieder erklären, dass ich bei diesem Wetter keine große Lust habe, in der Stadt spazieren zu gehen. Außerdem hat Juffin mir heute gesagt, er habe in deiner Sammlung einen sehr interessanten Film gefunden.« Techi senkte schuldbewusst den Kopf. »Er hat mir versichert, er werde mir sehr gefallen, obwohl es darin ziemlich viele unanständige Szenen gebe.«

»Und wie heißt der Film?«, fragte ich interessiert.

Ich wollte wissen, was mein bösartiger Chef meiner Freundin empfahl. Bei ihm musste man mit allem rechnen.

»Er hat einen seltsamen Titel: *Der zögernde Läufer.*«

Beinahe hätte ich mich mit heißer Kamra bekleckert, denn eine so seltsame Interpretation des Titels *Der Lauf auf der Rasierklinge* hatte ich noch nie gehört.

»Juffin hat Recht – dieser Film gefällt wirklich nicht jedem«, pflichtete ich ihr bei. »Aber ich habe nichts dagegen, mir den Film mit dir anzusehen.«

Ich hatte nicht mitbekommen, wann der heimtückische Melifaro hinter meinem Rücken erschienen war. Immerhin war er überraschend pünktlich – für seine Verhältnisse jedenfalls.

»Du bist ein seltsamer Kerl«, sagte er und begann wieder mit seiner alten Leier. »Du willst mich mitten in der Nacht irgendwohin schleppen – und das gerade an dem Abend, an dem ich mir mit deiner Freundin einen Film auf DVD ansehen möchte. Stimmt's, Techi?«

»Du hast Recht. Wir wollten uns den Film ansehen, und nebenbei sollte Juffin zu Gruselzwecken die Eckzähne blecken. Das hat er bestimmt aus einem Film. Ich jedenfalls war tief erschrocken, als er das erste Mal einen Vampir gespielt hat.«

»Ach, er will dich nur ärgern«, meinte Melifaro. »Aber die Lage ist kritisch, denn wenn Sir Juffin dabei ist, können wir uns nicht küssen. Er ist ein schlechter Mensch, doch im Vergleich zum künftigen König von Fangachra ist er beinahe ein Engel«, sagte er und verbeugte sich übertrieben tief vor mir.

Nachdem die beiden mit mir und Juffin Halli fertig waren, redeten sie über andere Bekannte. Man konnte den Eindruck gewinnen, in Echo wohnten vor allem böse und grausame Menschen und nur Melifaro sei ein wahrer Engel. Techi natürlich auch, denn sie war schließlich die Tochter von Lojso Pondochwa. Na ja, bei diesem Gedanken war Vorsicht geboten.

»Es reicht, lass uns gehen«, sagte ich nach einer halben Stunde, als ich merkte, dass die beiden unendlich hätten weiterplaudern können. »Techi, wie ich dich verstanden habe, bist du heute Abend bereits verabredet. Also lohnt es sich nicht, vor dir auf die Knie zu fallen und dich mit Tränen in den Augen anzuflehen, deine Pläne zu ändern, denn du würdest uns sowieso nicht begleiten.«

»Dass dir meinetwegen Tränen in die Augen treten könnten, klingt sehr schmeichelhaft«, sagte Techi lächelnd. »Trotzdem müssen wir unseren gemeinsamen Abend verschieben. Aber wenn du bis übermorgen nicht zurück bist, mache ich mir sicher Sorgen. Sei also bitte so lieb und halte mich auf dem Laufenden.«

»Keine Angst«, meinte ich. »Morgen früh muss ich meinen bezaubernden Begleiter wieder hier abliefern. Also benimm dich anständig, denn deine Freiheit ist nur von kurzer Dauer.«

»In Ordnung«, sagte Techi und umarmte mich zum Abschied. »Ich werde mich damit begnügen, ein paar wildfremde Männer abzuschleppen. Hoffentlich bist auch du damit zufrieden.«

»Aber ja!«

»Sündige Magister – wie wenig manche Leute doch brauchen, um glücklich zu sein«, mischte sich Melifaro ein.

»Tja, ich war schon immer ein Asket«, stellte ich fest.

Die Fahrt zu Melifaros Elternhaus verlief sehr angenehm. Fast hätte ich den Zweck des Ausflugs vergessen und war schon drauf und dran, Melifaro zu fragen, warum er mich eingeladen habe, konnte mich aber noch rechtzeitig bremsen.

Im geräumigen Wohnzimmer der Melifaros sahen wir uns einer Idylle gegenüber. Der zufrieden wirkende Sir Manga saß bequem in einem Sessel, und seine wunderbare Gemahlin flocht ihm den roten Zopf. Als wir eintraten, hatte sie noch ziemlich viel Arbeit vor sich.

»Sündige Magister, was für eine Überraschung!«, rief Lady Melifaro.

»Das ist keine Überraschung – das sind unser Sohn und

Sir Max«, bemerkte Sir Manga phlegmatisch. »Die beiden werden noch viel Entsetzlicheres sehen müssen als uns zwei – lass dich also nicht ablenken.«

»Du hättest diese undankbare Arbeit wirklich jemand anderen erledigen lassen sollen«, bemerkte seine Gattin. »Ich jedenfalls hätte jetzt gern die Hände frei, statt mich mit deiner Mähne zu quälen.«

»Verehrteste, du hattest hundertfünfzig Jahre Zeit, dir für meine Haare eine andere Lösung einfallen zu lassen. Jetzt musst du die Suppe auslöffeln, die du dir eingebrockt hast. Jungs, habt ihr etwas dagegen, dass wir uns die Umarmungen sparen?«

»Wenn du dich mit ausgestreckten Armen auf mich stürzen würdest, würde ich schreiend fliehen und dich in die nächste Heilanstalt einliefern lassen«, sagte Melifaro.

»Du langweilst dich wohl?«, fragte sein Vater. »Iss am besten etwas, damit wir Ruhe vor dir haben. Außerdem ist es mir vor Sir Max ziemlich peinlich, wie du dich aufführst.«

»Das verstehe ich«, sagte ich und wies mit dem Finger auf meinen Kollegen. »Wenn ich Ihren Sprössling sehe, staune ich immer wieder, dass Sie einen so missratenen Sohn haben.«

»Ich war lange auf Reisen. Mit solchen Fragen wenden Sie sich bitte an meine wunderbare Frau«, erklärte Sir Manga und sah sie vorwurfsvoll an. »Was sagst du dazu, meine Liebe?«

»Mama, nimm diesen bösen Menschen nicht ernst!«, rief Melifaro. »Du hast einen prächtigen Sohn. Ich jedenfalls bin sehr mit mir zufrieden.«

»Wie schön, dass wenigstens einer zufrieden ist«, sagte

Lady Melifaro schwermütig. »Aber der Vorschlag deines Vaters war sehr gut, mein Junge. Also nimm dir was zu essen.«

»Wie sieht es eigentlich mit meinen Haaren aus?«, fragte Sir Manga.

»Wenn ich endlich fertig bin, wirst du mein erleichtertes Seufzen besser verstehen.«

Ich genoss die Unterhaltungen im Hause Melifaro. Je mehr Familienmitglieder sich daran beteiligten, desto vergnüglicher wurden sie.

»Wo treibt sich mein Bruder Bachba überhaupt herum?«, fragte der jüngste Sohn des Hauses und setzte sich zu Tisch.

»Das mögen die Magister wissen«, gab Sir Manga achselzuckend zurück. »Heute Morgen hat er von einer Reise nach Landland gesprochen, um auf dem Jahrmarkt in Numban etwas für den Haushalt zu kaufen. Genaueres weiß ich nicht.«

Ich versuchte mir vorzustellen, wie der hünenhafte Bachba eine Kleinigkeit für den Haushalt erstand, und konnte das Lachen kaum unterdrücken. Man sollte eine Serie mit dem Titel *Die Melifaros* drehen und sie rund um die Uhr ausstrahlen. Schade, dass keiner der vielen mächtigen Magister, die Echo seit Gründung des Vereinigten Königreichs besucht hatten, auf die Idee gekommen war, das Fernsehen zu erfinden.

An diesem Abend machte mein unerschütterlicher Kollege als Erster schlapp, murmelte etwas über den Dienst, den er am nächsten Morgen anzutreten habe, und ging schlafen.

»Erstaunlich – noch vor hundert Jahren hat der Kleine

geschworen, nie schlafen zu gehen, wenn er erst erwachsen sei«, machte seine Mutter sich über ihn lustig.

»Da hat er wohl einen Meineid geleistet«, sagte ich.

»In unserer Familie machen das alle«, stellte Sir Manga stolz fest. »Aber ich muss sagen, dass sein Bruder Antschifa der Gipfel meiner erzieherischen Leistungen ist. Er ist der erste echte Pirat in unserer Familie, und das will etwas heißen.«

»Antschifa ist mal wieder unterwegs, oder?«, fragte ich.

»Natürlich. Er bleibt nie länger als eine Woche bei uns.«

»Der hat's gut«, meinte ich verträumt. »Vielleicht sollte auch ich alles hinschmeißen und den Beruf wechseln.«

»Das würde ich Ihnen nicht empfehlen. Das Leben auf See ist nicht leicht. Das Schiff ist ein einfacher ukumbrischer Segler, auf dem man keine Magie anwenden darf und auf dem alle viel zu tun haben, selbst der Kapitän. Es gibt sogar Gerüchte, wonach die Passagiere mit anpacken müssen. Aber mein Sohn will von anderen Berufen ganz und gar nichts wissen, sondern trotzt unserer Familientradition. Außerdem besagt eine ukumbrische Tradition, nur wer mindestens sechzig Jahre auf einer Schika verbringe, sei ein echter Kapitän.«

»Ich vermute, die Schika ist ein besonderer Schiffstyp?«, erkundigte ich mich vorsichtig.

»Es ist das schnellste und wendigste Schiff überhaupt und eignet sich nicht für Lustpartien. Einmal bin sogar ich auf so einem Schiff gelandet, habe es von der ersten Sekunde an verflucht und war heilfroh, als ich endlich auf ein weniger schnelles Boot umsteigen konnte. Wäre ich auf der Schika geblieben – wer weiß, ob die Welt sich nicht mit vier Bänden meiner *Enzyklopädie* hätte zufriedengeben müssen.«

»Verstehe. Also werde ich dort wohl doch nicht anheuern«, sagte ich. »Danke, dass Sie mich gewarnt haben. Jetzt gehe ich besser schlafen – das ist die bequemste und beste Methode des Reisens.«

»Was das Bett meines wunderbaren Vaters Philo angeht, bin ich ganz Ihrer Meinung. Für andere Betten kann ich allerdings keine Garantie übernehmen. Finden Sie den Weg dorthin, oder soll ich Sie begleiten?«

»Glauben Sie, ich könnte mich im Labyrinth Ihres Hauses zurechtfinden? Sir Manga, Sie schmeicheln mir.«

»Und Sie übertreiben – wie immer«, erklärte der große Enzyklopädist und gähnte herzhaft. »Na schön, gehen wir, damit Sie sofort die richtige Tür finden.«

Wir irrten einige Zeit durch die Flure des riesigen Hauses. Sir Manga setzte ab und an eine erschrockene Kindermiene auf, und ich versuchte, es ihm gleichzutun.

Schließlich blieb ich allein in dem kleinen dunklen Zimmer, das ich so mochte. Ich hatte das Gefühl, Philo Melifaro – der berühmte Großvater meines Kollegen und einer der mächtigsten Magister des Ordens vom geheimen Kraut – habe ausgerechnet an mich gedacht, als er dieses Zimmer einrichtete. Er musste schon damals gewusst haben, dass er es nicht nur seiner Familie hinterlassen würde. So ein mächtiger Zauberer konnte seine Zukunft bestimmt erahnen und wissen, dass beispielsweise ich eines Tages in seinen Träumen auftauchen würde.

Aber all das hatte jetzt keine Bedeutung, sondern war nur

einer dieser Gedanken, die man kurz vor dem Einschlafen hat, wenn man die Balken an der Decke beobachtet.

Diesmal wechselte ich so schnell von der Wirklichkeit in den Traum, dass ich meinen Weg mit kleinen weißen Steinen hätte kennzeichnen sollen, wie Hänsel und Gretel es taten.

Zuerst glitt ich durch verschiedene angenehme Träume, ohne zu wissen, wie ich in sie hineingeraten war und was ich eigentlich darin trieb. Schließlich landete ich an einem leeren Strand – dem eigentlichen Ziel meiner Reise – und versuchte, mir meine Situation zu vergegenwärtigen. Das war zwar nicht einfach, gelang mir aber manchmal bei Träumen, die sich seit meiner Kindheit wiederholten.

Ich kam langsam zu mir und versuchte, mir wie ein schwer Betrunkener ins Gedächtnis zu rufen, was ich getan hatte. Ich erinnerte mich an den Abend mit Familie Melifaro, an unsere Fahrt aus der Stadt aufs Land hinaus, an das Treffen mit Techi im *Armstrong und Ella* und an das wichtige Gespräch mit Sir Schurf. Dann sah ich genauer hin und bemerkte die Spuren im Sand. Hier war jemand mit Schuhen aus Uguland unterwegs gewesen. Ich wusste auf Anhieb, dass diese Spuren von Lonely-Lokleys Schuhen stammten. Das sagte mir eines meiner beiden Herzen, und ich vertraute ihm blind. Etwas Ähnliches war mir mit meinen Kollegen schon mehrmals passiert. Zwischen uns war eine tiefe Verbindung entstanden, die ich nicht näher beschreiben konnte. Kurz bevor ein Mitglied des Geheimen Suchtrupps auftauchte, hatte ich eine Art Duft in der Nase, der mir verriet, mit welchem meiner Kollegen ich zu rechnen hatte. Ähnlich war es, wenn ich einen Raum betrat, in dem sich noch vor kurzem jemand vom Suchtrupp aufgehalten hatte. Mit meinen Kollegen ergeht es mir wie einem Hund mit seinem Herrchen oder Frauchen, überlegte ich – nur dass ich sie eigentlich nicht rieche, sondern sie eher mit einer Art sechstem Sinn spüre.

Aber ich hatte keine Zeit, über solche Spitzfindigkeiten nachzudenken, denn ich hatte gerade eine wichtige Information bekommen und erfahren, dass ich im Traum die Spuren eines Menschen erblickte, der den gleichen Traum hatte wie ich. Es sah jetzt so aus, als würden wir beide am Meeresstrand durch den nassen Sand spazieren.

Ich wünschte mir aufzuwachen, denn das Ganze wurde mir langsam zu viel.

»Sei still!«, ermahnte ich mich. »Schließlich bist du genau deshalb hergekommen. Deine hysterischen Anfälle kannst du dir für später sparen.« Die seltsame Gewohnheit, mit mir selbst zu reden, erwies sich in diesem Fall als nützlich, denn ich beruhigte mich und wusste, dass ich tapfer bleiben würde. Große Auftritte konnte ich mir für ein Gespräch mit meinem Chef aufheben, denn der hatte dafür sicher manche Erklärung.

Ich sammelte meine Kräfte, um weiterzuträumen, spazierte noch einige Zeit am leeren Strand entlang und suchte nach dem seltsamen Unbekannten, von dem Sir Schurf gesprochen hatte. Aber ich fand niemanden, sondern wurde so müde, dass mich jeder Schritt enorm anstrengte.

Schließlich war ich so kraftlos, dass ich tatsächlich aufwachte. In dem schönen Schlafzimmer, das Sir Philo mit eigenen Händen getischlert hatte, war es herrlich ruhig. Draußen war es dunkel und still. Offenbar waren die Vögel noch nicht wach. Die Runenzeichen an der Decke brauchten nur ein paar Sekunden, um meine erschrockenen Herzen zu beruhigen, und schon Minuten später wiegten sie mich wieder sanft in den Schlaf. Diesmal meinten es die Engel, die für meine Träume zuständig waren, gut mit mir und gaben mir einen so kitschigen wie unsinnigen Traum. Das war wirklich eine Erholung.

Bei Sonnenaufgang erwachte ich glücklich und entspannt. Keine dunklen Geheimnisse trübten meine Laune. Ich dachte nur daran, dass es tatsächlich so herrliche Strände gab und ich vielleicht einmal das Glück hätte, dorthin zu gelangen. Etwas Ähnliches war mir schon in der Nähe von Kettari passiert. Als ich dort in den Bergen unterwegs gewesen war, hatte ich ein kleines Dorf aus den Träumen meiner Kindheit gefunden.

»Sir Philo«, sagte ich leise und blickte zur Decke. »Ich vergöttere Sie und weiß nicht, was ich ohne Sie getan hätte. Am liebsten würde ich mich auf die Liste Ihrer Ehrenenkel setzen lassen.«

Die Decke schwieg, wie nicht anders zu erwarten war, doch meine Stimmung wurde noch besser. Beinahe wäre ich die Treppe heruntergeschwebt.

Kurz darauf landete ich im Wohnzimmer. Endlich hatte ich Gelegenheit, einmal allein zu frühstücken und meinen Kollegen und Gastgeber Melifaro mit sadistischer Freude zu wecken. Er verließ das Bett morgens so wenig begeistert wie ich zu Schulzeiten. Erstaunlich, wenn man bedenkt, dass ihn kein Tohuwabohu, sondern ein angenehmer Tag im Haus an der Brücke erwartete.

Doch mein Kollege war ausnahmsweise von allein wach geworden und bester Laune.

»Na, Hoheit – zufrieden?«, fragte er.

»Dieses Jahr werde ich dich noch verschonen, aber für das nächste Jahr will ich mich nicht festlegen.«

»An deiner Stelle wäre ich vorsichtig. Schließlich bin ich – den Magistern sei Dank! – nicht dein Untertan.«

»Du wirst deine Ansicht schon noch ändern, wenn meine Nomaden erst die Straßen von Echo unsicher machen. Unter uns gesagt: Ich habe einen Geheimplan, der die Verschmelzung des Vereinigten Königreichs und der Leeren Länder vorsieht. Ich will nämlich König *beider* Gebiete werden.«

»Das klingt angenehm schrecklich«, rief Melifaro entzückt und schob sich eine gewaltige Scheibe Brot in den Rachen, ohne mit der Wimper zu zucken. »Aber ich werde dich denunzieren. So was hab ich zwar noch nie gemacht, aber irgendwann muss man ja mal damit anfangen.«

»Vielleicht änderst du deine Meinung, wenn ich dir das Amt des Premierministers anbiete?«

»Das klingt sehr verlockend. Fahr mich doch mit deinem A-Mobil nach Echo zurück. Dann sehen wir weiter.«

»Du bist aber rasch zufrieden zu stellen. Einverstanden.«

»Dich als Privatchauffeur zu haben, ist einer meiner größten Träume.«

»Ich weiß leider, was man damit verdienen kann«, seufzte ich. »Ich war mal arm, musst du wissen – und das hat mir nicht besonders gefallen.«

»Ich habe gar nicht bemerkt, dass deine materielle Lage sich so rasant gebessert hat. Aber lass uns jetzt fahren – ich muss wirklich dringend ins Haus an der Brücke.«

Der Rückweg nach Echo führte durch eine sehr schöne Landschaft. Melifaro, den ich bisher als Sonnenanbeter gekannt hatte, ließ den Kopf hängen. Er erwartete offenbar, dass ich ihn unterhielt, doch ich konzentrierte mich ganz auf den Weg. Irgendwann schlief er ein.

Ich hingegen widmete all meine Aufmerksamkeit dem herrlichen Morgen. Über uns stand eine kleine Wolke, aus der es ein wenig regnete, und jeder Tropfen auf meiner Haut war ein Erlebnis. Erst kurz zuvor war mir aufgefallen, wie sehr sich der Regen in Echo von dem Regen der Welt unterscheidet, aus der ich stamme. Wie hatte ich mich nur die ersten dreißig Jahre meines Lebens mit tristem Nass zufriedengeben können? Das Wasser war zwar gleich, roch in Echo aber herrlich nach Blumen und war leicht violett gefärbt.

Mit Vergnügen vergegenwärtigte ich mir, in dieser Welt noch immer neu zu sein. Und ich wollte nicht, dass sich dieser Zustand bald änderte. Es gab noch so vieles zu entdecken, doch es gab auch noch sehr viele Möglichkeiten, sich zu blamieren. Und noch tausenderlei Kleinigkeiten, über die ich mich würde wundern können. Auch an diesem Morgen tat ich nichts anderes.

Ich lieferte das Tagesantlitz des Ehrwürdigen Leiters des Kleinen Geheimen Suchtrupps pünktlich im Haus an der Brücke ab. Auch mir konnte es nicht schaden, im Büro vorbeizuschauen, um Sir Juffin kurz die Geschichte meines seltsamen Traums zu erzählen.

Doch mein Chef war noch nicht da. Ich vermutete ihn in der Straße der alten Münzen, da ich wusste, dass seine Filmleidenschaft noch immer nicht erloschen war, ließ ihn aber in Ruhe, denn die Probleme von Schurf und mir konnten bis zum Abend warten – anders als meine Freundin Techi, die sicher ungeduldig im Bett lag und sich von einer Seite auf die andere wälzte. Am Vorabend hatte sie mich schon gebeten, sie auf dem Laufenden zu halten, und ich konnte die wunderbare Lady unmöglich enttäuschen. Es gibt im Leben einfach Regeln, gegen die man nicht verstoßen sollte.

Eine Stunde vor Sonnenuntergang kam ich ins Haus an der Brücke und ging gleich in mein Büro, das ich mit Sir Juffin teilte. Auf der Lehne meines Stuhls saß Kurusch. Sonst war niemand da.

»Wo treibt sich unser Chef herum, mein Lieber?«, fragte ich den Buriwuch.

»Das weiß ich nicht«, gab der kluge Vogel schwermütig zurück. »Irgendwann ist er gekommen und irgendwann gegangen. Die Menschen zeichnen sich durch eine gewisse Unrast aus.«

»Da hast du Recht«, pflichtete ich ihm bei, seufzte und meldete mich per Stummer Rede bei Juffin. »Ich bin schon zum zweiten Mal ins Haus an der Brücke gekommen, und Sie sind noch immer nicht da!«

»Selber schuld! Wenn du dich mit mir treffen willst, solltest du dir endlich angewöhnen, dort aufzutauchen, wo ich bin. Was machst du eigentlich im Büro? Soviel ich weiß, hast du zwei Sorgenfreie Tage bekommen. Ist dein Leben etwa so langweilig, dass du es ohne Arbeit nicht aushältst?«

»Aber nein. Ich bin ganz zufrieden mit meinem Leben, doch Sie wissen ja, dass ich manchmal etwas kopflos bin. Ich hätte schwören können, die zwei Tage seien schon um.

Aber Spaß beiseite – ich habe ein paar Fragen, die nur Sie mir beantworten können.«

»Ich habe eine bessere Idee: Verschieben wir die Sache doch auf morgen. Sollte es allerdings wirklich dringend sein, besuch mich heute Abend in der Straße der alten Münzen. Dort triffst du mich garantiert.«

»Abgemacht.«

»Und jetzt verschwinde aus meinem Büro. Ich kenn dich doch – du trinkst dort eine Tasse Kamra nach der anderen und behauptest dann, du hättest Überstunden gemacht.«

»Immerhin ist es auch mein Büro«, gab ich etwas gereizt zurück. »Aber gut, ich geh ja schon.«

»Das glaube ich nicht.«

Als ich merkte, dass mein Chef sich nicht so leicht überlisten ließ, seufzte ich tief, erhob mich von dem Stuhl, auf dem ich es mir gerade bequem gemacht hatte, und begab mich in den Saal der allgemeinen Arbeit, doch auch Sir Schurf, den ich dort anzutreffen gehofft hatte, war nirgendwo zu sehen. Also beschloss ich, ihn in seinem Büro aufzusuchen.

Schurfs großes Zimmer war penibel aufgeräumt, doch er war ausgeflogen. Aber ich spürte, dass er bald auftauchen würde, und weil ich meine Vorahnungen ernst nehme, meldete ich mich nicht per Stummer Rede bei ihm, sondern zog ein Buch aus dem Regal und hockte mich in die Ecke, um mir lesend die Zeit zu vertreiben.

Ich hatte ausgerechnet *Das Pendel der Ewigkeit* erwischt, ein Buch, das ich schon mal bei Schurf gesehen hatte. Aber ich hatte keine Zeit für literarische Genüsse, denn schon Sekunden später öffnete sich die Tür mit einem leisen Quietschen.

»Du kommst früher als erwartet«, sagte ich und stand auf, um Schurf zu begrüßen.

Dann stellte ich das Buch ins Regal zurück, um den Ordnungssinn meines Freundes nicht zu beleidigen.

»Ich freue mich, dich zu sehen, Max«, sagte Sir Lonely-Lokley, und ein Anflug von Freundlichkeit belebte sein sonst so versteinertes Gesicht. »Aber bitte stell das Buch an seinen Platz zurück.«

»Das hab ich doch gerade getan!«

»Von wegen – du hast das Buch zwar ins Regal gestellt, aber nicht an seinen Platz. Es ist das dritte von rechts, steht jetzt aber ganz außen. Weißt du, Max – ich bin nicht per se gegen Veränderung, aber Willkür kann ich nicht ausstehen.«

Reumütig stellte ich das Buch an seinen Platz zurück. Dann hielt ich es nicht mehr aus und musste lachen. »Das ist großartig, Schurf. Manchmal habe ich den Eindruck, du trägst die ganze Welt auf den Schultern.«

»Das kann wohl sein«, stellte er ungerührt fest. »Hast du Neuigkeiten für mich, oder bist du einfach so vorbeigekommen?«

»Beides. Aber meine Neuigkeiten passen nicht in diese dienstliche und sterile Atmosphäre. Ein Abendessen bei Kerzenschein wäre schon passender. Hast du Zeit?«

»Warum denn ausgerechnet Kerzen?«, fragte Lonely-Lokley pedantisch. »In Echo gibt es kaum Wirtshäuser, in denen noch Kerzen in Gebrauch sind. Schließlich gibt es viel effizientere Lichtquellen.«

»Auf Kerzen kann ich verzichten«, versetzte ich im Ton eines Menschen, der es gewöhnt ist, nachzugeben. »Eigentlich können wir sogar auf das Abendessen verzichten, denn so viele Neuigkeiten habe ich auch nicht. Ich verbinde nur gern das Angenehme mit dem Nützlichen.«

»Genau wie ich«, sagte Sir Schurf und lächelte plötzlich. »Wenn es Kerzen sein sollen, können wir ins *Nachtmahl des Vampirs* gehen. Die Küche dort ist nicht übel, und das Lokal ist selten bis auf den letzten Tisch besetzt.«

»Das *Nachtmahl des Vampirs* ist ein berüchtigtes Lokal – ich hätte nicht gedacht, Schurf, dass du dort verkehrst.«

»Früher gehörte es zu meinen Lieblingswirtshäusern, und noch immer fühle ich mich dort sehr wohl. Zeitweise habe ich jeden Abend dort getafelt.«

»Wann war denn das? In deiner stürmischen Jugend, als du noch der Verrückte Fischer warst?«, fragte ich spöttisch.

»Etwas später. Übrigens bin ich dort meiner Frau begegnet. Mich faszinierte, dass sie stets bestellte, was ich für vollkommen unessbar hielt, und ich dachte, sie kennen zu lernen, werde mir Zugang zu mir unbekannten Seiten der menschlichen Existenz verschaffen, zur Welt derer, die Wein aus Kuankulech schätzen – oder Haty auf lochrische Art.«

Erstaunt schüttelte ich den Kopf. Schurf hatte mal wieder geschafft, mich in Verlegenheit zu setzen. Manchmal hatte ich das Gefühl, er tue das unabsichtlich und ohne Hintergedanken. Mitunter dagegen argwöhnte ich, er trage alles, was mich schockiert hatte, in ein Notizbuch ein, ziehe alsdann seine Handschuhe aus und lache sich in sein tödliches Fäustchen.

Die Einrichtung im *Nachtmahl des Vampirs* machte dem Namen des Lokals alle Ehre. Kerzen leuchteten im Halbdunkel, auf den Tischen stand eine rote Flüssigkeit, die an Blut denken ließ, und auch das Make-up des untersetzten Kellners, der gutgelaunt und unterbeschäftigt an der Theke stand, passte hierher. Sein Gesicht war bleich, seine Augen waren dramatisch geschminkt, und sein roter Mund ließ mich vermuten, er habe das Blut unschuldiger Kinder gleich literweise getrunken.

Erstaunt schüttelte ich den Kopf. Mein erster Besuch hier hatte sicher nicht zu den schönsten Erlebnissen meines Lebens gehört, meine Stimmung aber deutlich verbessert. Und heute war ich ohnehin gut gelaunt.

Wir waren die einzigen Gäste und nahmen an einem langen Tisch Platz. Der Kellner war über unser Auftauchen sehr erfreut und brachte uns rasch die Speisekarte. Trotz seiner Furcht erregenden Schminke wirkte er freundlich. Offenbar verwirrten ihn weder Lonely-Lokleys Schutzhandschuhe noch mein Todesmantel. Im Gegenteil – wir passten sehr gut hierher.

»Ich hab hier mal den *Atem des Bösen* probiert«, erinnerte ich mich. »Ausgezeichnet, Schurf. Den kann ich nur empfehlen.«

»Seltsam. So ein Gericht ist mir hier nie begegnet.«

»Du warst eben kurz nach der Verabschiedung des Chrember-Gesetzbuchs zum letzten Mal hier. Ich dagegen habe das Lokal erst kürzlich entdeckt, gleich nach dem Erlass nämlich, der es den Köchen erlaubt, bei der Zubereitung ihrer Gerichte Magie achtzehnten Grades anzuwenden.«

»Richtig! Das ist ja ein Gericht der alten Küche! Aber du

übertreibst wie immer. Ich war vor vier Jahren das letzte Mal hier – und nicht vor 118 Jahren, wie du mir unterstellst. Doch ich probiere gern, was du mir empfohlen hast.«

Schurfs Miene war so ernst, als sprächen wir darüber, welche Waffe uns das Leben retten konnte.

Wir bekamen unsere Bestellung serviert. Die kleinen Piroggen wuchsen binnen Sekunden wie Popcorn, und Schurf lobte meine Empfehlung sehr. Nun war die Zeit reif, ohne Umschweife zur Sache zu kommen.

»Ich bin heute Nacht dort gewesen«, sagte ich.

Schurf hob fragend die Brauen.

»Ich war in unserem gemeinsamen Traum«, erklärte ich. »Letzte Nacht habe ich im alten Zimmer von Sir Philo Melifaro geschlafen und im Traum den seltsamen Strand besucht, doch er war menschenleer. Das Einzige, worauf ich stieß, waren deine Spuren im Sand.«

»Wie kommst du darauf, dass es ausgerechnet *meine* Spuren waren?«, fragte Sir Schurf kühl.

»Das weiß ich nicht, aber ich bin mir da absolut sicher. Übrigens waren es keine Fuß-, sondern Sohlenspuren. Trägst du deine Schuhe etwa auch im Schlaf?«

»Red keinen Unsinn. Ich hab im Bett nicht mal Strümpfe an, trage im Traum allerdings immer Schuhe. Du willst doch nicht behaupten, dass du in deinen Träumen barfuß unterwegs bist?«

»Eigentlich nicht«, pflichtete ich ihm bei. »Aber dieser Traum … Dieser Strand ist kein Traum. Er ist echt. Davon hab ich mich letzte Nacht endgültig überzeugt. Ich wüsste gern, in welcher Welt er sich befindet. Jedenfalls glaube ich, dass es dort keine anderen Menschen gibt. Weißt du, schon früher hab ich von menschenleeren Gegenden geträumt, mich dort aber nie unwohl gefühlt, weil mir klar war, dass es irgendwo Menschen gibt. Eigentlich war ich in solchen Träumen immer sehr glücklich. Und bis jetzt hab ich gedacht, der Strand meiner Träume zähle zu diesen angenehm menschenleeren Plätzen.«

»Und diesen Eindruck hast du jetzt nicht mehr?«, fragte Lonely-Lokley ungerührt.

Ich schüttelte den Kopf. »Ich hab dir doch gerade gesagt, dass es den Strand tatsächlich gibt. Das ist keiner von den Träumen, die man beim Zähneputzen vergessen hat. Außerdem ist der Strand wirklich leer. Früher hab ich ihn gemocht, aber inzwischen … Weißt du, ich bin nicht so seltsam gestrickt, nur das zu lieben, was für mich gefährlich ist. Ich möchte nicht, dass du dich dort herumtreibst, Schurf, aber ich glaube, das liegt nicht in deinem Ermessen.«

»Stimmt. Ich fürchte, das hab ich nicht unter Kontrolle«, pflichtete er mir bei. »Und was hast du jetzt vor? Wenn ich dich richtig verstanden habe, willst du die Sache nicht auf sich beruhen lassen.«

»Ich würde gern alles so lassen wie es ist«, seufzte ich. »Aber ich kann es nicht.«

»Also habe ich Glück«, sagte Schurf leicht belustigt. »Du willst alles mit Sir Juffin besprechen, oder?«

»Richtig – sofern du nichts dagegen hast. Und selbst wenn: Irgendwie haben all meine Probleme mit Juffin zu tun. Das ist wohl ein Naturgesetz. Und in der gegenwärtigen Lage bleibt mir nichts anderes übrig, als mit meinem Problem zu ihm zu gehen. Vielleicht weiß er eine Lösung für uns.«

Schurf griff nach seiner winzigen Tasse Kamra, nahm einen Schluck und stellte sie vorsichtig wieder ab. Wie ihm solche Feinarbeit trotz seiner dicken Handschuhe gelang, würde ich wohl nie begreifen.

»Vielleicht hat er eine Lösung – vielleicht auch nicht. Wie kommst du eigentlich darauf, ich hätte etwas dagegen, Sir Juffin einzuschalten?«, fragte Schurf trocken.

»Das war nur so ein Gedanke. Schließlich hast du ein Recht auf Privatsphäre. Und weil ich die verletzen muss, bitte ich dich wenigstens darum, mir diesen Eingriff zu erlauben.«

Schurf sah mich aufmerksam an. In seinen blauen Augen, die sonst eine enorme Ruhe ausstrahlten, funkelte eine Wut, die mir den Atem stocken ließ.

»Ich bin kein gewöhnlicher Mensch! Ich bin der Schnitter des Lebensfadens! Der Tod im königlichen Dienst, wie du gern sagst! Und darum habe ich kein Recht auf Privatsphäre. Dieses Recht nämlich würde meinen Arbeitgeber – einen Geheimdienst immerhin! – teuer zu stehen kommen.«

Mein Freund sah zu Boden und fuhr nach kurzer Pause sehr viel beherrschter fort: »Ich sage dir das, weil du in der gleichen Lage bist wie ich. Wir dürfen keine Privatsphäre haben. Das ist keine Tragödie, sondern gehört zu unserem Berufsbild. Das wird sich irgendwann ändern, doch bis dahin müssen wir uns an die Regeln der Agententätigkeit halten, die im Kleinen Geheimen Suchtrupp gelten. Natürlich darfst du Sir Juffin unsere Geschichte erzählen.«

»Was ist los, Schurf? Ist dir das Gespräch unangenehm? Ich höre dich zum ersten Mal solche Dinge sagen. Selbst der Verrückte Fischer, als den ich dich in Kettari kennen gelernt habe, hat keine so erschreckenden Reden geschwungen.«

»Irgendwas ist passiert«, meinte Lonely-Lokley und nickte gedankenverloren. »Und je schneller wir herausfinden, was, desto besser. Dieses Gespräch ist mir tatsächlich unangenehm, weil etwas in mir nicht will, dass du mit Sir Juffin sprichst. Eigentlich habe ich also nicht dich angefaucht, sondern mich. Es wäre mir sehr unangenehm, wenn ich dich beleidigt hätte.«

»Sündige Magister! So leicht bin ich nicht beleidigt. Du hast mich nur beunruhigt, Schurf. Aber das hat einen Vorteil: Ich werde jetzt alles unternehmen, um diese Sache so schnell wie möglich aufzuklären.«

»Gut. Ich habe das Gefühl, auf deine Hilfe angewiesen zu sein. Das ist neu für mich und nicht besonders angenehm, aber vermutlich geht es nicht anders.«

»Man soll sich nicht scheuen, neue Erfahrungen zu machen – das hast du selber gesagt«, meinte ich lächelnd. »Und jetzt lass uns noch ein Glas vom Blut unschuldiger Kinder trinken, ehe wir uns auf den Weg machen. Du wirst bestimmt zu Hause erwartet, und ich werde versuchen, das Leben meines Chefs um Berichte aus der Welt meiner Träume zu bereichern.«

»Von welchem Blut und welchen unschuldigen Kindern redest du da eigentlich? Davon steht gar nichts in der Karte. Ist das etwa eine Spezialität des Hauses?«

»Nein«, sagte ich lächelnd. »Aber jedes Mal, wenn wir zusammen essen gehen, erinnern mich unsere Getränke irgendwie an das Blut unschuldiger Kinder. Dich etwa nicht?«

»Entschuldige, aber das finde ich nicht witzig«, sagte der staunenswerte Lonely-Lokley streng.

»Da bist du nicht der Einzige«, pflichtete ich ihm bei. »Das war eher ein Witz nach dem Geschmack von Sir Melifaro. Der treibt sich übrigens in der Weltgeschichte herum, statt seinen Aufgaben als Tagesantlitz unseres Ehrwürdigen Leiters nachzukommen und sich um meine Probleme zu kümmern.«

Ich bestellte noch eine Tasse Kamra, die in diesem Lokal leider nicht überwältigend war. Immerhin konnte ich mich damit trösten, dass es sich wohl nicht um die letzte Kamra meines Lebens handelte. Schurf starrte einen Moment ins Leere und bestellte dann ein Glas Rotwein.

»Warum gibst du den Wein nicht in deine löchrige Tasse?«, fragte ich etwas enttäuscht, als Schurf sein Glas hob. »Dann würde ich nämlich gern ein Schlückchen von dir nehmen.«

»Im Moment habe ich eigentlich nicht das Bedürfnis, auf die Kraft meiner löchrigen Tasse zurückzugreifen. Der heutige Tag war nicht sehr anstrengend. Außerdem merke ich, wie sehr mich deine Überzeugung beunruhigt, dass der Strand tatsächlich existiert.«

»Das würde mich vermutlich auch beunruhigen. Aber ich habe mich mit meiner Entdeckung abgefunden und versucht, mich mit etwas anderem zu beschäftigen. Weißt du, das ist ein Trick von mir: Wenn ich die Kontrolle über eine Situation verliere, beschäftige ich mich mit etwas anderem. Das setzt erstaunliche Kräfte frei, doch es ist wichtig, sich voll auf diese neue Sache zu konzentrieren. Du musst eine Beschäftigung finden, egal welche – Hauptsache, sie lenkt dich von deinem unlösbaren Problem ab. Denn wenn du dich mit etwas beschäftigst, das zu schwer für dich ist, löst sich deine Welt in Einzelteile auf.«

»Das ist eine der seltsamsten Theorien, die ich je gehört habe«, sagte Lonely-Lokley so skeptisch wie fasziniert. »Und ich glaube, dieser seltsame Rat nützt niemandem außer dir.«

»Da hast du Recht«, sagte ich lächelnd. »Aber auch ich kann mitunter einen guten Rat gebrauchen. Und jetzt gib mir endlich deine Tasse. Irgendwie spüre ich, dass ich aus diesem seltsamen Gefäß trinken sollte.«

»Wirklich?«, fragte Schurf und schüttelte erstaunt den Kopf. »Du führst dich langsam auf wie die ehemaligen Magister unseres Ordens. Warum besorgst du dir eigentlich nicht selber eine löchrige Tasse?«

»Wieso denn? Ich kenne eure Rituale doch gar nicht.«

»Du hast wirklich seltsame Vorstellungen von Magie«, sagte Schurf erstaunt. »Welche Rituale denn? Entweder hat man die Kraft, eine Flüssigkeit in einem Gefäß mit löchrigem Boden zu halten, oder man hat sie nicht. Unsere Rituale jedenfalls dienen nur dazu, Neulinge einzuschüchtern. Besser gesagt: Wir erschaffen und ändern unsere Rituale nach Lust und Laune.«

»Ich bin nun mal Neuling und möchte nicht eingeschüchtert werden. Was ich vor allem brauche, ist gute Laune.«

»Auf die Rituale kannst du getrost verzichten«, meinte Schurf, griff in seine Manteltasche, zog die löchrige Tasse heraus und hielt sie mir hin. »Und was willst du trinken?«

»Kamra zum Beispiel«, antwortete ich, goss meine Portion in seine löchrige Tasse und trank sie auf einen Zug leer.

»Na, was hast du gespürt?«, fragte er. »Bei löchrigen Tassen führt Kamra leider nicht zu den besten Resultaten.«

»Wirklich nicht? Ich habe das Gefühl, ich fliege gleich.«

»Das allein ist zu wenig. Man sollte die Kraft, die man durch das Trinken aus einer löchrigen Tasse gewinnt, dazu verwenden, wirklich etwas zu tun und sich nicht mit Illusionen abspeisen zu lassen. Bei passender Gelegenheit erzähle ich dir Näheres über den Orden der löchrigen Tasse, aber da Neugier zu deinen Stärken gehört, fragst du mich sicher bald danach. Doch jetzt müssen wir los. Es ist schon recht spät, und ich wohne in der Neustadt. Kannst du mich vielleicht nach Hause fahren? Du bist ja viel schneller als unsere Chauffeure.«

»Für dich mach ich das doch gern.«

»Vielen Dank. Meine Frau verbringt ihre Abende nämlich am liebsten in meiner Gesellschaft. Das finde ich erstaunlich, denn ich halte mich eigentlich für langweilig.«

»Ich verstehe deine Frau gut. Wenn man mit dir zusammen ist, glaubt man, es gebe keine Gefahren auf der Welt.«

»Du redest schon wieder seltsames Zeug«, brummte Lonely-Lokley finster. »Na schön. Lass uns fahren.«

Wir bezahlten bei dem sympathischen, auf grausam geschminkten Wirt und verließen das Lokal. Das orangefarbene Licht der Straßenlaternen vertrieb die Dunkelheit. Der Mond hatte in dieser Nacht keine Chance, seinen Anteil an der Beleuchtung zu übernehmen, denn der Himmel war voller Wolken.

Ich setzte mich ans Steuer meines A-Mobils, Schurf nahm neben mir Platz, und ich raste fröhlich los. Kann sein, dass Kamra nicht sehr geeignet ist, um aus löchrigen Tassen getrunken zu werden, aber die seltsame Leichtigkeit, die mich erfüllte, gefiel mir außerordentlich. Ich fühlte mich wie perlender Champagner, der schäumend aus dem Glas steigt.

»Hör mal, Schurf, ich hab noch eine Frage«, begann ich.

Die Frage fand ich eigentlich nicht so wichtig, doch ich hatte Lust, mit ihm zu plaudern.

»Es geht um unseren gemeinsamen Traum. Wie spürst du eigentlich die Anwesenheit des bedrohlichen Dritten, von dem du erzählt hast? Du hast ihn doch nie zu Gesicht bekommen.«

»Weißt du, Max, es fällt mir wirklich schwer, näher zu beschreiben, was in dem Traum geschieht, den wir miteinander teilen. Ich erinnere mich nur an den Strand und an das Gefühl der Bedrohung. Mehr weiß ich nicht.«

»Verstehe. Manchmal, wenn ich nachts aufwache, kann ich mich auch nicht an Einzelheiten meines Traums erinnern. Ich schließe dann die Augen und versuche einzudösen, also mich erneut an die Grenze von Traum und Wirklichkeit heranzutasten. Aber ich fürchte, in deinem Fall hilft diese Methode nicht mehr, denn sie funktioniert nur direkt nach dem Aufwachen.«

»Du willst unbedingt, dass ich mich an die Einzelheiten meines Traums erinnere, stimmt's?«

Schurfs gehässiger Unterton überraschte mich. Dabei war er schon den ganzen Abend recht gereizt gewesen – jedenfalls für seine Verhältnisse, für einen Menschen also, der an sich die Ruhe und Ausgeglichenheit in Person war. Im Übrigen musste ich mich auf die Straße konzentrieren, denn ich jagte mit Höchstgeschwindigkeit durch die Gassen der Altstadt.

»Es würde uns weiterbringen, wenn es dir gelänge, dich an alle Details deines Strandtraums zu erinnern«, sagte ich lächelnd und wandte mich Schurf dabei unwillkürlich so weit zu, wie die Schicklichkeit und das Bedürfnis, die Kontrolle über den Wagen zu behalten, es erlaubten. Dabei bemerkte ich zu meiner Überraschung, dass er den linken Schutzhandschuh auszog und die tödliche Hand des Magisters Kiba Azoch zum Vorschein brachte, die in der Dunkelheit heller leuchtete als die Straßenlaternen.

Hätte ich mir Gedanken über das gemacht, was ich da sah, oder wäre ich gar in Panik geraten, dann wäre ich sicher gestorben. Doch ich versuchte gar nicht erst zu begreifen, was los war, denn das wäre ohnehin zum Scheitern verurteilt gewesen. Sir Schurf, mein treuster Freund, auf dessen Schultern nach meiner naiven Vorstellung die ganze Welt ruhte, wollte mich umbringen, ohne auch nur ein Wort über sein seltsames Vorhaben zu verlieren.

Ich bremste so stark wie nie. Meine rechte Hand, die das Lenkrad hielt, knackte gefährlich, doch zum Glück schlug mein Gesicht nicht gegen die Frontscheibe. Mein Begleiter dagegen, der nicht mit einer Vollbremsung gerechnet hatte, streckte schützend die gefährliche Linke aus, und die Frontscheibe zersprang prompt in tausend Stücke. Intuitiv nahm ich den Schutzhandschuh, zog ihn Schurf über die gefährliche Hand und hielt seine Pranke fest. Das Ganze dauerte nur Sekunden.

»Na, hast du jetzt Angst vor mir?«, flüsterte das Wesen, das von Schurf Besitz ergriffen haben musste. Denn was geschehen war, konnte unmöglich dem freien Willen meines Freundes entsprungen sein.

Das Geschöpf, das da neben mir saß, hatte sich offenbar bereits von seinem Schock erholt und setzte erneut zum Angriff an. Gut, dass ich ihm den Handschuh übergezogen hatte! Zum Nachdenken freilich blieb mir keine Zeit.

Unwillkürlich schnippte ich mit den Fingern der linken Hand, und der tödliche Kugelblitz erschien wie bestellt. Seltsam – ausgerechnet diesen Trick hatte mir kein anderer als Schurf beigebracht. Wer hätte gedacht, dass gerade er es war, gegen den ich mich damit zur Wehr setzen musste!

»Unsinn! Das ist Unsinn, was du da machst! All deine Zaubertricks sind Unsinn! Du bist ein furchtbarer Stümper!«, rief mein Kollege amüsiert und streckte die Rechte aus. Das grüne Licht meines Kugelblitzes flimmerte und verschwand. Im selben Moment befreite Schurf seine Linke ohne große Anstrengungen. Ich war nicht besonders stark, und wie hätte ich mich gegen ein Kraftpaket wie ihn durchsetzen sollen?

Ich musste zugeben, dass er Recht hatte: Ich war wirklich kein großer Zauberkünstler und hatte nichts in der Hand, um dem Schnitter des Lebensfadens – dem bekannten Killer Schurf Lonely-Lokley, der schon viele alte Magister auf dem Gewissen hatte – Paroli zu bieten. Vielleicht sollte ich diesen Verrückten einfach in meiner linken Hand verschwinden lassen?

Aber im Hinterkopf wusste ich, dass mein liebster Zaubertrick in diesem Fall einem Selbstmord gleichkäme. Egal, wie klein Sir Schurf war: Nichts würde ihn davon abhalten, seine tödliche Hand gegen mich zum Einsatz zu bringen. Und das wäre mein Ende.

Zum Glück war dieses Ende noch lange nicht in Sicht.

Spuck ihn an!, empfahl mir die Vernunft, doch ich hörte nicht auf sie, da ich keine Zeit mit Experimenten verlieren wollte, deren Resultat vorhersehbar war.

Ich hatte mir überlegt, dass Sir Schurf als mein Kollege, der mich auf den gefährlichsten Abenteuern begleitet und mir viele, bestens funktionierende Zaubertricks beigebracht hatte, genau wusste, womit er bei mir rechnen musste und was er von mir erwarten konnte. Er war also auf alles gefasst – auch darauf, dass meine Spucke giftig war. Um am Leben zu bleiben, sollte ich also auf all die Zaubertricks verzichten, die er schon kannte, und mir etwas Neues einfallen lassen, das ihn überraschen würde.

Ich hatte nichts mehr zu verlieren, und der Tod stand mir vor Augen. Sir Schurf zog erneut den linken Handschuh aus, ließ sich dabei zum Glück aber so viel Zeit wie sonst. Doch egal, wie langsam er den Handschuh abstreifte: Ich hatte keine Hoffnung mehr.

Mir blieb nichts anderes übrig, als heiter und mit Stil zu sterben. Und warum auch nicht? Meine spärlichen, aber traurigen Erfahrungen mit dem Leben nach dem Tod sagten mir, dass es nach dem Sterben nichts mehr gab.

Ich lachte wie ein Verrückter, sprang unvermittelt auf, ohne zu wissen, warum, und stellte fest, dass ich keinen Boden unter den Füßen hatte: Die seltsame Leichtigkeit, die nach dem Trinken aus der löchrigen Tasse von mir Besitz ergriffen hatte, sorgte dafür, dass ich in der Luft blieb. Im nächsten Moment stellte ich staunend fest, dass ich von oben auf die engen Straßen der Altstadt blickte. Das Leuchten der orangefarbenen Straßenlaternen war nur noch schwach zu erkennen, und ich flog weiter gen Himmel.

Die ganze Zeit lachte ich wie verrückt. Nein, ich *war* verrückt. Wie anders hätte es einem Menschen gehen sollen, den sein bester Freund umbringen wollte? Das seltsame Gefühl, über dem nächtlichen Echo zu schweben wie Puh der Bär mit seinem Luftballon, war nur ein Glied mehr in der Kette von Seltsamkeiten, die mir an diesem Abend widerfuhren.

Ein greller Blitz vom Erdboden her ließ mich wieder zu mir kommen. Ich hatte keine Ahnung, wie weit ich mich von Sir Schurfs tödlicher Hand entfernt hatte, war aber überzeugt, die Gefahr sei vorbei.

Trotzdem fand ich es beruhigend, weit von Schurf weg zu sein. Der Blitz erleuchtete die Dächer der Altstadt nur kurz und verschwand dann wieder. Ich dagegen schwebte offenbar viel höher und war für seine tödliche Hand unerreichbar.

Ich muss mich unbedingt mit Sir Juffin treffen, dachte ich. Ich gehöre dringend unter seine Fittiche. Allein werde ich mit der Situation nicht fertig.

An diesem Gedanken hielt ich mich fest wie ein Ertrinkender an einem Rettungsring. Ich ließ die Geschehnisse des Abends kurz Revue passieren, versuchte, mir die Reaktion meines Chefs vorzustellen, und bat den Himmel, mich ohne Blessuren auf die Erde zurückkehren zu lassen. Dann sah ich nach unten und stellte fest, dass der Boden wesentlich näher war als kurz zuvor. Beunruhigend fand ich nur die Aussicht, wieder in die Nähe von Sir Schurf zu geraten.

Dann aber stellte ich fest, dass weder er noch sein A-Mobil irgendwo zu sehen waren. Ich schwebte über einer Straße in der Nähe des Hauses an der Brücke und wollte nur eines: endlich wieder festen Boden unter den Füßen haben.

Im nächsten Moment war es so weit. Ich spürte, wie meine Füße den Gehsteig berührten, und versuchte gar nicht erst zu verstehen, warum ich wieder der Schwerkraft unterlag, sondern eilte nur zum Haus an der Brücke.

Ich glaube, an diesem Abend habe ich alle Sprintrekorde gebrochen. Mein überlastetes erstes Herz wäre mir beinahe aus der Brust gesprungen, doch mein geheimnisvolles zweites Herz blieb die ganze Zeit völlig ruhig.

In der Straße der Kupfermünzen fiel mir ein, dass der Arbeitstag meines Chefs schon beendet war. Also rannte ich nicht weiter zum Haus an der Brücke, sondern sprang ans Steuer des nächsten Dienst-A-Mobils. So brauchte ich – den Magistern sei Dank! – keinem Chauffeur etwas zu erklären. Das wäre mir, da ich völlig außer Atem war, auch schwer gefallen.

Ich klammerte mich ans Steuer und fuhr in die Straße der alten Münzen. Juffin hatte mir gesagt, dort sei er am Abend anzutreffen. Na hoffentlich! Ich überlegte, mich per Stummer Rede bei ihm zu melden, nahm aber davon Abstand, da ich ebenso gut hätte versuchen können, unter Vollnarkose zu telefonieren.

Quietschend brachte ich das A-Mobil vor meiner alten Wohnung zum Stehen. Dieses Manöver hatte mir kurz zuvor das Leben gerettet.

Diesmal musste ich die Frontscheibe zum Glück nicht

ruinieren, denn Sir Juffin wartete bereits an der Haustür auf mich. Als ich ihn sah, wäre ich vor Erleichterung beinahe gestorben. Ich stieß Laute aus, die zwischen Hysterie und Verzweiflung oszillierten, gewann aber rasch die Beherrschung zurück.

Diese Geschichte ist noch nicht zu Ende, sagte ich mir. Im Gegenteil – sie hat gerade erst begonnen.

»Man hat versucht, dich umzubringen«, konstatierte Sir Juffin.

Ich nickte schweigend, denn zum Reden war ich noch zu sehr außer Atem. Den Magistern sei Dank, dass ich auf die Atemübungen zurückgreifen konnte, die ausgerechnet Schurf mir beigebracht hatte.

Juffin beobachtete mich so gelassen wie neugierig und stellte fest, dass ich alles Erdenkliche unternahm, um mich zu beruhigen. Dann nickte er wohlwollend und setzte sich zu mir ins A-Mobil.

»Max, lass uns zum Haus an der Brücke fahren. Das ist der beste Platz, um Probleme zu besprechen und zu lösen. Dafür ist unsere Behörde schließlich da.«

Ich nickte wieder, und wir fuhren los, diesmal allerdings in normalem Tempo. Die Gegenwart von Sir Juffin und die Atemübungen wirkten auf mich ausgesprochen beruhigend.

Die Fahrt über schwieg mein Chef gedankenverloren. Erst im Flur des Hauses an der Brücke fragte er mich: »Wer hat bloß versucht, dich umzubringen?«

»Das war Schurf«, antwortete ich hölzern. Eine hölzerne Stimme ist besser als gar keine Stimme, dachte ich dabei.

»Bist du dir da wirklich sicher?«

»Jedenfalls weiß ich, dass ich mit ihm das *Nachtmahl des Vampirs* verlassen habe und er im A-Mobil die ganze Zeit neben mir gesessen hat. Und der, der die ganze Zeit neben mir saß, hat versucht, mich umzubringen. Der gesunde Menschenverstand sagt mir also, dass es Schurf gewesen ist. Aber diese Logik akzeptiere ich nicht«, fuhr ich entschieden fort und setzte mich auf meinen Schreibtischstuhl.

»Ich auch nicht. Das ist zwar eine logische, aber recht primitive Erklärung. Ich fürchte, unser Schurf steckt noch mehr in der Klemme als du – wenn das überhaupt möglich ist.«

»Kann sein«, murmelte ich finster und überlegte, was meinem Freund widerfahren sein mochte. »Schließlich bin ich noch am Leben und sitze neben Ihnen. Und ich wünschte, dass könnte auch Schurf von sich sagen.«

Juffin nickte nachdenklich und sah durch mich hindurch.

»Ich habe eine gute Nachricht«, sagte er dann. »Schurf lebt. Er hat sich eben per Stummer Rede gemeldet und taucht gleich hier auf.«

Meine Muskeln spannten sich, und gleich kehrte das Gefühl unnatürlicher Leichtigkeit zurück. Ich musste mich anstrengen, nicht erneut den Bodenkontakt zu verlieren. Mich bremste nur die Sorge, mir den Kopf an der Decke zu stoßen.

Juffin beobachtete meinen inneren Kampf belustigt.

»Keine Sorge, Max. Ich erwarte wirklich Sir Lonely-Lokley und kein wütendes Medium. Außerdem kannst du dir sicher sein, dass dir in meiner Gegenwart nichts Böses widerfährt.«

»Das bin ich auch. Es war nur heute Abend etwas zu viel für mich.«

»Fang nur nicht an zu jammern! Es war zu viel für *Schurf*! Der arme Kerl! Wenn du wüsstest, wie viele Überraschungen du ertragen kannst, ohne mit der Wimper zu zucken!«

»Meinen Sie wirklich?«, fragte ich höflich. »Spendieren Sie mir doch eine große Tasse Kamra, und führen Sie eine psychoanalytische Sitzung mit mir durch. Danach können Sie mir dann einen goldenen Löffel reichen.«

»Was für einen goldenen Löffel denn, Max?«

Offenbar nahm Juffin alles wörtlich. Vielleicht dachte er ja, meine instabile Psyche stehe vor dem Zusammenbruch.

»Sie glauben doch hoffentlich nicht, dass ich all Ihre Befunde mit den Fingern esse? So bin ich nicht erzogen!«

Dieser Witz war nicht eben gelungen. Juffin jedenfalls hat sich nicht darüber totgelacht. Aber offenbar war er froh, dass ich wieder genug bei Sinnen war, um flapsige Bemerkungen zu machen. Mir ging es nicht anders.

Der Mann mit der Kamra kam auf Sammetpfoten in unser Büro und stellte das Getränk auf den Schreibtisch. Juffin schob mir fürsorglich eine große Tasse davon unter die Nase.

»Sei bitte so lieb und erzähle mir, was vorgefallen ist. In allen Einzelheiten und von Anfang an. Schaffst du das?«

»Ich glaube schon.«

Ich begann mit dem Traum, den ich mit Schurf teilte, und machte bald eine erstaunliche Entdeckung – die interessanteste Entdeckung des Abends sogar: Wenn ich wirklich in der Klemme steckte, konnte ich mich bemerkenswert kurz fassen. Die Tasse jedenfalls war noch nicht kalt, als ich mit meiner Erzählung fertig war.

»Was für eine Geschichte«, seufzte Juffin. »Vor allem der Schluss. Wie in alten Zeiten! Doch selbst in der Ordensepoche wäre das starker Tobak gewesen.«

Die Tür quietschte, und ich fuhr zusammen. Juffin dagegen sagte strahlend: »Kommen Sie rein, Schurf. Ich brenne auf Ihre Version der Ereignisse und fürchte, irgendein Lump will auf Ihrem Rücken das Chumgat durchqueren.«

»Das fürchte ich auch. Und ich frage mich, warum ich nicht darauf gekommen bin, was mit mir los war«, pflichtete Lonely-Lokley ihm bei. »Bedenken Sie aber bitte, dass ich nicht von allein in diese Klemme geraten bin. Ich wurde im Schlaf beeinflusst, als ich mir den Traum von Sir Max ansah, der an einem Ort angesiedelt sein soll, den es wirklich gibt. Mein Reiter hätte von vornherein an diesem Ort landen sollen.«

Schurf blieb neben meinem Stuhl stehen und stellte behutsam eine mit Runen verzierte Schatulle auf den Tisch. Dann legte er mir vorsichtig die Hand auf die Schulter. Ich spürte sofort, dass er keine Handschuhe anhatte.

»Ich hätte nie gedacht, dass du es schaffen würdest, mir zu entkommen, Max, und kann mir gut vorstellen, wie sehr dir dieses Geschöpf auf die Nerven gegangen ist – vor allem, weil es so furchtbar stark von sich überzeugt war.«

»Wenn ich dieses Geschöpf wäre, wäre ich von meinem Erfolg auch überzeugt«, sagte Juffin und lächelte traurig.

»Ich glaube, wir sollten meine Handschuhe untersuchen, je schneller, desto besser. Sie sind hier in der Schatulle. Das

Gespenst, das sich bei mir eingenistet hat, kann jeden Moment wieder auftauchen. Sie wissen so gut wie ich, dass Reiter, die das Chumgat zu durchqueren versuchen, nicht so rasch von denen ablassen, die sie sich als Reittiere erkoren haben.«

»Um welche Reiter geht es überhaupt? Was ist das Chumgat? Und was soll da durchquert werden? All diese merkwürdigen Ausdrücke verstehe ich ganz und gar nicht«, rief ich.

»Das ist einfach«, sagte Juffin achselzuckend. »Chumgat ist der alte Name für das Tor zwischen den Welten. Ich mag ihn nicht, denn er riecht mir zu sehr nach alter Mystik. Es ist besser, die Dinge beim Namen zu nennen. Wenn vom ›Tor zwischen den Welten‹ die Rede ist, wissen alle, worum es geht.«

»Da haben Sie wieder mal Recht«, bestätigte ich. »Zwar kenne ich mich mit diesem Tor gut aus, doch mein theoretisches Wissen darüber ist lückenhaft.«

»In diesem Bereich brauchst du so viel Theorie wie bei der Führerscheinprüfung für das A-Mobil«, sagte Juffin. »Und das nur, um festzustellen, ob du das Tor durchqueren kannst oder nicht. Viele Menschen – selbst mächtige Magier – schaffen es nicht. Andere dagegen – Maba Kaloch zum Beispiel, Sir Lojso Pondochwa und noch ein paar bekannte Leute, darunter du und ich – haben damit kein Problem. Entweder bist du von Geburt an fähig, dich mit Unsichtbarer Magie zu beschäftigen, mit Magie also, die uns bekanntlich durch das Tor zwischen den Welten führt, oder du bist nicht dazu fähig, und damit ist die Sache erledigt. Das ist wie eine Gabe: Entweder kannst du im Kopf vierstellige Zahlen addieren oder nicht.«

»Man kann doch ein Blatt Papier oder einen Taschenrechner zur Hilfe nehmen.«

»Einen Taschenrechner? Was soll das denn sein?«, fragte Lonely-Lokley naserümpfend.

»Ach, Schurf, es gibt sehr viel mehr seltsame Dinge auf der Welt, als du dir träumen lässt.«

Nun erst vermochte ich ihn anzusehen und war erleichtert: Das war tatsächlich mein guter Freund Schurf. Wie immer war er ruhig und unerschüttert, und wie immer ließ er keine Gelegenheit aus, sein ohnehin enzyklopädisches Wissen zu erweitern. Also war das Leben wieder wie früher. Obendrein hatte ich gelernt, nie wieder einen anderen das Himmelsgewölbe tragen zu lassen. Man kann jedem vertrauen, aber glauben darf man nur an sich allein. Jeder von uns ist sein eigener Globus und Atlas zugleich. Und wer außer mir konnte schuld daran sein, dass ich schon mehr als dreißig Jahre auf der Welt war und nun erst ihre Regeln zu verstehen begann?

Sir Juffin unterbrach meine Überlegungen. »Weißt du, Max, mit dem Taschenrechner hast du ein sehr gutes Bild gefunden. Wenn ein Magier erkennt, dass er das Tor zwischen den Welten nicht allein durchqueren kann, nennt er sich Reiter. Na ja, das ist nur ein Name. Tatsächlich aber sucht er sich einen Menschen, der zu dieser Reise fähig ist, und ergreift von seiner Seele Besitz. Für jemanden, der Offenkundige Magie beherrscht, ist das ein Kinderspiel. Am leichtesten lässt sich die Seele von Dummköpfen lenken, denn sie sind oft begabt, haben aber häufig keine Ahnung von ihrem Potential. Außerdem gehört die Seele niemandem.«

Mein Chef legte eine kurze Pause ein, musterte Lonely-

Lokley und setzte seine Ausführungen zufrieden fort. »Aber ein wirklich guter Magier kann auch den Körper eines Fremden beherrschen. Und wenn er sich sehr anstrengt, dringt er sogar in das Bewusstsein seines Reittiers ein. Wenn es dann stirbt, gehen all seine Talente und Fähigkeiten auf den Reiter über. Menschen wie du und ich sind dafür unbrauchbar und für diese Wesen sogar gefährlich, denn wir wissen, was wir tun, und können uns verteidigen.«

Juffin machte erneut eine Pause und musterte diesmal mich. »Weißt du, eigentlich wollte ich es dir nicht erzählen, um dich nicht zu erschrecken, doch auch dich hat so ein Lump beherrschen wollen, als du das Tor zwischen den Welten benutzt hast. Das ist ihm aber misslungen, und gnädigerweise hast du keine Erinnerungen an diese Attacke. Wie gefällt dir das?«

Schockiert sah ich meinen Chef an, gewann aber bald die Beherrschung zurück. Langsam konnte mich nichts mehr in Erstaunen versetzen.

»Ach, deshalb kann ich mich an meine Anfänge in Echo nicht erinnern! Und ich dachte schon, sie seien nur ein Traum gewesen. Aber warum haben Sie mir das verschwiegen, Sir Juffin? Es ist doch besser, so etwas von sich zu wissen.«

»Wenn ich dir gesagt hätte, wie es war, hättest du dich erschrocken und jede Reise zwischen den Welten abgelehnt. Ich wollte deinen seltsamen Begleiter eigentlich ausfindig machen, aber weil du nie in echter Lebensgefahr warst, habe ich es gelassen.«

»Schon gut. Zu den Magistern mit Ihnen«, seufzte ich. »Und mit diesen seltsamen Trittbrettfahrern«, fügte ich hinzu und wandte mich dann an Lonely-Lokley. »Du hast also auch die seltene Gabe, zwischen den Welten zu reisen?«

»Noch nicht, aber irgendwann schaffe ich es bestimmt. Ich muss nur den richtigen Zeitpunkt abwarten. In meinem Leben geht alles sehr langsam – das ist nun mal mein Schicksal.«

»Sie müssen sich wohl mit dem Gedanken anfreunden, dass Ihre Zeit inzwischen gekommen ist«, meinte Juffin lächelnd. »Es war anders gedacht, Schurf, aber dieser rastlose Junge«, fuhr mein Chef fort und wies auf mich, »hat Sie früher als geplant auf die Reise in eine andere Welt mitgenommen.«

»Ich habe niemanden mitgenommen«, rief ich beleidigt. »Wann hören Sie endlich auf, in Rätseln zu sprechen?«

»Jedenfalls habe ich es satt, Lösungen zu verkünden. Und von Rätseln kann gar keine Rede sein«, entgegnete Juffin. »Na schön, ich erkläre es dir. Max, du hast Schurf aus Versehen – man könnte auch sagen: aus Dummheit – in einen deiner Träume mitgenommen. Ich hoffe, ihr wisst, wovon ich rede. Dann seid ihr zusammen vor den Toren von Kettari spazieren gegangen, und all das hat dazu geführt, dass Sir Schurf in eine gefährliche, besser gesagt in eine doppelbödige Situation geraten ist. Einerseits kann er das Tor zwischen den Welten schon allein benutzen, andererseits kennt er sich mit seiner Gabe noch nicht richtig aus. Er befindet sich in der gleichen Lage wie so mancher Bewohner unserer Irrenanstalten ... Leute, jetzt hab ich's! Wir sollten ein paar Geisteskranke besuchen. Bis jetzt hab ich nicht gewusst, wo wir geeignete Reittiere finden können, aber einige seiner Opfer sitzen bestimmt in der Irrenanstalt. Jedenfalls waren Sie nicht sein erstes Opfer, Schurf. Auf Ihrem Rücken durch das Chumgat zu reiten, war aber sogar für diesen Routinier mindestens eine Nummer zu groß. Dennoch fürchte ich, dass wir es mit einem sehr gefährlichen Reiter zu tun haben.«

»Das fürchte ich auch«, sagte Sir Schurf. »Wie ärgerlich, dass ich nicht an der Suche teilnehmen kann. Das alles liegt zeitlich nicht gerade günstig.«

»Stimmt«, meinte Juffin. »Bleiben Sie hier? Das wäre mir sehr recht, obwohl Sie im Cholomi-Gefängnis viel mehr Komfort hätten.«

»Natürlich bleibe ich. Komfort ist jetzt wirklich nicht das Wichtigste. Das kleine Zimmer neben Ihrem Büro, in dem Sie früher Verhöre durchgeführt haben, ist von der Außenwelt so isoliert wie die Zellen in Cholomi. Außerdem bin ich dann während der Ermittlungen in Ihrer Nähe. Und wer weiß – vielleicht ist es ganz gut, dass ich den Raum nicht verlasse.«

Ich sah die beiden verständnislos an. Schurf bemerkte meine Verwirrung und lächelte mild. »Dieser gefährliche Reiter kann mich überall aufs Neue erwischen. Ich habe Juffin meine tödlichen Handschuhe gegeben, doch auch ohne sie kann ich viel Unheil anrichten. Ich fürchte, dieser Reiter verspürt dir gegenüber besonderen Hass. Immerhin habe ich seine Gefühle miterlebt. Daher kann ich sicher sagen, dass sein Vorhaben, dich umzubringen, nicht allein aus praktischen Erwägungen rührt. Wenn dieser Lump wirklich befürchtet hätte, dass du Sir Juffin von meinen Problemen erzählst, hätte er mich sofort zum Schweigen gebracht. Mächtig genug dazu ist er ja. Wenn er zu mir kommt, kann ich keinen Widerstand leisten. Das ist ein furchtbares Gefühl der Ohnmacht. Darum ist es wohl am besten, eine Zeit lang in der Zelle neben eurem Büro einzusitzen. Jedenfalls, solange ihr in dieser Sache ermittelt. Du bist nicht der Einzige, der bei diesem Abenteuer an die Grenzen seiner Möglichkeiten geraten ist. Ich begreife noch immer nicht, warum du so großzügig warst und mich nicht mit deinem Gift bespuckt hast. Diese Waffe wendest du doch so oft an.«

»Das war keine Großzügigkeit. Um großzügig sein zu können, hätte ich nachdenken müssen, doch dazu hatte ich keine Zeit. Irgendwie wusste ich, dass mir nur die Flucht blieb, dass ich also etwas tun musste, womit du ganz und gar nicht gerechnet hast. Allerdings muss ich sagen, dass ich mir nicht erklären kann, warum genau ich mich so verhalten habe. Vielleicht habe ich rein intuitiv gehandelt.«

»Ich kann dir nur versichern, dass ich mich gegen dein Gift nicht hätte wehren können. Nur mein Handschuh hätte mich zu schützen vermocht. Dem Lump, der von mir Besitz ergriffen hatte, war mein Leben ganz egal. Wäre ich gestorben, hätte er sich eben jemand anderen für sein Vorhaben gesucht. Du hattest jedenfalls die besten Aussichten, mich umzubringen.«

»Du hättest stattdessen auch mich umbringen können. Oder es wäre etwas noch Schlimmeres passiert.«

»Es gibt nichts Schlimmeres als den Tod«, belehrte mich Schurf. »Andere Ereignisse können deine Welt beschädigen, aber vernichtet wird sie nur durch den Tod.«

»Schön, meine Herren, genug philosophiert!«, rief Juffin. »Schurf, Sie bleiben brav in Ihrer freiwilligen Haft. Ich glaube kaum, dass Ihr Reiter Sie hier wird besuchen wollen. Bei guter Führung dürfen Sie von Zeit zu Zeit einen Spaziergang machen. Nur schlafen dürfen Sie nicht.«

»Das denke ich auch«, pflichtete Lonely-Lokley ihm bei. »Wenn es Ihnen gelingt, meinen Reiter binnen vier Tagen unschädlich zu machen, komme ich mit dem Schlafmangel allein klar. Wenn Sie aber länger brauchen, werde ich ein wenig gegen das Chrember-Gesetzbuch verstoßen müssen.«

»Darauf sollten Sie besser nicht spekulieren«, meinte Sir Juffin und lächelte freundlich. »Das kann ich Ihnen flüstern.«

»Ach, das war nur so dahergesagt. Ich habe ohnehin keinen Zweifel an Ihren Fähigkeiten«, entgegnete Schurf höflich. »Und keine Dornen ohne Rose, wenn ich so sagen darf, denn in meinem Büro liegen noch einige Bücher, die ich dringend lesen will.«

»Schön, verstehen Sie das Ganze also als Sonderurlaub. Max und ich fahren derweil in die Irrenanstalt.«

»Ist die Lage wirklich so dramatisch?«, fragte ich und lächelte unsicher.

»Ich glaube schon«, antwortete Juffin ernst. »Helfen kann uns jedenfalls niemand. Aber wir bleiben dort nicht lange, sondern befragen nur ein paar Insassen nach ihren Träumen und dergleichen. Jetzt sei bitte so lieb, Max, und bring Schurf seine Bücher. Ich möchte keinen Boten damit beschäftigen.«

»Sie hätten wirklich einen besseren Vorwand finden können, mich aus dem Zimmer zu schicken«, sagte ich. »Wenn Sie mit Sir Schurf Geheimnisse austauschen wollen, tun Sie das doch per Stummer Rede!«

»Welch scharfsinnige Bemerkung«, brummte mein Chef.

»Aber wir haben Besseres zu tun, als Geheimnisse auszutauschen. Ich schicke dich einfach weg, damit du dich nicht als großer Held oder unglückliches Opfer fühlst.«

Ich schüttelte ungläubig den Kopf und verließ das Büro.

Egal, was mein Chef sagte: Mein zweites Herz war fest überzeugt, dass die beiden ein vertrauliches Gespräch führen würden, denn Juffin roch geradezu nach Geheimnistuerei. Um den beiden meine Großzügigkeit zu zeigen, verzichtete ich darauf, sie länger zu stören. Und es wäre taktlos gewesen, über den Flur zu hetzen, um schon nach wenigen Minuten mit den Büchern zurück zu sein. Sollten sie ruhig so lange flüstern, wie sie es für nötig hielten.

Also durchquerte ich den Saal der allgemeinen Arbeit so langsam wie möglich, ging den anschließenden Korridor entlang und trat schließlich in Lonely-Lokleys großes Büro.

Ich nahm einige Bücher aus dem Regal und vom Schreibtisch und lächelte darüber, wie Schurf mich zurechtgewiesen hatte, als ich *Das Pendel der Ewigkeit* an den falschen Platz stellen wollte. Dieser eigenartige Kerl war einer meiner besten Freunde hier, mit dem ich sogar schon den einen oder anderen Traum geteilt hatte. Seltsamerweise dachte ich darüber erst jetzt nach, also nachdem er versucht hatte, mich umzubringen.

Schweigend kehrte ich aus Lonely-Lokleys Büro zurück und legte ihm seine Bücher vor die Nase. Er besah sie gedankenverloren.

»Für kurze Zeit reicht das«, sagte er dann, »aber nicht für lange. Darf ich jetzt schon um Nachschub bitten?«

»Selbstverständlich«, versicherte Juffin. »Übrigens hat der frisch erkorene Monarch kürzlich seine Residenz bezogen – eine ehemalige Bibliothek.«

»Stimmt!«, rief ich. »Am besten gibst du mir eine Literaturliste, und morgen schau ich mal, was ich für dich besorgen kann.«

»Morgen hast du dazu keine Zeit«, meinte Juffin lächelnd. »Da triffst du dich mit deinen wunderbaren Untertanen, um ihren Thron zu besteigen. Hast du das etwa vergessen?«

»Eigentlich ja. Aber das ist halb so schlimm, denn nach der Zeremonie habe ich bestimmt noch Zeit, meine Buchbestände zu sichten. Gut, Schurf, dass du mich darum gebeten hast. So begebe ich mich morgen nicht ganz umsonst in meine Residenz.«

»Der klopft Sprüche, was?«, rief Juffin entzückt. »Nicht ganz umsonst«, wiederholte er dann belustigt. »Jeder andere würde vor Freude platzen.«

»Sie kennen eben meine Vorlieben nicht«, antwortete ich lächelnd. »Mir reichen eine Jurte am Rand der Leeren Länder und ein Platz an unserem Stammtisch im *Armstrong und Ella*. Und wenn es sein muss, ein Stuhl in diesem Büro. Prunk beleidigt meinen Intellekt.«

»Dann wird dir eine bescheidene Zelle in der Irrenanstalt sicher gefallen. Schurf, Sie treten Ihre freiwillige Haft an, und wenn sich Ihr Reiter meldet, folgen Sie meinem Rat.«

»Ich habe allen Grund anzunehmen, dass es mir gelingen wird, diese Aufgabe zu meistern«, erklärte Lonely-Lokley würdevoll.

Dann ging er zu der Geheimtür, hinter der sich Juffins

Verhörzelle befand. Dort war es wie im Cholomi-Gefängnis: Man konnte keine Magie anwenden und sich nicht per Stummer Rede verständigen. Dafür war man vor fremden Zauberkünsten sicher. Diesen Raum hatte Juffin schon zu Beginn der Epoche des Gesetzbuchs einrichten lassen, weil es nicht möglich gewesen wäre, die Magister der diversen Orden in einem normalen Zimmer gefangen zu halten, und weil es damals für die Mitarbeiter des Kleinen Geheimen Suchtrupps gang und gäbe war, sich mit solchen Magistern zu beschäftigen.

Zu meiner Zeit dagegen stand der Raum meist leer. Nur einmal hatten wir ihn gebraucht – für den toten, aber überaus flinken Dschifa Savancha aus dem Wald von Mahagon. Ärgerlich nur, dass er uns einfach entkommen war.

»Das sehe ich genauso«, sagte Juffin erleichtert. »Sie schaffen das bestimmt.«

»Lonely-Lokley ist in Haft. Also können wir endlich in die Irrenanstalt fahren«, sagte ich augenzwinkernd zu meinem Chef. »Es ist wirklich unterhaltsam, mit Ihnen zu arbeiten.«

»Mit dir auch, Max«, gab Sir Juffin höflich zurück. »Und jetzt lass uns fahren.«

»Wo soll's hingehen?«, fragte ich und setzte mich ans Steuer des Dienst-A-Mobils.

»In die Neustadt, durchs Tor der drei Brücken und dann immer am Churon entlang. Wenn wir am Stadtrand sind, gebe ich dir weitere Instruktionen.«

»Das ist ziemlich weit«, seufzte ich.

»Für einen Chauffeur wie dich spielen Entfernungen doch praktisch keine Rolle.«

Als Juffin merkte, dass er mir ein Kompliment gemacht hatte, gab er einen Schuss Wermut in den süßen Wein seines Lobs. »Bitte bau keinen tödlichen Unfall, damit Sir Schurf nicht bis an sein Lebensende in meiner Verhörzelle bleibt.«

»Das wäre wirklich keine reizvolle Aussicht. Aber statt den Teufel an die Wand zu malen, erzählen Sie mir lieber, was uns in der Irrenanstalt erwartet.«

»Wir werden wiederholen, was ich dir beigebracht habe. Du hast hoffentlich nicht vergessen, wie man die Vergangenheit von Gegenständen erfährt.«

»Natürlich nicht. Ich bin ein großartiger Schüler. Wie könnte ich Ihre Lehren je vergessen? Vielleicht glauben Sie mir nicht, aber ich stelle regelmäßig dem einen oder anderen Gegenstand zu Übungszwecken Fragen nach seiner Vorgeschichte.«

»Schon gut. Ich dachte nur, du hättest in letzter Zeit keine Gelegenheit dazu gehabt«, sagte mein Chef. »Umso besser für uns. Womöglich bin ich auf deine Hilfe angewiesen.«

»Werden Sie die Möbel befragen?«

»Die vielleicht auch, doch das weiß ich noch nicht. In unserer letzten Unterrichtsstunde zu diesem wunderbaren Thema hast du erfahren, dass man Dinge genauso verhören kann wie Menschen, aber es gibt einen Unterschied: Gegenstände erzählen nur die Begebenheiten, deren Zeuge sie waren, während der Mensch am liebsten von sich oder über Dinge erzählt, von denen er keine Ahnung hat. Natürlich ist es viel schwieriger, mit Menschen zu arbeiten. Am besten befragt man sie deshalb im Schlaf, und zum Glück werden viele unserer Gesprächspartner schlafen.«

»Ach, deshalb hab ich nach jedem gefährlichen Abenteuer bei Ihnen übernachten müssen!«, rief ich und lächelte in mich hinein.

»Ich muss gestehen, dass du mir im Schlaf dein gesamtes Wissen auf herrlichste Weise offenbart hast.«

»Wie ich sehe«, sagte ich seufzend, »sind Sie ein wahrer Seelenforscher.«

»Das kann man wohl sagen. Und jetzt bieg rechts ab. Wir sind fast da.«

Zwei Minuten später hielten wir vor einem niedrigen Zaun.

Bisher hatte ich geglaubt, jede Irrenanstalt sei so gut gesichert wie das berühmte Zuchthaus Nunda in Gugland. Was ich nun vorfand, widersprach meinen Erwartungen ganz und gar: Nicht einmal der Eingang der Anstalt war geschlossen, und der Zaun ließ sich spielend leicht überwinden.

Wir gingen durch einen schönen, angenehm verwahrlosten Park und landeten vor einem Gebäude, an dessen Vorderseite zwei große Fenster leuchteten.

»Ah, wir werden erwartet«, meinte Juffin und hielt eifrig auf das Haus zu wie ein Nachtfalter, den es zum Licht drängt.

»Warum gibt es hier keine Schutzmauer? Kennt man so was in Echo nicht?«

»Natürlich nicht«, sagte mein Chef und hob erstaunt die Brauen. »Warum auch? Wer sollte diese armen Menschen überfallen?«

»Aber sie könnten weglaufen!«, rief ich.

»Warum sollten sie? Schließlich geht es ihnen hier sehr

gut. Die Heiler helfen ihnen, und manche Kranke können sogar ins normale Leben zurückkehren. Ist es in deiner alten Heimat etwa üblich, die Verrückten wegzusperren?«

»Natürlich. Sie schauen sich doch regelmäßig meine DVDs an – sind Sie da nie an *Einer flog über das Kuckucksnest* geraten? Diesen Film kann ich Ihnen sehr empfehlen, er wird Ihren Horizont erweitern. Nicht mal der legendäre Verbrecher Lojso Pondochwa hätte sich so etwas ausdenken können.«

Jetzt erst merkte ich, dass ich vor ohnmächtiger Wut zitterte, als hätte ich schon in so einer Anstalt gesessen. So stark kann große Filmkunst auf den Menschen wirken!

»Nimm das alles nicht so ernst«, riet mir mein Chef. »Schließlich gehen wir jetzt zu einem Heiler. Dieser kluge Mann braucht dich nur anzusehen, um bei dir etwas Verdächtiges festzustellen. Dann bekommst du ein paar Sorgenfreie Tage, und meine Probleme werden noch größer. Also reiß dich zusammen.«

Ich unterdrückte meinen Zorn, seufzte tief und sagte dann ruhig: »Psychisch Kranke einzusperren, ist mitunter notwendig. Sicher erinnern Sie sich noch an meinen verrückten Landsmann, der Frauen die Kehle durchgebissen hat. Was hätte man mit so einem Kerl tun sollen? Ihn mit Pillen beruhigen? Oder ihn in diesem Park spazieren gehen lassen?«

»Auch mit diesem Fall wären unsere Heiler rasch fertig geworden«, sagte Juffin leichthin. »Man hätte ihm Kristalle der Demut verabreicht. Die beruhigen.«

»So einfach ist das hier?«

»Einfacher geht's kaum, was?«

Da die Fenster im ersten Stock so einladend leuchteten, gingen wir die breite Treppe hinauf, deren weicher Teppich eventuelle Sturzgelüste der Insassen sanft abfangen sollte.

»Guten Abend, Sir Juffin. Sie sind es wirklich, Sir Max! Wie schön, dass Sie unsere Irrenanstalt besuchen und ich mich Ihnen vorstellen darf: Slobat Katschak, Oberster Beschützer des Seelenfriedens. Sollte Ihnen dieser Titel zu pompös sein, können Sie mich gern Obernachtheiler nennen«, sagte der zart wirkende Jüngling im türkisfarbenen Lochimantel.

»Slobat ist außerdem ehemaliger Magister des Ordens der Stachelbeere«, ergänzte Juffin. »Und er ist ein Nachtmensch wie du, Max.«

Der kleine Heiler war ungemein gastfreundlich. »Machen Sie es sich bequem, meine Herren. Wenn Sie meine bescheidene Bewirtung ablehnen, bricht mir das Herz.«

»Seit wann lassen wir vom Kleinen Geheimen Suchtrupp uns nicht mehr zum Essen und Trinken einladen? Das wäre ganz was Neues«, sagte Juffin. »Keine Sorge, Slobat: Max und ich werden nicht einen Krümel dessen verschmähen, was Sie uns servieren.«

Sofort zeigte sich, dass Slobat stark untertrieben hatte, denn auf uns warteten zahlreiche Tabletts. Trotz Juffins gefräßig klingender Ankündigung dauerte unser Mahl nur eine Viertelstunde. Mein Chef wollte offenbar zur Sache kommen.

»Slobat – Sir Max und ich müssen die Zimmer Ihrer Patienten sehen, und womöglich brauchen wir Ihre Hilfe. Darum möchte ich Sie bitten, sich im Korridor in Bereitschaft zu halten. Das ist zwar keine angenehme Art, die

Nacht zu verbringen, aber Sie haben heute leider kein Glück.«

»Es gibt Schlimmeres«, meinte der Heiler stoisch. »Wo wollen Sie Ihren Rundgang beginnen?«

»Bei den hoffnungslosen Fällen, deren Seele durchs All treibt wie eine Nussschale im Sturm der Traurigen Zeit«, sagte mein Chef.

»Sündige Magister, Juffin, ich wusste gar nicht, dass Sie auch Dichter sind!«, erklärte ich respektvoll und erhob mich.

»Unsinn, Junge. Es ist nur das Haus, das mich in diese Stimmung versetzt.«

Wir verließen das Gebäude, gingen durch den Park und landeten vor einem Flachbau.

»Hier leben die hoffnungslosen Fälle, bei denen das Licht der Vernunft endgültig erloschen ist«, sagte unser Cicerone. »Schauen Sie sich ruhig um. Ich warte derweil.«

Wir betraten einen dunklen Flur. Ich hatte längst gelernt, mich auch im Finsteren leidlich zu orientieren, und Sir Juffin war als Kind des Vereinigten Königreichs ohnehin in der Lage, sich sogar in tiefster Nacht zurechtzufinden.

»Was soll ich tun? Welche Rolle haben Sie mir bei dieser Untersuchung zugedacht?«, flüsterte ich.

»Achte zuerst nur darauf, was ich tue. Vielleicht findest du allein heraus, wie so eine Befragung funktioniert. Übrigens kann es sein, dass wir hier nichts zu tun bekommen. Immerhin gibt es keine Garantie, dass wir ausgerechnet hier den finden, den wir suchen. Zum Glück brauche ich die Zimmer nur zu betreten, um zu wissen, ob der jeweilige Bewohner für uns von Interesse ist oder nicht.«

»Warum sind wir eigentlich ausgerechnet in diese Anstalt gefahren? Ist sie anders als die übrigen?«

»Natürlich. Es ist die einzige Einrichtung dieser Art in Echo. Die anderen liegen weit draußen in der Provinz. Und auch diese Anstalt wird womöglich bald geschlossen, denn manche einflussreichen Heiler behaupten, der Aufenthalt in Echo sei der Seelenheilung abträglich. Außerdem braucht jeder, der das Tor zwischen den Welten durchqueren will, die Kraft der Hauptstadt. Sollte sich unser Reiter also die Seele eines Verrückten gesucht haben, dann hier und nicht in Uriuland.«

Wir betraten das erste Zimmer. Der Teppich war so weich, dass er auch als Bett diente. An der gegenüberliegenden Wand atmete jemand laut unter einer dicken Bettdecke.

»Diese Lady ist für uns nicht interessant«, sagte Juffin schnell. »Ihre wahnsinnige Seele irrlichtert zwar durchs Weltall, hat aber nicht genug Kraft, das Tor zwischen den Welten zu durchqueren. Lass uns weitergehen.«

»War das wirklich eine Lady?«, fragte ich überrascht und schloss die Tür hinter mir.

»Sogar eine wunderschöne Lady. Warum erstaunt dich das? Nett, dass du Frauen für anbetungswürdig hältst, aber auch sie werden mitunter verrückt.«

»Das weiß ich längst«, flüsterte ich aufgebracht. »Sind wir etwa in die Frauenabteilung geraten?«

»Was redest du da schon wieder? Wir sind hier doch nicht im Stadtteil Rendezvous! Oder trennt man in deiner alten Heimat die verrückten Männer von den verrückten Frauen?«

»Allerdings«, bestätigte ich.

»Warum hat man dort bloß solche Angst vor Verrückten?«, fragte mein Chef erstaunt. »Je mehr ich über deine Heimat erfahre, desto mehr fürchte ich, dass auch du irgendwann in so einer streng abgeschirmten Anstalt gelandet wärst.«

»Vielleicht«, antwortete ich lächelnd. »Allerdings habe ich ziemlich überzeugend den Normalen gespielt.«

»Na schön, wir finden sicher einmal Zeit, deine verlorene Jugend näher zu besprechen. Jetzt haben wir leider Wichtigeres zu tun.«

Wir sahen uns weitere Zimmer an.

»Das bringt nichts«, murmelte mein Chef, doch wir machten weiter. Als wir gut die Hälfte der Räume inspiziert hatten, empfand ich an einer Tür ein Unbehagen.

Irgendwie spürte ich, dass der Mensch in diesem Zimmer sich unfassbar einsam und von aller Welt verlassen fühlte. Auch mich überkam ein Gefühl absoluter, eisiger Isolation, einer Einsamkeit, die keine Chance bot zu begreifen, was einem widerfuhr – und keine Möglichkeit, je wieder ins normale Leben zurückzukehren. Etwas Ähnliches hatte ich gespürt, als ich in meinem Dienstwagen im Wald von Mahagon eingenickt war und kurz das Tor zwischen den Welten geöffnet hatte. Wie sehr hatte ich mich damals erschrocken!

»Wenn man sonst kein Instrument zur Verfügung hat, kann man sich an deiner Mimik orientieren«, sagte mein Chef. »Du wirkst sehr beunruhigt. Ich glaube, wir haben gefunden, was wir suchen. Es sei denn, die Seele dieses armen Menschen hat das Tor zwischen den Welten bereits durchquert.«

»Ich kann mich nicht erinnern, dass Sie je solche Worte verwendet haben«, meinte ich lächelnd.

»Stimmt, aber wie gesagt: Die Atmosphäre dieser Anstalt beeinflusst mich«, antwortete Juffin und setzte sich auf den Boden. »Lass dich nicht irritieren, und lenke vor allem mich nicht von der Arbeit ab. Ich werde jetzt diesen armen Menschen bitten, seine Geschichte zu erzählen, und du setzt dich neben ihn und versuchst, Mitgefühl zu zeigen. Stell dir dabei aber bitte vor, du hättest es nicht mit einem Menschen, sondern mit einem Gegenstand zu tun, einer Schachtel oder einem Besen zum Beispiel. Es ist schwerer, die Vergangenheit eines Menschen zu erfahren als die eines Gegenstands, denn Menschen sind viel verschlossener.«

Ich setzte mich neben Juffin und lehnte mich an die Wand. Auch sie war weich und angenehm und ähnelte den Gummizellen in meiner Heimat.

Dann starrte ich auf eine kleine Erhöhung unter der Bettdecke. Der Bewohner, den wir zuletzt besucht hatten, war äußerst schwach gewesen, hatte aber immerhin Kraft genug besessen, sich die Decke über den Kopf zu ziehen. Das hatte ihm allerdings nichts genutzt, da mein Blick wie ein Röntgenstrahl durch das Federbett gegangen war.

Eine Zeit lang spürte ich nicht das Geringste. Ich saß auf dem Boden und starrte den Schlafenden an. Hätte ich ihn um seine Bettdecke gebeten, wäre ich womöglich an wichtige Informationen gekommen. Plötzlich schlug mir das Herz im Hals, und ich spürte höchste Gefahr.

Im nächsten Moment zog ein Kaleidoskop verworrener Erscheinungen an meinem inneren Auge vorbei. Diese Bilder waren aber nichts im Vergleich zu der ungeheuren Einsamkeit, die der Kranke spüren musste. Er steckte offenbar im Tor zwischen den Welten fest. Dieser Gedanke ließ mich frösteln.

Juffin rüttelte mich an der Schulter. »Max, wach auf. Wir müssen uns beeilen. Ich habe alles erfahren, was ich wissen muss. Dir geht es nicht besonders, stimmt's?«

»Stimmt«, sagte ich kopfschüttelnd. Ein Teil von mir schien durch die Irrenanstalt zu geistern, ein großer Teil von mir sogar, und ich glaubte, ohne diesen Teil viel angenehmer leben zu können. Da das Kopfschütteln nicht half, wieder zu Kräften zu kommen, gab ich mir zwei heftige Ohrfeigen.

»Soll ich weitermachen?«, fragte mein Chef belustigt.

»Danke, das schaff ich schon allein. Außerdem brauche ich jetzt unbedingt Wasser.«

»Nichts leichter als das. Die kleine Tür dort führt ins Bad. Aber beeil dich bitte. Wir müssen wirklich los.«

Ich ging ins Bad, setzte meinen Turban ab und hielt den Kopf unter den Hahn. Die Wassertemperatur war ideal. Flugs wusch ich die jüngsten Ereignisse von mir ab. Juffin stand in der Tür und beobachtete neugierig jede meiner Bewegungen.

»Ich habe erschütternde Dinge erfahren, Max – genau wie du. Aber ich glaube, dir mangelt es noch an Erfahrung, um das Geschehene in eine verständliche Sprache zu übersetzen.«

»Gut möglich«, antwortete ich matt.

»In dieser Anstalt dürften wir noch weitere Opfer unseres geheimnisvollen Reiters finden – wesentlich mehr, als ich vermutet hatte. Aber wir werden damit keine Zeit verlieren, denn das Zentrum der Unheil stiftenden Kraft befindet sich zweifellos in diesem Zimmer. Der Mann beispielsweise, den wir eben untersucht haben, ist schon seit über achtzig Jahren von einer fremden Kraft besessen, also die ganze Zeit über, die er hier verbracht hat. Man muss allerdings zugeben, dass er sich perfekt getarnt hat. Wer hätte gedacht, dass der mächtigste Magister des Ordens vom Stab im Sand hier einsitzt? Ich jedenfalls wäre nie auf diese Idee gekommen.«

»Kennen Sie diesen Mann etwa?«, fragte ich meinen Chef.

»Aber ja! Magister Gugimagon und ich waren gute Freunde. Seinerzeit hat er versucht, über mich an alle Geheimnisse der Unsichtbaren Magie zu gelangen. Doch in seinem Gesicht stand geschrieben, dass er dieses Wissens nicht würdig war – und zwar mit so großen Buchstaben«, sagte Juffin und breitete die Hände aus wie ein Angler, der einen kapitalen Hecht gefangen haben will.

»Sie hatten wirklich interessante Freunde. Hat der Alte hier Ihnen vielleicht verraten, wo wir den gesuchten Reiter finden?«

»Das weiß er nicht. Er ist ihm nur im Traum begegnet. Oder denkst du, dass Gugimagon seinen Verfolger zu einer Tasse Kamra eingeladen hätte?«

»Woher soll ich wissen, welche Sitten bei bösartigen Magiern herrschen?«

»Gehen wir, du gutartiger Magier«, spöttelte mein Chef. »Und hör auf zu simulieren – es geht dir doch längst wieder bestens. Auf uns warten wichtige Aufgaben, ein Abschiedsessen bei Slobat Katschak zum Beispiel.«

Er gab mir einen leichten Tritt in den Hintern, um seinen Worten Nachdruck zu verleihen.

Wir traten auf den Flur, wo der Heiler uns schon sehnsüchtig erwartete.

»Haben Sie erfahren, was Sie wissen wollten?«, fragte er.

»Jedenfalls einiges«, antwortete Juffin allgemein. »Nun allerdings brauchen wir Ihre Hilfe.«

»Aber gern!«, rief Slobat so begeistert, als hätte mein Chef ihm eine Tüte Drops angeboten.

»Sie müssen möglichst rasch einen Patienten enttarnen«, sagte Juffin und hielt inne, um die richtigen Worte zu finden. »Er ist nicht krank, sondern ein begnadeter Simulant und sitzt seit mindestens achtzig Jahren in der Anstalt. Er muss gleich zu Beginn der Epoche des Gesetzbuchs eingeliefert worden sein. Jedenfalls habe ich ihn seitdem nicht mehr gesehen. Er hat immer etwas älter gewirkt als ich und ist groß und muskulös, aber nicht dick. Womöglich hat er sein Aussehen verändert, aber groß ist er nach wie vor. Außerdem ist er auf dem linken Auge blind.«

»Das ist der alte Koto Chalis!«, rief Slobat aufgeregt. »Aber der ist harmlos. Sie ahnen ja nicht, wie verrückt er ist! Man kann ihm so viele Kristalle der Demut verabreichen, wie man will – der Erfolg ist gleich null.«

»Das hab ich mir gedacht. In bewusstem Zustand kann er ohnehin nichts unternehmen. Führen Sie uns sofort zu ihm.«

»Aber natürlich.« Slobat Katschak wandte sich zum Gehen. Er wirkte verunsichert. »Sein Zimmer liegt im Nachbargebäude. Dort sind ähnlich hoffnungslose Fälle untergebracht wie hier.«

Eine Minute später waren wir im Nachbargebäude. Sir Juffin entwickelte solches Tempo, dass er Slobat und mich abhängte. Offenbar wollte er unbedingt seinen alten Freund umarmen.

Diesmal führte Sir Slobat uns direkt ins hinterste Zimmer rechts. Juffin riss die Tür auf, erstarrte aber schon auf der Schwelle, so dass ich gegen seinen Rücken prallte.

»Na ja«, sagte er finster. »Damit war wohl zu rechnen.«

»Was ist denn?«, fragte ich, begriff aber im gleichen Moment, was geschehen war. Das Bett war leer, doch eine Delle in der Matratze zeigte, dass bis vor kurzem jemand darin gelegen, sich dann aber in Luft aufgelöst hatte – wäre er nämlich aufgestanden, hätte das andere Spuren hinterlassen. Der Stoff, aus dem in Echo die Bettwäsche ist, passt sich schnell dem Umriss des Schlafenden an und kehrt erst nach Stunden wieder zu seiner neutralen Form zurück.

»Er hat es also doch geschafft!«, rief Juffin. »Er hat das Chumgat durchquert! Für jemanden in seiner Lage ist das kein Kinderspiel. Slobat, mein Freund, ich habe schlechte Nachrichten. Sie müssen prüfen, wie viele Leichen sich in Ihrer Anstalt finden. Es dürften mindestens zwölf sein. Gugimagon ist für seine letzte Reise aufs Ganze gegangen. Ich staune, dass ihm das gelungen ist.«

»Das dürfte eine unangenehme Arbeit werden«, meinte Slobat ergeben. »Kommen Sie denn ohne mich klar?«

»Natürlich, wir wollten sowieso los. Vielen Dank für Ihre Hilfe. Und sollte jemand versuchen, Ihnen für das, was während Ihrer Schicht geschehen ist, die Schuld in die Schuhe zu schieben, dann melden Sie sich bitte sofort per Stummer Rede bei mir. Ich bin jederzeit bereit, Ihren

Vorgesetzten zu versichern, dass Sie keine Verantwortung für die Geschehnisse tragen. Schließlich hat Gugimagon nicht Ihnen, sondern einem Ihrer Vorgänger den Bären aufgebunden, verrückt zu sein. Aber ich glaube kaum, dass Sie meine Hilfe brauchen werden.«

»Zu den Magistern mit meinen Vorgesetzten und meiner Reputation!«, seufzte Sir Slobat. »Was würde ich darum geben, diese Nacht in meinen vier Wänden verbracht zu haben! Es ist schrecklich, dass während meiner Schicht so viele Menschen gestorben sind. Nächte wie diese lassen mich an meinem Beruf zweifeln.«

Wir gingen durch den Park zum Ausgang.

»Meinen Sie wirklich, Ihr Freund hat jeden umgebracht, der ihm als Reittier dienen sollte, um das Tor zwischen den Welten zu durchqueren?«, fragte ich beunruhigt. »Was mag dann mit Sir Schurf geschehen sein? Wir können uns nicht mal per Stummer Rede bei ihm melden, weil er in der Isolationszelle sitzt.«

»Bei Schurf ist alles in Ordnung, keine Sorge. Er wollte nicht schlafen, und ich hab ihn hellwach bleiben lassen. Dagegen kann selbst Gugimagon nichts unternehmen. Außerdem hab ich Lonely-Lokley eine ausgezeichnete Waffe besorgt.«

»Was denn für eine Waffe?«, fragte ich pochenden Herzens. »Oder ist das ein Geheimnis?«

»Allerdings. Über Waffen soll man erst reden, wenn sie ihre Aufgabe erfüllt haben. Manchmal nämlich schwächen Worte ihre Kraft. Gedulde dich noch etwas. Ich erzähle dir alles, wenn ich mir erst sicher bin, dass Schurf keinen Schutz mehr nötig hat.«

»Also deshalb haben Sie mich zum Bücherholen geschickt?«

»Nicht doch. Ich fürchte nur, dass du der Redaktion der *Königlichen Stimme* früher oder später all meine Geheimnisse verrätst. Besonders, da du dich nun so gut mit Chefredakteur Rogro Schill verstehst.«

»Ach, daher weht der Wind! Aber ich trenne das Dienstliche immer strikt vom Privaten.«

»Das ändert sich bestimmt noch«, tröstete mich mein Chef und schwang sich auf den Beifahrersitz.

Ich setzte mich ans Lenkrad und stellte die entscheidende Frage: »Und jetzt?«

»Jetzt, lieber Max, müssen wir zum Tor zwischen den Welten fahren und meinen alten Freund aufspüren.«

»Er ist bestimmt an den Ort gegangen, von dem Sir Schurf und ich unabhängig voneinander geträumt haben.«

»Wie kommst du darauf?«, wunderte sich mein Chef.

»Ich weiß es nicht, aber ich bin mir ziemlich sicher, dass es so ist.«

»Umso besser«, sagte Juffin. »Morgen gehen wir ihn dort gemeinsam suchen.«

»Warum nicht sofort?«

»Warum so ungeduldig?«, fragte mein Chef und schüttelte den Kopf. »Wir sollten uns besser mit Sir Kofa treffen und uns die neusten Gerüchte erzählen lassen, die in Echo in Umlauf sind. Außerdem bekommst du morgen von deinen Untertanen deine Krone aufgesetzt – schon vergessen? Es wäre doch schade, wenn das Tor zwischen den Welten dich in weite Fernen führen würde und du deine Krönung versäumtest, oder?«

»Ich fände das ganz und gar nicht schade«, brummte ich.

»Du nicht, aber Seine Hoheit König Gurig VIII. sieht das sicher völlig anders. Er hat alles vorbereitet und aus allen Provinzen des Vereinigten Königreichs wichtige Personen nach Echo eingeladen. Sollten wir uns der Krönungsfeier entziehen, würde er das sicher nicht verstehen – trotz seines Respekts für unsere geheimdienstliche Arbeit. Nach der Feier dagegen könnten wir womöglich jahrelang verschwinden, ohne dass er unsere Abwesenheit bemerken würde.«

»Glauben Sie wirklich, Seine Majestät würde uns nicht bald vermissen?«

»Nicht unbedingt, denn im Tor zwischen den Welten vergeht die Zeit viel schneller als in Echo. Aber wir sollten die Krönungszeremonie wirklich abwarten – vor allem, weil ich dir nicht versprechen kann, dass wir unbeschadet aus dem Tor zurückkehren. Und wer sich auf ein riskantes Abenteuer einlässt, sollte seine Angelegenheiten geregelt haben. Es ist nämlich so, Max: Wer mehrere Lochimäntel übereinander trägt, bekommt irgendwann Probleme mit dem Gehen und stürzt. Deshalb sollte man Ballast abwerfen, verstanden?«

»Natürlich.«

»Nett, dass du mitunter so verständig bist. Ich bin heute nämlich nicht aufgelegt, den geduldigen Lehrer zu spielen.«

Trotz meines grenzenlosen Vertrauens in Juffin Halli, der mir mehrmals versichert hatte, mit Lonely-Lokley sei alles in Ordnung, wollte ich mich mit eigenen Augen davon überzeugen. Mein Chef war so nett, die Tür zur Verhörzelle zu öffnen. Schurf saß kerzengerade und mit gekreuzten Beinen auf dem Boden und las im *Pendel der Ewigkeit*. Unser Erscheinen löste bei ihm anfangs wenig Begeisterung aus, doch dann taute er auf und fand sich sogar dazu bereit, eine Tasse Kamra mit uns zu trinken.

Dann kehrte er in seinen Elfenbeinturm zurück, und Kimpa – der Haushofmeister von Sir Juffin – tauchte auf, um seinen Herrn abzuholen. Etwas später teilte Sir Kofa mir per Stummer Rede mit, er komme in wenigen Minuten ins Haus an der Brücke.

Zwar hätte ich nicht auf Kofa warten müssen, sondern nach Hause gehen können, doch diese Aussicht begeisterte mich wenig, da meine Freundin Techi mir per Stummer Rede mitgeteilt hatte, sie sei todmüde und wolle früh ins Bett. Ich dagegen war putzmunter.

Mein Kampf mit Lonely-Lokley hatte mich offenbar viel stärker aufgeputscht als zunächst vermutet. Wie groß war daher meine Erleichterung gewesen, nach diesem Kampf in das beruhigende Gesicht meines Chefs blicken zu können.

Zudem musste ich mir eingestehen, mich auch deshalb so stark für die Suche nach Gugimagon zu engagieren, um mich von meinen Problemen abzulenken.

»Guten Abend«, begrüßte Sir Kofa mich freundlich.

Er betrat mein Büro und ließ dabei seine neueste Tarnung – ein Gesicht mit buschigen Augenbrauen – verschwinden.

»Was machst du hier, mein Junge? Und was suchst du in deiner leeren Tasse?«

»In meine Tasse gehört eine neue Portion Kamra, aber das bekomme ich schon hin. Setz dich und greif zu. Wenn nichts mehr da ist, geben wir unserem Schatzmeister Dondi Melichais Bescheid, der sicher so freundlich ist, unsere Zeche bei Madame Žižinda zu begleichen.«

»Ich wusste ja, dass du großartige Arbeitsmethoden hast«, stellte Sir Kofa respektvoll fest.

»Die habe ich von dir. Du hast mir beigebracht, dass man am besten arbeitet, wenn man in der Dienstzeit von Wirtshaus zu Wirtshaus zieht, und zwar auf Kosten seines Arbeitgebers. Aber ich war heute ziemlich viel unterwegs und möchte deshalb lieber hierbleiben und dir die Möglichkeit geben, die Früchte deiner pädagogischen Bemühungen in meinem Büro zu genießen.«

Wir machten nur eine kleine Bestellung im *Fressfass*, denn besonders ich musste auf das Fassungsvermögen meines Magens Rücksicht nehmen, den ich seit Sonnenaufgang unausgesetzt mit Essen vollgestopft hatte. Nur während des Kampfs mit Lonely-Lokley und dem Flug über Echo hatte es eine Pause gegeben.

Nun erst erkannte ich die komische Seite meiner Abenteuer und musste so herzlich wie erleichtert lachen. Sir Kofa hörte sich die ganze Geschichte an und war sichtlich amüsiert.

»Tja«, seufzte ich dann, »der Abend ist zu Ende, und ich hoffe, dass ich morgen wie neugeboren meiner Arbeit nachgehen kann.«

»Von wegen! Morgen erwartet dich ein Abenteuer anderer Art. Hast du das vergessen? Wahrscheinlich nicht – schließlich bist du ein Freund der Abwechslung.«

»Manchmal schon«, bestätigte ich vorsichtig. »Allerdings verstehe ich unter Abwechslung vor allem, den Abend nicht immer im gleichen Wirtshaus ausklingen zu lassen.«

»Die morgige Veranstaltung ist bestimmt nach deinem Geschmack«, versicherte mir Sir Kofa. »Schon die Gästeliste ist ein Genuss.«

»Meinst du meine Untertanen? Ich musste sie etwas zivilisieren, aber nun ist ein recht angenehmes Völkchen aus ihnen geworden.«

»Dazu kann ich mich nicht äußern. Ich meinte eher die eingeladenen Provinzfürsten. Die werden dir sicher gefallen.«

»Sind sie so amüsant?«, fragte ich erfreut.

»Mehr als das – und jeder auf eigene Weise. Außerdem hat König Gurig alle Würdenträger selbst fernster Provinzen eingeladen, die sich gegenwärtig in Echo aufhalten.«

»Gegenwärtig? Gibt es etwa keine ständigen diplomatischen Vertretungen?«

»Wozu denn?«, fragte Kofa zurück. »Max, es ist doch viel besser, dass sie nur dann nach Echo kommen, wenn sie etwas von uns wollen. Allerdings wollen sie fast immer etwas von uns.«

»Kofa, erzähl mir von diesen Provinzfürsten. Nach dem heutigen Tag kann ich sowieso nicht schlafen und brauche ein wenig Unterhaltung.«

»Es genügt nicht, von diesen Leuten zu erzählen – man muss sie erlebt haben. Morgen kannst du deine Neugier stillen. Hast du schon von deinem Landsmann gehört?«

»Meinst du Graf Gatschilo Wuk, auch Sir Dunkler Sack genannt? Natürlich habe ich schon von ihm gehört. Aber nichts Näheres, um ehrlich zu sein. Er soll sich in seinem

Schloss schrecklich langweilen und froh sein, dass ich sein Nachbar werde. Ich fürchte allerdings, seine Hoffnungen werden sich nicht erfüllen. Außerdem soll er sehr streitlustig sein.«

»Der alte Graf Gatschilo hat sogar den friedliebenden Großvater unseres Königs noch in die Kriegskunst eingeführt. Darum glaube ich, das hundertjährige Durcheinander, das erst mit der Verabschiedung des Chrember-Gesetzbuchs zu Ende ging, war gewiss zur Hälfte dem Wirken des Dunklen Sacks zu danken. Egal, was der Große Magister Nuflin Moni Mach dazu sagen mag.«

»Warum nennt man den Grafen eigentlich Dunkler Sack?«

»Das ist eine andere Geschichte. Graf Gatschilo hat zwei Prinzipien: Erstens reist er mit möglichst wenig Gepäck, und zweitens widerspricht es seiner Vorstellung von Menschenwürde, auf Reisen materielle Bedürfnisse zu spüren. Und weil der alte Gatschilo ein recht passabler Zauberer ist – für jemanden aus der Nähe von Uguland zaubert er sogar sehr gut –, hat er eine einfache Methode gefunden, sich von diesen Bedürfnissen zu befreien: Er hat einfach seine alte Reisetasche verzaubert. Seither kommt er auf seinem Klepper in die Hauptstadt geritten und hat nur diese Tasche dabei, seinen dunklen Sack nämlich. Kaum braucht er etwas, greift er hinein und zieht es raus – egal, ob es sich um ein Festgewand oder um eine Armee handelt. Deshalb nennt man ihn den Dunklen Sack. Er soll von diesem Spitznamen ganz begeistert sein.«

»Dieser Mann ist ja ein Genie!«, rief ich. »Den muss ich kennenlernen und bei ihm in die Lehre gehen. Ich teile seine Prinzipien völlig. Was könnte praktischer sein, als alles nur Erforderliche in einem einzigen Sack zu transportieren!«

»Siehst du, so nette Menschen leben in der Grafschaft Wuk! Und vor kurzem hast du dich noch gesträubt, König der Leeren Länder zu werden.«

»Vielleicht sollte besser Graf Gatschilo dort König sein«, murmelte ich. »Das wäre sicher die ideale Beschäftigung für ihn.«

»Ich fürchte, du unterschätzt dein Volk, Max«, sagte Sir Kofa ernst. »Es ist eher bereit zu sterben, als sich von einem Barbaren regieren zu lassen. Und ein Barbar ist für diese Menschen jeder, der nicht in den endlosen Steppen zur Welt gekommen ist. Graf Gatschilo würde deinen Untertanen das Sterben sicher leichtmachen – man müsste ihm nur ein Schwert in die Hand drücken.«

Ich nickte gedankenverloren und musste dann so plötzlich gähnen, dass selbst ich darüber staunte.

»Sehnst du dich nach einem weichen Kissen?«, fragte Kofa einfühlsam. »Das ist verständlich, denn du hast einen harten Tag vor dir.«

»Hart wird nur der Abend«, sagte ich. »Die Zeremonie soll kurz vor Sonnenuntergang steigen. Aber ich gehöre wirklich ins Bett. Vielen Dank, Kofa – du hast mir den Abend versüßt.«

»Ich fürchte eher, deine Geduld mit meinen Geschichten über Gebühr strapaziert zu haben.«

Ich winkte nur ab, gähnte erneut und stand auf. »Sollte morgen jemand ein Dienst-A-Mobil vermissen: Ich nehme eins mit nach Hause, weil Lonely-Lokley meinen Wagen ruiniert hat. Gute Nacht, Kofa.«

»Gute Nacht, Max«, antwortete der Meister des Verhörs.

Ich hoffte inständig, sein Wunsch möge in Erfüllung gehen.

Und tatsächlich: Kaum im Schlafzimmer, hörte ich Techi leise atmen, kroch unter die Decke und schlummerte sofort ein. Meine Träume führten mich in geradezu paradiesische Gefilde, und ich schlief bis zum Mittagessen durch – wann ist man schon mal im Garten Eden zu Gast?

Auch das Erwachen war sehr angenehm, denn Techi stellte mir eine Tasse Kamra ans Kopfende des Bettes. Sie blieb lange warm, weil sie auf einer Heizplatte stand. Meine Freundin allerdings war ausgeflogen. Wahrscheinlich saß sie gerade in ihrem Gasthaus und blätterte in der neuesten Ausgabe der *Königlichen Stimme*. Ich meldete mich per Stummer Rede bei ihr, um mich zu bedanken.

»Keine Ursache, mein Lieber«, antwortete sie. »Ich versuche mich bereits an meiner neuen Rolle als Mätresse.«

»Kommst du zu mir?«

»Das geht leider nicht. Es sind Gäste da, und ich habe dem Personal freigegeben. Du musst also allein klarkommen.«

Ich seufzte nur, schlenderte ins Bad und legte mich in alle neun Wannen. Dann zog ich den schwarzgoldenen Todesmantel an und machte mich auf den Weg ins *Armstrong und Ella*.

Im Zwielicht des Lokals saßen einige Gäste, deren zerknitterte Mienen mich langweilten. Dann aber stellte ich erstaunt fest, dass mein Freund Ande Pu, dem ich noch immer keine Fahrkarte nach Tascher spendiert hatte, an der Theke hockte. Noch mehr überraschte mich, dass er Kamra trank, obwohl er alkoholischen Getränken immer entschieden den Vorzug gegeben hatte.

Techi begrüßte mich mit ihrem schönsten Lächeln, und mir fiel auf, dass sie eigentlich immer wunderschön lächelte.

»Zu den Magistern mit meinem Thron«, seufzte ich. »Es ist hier so nett, aber gleich muss ich los und mich mit Innenpolitik herumschlagen.«

Ande Pu schrak hoch und drehte sich zu mir um. »Max, was redest du da? König zu sein, ist das Beste, was es gibt. Alle werden vor Neid erblassen. Ich an deiner Stelle …«

»Ja, du an meiner Stelle«, unterbrach ich ihn belustigt. »Das wäre wirklich großartig. Ich würde viel dafür geben, das erleben zu dürfen. Aber wie geht es dir, mein Freund? Du bist verdächtig nüchtern, und dein Aufzug ist bedenklich elegant. Was führst du im Schilde? Willst du zu meiner Krönung kommen?«

»Sir Rogro meint, nur ich sei fähig und würdig, die Zeremonie zu verfolgen und von ihr zu berichten«, antwortete Ande stolz.

»Verstehe. Du möchtest bei der Feier als bester Freund des neuen Königs erscheinen. Ich nehme an, du versprichst dir davon etwas für deine Karriere als Journalist.«

»So ein Unsinn«, meinte Ande traurig. »Manchmal bist du unglaublich zynisch. Das macht mich richtig fertig.«

Ich lachte auf, um meine Verwirrung zu kaschieren. Was war nur in mich gefahren? Ein angehender Dichter wie er war offenbar leicht zu verletzen.

Ande sank förmlich in sich zusammen, und es tat weh, ihn anzuschauen.

»Mach dir nichts aus meinem Gerede«, sagte ich und zwinkerte ihm zu. »Hauptsache, du kommst zu meiner Krönung, du zukünftiger Rogro Schill.«

»Ich hab dir schon mehrmals gesagt, du sollst mich nicht beim Namen anderer nennen«, sagte Ande und verzog das Gesicht. »Mein Name ist schließlich das Einzige, was mich hier hält.«

»Warum brauchst du überhaupt einen Halt?«, fragte ich leichthin. »Versuch doch mal, etwas unbeschwert zu sein. Das tut wirklich gut.«

Techi sah zu uns rüber, schüttelte den Kopf und lächelte mich an. Aber Ande ging nicht auf meinen Vorschlag ein, sondern sagte: »Das ist mir egal. Jedenfalls will ich nicht, dass du meinen Namen änderst.«

Die Nüchternheit, zu der ihn sein Schreibauftrag zwang, hatte seine Laune offenbar noch schlechter werden lassen als sonst. Meine Prophezeiung, ein gutes Gehalt und eine steile Karriere würden ihm die Schwermut schon austreiben, hatte sich als falsch erwiesen.

Ich winkte ab und trank meine ausgezeichnete Kamra. Manchmal hatte ich den Eindruck, die verbrecherische Energie von Lojso Pondochwa äußere sich bei seiner Tochter unter umgekehrtem Vorzeichen, als die Fähigkeit nämlich, die herrlichsten Getränke zu zaubern. Ich sah aus dem Fenster und merkte, dass ich allmählich gehen musste.

»Heute sehen wir uns leider nicht mehr«, sagte ich zu Techi. »Erst kommt die Krönung, und dann muss ich einen Fall lösen – weiß der Teufel, wie lange das dauern wird.«

»Dieser Teufel, von dem du so oft redest – kennt er sich in deinen Angelegenheiten wirklich so gut aus?«, fragte sie mich interessiert. »In deiner DVD-Sammlung taucht das Wort auch erstaunlich häufig auf.«

Ich schwieg ratlos und sah mich um. Ande saß neben uns, war aber so tief in Gedanken versunken, dass er nichts von unserem Gespräch mitbekommen hatte. Das war auch gut so, denn hätte er von meiner DVD-Sammlung erfahren, dann hätte davon in kürzester Zeit die ganze Stadt gewusst.

»Na schön, mein Lieber. Viel Spaß heute Abend – und hab meinetwegen kein schlechtes Gewissen! Du weißt ja, wie sehr ich mein unspektakuläres Leben liebe.«

Da es inzwischen höchste Zeit für mich war, sprang ich vom Hocker und rüttelte Ande aus seinen Tagträumen. Er folgte mir gehorsam zum Ausgang.

»Einen netten Spaziergang durchs Chumgat wünsche ich dir«, meldete Techi sich per Stummer Rede. »Und denk daran: Immer kühlen Kopf bewahren!«

Dass sie von meinem neuen Fall wusste, schockierte mich, doch ich ließ mir nichts anmerken, sondern drehte mich auf der Schwelle um und flüsterte: »Vielen Dank für deinen Rat.«

Sie lächelte so freundlich wie unschuldig und winkte mir zu.

Schweigend fuhren Ande Pu und ich zum Haus an der Brücke.

Während der Fahrt machte ich mir Gedanken. Zum Beispiel darüber, woher Techi von dem gefährlichen Abenteuer wissen mochte, das ich gerade mit Juffin durchstand. Nicht, dass ich unseren Einsatz für ein besonders streng zu hütendes Geheimnis hielt, aber wir hatten bisher keine

Zeit gefunden, über ihn zu reden. Als ich am Vortag nach Hause gekommen war, hatte Techi schon geschlafen, und als ich am Morgen aufwachte, war sie schon fort. In ihrem Lokal hatten wir nur beiläufig über allerlei Kleinigkeiten gesprochen.

Entweder rede ich ständig im Schlaf, dachte ich, oder ich muss mir wirklich Gedanken machen, um wen es sich bei meiner Freundin eigentlich handelt. Als Tochter von Lojso Pondochwa ist sie bestimmt zu vielem fähig.

Ich hielt vor dem Seiteneingang des Hauses an der Brücke und seufzte. Nichts wusste ich über meine Freundin, absolut nichts!

»Warte, ich bin gleich zurück«, sagte ich zu Ande Pu.

Seltsamerweise verlor mein Begleiter sogar dann seine Seelenruhe, wenn er auf harmlose Polizisten traf. Und das, obwohl ihn mein Todesmantel kein bisschen ängstigte. Manche Leute sind eben merkwürdig.

»Ich warte gern auf dich. Kein Problem. Du hast da drin sicher etwas Wichtiges zu erledigen«, sagte Ande Pu beflissen.

Das Treppenhaus, das den Trakt der Stadtpolizei vom Trakt des Kleinen Geheimen Suchtrupps trennt, war menschenleer. Auch im Saal der allgemeinen Arbeit war niemand, doch das war nicht erstaunlich, denn alle Mitarbeiter meiner Behörde waren in Juffins Büro versammelt. Sogar Sir Lonely-Lokley hatte die Isolation seiner Verhörzelle verlassen, fütterte Kurusch mit süßen Piroggen aus dem *Fressfass* und sprach mit Lady Melamori über die neuesten Erwerbungen der Stadtbibliothek. Offenbar ging es ihm bestens. Ich hatte also eine Sorge weniger.

»Ihr habt's gut!«, rief ich von der Tür. »Ihr könnt zu Abend essen, und ich muss in den Palast. Wie schade!«

»So schlimm ist das gar nicht«, tröstete mich Sir Juffin. »Schließlich bist du nicht irgendwer, sondern ein zukünftiger König. Also kannst du dich ruhig etwas verspäten. Würde Gurig VIII. an der Zeremonie teilnehmen, müsstest du natürlich pünktlich sein. Aber da seine innenpolitischen Prinzipien ihm die Teilnahme an deiner Krönung verbieten, kannst du es dir sicher herausnehmen, mit uns etwas zu trinken und mindestens eine kleine Pirogge zu essen.«

»Und höchstens drei davon«, sagte ich lächelnd. »Das ist eine der besten Nachrichten der letzten Zeit. Was feiert ihr hier eigentlich so eifrig, Herrschaften?«

»Na, was wohl? Deine Krönung natürlich!«, rief Melifaro und brachte das Piroggentablett vor meinen hungrigen Händen in Sicherheit. »Nicht so gierig! Bekommst du in deiner Residenz etwa nichts zu futtern?«

»Ein Wort noch, und ich erkläre dir im Namen meines Königreichs den Krieg«, drohte ich ihm und stützte mich auf die Lehne von Melamoris Stuhl. Sofort legte meine Kollegin mir eine kalte Hand auf die gut durchblutete Rechte.

»Guten Abend«, sagte sie, und mir fiel auf, dass sie so verzweifelt blickte, als verzehrte sie sich vor Sehnsucht.

»Wenn du willst, baue ich dir ein Floß und reise mit dir nach Arwaroch. Sag mir einfach Bescheid«, versicherte ich ihr per Stummer Rede, denn schließlich gibt es Dinge, die kein anderer hören soll.

»Darauf komme ich gern zurück«, sagte sie. »Keine Sorge, Max, ich bin eigentlich immer traurig gestimmt, und bei schlechtem Wetter ist es noch schlimmer.«

»Dann sollte man das Wetter ändern.«

»Die Meteorologen sagen, es bessert sich bald. Aber jetzt sprich wieder laut – dein langes Schweigen ist verdächtig.«

Ich tat, wie mir geheißen, und wandte mich an die Kollegen. »Wollt ihr mir nicht Gesellschaft leisten, Freunde? Ohne euch wird die Krönung sicher furchtbar für mich.«

»Ich lasse dich nicht im Stich«, beruhigte mich mein Chef. »Anders als unser König bin ich verpflichtet, an der Zeremonie teilzunehmen.«

»Danke, Juffin. Nun geht es mir schon viel besser«, versicherte ich ihm. »Gibt es noch andere Freiwillige?«

»Ich würde deine Einladung gern annehmen, aber du siehst sicher ein, dass ...«, begann Sir Schurf und breitete ratlos die Arme aus.

»Natürlich«, seufzte ich.

»Unser Max ist in die Klemme geraten und versucht, auch den anderen den Abend zu verderben«, sagte Kofa lächelnd. »Oh nein, ich bleibe. Einer muss schließlich Bereitschaftsdienst schieben.«

»Weißt du, auch ich muss dich im Stich lassen«, flüsterte Melamori mir zu. »Ich habe mir schon lange vorgenommen, mir heute Abend ein paar deiner DVDs anzusehen.«

»Das hab ich mir schon gedacht. Ich kenne noch eine nette Lady, die den heutigen Abend glühend erwartet, und kann mir durchaus vorstellen, dass du auch ihr eine Flasche Wein aus dem Keller deines Großvaters Kima versprochen hast.«

»Es ist wirklich gefährlich, mit dir zu tun zu haben, denn du weißt alles, und zwar über jeden von uns.«

»Nicht alles – nur das Wichtigste«, sagte ich lächelnd und wandte mich an Melifaro. »Und du, mein Augenstern? Willst du die wunderbare Gelegenheit, mir Gesellschaft zu leisten, einfach verstreichen lassen?«

»Keine Sorge, das tu ich schon nicht«, antwortete er wie ein Gentleman, der in den Heiratsantrag der Witwe seines Opfers einwilligt. »Erstens darf man so ein Ereignis nicht verpassen, und zweitens möchte ich unbedingt meinen guten alten Freund wiedersehen.«

»Von wem sprichst du?«

»Von Prinz Ajoncha Rotri Schimaro, dem älteren Herrn der Grafschaft Schimara. Das ist ein wunderbarer Mann, der dir sicher gefallen wird. Sein jüngerer Bruder ist auch nett, für meinen Geschmack aber ein wenig streng. Prinz Ajoncha ist eine Seele von Mensch – und obendrein mein Schuldner.«

»Kaum hatte unser Kollege Melifaro seine Laufbahn beim Kleinen Geheimen Suchtrupp begonnen, befreite er den älteren Prinzen Schimaro aus einer recht unangenehmen Lage«, erklärte Juffin. »Einer der Freunde des Prinzen neigte dazu, Morde vermittels unerlaubter Magie zu begehen, um Rache für seine Verwandten zu nehmen, die bei den Kämpfen um die Einführung des Chrember-Gesetzbuchs ums Leben gekommen waren. Dieser Freund war kein schlechter Magier, und es gelang ihm, dem armen Ajoncha die Schuld an diesen Taten in die Schuhe zu schieben. Kaum war unser Prinz in Echo, landete er schon im Cholomi-Gefängnis. Daraus entwickelte sich ein Skandal, und sein Bruder Dschifa wandte sich an mich. Er ist zwar zwei Jahre jünger als Ajoncha, sieht aber bedeutend älter aus und war seit Kindertagen gewöhnt, seinen Bruder in

Schutz zu nehmen. Prinz Dschifa kam im Inkognito eines Kaufmanns nach Echo, um mich um Hilfe zu bitten. Damals war ich noch neu hier und so überlastet, dass ich ihn zu Sir Melifaro schickte, ohne allerdings daran zu glauben, es werde ihm gelingen, den Fall erfolgreich abzuschließen. Unser inzwischen so erfahrener Kollege klimperte damals nur ratlos mit den Wimpern und wusste nicht, wie er den Fall angehen sollte. Als er mir dann am übernächsten Morgen den wirklichen Mörder präsentierte, wollte ich das zunächst nicht glauben.«

»Damals schon wurde Ihnen klar, welchen Glücksfall ich für Ihre Abteilung bedeute«, sagte Melifaro so zufrieden wie selbstbewusst.

»Ich schlage vor, die Erinnerungen an deine Großtaten bei meiner Krönung fortzusetzen«, sagte ich und stellte meine leere Tasse auf den Tisch. »Gehen wir, Leute. Meine Untertanen warten schon seit einer halben Stunde auf mich.«

»Du bist bloß neidisch, weil mal ein anderer gelobt wird als du«, meinte Melifaro lachend. »Stimmt's?«

»Lässt sich das, was ich gerade erzählt habe, wirklich als Lob verstehen?«, fragte Sir Juffin listig.

Natürlich brauchten wir noch mal zehn Minuten, ehe wir alle auf der Straße waren. Ande Pu wartete noch immer in meinem A-Mobil und wirkte ungemein gelangweilt. Der hat für seine Geduld wirklich ein Denkmal verdient, dachte ich.

»Wie ich sehe, hast du dir bereits die Unterstützung der Presse gesichert«, meinte Juffin kichernd.

»Schließlich ist meine Ruhmsucht allgemein bekannt.

Ohne meinen künftigen Hofberichterstatter tue ich keinen Schritt«, sagte ich und fügte per Stummer Rede hinzu: »Keine Sorge, ich habe ihn nicht eingeladen, unsere Ermittlungen zu begleiten.«

»Das könnte aber recht lustig werden«, gab mein Chef lautlos zurück, lächelte geheimnisvoll und setzte sich auf den Beifahrersitz meines A-Mobils.

»Rutsch ein wenig zur Seite, Sir Königliche Stimme – du bist nämlich ziemlich voluminös«, verlangte Melifaro, um nicht eingequetscht auf der Rückbank zu sitzen.

»Ich finde, unsere Abteilung ähnelt einer Irrenanstalt«, rief ich belustigt und setzte mich ans Steuer. Der weitere Verlauf des Abends sollte die Richtigkeit dieser Einschätzung beweisen.

So fuhren wir endlich zu meiner Residenz. Der Gedanke, leibhaftig König zu werden, ließ mich immer aufs Neue staunen.

»Hören Sie, Juffin«, begann ich finster. »Was soll ich bei dieser Feier eigentlich tun? Gibt es Regeln, die ich einhalten sollte?«

»Ich habe einen klugen Rat für dich: Folge dem Beispiel von Caligula«, mischte Melifaro sich belustigt ein.

»Vielen Dank für den guten Rat. Meine erste Amtshandlung als König wird es sein, für schlechte Witze die Todesstrafe einzuführen«, murmelte ich. »Also, Juffin, klären Sie mich bitte auf.«

»Sollte es tatsächlich Regeln geben, dürften nur die ältesten Vertreter deines Volkes sie kennen. Leider gehöre ich nicht zu dieser illustren Gesellschaft. Aber vermutlich kannst du ohnehin tun, was du willst, denn die geladenen Gäste aus dem Ausland und den Provinzen dürften denken, dein Benehmen sei typisch für die Leeren Länder, während deine Untertanen glauben, du seiest in Echo unter schlechten Einfluss geraten.«

»Dann hab ich ja noch mal Glück«, seufzte ich. »Und natürlich werde ich improvisieren.«

Nach einigem Suchen fand ich endlich einen Parkplatz in der Nähe meiner Residenz. Meine Untertanen hatten rund um den Palast ihre Elchkühe angebunden, auf denen sie aus den Leeren Ländern nach Echo geritten waren, und alle Gehsteige standen voller A-Mobile.

»Was ist denn hier los? Erwarten die Gäste etwa, dass wir zu Fuß zum Palast kommen?«, brummte Juffin beim Aussteigen in sich hinein.

Auch Ande Pu kam mit, doch von seinem strotzenden Selbstbewusstsein war nichts mehr zu spüren. Er trippelte neben mir her, war sichtlich um meine Aufmerksamkeit bemüht und schien kurz davor, mich am Todesmantel zu zupfen.

»Bleib an meiner Seite, Freund«, sagte ich ihm. »Gleich bin ich König und habe ein Recht auf Hofberichterstattung.«

»Du steigst wirklich professionell in deine Amtsgeschäfte ein«, stellte Juffin bewundernd fest.

Dazu sagte ich nichts, sondern öffnete die Tür und winkte meine Gäste mit großer Geste in meine Residenz.

Auf meinem Gesicht erschien ein breites, aber ratloses Lächeln – als hätte ich Halluzinationen. Meine Vernunft weigerte sich, das Geschehen ringsum als wirklich zu akzeptieren.

Ich stand auf der Schwelle zum großen Audienzsaal,

dem ehemaligen Lesesaal. Dort war es sehr voll, und ich suchte nach einem bekannten Gesicht, entdeckte aber nur Fremde, die sich allerdings zu gleichen schienen wie ein Haar dem anderen.

Auch Ande Pu, der sich noch immer neben mir hielt, schien gesellschaftliche Ereignisse dieses Kalibers nicht gewohnt zu sein. Wenigstens begleitete er mich durch dieses Jammertal.

»Siehst du meine Kollegen vielleicht irgendwo?«, fragte ich meinen Hofberichterstatter flüsternd.

Er nickte nur.

»Dann geh bitte zu ihnen. Bei Sir Melifaro langweilst du dich sicher nicht.«

»Selbst hier klopfst du Sprüche«, stellte Ande sichtlich erfreut fest und verschwand in der Menge.

Ich sah ihm nach, konnte aber weder Juffin noch Melifaro entdecken. Was war bloß mit mir los?

Ich blickte mich vorsichtig um, entdeckte aber nichts, was nach einem Thron ausgesehen hätte. Umso besser, denn ein Monarch, der unfähig war, in seiner eigenen Residenz den Thron zu finden, war ganz nach meinem Geschmack. Ich lachte befreit auf und nahm mir vor, mich hinzusetzen, wohin es mir gefiel – und sei es auf die Türschwelle. Schließlich war ich hier der Wichtigste.

Ich hob die Hände wie ein selbst ernannter Prophet, der die Menschheit mit seiner Deutung des göttlichen Willens beglücken will.

»Kein Mensch vermag sich vorzustellen, wie sehr mich die Begegnung mit euch allen freut«, begann ich doppeldeutig und ließ mich nach dieser Begrüßung mit würdevoll gekreuzten Beinen auf der Türschwelle nieder. Ein erstauntes Flüstern lief durch die Menge, und ich fühlte mich verpflichtet, mein exzentrisches Verhalten zu erklären.

»Mein Platz wird für immer hier auf der Türschwelle sein. Der Herrscher nämlich soll zwischen Himmel und Erde stehen, um beide Sphären zu trennen, aber auch zu schützen.«

Ich hatte das Gefühl, mein erster öffentlicher Auftritt als König sei bisher recht erfolgreich verlaufen. Nur das höfische Zeremoniell schien die Besucher davon abzuhalten, in Beifallsstürme auszubrechen. Immerhin hielten sie den Atem an!

Eine Zeit lang passierte gar nichts. Schon wollte ich mich über die Trägheit meiner Untertanen ärgern, begriff dann aber, dass sie auf meine Befehle warteten.

»Ihr dürft ruhig zu mir kommen und tun, was ihr euch vorgenommen habt«, sagte ich.

In einer fernen Ecke des Saals war heftige Bewegung zu sehen. Ich wartete geduldig. Vielleicht hatte mein Volk ja ausgerechnet dort einen Thron aufgebaut. Womöglich hatten sich dort zudem alle wichtigen Teilnehmer der Krönungszeremonie versammelt und mussten sich nun auf die neuen Verhältnisse einstellen.

Schließlich kamen meine Untertanen ehrfürchtig zu mir. Das war zwar kein allzu erhabener oder majestätischer, doch ein angenehmer Anblick. Seit ich meinen Nomaden beigebracht hatte, ihre Kopftücher wie Piraten zu binden, sahen sie ziemlich gut aus. Dutzende junger Männer in breiten Hosen und weichen Hemden kamen durch den Saal auf mich zu.

Als sie vor mir standen, verbeugten sie sich tief, fielen

aber – den Magistern sei Dank! – nicht vor mir auf die Knie. Offenbar erinnerten sie sich noch daran, dass ich das verboten hatte.

Ein Mann mittleren Alters führte die Abordnung an. Er war beinahe so muskulös wie Arnold Schwarzenegger in seinen besten Tagen, wirkte aber erheblich ästhetischer, und ich zweifelte nicht daran, dass er jeden Bodybuilding-Wettbewerb hätte gewinnen können.

»Erlaubt Ihr, dass ich mich vorstelle, Fangachra?«, fragte er mit vor Aufregung zitternder Stimme.

Ich war überglücklich, denn noch nie hatte mich ein derart respekteinflößender Mensch so ehrfürchtig angeredet.

»Ich erlaube es«, antwortete ich mit der Stimme eines Menschen, der Entscheidungen zu treffen gewohnt ist.

»Mein Name ist Barcha Batschoj. Seit drei Jahren bin ich der Anführer der Soldaten des Stammes Chencha«, sagte er.

Chencha also hieß der Stamm, der all diese Schönlinge hervorgebracht hatte. Es war mir unangenehm, mich bisher so ganz und gar nicht für die Verhältnisse meines Landes und meiner Untertanen interessiert zu haben. Was war ich doch für ein Rabenkönig!

Barcha fuhr derweil fort: »Bis zum heutigen Tage habe ich die Verantwortung für dein Volk getragen, oh Fangachra! Nun aber hat der Himmel mein Flehen endlich erhört. Befreie mich nun also von dieser unerträglichen Bürde.«

»Ausgezeichnet«, meinte ich nickend. »Abgemacht. Ab heute wird alles anders. Ich bin bereit, vor dem Himmel für mein Volk die Verantwortung zu übernehmen, und du wirst ab heute mir gegenüber die Verantwortung für mein

Volk tragen. Ich kann dir versprechen, dass ich – anders als der Himmel – ab und an auf deinen Rat hören werde.«

Barcha Batschoj leuchtete buchstäblich von innen. Er war begeistert, verbeugte sich dankbar vor mir und murmelte vor lauter Rührung etwas Unverständliches in sich hinein. Er hatte offenbar nicht begriffen, dass sich für ihn nichts geändert hatte. Wenigstens hatte ich ihn davon befreit, vergebliche Kontaktversuche mit dem Himmel aufnehmen zu müssen.

Schließlich zog sich mein neuer Bekannter, den ich in Gedanken »General« getauft hatte, zurück und machte einem etwas älteren, nicht eben großen und ziemlich schlanken Mann Platz, dessen Hände ebenso kräftig und muskulös wirkten wie die des Generals. Überhaupt war dieser ältere Mann eine recht auffällige Erscheinung. Etwas an ihm ließ mich an mächtige Magister längst verbotener Orden denken. Mein zweites Herz erkannte sofort, dass aus diesem Mann ein sehr gefährliches Wesen geworden wäre, wenn sein Leben anders verlaufen wäre.

»Sei gegrüßt, Fangachra!«, sagte der Alte. »Mein Name ist Fajriba, und manchmal besitze ich die Gabe der Klugheit. Ich bin gekommen, um dich bei deinem Wirklichen Namen zu nennen. Wenn dich der Klang dieses Namens erreicht, verschwindet der Fluch, der dein Volk verfolgt, seit wir dich verloren haben. Ich hoffe, deine Gäste werden es mir nicht verübeln, wenn ich dir deinen Namen gebe, ohne den Mund zu öffnen. Den Namen eines Königs darf man nicht laut äußern – das wäre ein Verstoß gegen die Gesetze des Himmels.«

»Ich wusste gar nicht, dass auch mein Volk die Stumme Rede beherrscht.«

»Dein Volk hat mit dieser gefährlichen Magie nichts zu tun«, beruhigte mich der strenge Alte. »Aber ich verfüge über Kraft genug, dir per Stummer Rede deinen Namen zu sagen.«

Daran zweifelte ich nicht – im Gegenteil: Ich war mir sicher, dass die Magie des Alten noch viel größere Dinge zuwege bringen konnte.

Der Mann schnürte seine große Reisetasche auf und schüttete mir ihren Inhalt vor die Füße. Zu meinem Erstaunen handelte es sich um ganz normale Erde, und ich fragte mich, ob er in meinem Audienzsaal ein Beet anlegen wollte. Kaum hat man ein neues Zuhause, schon kommen Fremde und richten Chaos an, dachte ich.

»Gemäß unserer Sitte muss der König der Chencha auf dem Boden seines Landes stehen, wenn er seinen Wirklichen Namen vernimmt«, erklärte Fajriba. »Der mächtige König Gurig, dem gegenüber Ihr Verpflichtungen habt, erlaubt Euch nicht, in Eure Heimat zurückzukehren. Ich möchte nicht wissen, warum Ihr ihm verpflichtet seid, denn Eure Geheimnisse haben Eurem Volk heilig zu sein. Deshalb habe ich Euch die Erde Eurer Steppe mitgebracht und bitte Euch, sie zu betreten, Fangachra.«

Gehorsam stand ich auf. Fajribas Vorschlag kam mir zupass, denn meine Beine drohten einzuschlafen. Ich fürchtete zwar, die Schuhe ausziehen zu müssen, aber glücklicherweise verlangte das niemand von mir.

Der Alte zog ein Säckchen aus der Innentasche seiner Jacke. Darin befand sich eine Schatulle, aus der er eine winzige Flasche nahm. Irgendwie erwartete ich, Fajriba würde einen uralten Geist aus dieser Flasche lassen, doch das geschah nicht.

»Gebt mir Eure Hand, Fangachra«, befahl mir der Alte.

Unwillkürlich streckte ich die Linke aus – vielleicht, weil ich sie für die meisten Zaubertricks gebraucht hatte, die mir beigebracht worden waren.

»Das ist ein Zeichen des Himmels, Fangachra«, flüsterte der Alte mit zitternder Stimme. »Fast alle Könige haben den Schwur mit der Rechten geleistet, doch in grauer Vorzeit lebte ein Regent namens Drochmor Modilach, der seinem Schamanen die linke Hand gab. Er eroberte viele Gebiete, verschwand aber plötzlich. Auch Ihr werdet ein großer König sein, Fangachra.«

»Das kann ich mir vorstellen«, seufzte ich.

Ich vermutete gleich, der gute Fajriba werde mit mir eine böse Enttäuschung erleben. Ich hatte nämlich vor, schon in wenigen Jahren abzudanken und die Geschicke meines Königreichs in die Hände unseres sympathischen Herrschers Gurig zu legen. Einfach zu verschwinden, wäre allerdings keine passable Lösung gewesen. Aber wer weiß – vielleicht würde genau das bei meinem Volk großen Jubel auslösen.

Der alte Mann öffnete die Flasche und goss mir ein paar Tropfen einer farblosen Flüssigkeit auf die Handfläche.

»Dieses Wasser stammt aus der heiligen Quelle deiner Länder, Fangachra«, erklärte er mir.

Dann entnahm er der Schatulle eine spielkartengroße grünliche Platte aus einem mir unbekannten Material und legte sie vorsichtig auf meine vom heiligen Wasser noch nasse Hand. Da ich fürchtete, die Platte könne herunterfallen, machte ich reflexartig eine Faust.

Zu meinem Erstaunen war die Platte eiskalt. Als ich die Hand wieder öffnete, stellte ich fest, dass sie verschwunden war – und mit ihr meine Handlinien! Noch auf der Erde hatte ich ein paar Broschüren über Chiromantie gelesen und war über diesen Verlust entsprechend erschüttert.

Dann erschien auf meiner makellosen Handfläche eine Zeichenfolge, wie ich sie noch nie gesehen hatte. In meinem Kopf vernahm ich ihre lautliche Umsetzung: »Ajot Mo Limli Nichor – der Herrscher von Fangachra.«

Der alte Fajriba hatte es geschafft, mir per Stummer Rede meinen vollen Königsnamen mitzuteilen, doch ich spürte, wie sehr ihn das angestrengt hatte. Auch mich hatte die Stumme Rede früher ungemein ermüdet, obwohl ich in Juffin Halli einen wunderbaren Lehrer gehabt und der Aufenthalt in Echo mir magische Kräfte verliehen hatte.

Mein Wirklicher Name kam mir ziemlich lang vor, und ich zweifelte, ob ich mich an ihn würde erinnern können. Auch die Zeichenfolge in meiner Handfläche konnte mir da wenig helfen. Doch um die Gefühle meiner Untertanen nicht zu verletzen, versagte ich es mir, Fajriba um Wiederholung zu bitten.

»Es ist vollbracht!«, rief der Alte.

»Es ist vollbracht!«, flüsterten seine Begleiter einander begeistert zu.

»Natürlich ist es vollbracht«, erklärte ich freundlich und ließ mich wieder im Schneidersitz auf der Schwelle nieder. »Und ich hoffe, auch der Fluch, von dem ihr mir vorhin erzählt habt, ist damit von euch genommen.«

Meine nomadischen Untertanen schwiegen, doch ihre Augen leuchteten, und ihre strengen Gesichter hatten einen so begeisterten Ausdruck bekommen, dass ich wohl darauf zählen durfte. Das war seltsam, da ich doch gar nicht Fangachra war – egal, welche mystischen Zeichen sich auf meiner Handfläche zeigen mochten.

Die Zeremonie stockte kurz, denn die Anwesenden erwarteten meine Befehle, und ich wusste nicht, was ich ihnen auftragen sollte. Zuerst wollte ich jedenfalls das Verhältnis zu meinem Volk klären. »Wie ihr wisst, bin ich in Echo unabkömmlich und daher glücklich darüber, dass Fajriba und Barcha euch in die Leeren Länder zurückbegleiten.«

Aufmerksam betrachtete ich meine beiden Vertreter, die ihrerseits das Kinn hoben, den Atem anhielten und wirkten, als seien sie einige Zentimeter gewachsen. Auch andere Mitglieder meines Volkes wirkten erleichtert: Dass der neue König den Status seiner alten Vertreter bestätigt hatte, stimmte alle zufrieden. Schön – ich war offenbar ein kluger Herrscher.

»Ich wünsche mir, dass ihr mein Volk glücklich macht«, sagte ich zu den beiden Auserwählten. »Ihr müsst mir von nun an alles berichten, was euch zustößt. Und weil ihr der Stummen Rede nicht wirklich mächtig seid, müsst ihr mir regelmäßig Boten schicken. Ich verspreche euch, sofort zu antworten. Wie lange braucht ein guter Reiter eigentlich von den Leeren Ländern bis nach Echo?«

»Vierzig Tage, wenn ihm kein Unglück widerfährt«, antwortete Barcha Batschoj.

»Das ist ja gar nicht lange«, log ich froh. Zwar war es leichtfertig, meine Gefühle so offen zu zeigen, aber ich war wirklich glücklich, meinen königlichen Pflichten nur selten nachkommen zu müssen.

»Wir haben Euch Geschenke mitgebracht, Fangachra«, sagte der alte Fajriba. »Unsere Sitten verlangen, dass sie unter vier Augen übergeben werden müssen. Aber wenn Ihr die Freude mit Euren Gästen teilen wollt, habe ich nichts dagegen.«

»Warum sollten wir gegen die alten Sitten verstoßen? Es ist sogar besser, Geschenke unter vier Augen zu übergeben. Aber jetzt muss ich den übrigen Gästen etwas Aufmerksamkeit widmen. Bringt eure Geschenke darum besser ins Büchermagazin, also in das große Zimmer auf der rechten Seite des Flurs. Die Diener sollen euch den Weg zeigen. Ich komme gleich nach.«

Die Nomaden nahmen ihre Reisetaschen und zogen ab. Mindestens zehn Diener schienen sich um sie zu kümmern. Die Großzügigkeit von König Gurig war grenzenlos, doch seine Vorstellungen von meinen Bedürfnissen entsprachen ganz und gar nicht der Realität.

Ich war sehr angetan von der Idee, meine exaltierten Untertanen in einen anderen Raum zu lotsen, um sie von der übrigen Festgesellschaft zu trennen, denn ich glaubte nicht, dass sie eine gemeinsame Sprache mit anderen Provinzfürsten des Vereinigten Königreichs oder mit Vertretern aus dem Ausland finden würden.

Zwar hatte auch ich meine Zweifel, ob es mir gelänge, mich mit all diesen Besuchern zu unterhalten, doch ich konnte mich der Situation ohnehin nicht entziehen.

Als das letzte Piratenkopftuch durch die Tür verschwunden war, stand ich auf und sah mich nach meinen Kollegen um. Sir Juffin kam zu mir und rief begeistert: »Das hast du bravourös gelöst! König Gurig sollte bei dir Nachhilfe in höfischer Etikette nehmen. Gerade weil er sich für einen Demokraten hält, sollte er dich auf der Türschwelle sitzen sehen – auch wenn es nicht demokratische Überzeugung, sondern Bescheidenheit gewesen sein dürfte, die dich dazu gebracht hat, dich dort hinzusetzen.«

»Ich freue mich, dass mein Auftritt Ihnen gefallen hat. Aber haben Sie gesehen, was mit meiner Hand geschehen ist?«, fragte ich und zeigte sie Juffin.

»Da steht doch nur dein neuer Name«, meinte er nickend. »Und das sogar in alter Schreibweise, also auf Chon-Chonisch. Diese Buchstaben waren zu alter Zeit in Gebrauch, als alle noch nomadisch lebten. Beim Volk der Chencha hat sich dieses alte Wissen offenbar gehalten. Das ist interessant.«

»Ach so«, seufzte ich. »Und diese Buchstaben – bleiben sie für immer auf meiner Handfläche?«

»Ja, aber das ist auch besser für dich. Es gibt kein stärkeres Amulett als den Wirklichen Namen, noch dazu in fast vergessener Schrift. Du hast mal wieder viel Glück gehabt.«

»Ich glaube nicht, dass es sich um meinen Wirklichen Namen handelt. Er hat sicher dem jungen Thronfolger gehört, den meine Untertanen vor langer Zeit in der Steppe verloren haben. Ich habe mit dieser ganzen Sache nichts zu tun.«

»Wenn das nicht dein Wirklicher Name wäre«, meinte Sir Juffin und tippte mir auf die Handfläche, »dann würde er jetzt nicht da stehen. Woher willst du überhaupt wissen, dass du kein echter Thronfolger bist? Langsam komme ich zu der Überzeugung, es würde zu dir passen, in der Steppe vergessen worden zu sein«, sagte mein Chef und lächelte listig.

»Was Sie nicht sagen! Dabei wissen Sie doch am besten, woher ich stamme. Wenn ich von einer Sache wirklich überzeugt bin, dann davon, nie in der Steppe herumgetobt zu haben.«

»An deiner Stelle würde ich von gar nichts mehr voll und ganz überzeugt sein«, meinte Juffin augenzwinkernd. »Mit einer Ausnahme allerdings: Dein Wirklicher Name klingt genauso, wie der alte Mann ihn ausgesprochen hat.«

»Das ist ja furchtbar«, sagte ich und musste lachen. »Ajot Mao ... oder Moa – das kann sich doch niemand merken!«

»Das brauchst du dir auch nicht zu merken. Und laut aussprechen sollst du deinen Namen auch nicht – schließlich handelt es sich dabei um ein schreckliches Geheimnis. In früheren Zeiten hättest du den alten Mann töten müssen, damit dein Wirklicher Name einzig und allein dir bekannt gewesen wäre, doch in letzter Zeit pflegt man einen etwas laxen Umgang mit Geheimnissen. Wenn aber Ewigkeit mit dir reden möchte, wirst du ihr zu Diensten stehen. Ewigkeit, musst du wissen, ist eine hervorragend ausgebildete Lady, deren Steckenpferd vergessene Sprachen sind. Da kennt sie sich fantastisch aus. Und nur für diesen Fall brauchst du deinen Wirklichen Namen.«

»Das wird ja immer schlimmer«, murmelte ich. »Mit der Ewigkeit Bekanntschaft zu machen, hat mir gerade noch gefehlt. Ich würde mich lieber darauf beschränken, den Vertretern des Auslands die Hand zu schütteln. Was meinen Sie – wie würden diese Leute reagieren, wenn ich kein Wort mit ihnen reden, sondern ihnen nur die mystischen Zeichen in meiner Hand zeigen würde?«

»Das würden sie schon ertragen. Hauptsache, du entlässt sie nicht zu spät nach Hause«, versicherte mir Juffin. »Bei offiziellen Anlässen wie diesem ist es nämlich nicht üblich, ein Büfett aufzubauen, und es gibt kaum jemanden, der freiwillig bis Mitternacht mit leerem Bauch schwadroniert.«

»Warum auch?«, fragte ich erstaunt. »Ich würde schließlich auch gern eine Kleinigkeit essen.«

»Das darfst du. Schließlich bist du hier zu Hause. Aber wenn ich dir einen guten Rat geben darf: Mach dich rasch mit den Gästen bekannt. Sie sind nur hier, um sich dem neuen König vorzustellen. Kaum haben sie dir ihren unvergesslichen Namen genannt, ist ihre Mission erfüllt. Ich würde auch gern eine Kleinigkeit essen, aber dazu müsstest du Melifaro und mich erst einladen.«

»Ihr wollt euch auf meine Kosten den Bauch vollschlagen? Kommt nicht in Frage!«, sagte ich und setzte die Miene eines verwirrten Geizhalses auf.

»Manchmal bist du dem Großen Magister Nuflin wirklich zum Verwechseln ähnlich«, kicherte mein Chef. »Jetzt verstehe ich: Du bist nicht König von Fangachra, sondern Enkel von Moni Mach. Weißt du eigentlich, dass König Gurig für alle Kosten aufkommt, die in deiner Residenz anfallen?«

»Wirklich? Das ändert alles«, sagte ich und lächelte gastfreundlich. »Ich bin erfreut, mein bescheidenes Abendessen mit euch beiden teilen zu dürfen.«

»Ausgezeichnet«, sagte Juffin zufrieden. »Und jetzt geh und frag all deine Besucher nach ihrem Namen. Ich mach mich unterdessen über das versteckte Büfett her, denn mein Magen ist so leer wie das Tor zwischen den Welten.«

Hinter mir stand ein Mann, der einen halben Kopf kleiner war als ich. Sein Aufzug war ein Kompromiss zwischen der eleganten Hauptstadtmode und der Kleidung meiner Landsleute. Unterm klassischen schwarzen Lochimantel trug er Kniehose und Kettenhemd, und um den Kopf hatte er einen Schal gewickelt, dessen Enden beinahe den Boden berührten.

»Sie sind es wirklich! Wie schön, mich Ihnen vorstellen zu dürfen. Mein Name ist Rich-Chiri Gatschilo, Graf von Wuk. Schade, dass wir nicht Nachbarn werden. Ich hörte, mit Ihnen langweile man sich bestimmt nicht«, erklärte der kleine Mann.

»Das habe ich von Ihnen auch gehört«, gab ich zurück und musterte ihn interessiert. Ich hatte nicht bedacht, dass der Graf, den man auch Dunkler Sack nannte, Lehrer des friedfertigen Königs Gurig VII. gewesen war, und staunte nun darüber, dass eine der seltsamsten Personen des Vereinigten Königreichs so klein war.

»Ganz zu Recht«, sagte der Graf. »Aber ich will Ihnen nicht Ihre kostbare Zeit rauben. Womöglich können wir uns irgendwann länger sehen. Ihre Untertanen sind übrigens sehr unzuverlässig. An denen werden Sie noch viel Freude haben. Ich muss zugeben, mich auf diesem Empfang gelangweilt zu haben. Es gibt hier schrecklich viele Menschen, aber nichts zu trinken. Und jetzt gute Nacht!«

»Gute Nacht!«, gab ich zurück und konnte den Blick kaum von dieser seltsamen Person abwenden.

Graf Gatschilo verbeugte sich, drehte sich um und ging zur Tür. Ich bewunderte seine kerzengerade Haltung, die ihm alles Zwergenhafte nahm und die Leute um ihn herum eigenartig verwachsen wirken ließ.

Im nächsten Moment war ich von einer bunten Gesellschaft umringt. Zwei Männer stellten sich mir vor: Sir Rep Kibat und Graf Kajga Atalo Wulch, die beiden Abgesandten aus Iraschi, einer der vielen Städte mit eigener Sprache. Im Wirtshaus *Gerb Iraschi*, wo ich früher regelmäßig verkehrte, hatte ich einige Brocken davon aufgeschnappt und konnte die zwei nun mit einem »Chokota!« überraschen, der traditionellen Begrüßung dort.

Dann lächelte mir Sir Tol Gojochwi zu, der sympathische Abgesandte aus Tulan, einer weit entfernten Gegend, über die Sir Manga Melifaro mir interessante Dinge erzählt hatte. Kurz darauf stieß Werlago Gabajochi dazu, der Prinz von Gor. Er war fast wie meine Untertanen gekleidet, wirkte aber so ernst wie eine Professorenwitwe. Er war Abgesandter der Grafschaft Chota, deren Anschluss ans Vereinigte Königreich bevorstand. Danach lernte ich den extravagant gekleideten Marquis Niro Uwilguk van Baunba aus Lochri kennen, der trotz des schönen Wetters einen sehr warm wirkenden Mantel trug. Alsdann trat Burik Pepezzo aus Tarun vor mich, der mächtige Vorsteher der Malerzunft dieses fernen Landes, dessen Bewohner sich fast alle der Malerei widmen. Wenn ich recht verstanden hatte, war er eigentlich nur nach Echo gekommen, um bei den vielen hier lebenden Kollegen seiner Zunft, die uns Hauptstädtern mit dem Pinsel das Leben versüßten, eine Malsteuer einzutreiben. Am auffälligsten aber fand ich Maniwa Umonary, den Abgesandten des Kalifats Kuman, der zufällig in Echo weilte und sich auf einem Teppich in meine Residenz tragen ließ. Wollte er seinen Platz wechseln, hoben zehn Diener den Teppich und trugen ihn weiter. Dieser Mann strahlte etwas viel Majestätischeres aus als ich, und ihn umgab das Flair von Tausendundeiner Nacht.

Mein nächster Besucher hatte ein echtes Piratengesicht. Es handelte sich um den Abgesandten von Ukumbi, Sir Tschekimba Geblasenes Horn. Unaufgefordert erklärte er mir, Geblasenes Horn sei der Name seines Schiffes, den in Verbindung mit seinem Familiennamen zu tragen in dem kleinen Piratenstaat, aus dem er stamme, Privileg der ältesten und einflussreichsten Sippen sei.

Dann belagerten mich die Honoratioren des Vereinigten Tascher, nämlich Zunaki Tschuga Tlach und Tschumotschi Droch Wiwi. Angesichts der vielen neuen Gesichter und Namen war mir schon ganz flau, doch ich erinnerte mich daran, dass mein Freund Ande Pu davon träumte, nach Tascher auszuwandern, und machte die beiden Herrn mit dem Journalisten bekannt.

Die nächsten drei Besucher kamen mir bekannt vor. Sie stammten aus der schönen Stadt Isamon und trugen kurze Jacken und übergroße Wollmützen. Es handelte sich um die Herren Cicerinek, Machlasufis und Michusiris, die Melifaro neulich erst aus dem Fenster seines Wohnzimmers hatte werfen müssen. Stolz nannten sie mir ihre Titel. Cicerinek war Vorsitzender des Stadtrats von Isamon, Machlasufis sein Privatlehrer, Michusiris Spezialist für alle kulturellen Fragen, die das Vereinigte Königreich betrafen. Ich wusste zwar nicht, was diese drei vornehmen Herren bei meiner Krönung zu suchen hatten, tat diese Frage aber als belanglos ab und erfreute mich stattdessen an ihrer seltsamen Kleidung aus Elchleder.

Dann sah ich mich nach Melifaro um, denn es wäre lustig gewesen, die vier wieder aufeinandertreffen zu lassen. Ich entdeckte meinen Kollegen ganz in der Nähe. Er unterhielt sich mit zwei überaus sympathischen Gentlemen, die auf den ersten Blick ganz und gar nicht exotisch wirkten. Als einer von ihnen die Kapuze abstreifte – es gibt nämlich Völker, die unsere Turbane für einen höchst fragwürdigen Kopfschmuck halten –, war ich erneut überrascht. Die bunte, geschickt aufgetürmte Frisur meines Besuchers war ein echtes Kunstwerk, das mein Staunen vollauf verdient hatte.

Dann erfuhr ich, dass eine solche Pracht mit Eigenhaar allein nicht zustande zu bringen war, sondern dass man dazu auch auf das Fell von Haus- und Wildtieren sowie auf Federn zurückgreifen musste. Darüber hinaus waren ein paar starke Zaubersprüche nötig, damit sich die aus so unterschiedlichen Materialien zusammengesetzte Pracht auf dem Kopf hielt.

Ich ging zu den exotischen Gästen und lächelte meinem Tagesantlitz zu.

»Das sind Sir Ajoncha und Sir Dschifa, die Märchenprinzen aus der unglaublichen Grafschaft Schimara, deren Herrscher ich vor zwanzig Jahren hätte werden können, wenn ich mich nicht so dumm angestellt hätte«, sagte Melifaro rasch. »Stimmt's, meine Herren?«

»Kein Grund zur Eile«, rief einer der beiden Prinzen. »Es ist noch nicht zu spät. Überlegen Sie sich ruhig noch mal, ob Sie das Angebot annehmen wollen.«

Der zweite Prinz zuckte nur gleichgültig die Achseln. Er war offenbar zu erwachsen und zu ernst, um das Gespräch mit Melifaro längere Zeit genießen zu können.

Ich reicherte mein offizielles Lächeln mit möglichst viel Charme an und verbeugte mich sehr förmlich vor den Vertretern der Grafschaft Schimara.

»Eigentlich bin ich gekommen, um dich mit alten Bekannten zusammenzubringen«, sagte ich zu Melifaro. »Mit deinem Besuch aus Isamon, genauer gesagt. Du hast die drei erst kürzlich durchs Fenster aus deiner Wohnung geworfen.«

»Ach, die sind hier?«, fragte Melifaro erstaunt. »Na ja, heute möchte ich ihnen dieses Vergnügen ersparen. Einmal reicht fürs Erste.«

»Da hast du Recht«, pflichtete ich ihm großmütig bei. »Weißt du eigentlich, dass König Gurig und ich dich zum Essen einladen wollen?«, fuhr ich fort und wandte mich dann an die beiden Grafen von Schimara. »Sollten Sie unseren Spaßvogel Melifaro noch länger ertragen können, möchte ich auch Sie gerne zu uns an den Tisch bitten.«

Prinz Ajoncha kicherte, und Prinz Dschifa musterte mich mit kaum verhohlenem Erstaunen. Er hatte offenbar andere Vorstellungen davon, wie sich ein Monarch zu benehmen hatte. Aber ich konnte mich unmöglich anders verhalten, denn ich stand neben Melifaro. Hätte ich mich wie eine Majestät gebärdet, hätte er mich jahrelang mit seinem Spott verfolgt.

Die nächste halbe Stunde verbrachte ich damit, die Bekanntschaft diverser Adliger des Vereinigten Königreichs zu machen. Mir wurden folgende Persönlichkeiten vorgestellt: Waliba Walibal, der Ehrwürdige Leiter von Gugland; Eki Banba Uriuch, der Lord von Uriuland; Jorich Maliwonis, der Ehrwürdige Leiter von Uguland; schließlich die beiden Bürgermeister der Hafenstadt Gažin, Sir Balda Kunyk und Sir Zebi Chipilosis. Gažin war eine sehr reiche Stadt, der ein Bürgermeister offenbar nicht genügte. Soweit ich verstanden hatte, war der fröhliche rothaarige Balda Kunyk der Vertreter der reichen, durchweg adligen Reeder, während der muntere, mit einer leuchtenden Glatze geschlagene Zebi Chipilosis die Interessen der bürgerlichen Kaufleute vertrat. Vielleicht war es auch umgekehrt, aber ich kann mir nicht alles merken.

Danach unterhielt ich mich mit Joka Jochtochop, dem Polizeichef der Insel Murimach. Juffin hatte mir mal erzählt, Sir Joka verfüge über das absolute Gedächtnis und erkenne die Dinge, wie sie wirklich sind – genau wie unser Lukfi Penz. Doch anders als der Freund der Buriwuche wirkte der Sheriff von Murimach eher wie ein übertrieben pflichtbewusster Soldat, den auch sein lustiger Dialekt nicht zu einem angenehmen Zeitgenossen machen konnte.

Am Ende des Empfangs kam Sir Togi Rachwa zu mir, der Ehrwürdige Leiter von Landland, der bei vielen den Spitznamen »Goldenes Auge« trug. Eins seiner Augen war tatsächlich so bernsteinfarben wie die der Buriwuche, während das zweite die in Echo allgemein übliche Farbe aufwies, also grau war.

Sir Togi hatte als Leiter von Landland hervorragende Arbeit geleistet und die Provinz binnen weniger Jahre zu einem der reichsten Gebiete des Vereinigten Königreichs gemacht. Die jährlich stattfindende Messe in Numbana zum Beispiel war ein wirtschaftliches Großereignis. Man sagte ihm nach, er sei zwar kein ökonomisches Genie, doch sein bernsteinfarbener Blick lasse Obst, Gemüse und Getreide dieses kargen Landes so üppig gedeihen, dass mehrmals im Jahr geerntet werden könne.

Der offizielle Teil des Empfangs näherte sich dem Ende, und meine ehrwürdigen Gäste verließen nacheinander die Residenz. Offenbar zogen sie es vor, anderswo zu Abend zu essen. Auch ich spürte mächtigen Hunger, musste mich aber zunächst noch mit meinen Untertanen treffen, um ihre Geschenke in Empfang zu nehmen. Wie herrlich wäre es gewesen, wenn sie ein paar süße Piroggen für mich vorbereitet hätten, aber das war reines Wunschdenken. Genauso vergeblich hätte ich hoffen können, dass es Edelsteine hagelt.

Ich ging zu Sir Juffin, der mit dem Empfang sichtlich zufrieden war.

»Es wäre schön, wenn Sie die Regie des restlichen Abends übernehmen würden«, sagte ich. »Sie können das sicher viel besser. Ich stoße erst später zu Ihnen, denn ich habe noch einen Termin mit meinen Untertanen. Vielleicht bekomme ich die kostbaren Reste ihres Throns überreicht.«

»Geschenke sind heilig«, sagte mein Chef. »Und merke dir: Einem geschenkten Gaul schaut man nicht ins Maul.«

»Womöglich verehren sie mir obendrein noch einen Kanten trocknes Brot. Mein Leben lang habe ich erfahren wollen, was Könige essen, und endlich ist die Gelegenheit da.«

»Trocknes Brot kann auch ich dir schenken. Aber wie ich dich kenne, wirst du diese Kleinigkeit mächtig aufbauschen und jungen naiven Mädchen von deinem königlichen Leben erzählen.«

Leider konnte ich das wunderbare Gespräch mit meinem Chef nicht fortführen, sondern musste ins ehemalige

Büchermagazin. Dort saßen die Abgesandten des berühmten Volkes der Chencha friedlich auf dem Boden und verzehrten ihre Piroggen. Die Nomaden waren von Kopf bis Fuß mit süßer Creme bekleckert wie sonst nur Kurusch, der große Freund süßen Gebäcks.

Als sie mich sahen, sprangen sie panisch auf.

»Esst nur in Ruhe zu Ende«, sagte ich mit der Stimme einer gütigen Großmutter. »Ich freue mich, wenn sich meine Untertanen gut ernähren.«

Daraufhin nahm jeder meiner Besucher zwei Piroggen in die Hände und mümmelte geruhsam weiter. Offenbar hatten sie meine Höflichkeitsfloskel als Befehl aufgefasst. Der blinde Gehorsam dieser Nomaden erschütterte mich.

»Barcha und Fajriba, kommt bitte zu mir«, sagte ich. »Wir müssen über die Zukunft reden. Ihr könnt natürlich gern bis zu eurer Abreise hier im Palast bleiben. Ich übernachte derweil woanders. Wann wollt ihr eigentlich nach Hause zurück?«

»Wann immer Ihr es uns befehlt, Herr«, antwortete Barcha Batschoj und sah mich erstaunt an. In seinen Augen stand blankes Unverständnis über meine Frage.

»Dann macht euch morgen auf die Heimreise«, erklärte ich. »Schließlich habt ihr all meinen Landsleuten gute Nachrichten zu überbringen. Und nun gebt mir bitte eure Geschenke«, fügte ich hinzu und nahm mir eine Pirogge. Eigentlich mag ich keine rosige Füllung mit Honiggeschmack, aber Not kennt kein Gebot. Kaum war ich König geworden, musste ich mit Leckerbissen vorliebnehmen, denen ich sonst weiträumig ausgewichen wäre.

»Darf ich zuvor mit Euch sprechen, Herrscher von Fangachra?«, fragte mich der alte Fajriba leise und traurig.

»Natürlich«, sagte ich nickend. »Es ist leicht, sich mit mir zu unterhalten.«

»Genauso leicht, wie mit dem Tod ein Gespräch zu führen«, sagte der Alte streng. »Jahrhundertelang sagen wir zu ihm: ›Hol mich bitte noch nicht heute‹, und er lässt uns brav in Ruhe, doch eines Tages erfüllt er seine Pflicht, und zwar endgültig. Aber eigentlich wollte ich mit Euch über etwas anderes reden. Wir haben Euch etliche Geschenke mitgebracht, ohne Eure Vorlieben zu kennen. Außerdem wissen wir nicht mal, ob Ihr all diese Sachen braucht. Aber es entspricht eben der Überlieferung, dem neuen König Geschenke zu überreichen. Ich möchte Euch also bitten, sie anzunehmen – auch wenn sie Euch nicht alle gefallen sollten. Wenn der Herrscher die Geschenke seines Volkes ablehnt, fällt über seine Untertanen ein Fluch. Ich glaube nicht, dass Ihr uns etwas Böses wünscht, aber Ihr seid unter Barbaren aufgewachsen und kennt offenbar längst nicht alle Gesetze Eures Landes. Wir haben lange genug unter einem Fluch gestanden, Herr – lasst uns das bitte nicht schon wieder erleben.«

Er wandte sich an seine Landsleute, die noch immer pflichtbewusst an ihren Piroggen kauten.

»Holt eure Geschenke heraus. Der Herrscher ist bereit, sie zu empfangen.«

Zuerst bekam ich einige Körbe voll exotischer Frucht- und Gemüsesorten. Besonders erfreut war ich über einen riesigen Kürbis, den ich eifrig beschnupperte. Ich hatte zwar gute Erfahrungen mit der Küche des Vereinigten Königreichs gemacht, aber noch nirgendwo Kürbisse gesichtet.

»Toll«, rief ich begeistert. »Wenn ihr wüsstet, wie sehr ich Kürbis mag!«

»Kürbis? Das ist eine Steppenhimbeere! Habt Ihr das etwa vergessen?«, fragte der alte Mann, schüttelte erstaunt den Kopf und sah aus wie ein strenger Biologielehrer, der gerade den schwächsten Schüler der Klasse prüft.

Ich wollte den Korb mit der Steppenhimbeere anheben, doch der erste Versuch misslang, und auf einen zweiten verzichtete ich weise.

Natürlich beschränkten sich die Geschenke nicht auf Gartenfrüchte. So wurde ich stolzer Besitzer handgeflochtener Körbe, bunter Tücher, kurzer Hosen und anderer exotisch anmutender Kleidung. Manches sah neu, manches aber verdächtig getragen aus. Offenbar hatten die Mitglieder der offiziellen Gesandtschaft einige meiner Untertanen splitternackt ausgezogen. Innerlich zuckte ich zusammen, sagte aber kein Wort. Schließlich hatte ich dem alten Fajriba versprochen, alle Geschenke anzunehmen.

Mein Durchhaltevermögen wurde belohnt. Einer der Nomaden verehrte mir einen riesigen Hund mit zotteligem Fell. Er sah aus wie ein schneeweißer Bobtail, war aber fast so groß wie ein ausgewachsenes Nilpferd. Das gutmütig wirkende Monstrum hechelte mit seiner enormen Zunge.

»Sündige Magister, ist der schön!«, rief ich begeistert. »Ich habe immer davon geträumt, einen Hund zu haben, mir aber nie einen zugelegt. Offenbar habe ich geahnt, eines Tages so ein herrliches Exemplar geschenkt zu bekommen.«

»Das ist der schönste Schäferhund«, sagte Barcha Batschoj stolz. »Diese Hunde leben seit eh und je am Königshof. Da Ihr hier keines Schutzes bedürftig seid, Exzellenz, haben wir Euch nur eins dieser Tiere mitgebracht, um der

Tradition wenigstens symbolisch Genüge zu tun. Normalerweise hat ein König hunderte davon.«

»Das habt ihr gut gemacht. Hundert Hunde dieses Kalibers – das wäre wirklich etwas viel.«

Ich kauerte mich neben den Hund und legte ihm behutsam die Hand auf die Mähne. Er sah mich unterwürfig an, drehte sich auf den Rücken und streckte alle viere in die Luft.

»Ihr wisst noch, wie man diese Tiere zähmen muss!«, rief Fajriba begeistert. »Nun ist er bereit, für Euch zu sterben.«

»Dazu kommt es hoffentlich nicht. Lebendig ist er mir entschieden lieber.«

»Wir freuen uns, Eure Wünsche erraten zu haben, und hoffen, dass Euch auch unser letztes Geschenk gefällt, Exzellenz.«

Ich hob den Blick und sah drei füllige Mädchen, die einander genau glichen. Sie wirkten tödlich erschrocken, hatten riesige Augen, eine schöne, lange Nase und kurz geschnittenes, dunkles Haar. Später erfuhr ich, dass die Frauen in den Leeren Ländern diesen Haarschnitt bevorzugen, da sie es für unter ihrer Würde halten, sich mit ihrer Frisur zu beschäftigen. Plötzlich fiel mir auf, dass vor mir nicht nur drei gleich aussehende Mädchen standen, sondern dass die drei fast perfekte Kopien von Liza Minelli waren. So ein Anblick kann jeden Menschen um den Verstand bringen.

Ich ließ mich neben meinem vierbeinigen Freund nieder, der mir prompt den Kopf unter die Hand schob. Ich streichelte ihn unwillkürlich, und der Hund war begeistert.

»Was sind das für junge Ladys?«, fragte ich endlich.

»Eure Frauen, Exzellenz«, gab Fajriba lakonisch zurück.

»Meine Frauen?«, wiederholte ich erschrocken. »Ich habe schon Kummer genug!«

So ein Glück konnte wirklich nur ich haben. Eigentlich wollte ich meinen Untertanen mit wenigen Worten sagen, dass es sinnlos war, das Gefühlsleben ihres Königs beeinflussen zu wollen, doch als ich Fajribas flehenden Blick sah, hielt ich den Mund. Schön, versuche ich also, die Audienz ohne Skandal zu beenden, dachte ich. Diese drei jungen Dinger sind sicher nicht vorwitzig genug, mein Schlafzimmer zu betreten, aber ich sollte mich informieren, was es mit ihnen auf sich hat.

»Ist es in meinem Volk üblich, dass die Männer mehrere Frauen haben?«, fragte ich.

»Das kann schon mal passieren«, sagte der alte Fajriba zurückhaltend. »Sofern die Frauen das notwendig finden.«

»Ach so«, meinte ich, da ich ganz und gar nicht verstand, was er mir sagen wollte. »Halten diese Grazien es also für notwendig, mich zu heiraten?«

Die drei Wiedergängerinnen von Liza Minelli schwiegen wie junge Partisaninnen, die in Feindeshand geraten waren, und es stand zu befürchten, dass sie gleich in Ohnmacht fielen. Ich hatte mich nicht für so furchteinflößend gehalten.

»Das ist auch eine Tradition«, erklärte der alte Mann. »Diese Frauen sind die Töchter von Isnouri.«

»Das ändert natürlich alles«, entgegnete ich sarkastisch.

Nun stellte der alte Fajriba endlich die Frage, die ihm offenbar seit langem auf der Zunge lag: »Exzellenz, Ihr wollt diese Damen doch nicht wegschicken, oder?«

»Das wäre vermutlich keine so schlechte Idee«, meinte ich entnervt. »Doch ich möchte euch keinen neuen Fluch auf den Hals schicken. Aber bitte keine Frauen mehr! Was ihr mir heute mitgebracht habt, reicht sicher bis an mein Lebensende. Und nun sei bitte so nett und erzähl mir von dieser Isnouri. Ich wüsste gern etwas über meine künftige Schwiegermutter.«

Das faltige Gesicht des Alten strahlte vor Erleichterung. »Isnouri ist eine uralte Frau aus unserem Volk. Sie zählt mindestens dreitausend Lenze, aber keiner kennt ihr genaues Alter, da sie ganz einsam lebt. Sie soll sogar auf dem Rücken ihres Menkals schlafen.«

»Ihres Menkals? Was ist das denn?«

»So heißen unsere Reittiere. Das habt Ihr offenbar auch vergessen, Exzellenz.«

»Leider«, pflichtete ich ihm gutmütig bei und stellte mal wieder fest, dass man nichts leichter vergisst als das, was man nie gewusst hat.

»Ab und zu besucht Isnouri andere Menschen und überlässt ihnen eine ihrer Töchter. Vermutlich braucht sie nicht mal einen Mann, um Nachwuchs zu bekommen. Vor siebzig Jahren hat sie uns diese Drillinge überlassen, nachdem sie zuvor stets einzelne Kinder geboren hatte. Damals konnten wir noch nicht ahnen, Euch eines Tages zu finden. Die Töchter von Isnouri nämlich nehmen nur Könige zum Mann.«

»*Sie* wählen sich einen Mann und nicht umgekehrt?«, fragte ich überrascht.

»Der Mann entscheidet gar nichts«, sagte Fajriba streng.

»Manche Männer bilden sich ein, sie könnten wählen, aber glaubt mir: Auch bei all Euren Vorgängern haben die Töchter von Isnouri sich für den König entschieden – nicht umgekehrt.«

»Schon gut. Damenwahl ist Damenwahl«, erklärte ich und wandte mich den drei erschrockenen Grazien zu. »Ihr habt mich also gewählt? Meinen Glückwunsch zur besten Entscheidung eures Lebens! Nun sagt mir bitte eure Namen. Schließlich kann ich nicht drei mir unbekannte Frauen auf einmal heiraten.«

»Wir heißen Helach, Hellwi und Kenlech«, flüsterte das Trio erschrocken.

»Wie schön. Ihr müsst euch allerdings an den Gedanken gewöhnen, dass ich euch ständig verwechseln werde ... Na ja, das war nur ein Scherz. Ihr lebt also künftig hier im Palast. Da rufe ich euch gleich ein paar Diener, damit sie euch das Haus zeigen. Ihr könnt alle Zimmer in Beschlag nehmen, die euch gefallen, und verlangen, was immer ihr wollt. Schließlich seid ihr die Frauen des Königs.«

Ich bebte innerlich vor Nervosität, beherrschte mich aber und fuhr fort: »Richtet euch schön ein. Ich überlege mir unterdessen, was ich mit euch anstellen soll. In einigen Tagen komme ich wieder. Dann besprechen wir alles. Ich würde mich freuen, wenn ich dann mehr von euch erfahren würde als bloß eure Namen.«

Ich sah den alten Fajriba an. »Ich hoffe, das war's.«

»Ja, Exzellenz«, sagte er nickend.

»Schön. Ich werde meine Diener anweisen, sich um euch alle zu kümmern. Und morgen werdet ihr euch auf die Rückreise machen. Du und Barcha Batschoj, ihr wisst sicher genau, wie man mein Volk glücklich macht. Ihr könnt mir im Winter einen Boten schicken. Sollte etwas Außergewöhnliches vorfallen, kann es auch eher sein. Jetzt muss ich aber wirklich gehen.«

»Wir machen alles, wie Ihr es Euch wünscht«, antworteten meine frisch erkorenen Premierminister wie aus einem Munde.

»Daran zweifle ich nicht«, sagte ich und meldete mich per Stummer Rede bei einem meiner Diener.

Gleich erschienen meine Bediensteten fast vollzählig, und ich gab ihnen Befehle, die meine Untertanen und meine Frauen betrafen. Noch vor kurzem hätte ich nicht im Traum daran gedacht, je solche Anweisungen zu erteilen.

Sofort brach das bei solchen Anlässen typische Wirrwarr aus, und ich beschloss, mich diskret zurückzuziehen.

»Gehen wir, mein Freund«, sagte ich und strich meinem Hund durchs Fell.

Gehorsam stand er auf und begleitete mich. Ich glaubte, der Kürbis werde sich nach den Anstrengungen des Tages vorzüglich zum Abendessen eignen, und zog ihn aus dem Korb. Mein zweiter Versuch, ihn hochzuheben, klappte schon besser. Ich merkte, dass ich ihn nicht lange unterm Arm würde tragen können, wollte aber keine Diener rufen, um ihre Hilfe nicht in Anspruch nehmen zu müssen. Also legte ich ihn auf den Boden und trat ihn mit dem Fuß vor mir her. Er kullerte in die richtige Richtung. Das war offenbar eine neue, speziell für hungrige Könige entwickelte Art Fußball. Da ich die Hände nun frei hatte, beschloss ich, den Obstkorb mitzunehmen und meine Gäste zu verwöhnen.

Der Hund blieb neben mir und half mir sogar, den Kürbis voranzutreiben. Was für ein kluges Tier!

»Ich möchte dich Drupi nennen«, sagte ich zu meinem neuen vierbeinigen Freund, »denn als Hund eines Mitarbeiters des Kleinen Geheimen Suchtrupps verdienst du einen anständigen Namen. Dich den Hund von Baskerville zu nennen, könnte einen schlechten Einfluss auf deinen Charakter haben. Also taufe ich dich Drupi. Einverstanden?«

Das Tier erhob keinen Widerspruch. Anders als die Hunde meiner Heimat wedelte es nicht mit dem Schwanz, sondern schlackerte mit den Ohren, um seine Freude zu zeigen.

Schließlich landeten Drupi und ich im Esszimmer, wo mein neuer vierbeiniger Freund standesgemäß begrüßt wurde, mit verzücktem Aufstöhnen nämlich. Auch meine schwungvolle Art, das geschenkte Obst und Gemüse auf dem Tisch zu drapieren, stieß auf Wohlwollen. Der Kürbis allerdings gefiel nur mir.

»Dieses Zeug hat doch einen seltsamen Geschmack«, brummte Juffin. »Bist du sicher, dass du dich mit der Steppenhimbeere nicht vergiftest? Wenn du heute Nacht Magenschmerzen hast, weißt du jedenfalls, woher sie kommen.«

Nach dieser Bemerkung wollte nicht einmal Melifaro noch den Kürbis probieren. Auch die mit ihm befreundeten Prinzen nahmen nur aus Höflichkeit ein kleines Stück davon und schoben es ganz an den Rand ihres Tellers.

»Das stimmt doch gar nicht, Juffin«, erklärte ich und schnitt mir ein großes Stück Kürbis ab. Er schmeckte noch besser als erwartet – großartig!

»Wie gefällt dir dein neues Amt?«, fragte mich Melifaro.

»Macht es Spaß, Barbarenkönig zu sein? Das hab ich schon immer von einem Fachmann wissen wollen.«

»Das Leben eines Barbarenkönigs bietet manchen Vorzug. Hast du den Hund gesehen? Auch den haben mir meine Untertanen geschenkt. Wie langweilig wäre das Leben ohne sie! Außerdem haben sie mir weitere nützliche Dinge mitgebracht, einen Harem zum Beispiel.«

»Von so was träumst du? Wozu brauchst du einen Harem? Was willst du mit all den Frauen anstellen?«

»Das weiß ich noch nicht. Aber wenn ich Erfahrungen gesammelt habe, beantworte ich deine Frage gern.«

»Was? Stimmt das mit dem Harem wirklich?«, fragte mein Kollege sichtlich erstaunt.

»Ja«, meinte ich und breitete bedauernd die Arme aus. »Ich habe drei Mädchen geschenkt bekommen. Wahrscheinlich muss ich den Dienst beim Kleinen Geheimen Suchtrupp quittieren, denn ich habe jetzt jede Menge andere Dinge zu tun. Ich werde den Damen Eis kaufen und ihnen beim An- und Auskleiden helfen müssen. Wer weiß, vielleicht hüpfen wir sogar zusammen Seil.«

Melifaro schüttelte irritiert den Kopf, blinzelte nervös und wollte offenbar wissen, warum ich solche Witze riss.

»Das ist die lautere Wahrheit, mein Freund. Ich habe mir absolut nichts davon ausgedacht.«

»Komisch«, sagte Juffin kopfschüttelnd. »Dann hast du jetzt tatsächlich drei Frauen? Schade, dass du keine Königin bist – dann hättest du nun drei Männer. Aber es ist doch gut, dass deine Untertanen sie dir verehrt haben. Schließlich soll deine Residenz nicht leer stehen, oder?«

»Das hab ich mir auch gedacht«, sagte ich nickend. »Darum hab ich den dreien befohlen, bei mir zu bleiben.«

»Donnerwetter!«, rief Melifaro, der endlich begriffen hatte, dass es sich bei den drei Frauen nicht um einen Witz handelte. Er wirkte sichtlich erschüttert. »Manche Leute haben wirklich Glück. Warum ist die Welt nur so ungerecht eingerichtet? Einer bekommt alles, und die anderen gehen leer aus – egal, wie anständig sie sind!«

»Du willst ein anständiger Mensch sein?«, fragte ich frappiert. »Na gut, nicht weinen, Kollege. Wenn du willst, bitte ich meine Untertanen, auch dir ein paar Frauen zu bringen. Mir macht das nichts aus.«

»Tu das!«

»Ihr solltet Euch daran gewöhnen, lieber Sir Max, Untertanen Befehle zu geben und sie nicht um etwas zu bitten«, mischte sich Prinz Dschifa ein.

Das klang so überzeugend, dass ich mich ertappt fühlte.

»Natürlich«, pflichtete ich ihm eilig bei. »Vielen Dank für Ihre Belehrung. Unser Melifaro hat demnächst den größten Harem im Vereinigten Königreich«, setzte ich hinzu und wandte mich wieder an meinen Kollegen. »Also sei nicht traurig, mein Freund.«

»So ein Harem passt gar nicht zu ihm«, sagte Juffin mit listigem Lächeln. »Du, Max, bist nicht irgendwer, sondern ein ausländischer König. Aber der da«, fuhr er fort und zeigte auf Melifaro, »ist ein ganz normaler Bürger unserer Stadt – auch wenn er sich große Verdienste um Echo erworben hat. Man darf an euch beide nicht den gleichen Maßstab anlegen.«

»Ach so«, sagte ich bedrückt zu Melifaro. »Du bist nur ein ganz normaler Stadtbewohner. Dann wird aus dem Harem natürlich nichts.«

»Jetzt reicht's mir aber! Ajoncha, ich akzeptiere deinen Vorschlag und übernehme ein Amt in deiner Provinz. Hier nämlich weiß man mich offensichtlich nicht zu schätzen.«

»Na endlich!«, rief der Prinz erfreut. »Wir werden ein Gesetz verabschieden, demzufolge allerorten munter Harems eingerichtet werden können. Und wir werden lange und glücklich leben! Dschifa, hast du eine Idee, was wir sonst noch bei uns ändern sollten?«

»Das erzähle ich dir später«, antwortete der Angeredete gelassen und musterte seinen älteren Bruder und Melifaro mit jenem Wohlwollen, das man netten, aber recht albernen Kindern entgegenbringt.

In etwas gespannter Atmosphäre aßen wir zu Abend.

Schließlich gab ich Drupi in die Obhut der Diener und befahl ihm, sich nicht nach mir zu sehnen. Dann gingen Juffin und ich zum Haus an der Brücke, während Melifaro und die beiden Prinzen sich in der Stadt austoben wollten. Dschifas gesetzte Miene allerdings ließ kaum befürchten, dass die drei in dieser Nacht zu einer Gefahr für die öffentliche Sicherheit und Ordnung der Stadt werden würden.

»Die Feier war rasch vorbei – viel schneller als erwartet«, sagte Juffin zufrieden und setzte sich ins A-Mobil. »Das hast du gut hingekriegt, Max.«

»Ich nicht, sondern der Unbekannte, der entschieden hat, den Gästen kein Büfett anzubieten, sondern im kleinen Kreis zu feiern. Sonst würden all die offiziellen Vertreter und Gesandten sicher bis morgen früh in meiner Residenz tafeln.«

»Stimmt«, stellte mein Chef fest. »Darum gibt es bei offiziellen Anlässen nur selten Essen und Trinken.«

»Nur darum?«, fragte ich erstaunt. »Das ist wirklich menschenfreundlich – jedenfalls, was uns arme Könige anlangt.«

»Natürlich nicht nur darum. In Echo hält man es für unter seiner Würde, alle eingeladenen Gäste zu bewirten. Wir setzen uns mit unsereinem zu Tisch – oder mit denen, die wir schätzen und deren Anwesenheit uns Freude bereitet. Jeder Gastgeber – auch seine Majestät Gurig VIII. – hat das Recht, nur seine Freunde zu bewirten. Deshalb haben wir beide mehrmals am Hof zu essen bekommen. Alle Gäste zu füttern, ist Unsinn, denn der Hof ist kein Wirtshaus. Sollte jemand darauf erpicht sein, auf Kosten des Königs zu essen, kann er in ein beliebiges Gasthaus gehen und es auf Rechnung des Hofes tun. Laut Gesetz ist der König ja verpflichtet, für all seine Untertanen zu sorgen.«

»Und wenn jemand unbedingt auf *meine* Kosten essen möchte? Soll er dann in die Leeren Länder fahren und dort auf meine Rechnung ein mit Kürbis gefülltes Menkal essen?«, fragte ich. »Das wäre eine ausgezeichnete Idee.«

»Menkal mit Kürbis – was ist das eigentlich?«

»Das Menkal ist ein gehörntes Pferd, das in den Leeren Ländern als Last- und Reittier benutzt wird. Und den Kürbis kennt man in Echo als Steppenhimbeere.«

»Sei vorsichtig – dieser Kürbis ist wirklich gefährlich. Aber da du so begeistert von ihm bist, glaube ich fast, du wurdest tatsächlich in den Leeren Ländern geboren.«

»Ich kenne den Kürbis aus meiner alten Heimat und habe dort etliche gegessen, ohne je Probleme bekommen zu haben.«

Wir mussten unser bezauberndes Gespräch unterbrechen, da wir das Haus an der Brücke erreichten. Juffin sprang aus dem A-Mobil und verschwand im Gebäude. Ich dagegen schlug mir verärgert mit der flachen Hand an die Stirn, weil ich nicht an die Bücher für Sir Schurf gedacht hatte.

»Wo bleibst du, Junge?«, meldete sich Juffin ungeduldig per Stummer Rede bei mir.

»Ich habe den Lesestoff für Schurf vergessen. Wenn er mir jetzt den Hals umdreht, kann ich ihm das nicht verdenken. Ich fürchte, ich muss noch mal in meine Residenz zurück.«

»Wie du meinst. Aber dann musst du auf mindestens eine Tasse Kamra verzichten.«

»Wie schade. Aber ich bin gleich wieder da.«

Im selben Moment kam mir eine Idee. Ich schob die Hand unter meinen Sitz, um durch die Ritze zwischen den Welten zu greifen. Ab und zu sollte man das trainieren – sonst kommt man aus der Übung.

Ich vergegenwärtigte mir, wie ich spaßeshalber Zigarren für General Bubuta gefischt hatte. Damals hatte ich mir die Gesichter derer vorgestellt, denen ich etwas wegnehmen wollte, die Kaffeetassen auf dem Tisch und die Kiste mit den Zigarren.

Jetzt wandte ich die gleiche Methode an und stellte mir meine Bibliothek vor. Dabei kam mir Stephen Kings Kurzroman *Der Bibliothekspolizist* in den Sinn, bei dem säumige Benutzer der Bücherei es mit einem Ordnungshüter zu tun bekommen, der keinen Spaß versteht. In so eine Bibliothek zu geraten, wäre kein Vergnügen, mein Freund, sagte ich mir. Diese Überlegung beeinträchtigte meine

Konzentration, doch nach einigen Minuten hielt ich ein Buch in der Hand. Es handelte sich um den Roman *Unsere Zeit ist vorbei* von Ingvar Steffson. Titel und Verfasser waren mir unbekannt, aber was bedeutete das schon? Auf Erden war ich zwar ein leidenschaftlicher Leser gewesen, aber ich konnte schließlich nicht alles lesen, was andere geschrieben hatten.

Mit meiner Beute unterm Arm ging ich ins Haus an der Brücke. In unserem Büro traf ich auf den Boten aus dem *Fressfass*, denn Juffin hatte beschlossen, den Gefangenen zu füttern. Der kurzzeitig aus seinem Arrest befreite Lonely-Lokley hielt gedankenverloren seine Tasse in Händen.

»Und ich dachte, du wärst in deine Residenz gefahren, um Bücher zu holen«, sagte mein Chef. »Und natürlich, um deinen Harem zu beaufsichtigen«, fügte er lachend hinzu.

»Finden Sie nicht, dass es reicht, wenn Melifaro mich in dieser Angelegenheit mit Anspielungen überschüttet?«, fragte ich leicht gereizt. »Ich bin mir sicher, dass er mich morgen, übermorgen und die nächsten zehn Jahre lang mit solchen Bemerkungen verfolgen wird.«

Dann wandte ich mich an Schurf. »Dieser Band ist für dich, mein Freund. Zwar hab ich dir nur ein Buch mitgebracht, aber dafür stammt es aus der anderen Welt. Wer außer mir kann dir schon so ein Buch besorgen?«

»Stimmt«, sagte er, und in seiner sonst so versteinerten Miene hielt ein leichtes Erstaunen Einzug. »Ein Buch aus der anderen Welt ist sicher besser als alles, was sich in der ehemaligen Bibliothek finden lässt.«

»Nicht unbedingt. Ich habe es nicht gelesen und den

Namen des Autors nie gehört. Ich kann also für nichts garantieren.«

»Deine Garantie brauche ich auch nicht. Ich habe noch nie ein Buch aus der anderen Welt gelesen. Also ist es für mich zwangsläufig viel mehr als ein x-beliebiger Band.«

Darauf konnte ich nur nicken. Zugleich versuchte ich mir vorzustellen, wie ich reagiert hätte, wenn mir vor fünf, sechs Jahren, als ich noch nicht Sir Max war, sondern brav auf der Erde gelebt hatte, ein Buch aus Echo in die Hände gefallen wäre. Hätte ich überhaupt an die Existenz anderer Welten geglaubt? Hätte mich der literarische Wert des Bandes interessiert, oder wäre es für mich weit mehr als nur ein Buch gewesen? Wahrscheinlich hätte ich so reagiert wie Schurf.

»Ist das tatsächlich ein Buch aus deiner Welt?«, fragte mich Juffin erstaunt. »Habt ihr denn Zeit, binnen eurer kurzen siebzig Jahre Bücher zu verfassen?«

»Wir sind sehr fleißig«, erklärte ich. »Das sehen Sie doch an mir.«

»Allerdings. Bist du nun bereit, eine Reise durch das Chumgat zu machen?«

»Lassen Sie uns doch beim üblichen Begriff bleiben«, schlug ich vor. »Das Wort Chumgat riecht mir zu sehr nach alter Mystik. Das haben Sie auch schon gesagt. Ich bin aber gern bereit, einen Spaziergang durch das Tor zwischen den Welten zu machen.«

»Gut, brechen wir auf. Offenbar bist du kämpferisch gestimmt. Genau das ist jetzt vonnöten.«

»Wo soll's denn hingehen? Ich dachte, Sie könnten überall die Welten wechseln.«

»Ich schon, wenn auch nur fast überall. Aber heute müssen wir dein Tor nehmen, und das liegt bekanntlich im Schlafzimmer deiner alten Wohnung.«

»Ist es wirklich wichtig, wessen Tor zwischen den Welten wir benutzen? Ich dachte …«

»Lass das besser. Wenn zwei Menschen eine Reise durch das Tor zwischen den Welten unternehmen, muss der eine den anderen führen. Und wir müssen in die Welt deiner Träume reisen. Also bist du es, der uns den Weg weist. Deshalb gehen wir jetzt in die Straße der alten Münzen.«

»Dort müssen wir allerdings zwei Ladys vertreiben, und das dürften sie uns kaum verzeihen.«

»Das bekommen wir schon hin. Also los, mein Held. Sir Schurf, leider muss ich Sie zuvor wieder mit ihrem mystischen Stück Literatur in die Verhörzelle sperren.«

Lonely-Lokley leistete keinen Widerstand, sondern seufzte nur pflichtbewusst.

Das bevorstehende Abenteuer beunruhigte mich nicht. Ich war zwar nie ein großer Held gewesen, aber in Gesellschaft von Sir Juffin hätte ich mich sogar in die Hölle getraut. Seine Anwesenheit wirkte einfach ungemein beruhigend auf mich. Deshalb schob ich meine Befürchtungen beiseite und unterhielt mich mit meinem Chef sorglos über unwichtige Dinge.

»Warum sind zu meinem gestrigen Empfang eigentlich keine Frauen erschienen?«, wollte ich wissen, weil mich diese Frage seit dem Vortag beschäftigt hatte. »Gibt es unter all den Provinzfürsten nicht eine Frau? Dürfen sie im Vereinigten Königreich etwa keine politischen Ämter bekleiden?«

»Kannst du eigentlich noch an etwas anderes denken als

an Frauen? Ich verstehe deine Obsession ja – schließlich bist du frischgebackener Besitzer eines Harems. Und teilweise hast du sogar Recht. Überall in den Provinzen regieren Männer, und auch am Königshof sind Frauen deutlich unterrepräsentiert. Aber nichts und niemand verbietet es ihnen, solche Funktionen zu übernehmen. Sie wollen es allerdings nicht. Weißt du, so ein Amt verlangt, ständig in der Öffentlichkeit zu stehen. Kluge Frauen mögen das nicht, und Dummköpfe – ob männlichen oder weiblichen Geschlechts – sind in Führungspositionen nicht zu gebrauchen. Es hat allerdings ein paar Frauen gegeben, die sich in solche Bereiche vorgewagt und so manchen königlichen Empfang besucht haben. Weißt du, die Frauen von Echo sind viel radikaler als wir Männer. Sie wollen alles oder nichts. Du hast mich mal gefragt, warum in keinem Orden eine Frau das Amt des Großen Magisters bekleidet. Wenn eine Frau in einen Orden eintritt, hat sie kein Interesse an Nebensächlichkeiten wie dem ewigen Hickhack mit den lieben Kollegen. Und wenn sie eine politische Karriere einschlägt, ernennt man sie bald zur geheimen Ministerin.«

»Alles klar«, sagte ich lächelnd. »Dort, wo ich geboren wurde, glaubt man, Frauen seien nicht klug genug, um Karriere zu machen, und hier sind sie zu klug dafür. Beides läuft auf dasselbe hinaus.«

»Denk nicht voreilig, du hättest alles verstanden«, seufzte Juffin. »Es läuft ganz und gar nicht auf dasselbe hinaus, doch das merkt man nicht so schnell. Einmal hat mich Magister Nuflin Moni Mach nur deshalb zu sich gerufen, weil Lady Sotowa es so wollte. Er selbst hätte meine Anwesenheit höchstens als Haupt auf einem Silbertablett goutiert. Das ist nur ein Beispiel dafür, wie mächtig Frauen sein können.«

»Steht also hinter jedem bedeutenden Mann in diesem Lande eine Frau?«

»Beinahe, doch es gibt Ausnahmen. Ich zum Beispiel lebe allein, und das ist auch besser so. Aber jetzt Schluss mit dem Thema Frauen. Denk lieber darüber nach, was du deinen beiden Freundinnen sagst, um sie von ihren DVDs zu trennen. Wir sind nämlich schon fast da.«

Ich hatte Recht gehabt: Im Schlafzimmer meiner alten Wohnung saßen Melamori und Techi vor dem Fernseher und kicherten wie Gymnasiastinnen. Sie sahen sich einen Film an, der fast nur unter spärlich bekleideten Athleten spielte. Zudem redeten die Schauspieler in einer seltsamen, mir unbekannten Sprache. Was manche Leute sich für ein Zeug zusammenfilmen!, dachte ich erstaunt.

Die DVD war offenbar zufällig in meine Sammlung geraten und dürfte meiner Ex-Freundin gehört haben. Tja, da glaubt man, jemanden zu kennen, und erlebt dann so eine Überraschung.

Kaum hatten die beiden Ladys uns bemerkt, wurden sie verlegen und erröteten sogar.

»Oh weh, sie haben uns auf frischer Tat ertappt!«, rief Techi und lehnte sich an Melamoris Schulter. Sofort kicherten die beiden wieder los.

»Kein Wunder – schließlich sind wir beim Kleinen Geheimen Suchtrupp«, brummte ich. »Was seht ihr euch da eigentlich an?«

»Ach das?«, meinte Melamori und machte eine abfällige Handbewegung Richtung Fernsehgerät. »Ich hab in meinem Leben noch nichts Unanständigeres gesehen als diese schnaufenden, halbnackten Kraftpakete. Gilt so was in deiner Heimat als Unterhaltung, Max? Bist du etwa selbst so unterwegs gewesen?«

»Wie du siehst, fehlt mir dazu die Statur. Außerdem ist das keine Unterhaltung, sondern eine Methode herauszufinden, wer der Stärkste ist – eine recht unsinnige Methode, wie man sieht, aber …«

Juffin verfolgte schweigend, wie ein Mann in himbeerrotem Trikot versuchte, zweihundertvierzig Kilo zu stemmen.

»Wie ekelhaft«, sagte er dann. »Ladys, gefällt Ihnen das wirklich?«

»Und wie!«, rief Techi. »Wir sehen uns das schon zum dritten Mal an.«

»Stellen Sie das bitte sofort aus, gehen Sie nach unten, und kochen Sie sich eine Tasse Kamra. In einer halben Stunde können Sie wieder so viele DVDs schauen, wie Sie mögen.«

»Ihr wollt noch woandershin, stimmt's?«, fragte mich Melamori.

»Nein, wir wollen uns diese Männer selber ansehen, schämen uns aber in eurer Gegenwart unserer niederen Triebe.«

Techi stand schon in der Tür und lächelte mich an. Es war ein spezielles Lächeln, das mir Mut machen sollte, die Reise durch das Tor zwischen den Welten anzutreten.

»Einen schönen Abend noch, Ladys«, wünschte Juffin und verbeugte sich galant vor den beiden. »Und bleiben Sie besser nicht bis Sonnenaufgang, damit wir Sie nicht erneut beim Filmschauen stören.«

Techi sah mich etwas verärgert an und verschwand mit ihrer Freundin ins Erdgeschoss.

»Erstaunlich, dass die beiden sich so eng befreundet haben«, meinte ich kopfschüttelnd. »Immerhin stammen sie aus Familien, die seit langem miteinander verfeindet sind …«

»Ich finde das ganz und gar nicht erstaunlich. Melamori wäre gern nicht nur mit der Tochter von Lojso Pondochwa, sondern auch mit ihm selbst befreundet. Aber leider ist der Vater von Lady Techi schon tot. Um ihrem eigenen Vater Korwa zu trotzen, tut Melamori alles, denn sie ist mit ihm in einen dauernden Wettbewerb verstrickt, bei dem es darum geht, wer wem die schlimmeren Wunden schlägt. Ich fürchte, Lady Melamori hat einen soliden Vorsprung.«

»Tja, das alles hat damit begonnen, dass Korwa sich einen Sohn gewünscht und eine Tochter bekommen hat«, sagte ich.

»Da wir gerade beim Thema Frauen sind: Ist dir schon aufgefallen, dass ihr euch sehr ähnlich seid, du und deine Freundin? Natürlich nicht im Gesicht, aber hinsichtlich eurer Worte und Gesten.«

»Das ist mir gleich aufgefallen«, bestätigte ich nickend. »Wie jeder selbstverliebte Mensch habe ich gedacht, das sei ideal, und sehe das eigentlich auch heute noch so.«

»Sie ist dein Spiegel«, erklärte Juffin. »Wie die übrigen Kinder Lojso Pondochwas wirft auch Lady Techi das Bild ihres Begleiters zurück. Niemand freilich hat das so perfekt gekonnt wie ihr großartiger Vater, der es meisterhaft verstand, von einer Rolle in die andere zu schlüpfen. Nur wenn deine Freundin erschrocken, betrübt oder allein ist, kommt die echte Techi zum Vorschein. Und das passiert bekanntlich selten. Als du auf der langen Reise in deine Heimat warst, habe ich sie oft in ihrem Wirtshaus besucht, und wir haben uns gut über die verschiedensten Dinge unterhalten. Da Techi inzwischen viel Zeit mit Melamori verbringt, wird sie nun ihr immer ähnlicher. Ein lebendes Spiegelbild zu haben, ist schmeichelhaft, was?«

»Allerdings«, sagte ich und nickte verlegen. »Denken Sie wirklich, Techi habe die Neigung, zu jedermanns Spiegelbild zu werden? Ich wäre nie darauf gekommen.«

»Und doch ist es so.«

»Ich dachte, sie würde allein mir ähneln«, meinte ich betrübt. »Und wie sich jetzt herausstellt, weiß ich gar nicht, wer sie wirklich ist.«

»Natürlich weißt du einiges von ihr. Als Lady Scheck dich versehentlich beinahe vergiftet hätte, hattest du mit Techis wahrem Selbst zu tun, denn da war sie erschrocken. Soweit ich mich erinnere, fandest du sie damals bezaubernd«, sagte Juffin und lächelte freundlich. »Seither ähnelt deine Freundin dir wirklich sehr, wenn du mit ihr zusammen bist. Das ist keine billige Schauspielerei, sondern Magie, mein Freund. Und was geht dich ihr Verhalten an, wenn sie nicht bei dir ist?«

»Nichts«, räumte ich finster ein

»Eigentlich kennt man niemanden wirklich, auch nicht sich selbst. Warum sollte Techi eine Ausnahme sein?«, fuhr Juffin fort.

»Auch da haben Sie Recht. Und warum unterhalten Sie sich ausgerechnet jetzt über dieses Thema?«

»Einmal muss man darüber reden. Es gibt viele einfache Dinge, auf die man von allein erst tausend Jahre zu spät kommt. Und da wir uns zufällig darüber unterhalten haben …«

»In letzter Zeit verliere ich oft den Boden unter den Füßen. Das ist wie ein kleiner Tod. Wenn der Boden aber wieder da ist, stelle ich fest, dass die Welt schöner geworden ist.«

»Das hast du sehr hübsch gesagt«, meinte Juffin erfreut. »Und jetzt lass uns wieder an die Arbeit gehen. Wir haben die Ladys schließlich nicht vertrieben, um hier die ganze Zeit zu plaudern. Als wäre dein ehemaliges Schlafzimmer der einzige Ort im Vereinigten Königreich, an dem man sich über alles problemlos unterhalten kann.«

»Manchmal habe ich allerdings wirklich den Eindruck, dass man nirgendwo so gut miteinander reden kann wie in diesen vier Wänden«, wandte ich lächelnd ein. »Und was machen wir nun?«

»Du legst dich in deine Lieblingsecke und schläfst ein, wie du es immer tust, wenn du das Tor zwischen den Welten durchquerst. Es ist zwar ziemlich früh, und du bist noch nicht müde, aber ich helfe dir. Und wenn du im Tor bist, öffne einfach die Tür zu dem Strand, von dem du mit Schurf geträumt hast. Ich folge dir. Hab keine Angst – ich bin ein erfahrener Reisender und nicht auf deine Hilfe angewiesen. Jetzt leg dich endlich hin. Wir haben keine Zeit zu verlieren.«

Ich legte mich ins weiche Bett und betrachtete den Fernseher, den DVD-Player und meine Filme, deren Anblick so beruhigend auf mich wirkte wie die Gegenwart von Sir Juffin. Nun war ich wirklich zu allem bereit.

»Das hier ist die beste Methode gegen Schlaflosigkeit«, sagte mein Chef und zog einen Vorschlaghammer aus dem

Mantel. »Leiste aber keinen Widerstand – sonst funktioniert es nicht.«

Ich war baff und wusste nichts zu antworten. Schließlich passierte mir so etwas nicht jeden Tag. Der schreiend rosa lackierte Hammer näherte sich langsam meinem Kopf.

Natürlich spürte ich keinen Schlag, aber auch sonst nichts. Nur mein Schlafbedürfnis war überwältigend. Mit Narkose hatte das nichts zu tun, eher mit völliger Erschöpfung – als hätte ich seit Tagen kein Auge zugetan. Ich glaubte noch kurz, mich von diesem Bedürfnis befreien zu können, erkannte aber sofort, dass es sich dabei um eine Illusion handelte.

Dann schlief ich ein. Was blieb mir auch übrig, nachdem Sir Juffin mir persönlich ein Wiegenlied gesungen hatte?

Erneut landete ich an einem Ort, an dem es nichts gab, nicht einmal mich selbst. Es ist schwer zu erklären, was das Tor zwischen den Welten ist. Auch persönliche Erfahrungen helfen da nicht viel, im Gegenteil: Je öfter man dort landet, desto deutlicher wird einem, dass es keine Worte gibt, um von diesem Ort zu erzählen.

Auch diesmal staunte ich, wie gut sich ein Teil von mir in diesem metaphysischen Raum orientierte. Wieder wusste dieser Teil, wohin ich mich wenden musste, um feinen weißen Strand unter meine Schuhe aus Uguland zu bekommen.

Ich setzte mich auf einen warmen, rotgrauen Stein und sah mich um.

Etwas stimmte nicht mit dieser so fremden, mir aber dennoch bekannten Welt. Außer mir befanden sich dort nämlich noch andere Menschen. Sie waren zwar weit entfernt am Ufer, aber ich konnte sie trotzdem erkennen. Dabei war diese Welt bisher menschenleer gewesen. Das war womöglich eine ihrer wichtigsten, unverwechselbaren Eigenschaften gewesen. Genauso ist es bei einem geliebten Menschen: Seine Gesichtszüge, seine Stimme, seine Ausdrucksweise oder seine Reaktionen – all das macht ihn einzigartig und dadurch geliebt. Wenn sich nur eine dieser Eigenschaften ändert, ist die Harmonie gestört, und wir haben es nicht mehr mit dem alten Freund zu tun, sondern mit einem Unbekannten, den wir nur ungern in unser Leben lassen.

In letzter Zeit hatte ich solche Veränderungen immer wieder hinnehmen müssen. Den Kampf, die Dinge um mich herum zu erhalten, wie sie waren, hatte ich längst aufgegeben, weil er meine Kräfte überstieg. Ja, ich redete mir obendrein ein, die ständigen Veränderungen würden mir gefallen, und allmählich glaubte ich sogar daran.

Aber die Veränderungen, die an dem von mir so geliebten Strand passierten, erschreckten mich zutiefst. Zuerst lehnte ich nur intuitiv ab, was dort geschah, dann aber bekam ich seltsame Ahnungen.

Ich erhob mich von meinem warmen Stein, ohne zu bedenken, dass ich eigentlich auf Juffin hätte warten sollen, und ging zu den Badenden. Diese Leute gehörten einfach nicht hierher!

Eine nicht eben große, aber bunt gemischte Menschengruppe kam mir entgegen. Ich sah Frauen mittleren Alters in farbigen Röcken und golden schimmernden Kopftüchern. Eine hielt ein Kleinkind auf dem Arm. Schon aus der Ferne begannen sie zu jammern. Natürlich brauchten sie Geld, und zwar – wie sie behaupteten – für ihre Kinder. Eine Frau wollte mich ködern, indem sie mir anbot, aus meiner Hand zu lesen.

»Schöner Mann, ich verrate dir deine Zukunft. Lass uns sehen, ob du ein langes Leben hast und reich wirst.«

Die Handleserin näherte sich blitzschnell. Wie kann man so rasch über den Sand laufen?, fragte ich mich, tröstete mich aber damit, dass es vieles gab, was ich nicht für möglich gehalten hätte.

Dann verlor ich den Verstand.

Damals wusste ich nicht, warum ausgerechnet diese Frauen mit ihren Kindern mich so aus der Fassung brachten. Wer das Gefühl hat, angegriffen zu werden, sollte sich beherrschen können. Mich dagegen überkam blinde Raserei.

Das Erstaunlichste war, dass mir meine Wut gefiel. Ich ritt auf der Welle meines Zorns und spürte dabei ein intensives Gefühl der Befriedigung. Jede Zelle meines Körpers zitterte in wonniger Erwartung des Sturms. Genauso süß zitterte die Luft ringsum, und ich wusste nicht, wo mein Körper aufhörte und die Außenwelt begann. Auch wenn es seltsam klingen mag: Ich hatte mich noch nie so großartig gefühlt.

Die Frauen belagerten mich, als spürten sie die Wut nicht, die sich in mir zusammengebraut hatte. Dabei murmelten sie etwas über mein Geschick und den Hunger ihrer Kinder.

»Du willst Wahrsagerin sein, meine Liebe?«, fragte ich die lauteste von ihnen und staunte, wie unangenehm meine Stimme klang. »Obwohl du den eigenen Tod nicht vorhersiehst?«

Ich hatte nicht vor, die Frauen anzuspucken, obwohl mein Gift sie sicher umgebracht hätte. In dieser Lage aber wollte ich nicht auf eine so primitive Art des Tötens zurückgreifen. Wohlig streckte ich ihnen die Arme entgegen, als würde ich mich nach einem herrlichen Schläfchen genüsslich räkeln. Auf meinen Unterarmen waren scharfe Stacheln zu sehen, und mir war klar, dass jeder von ihnen so tödlich wie meine Spucke war.

Die Frau fiel leblos zu Boden und löste sich auf. Nur ihre farbenfrohe Kleidung blieb auf dem Strand zurück. Das waren gar keine Menschen, sondern Dämonen! Darauf hätte ich wirklich früher kommen können.

Die lauten Freundinnen meines Opfers zögerten, und ich nutzte die Gelegenheit, ihrem erneuten Angriff zuvorzukommen. Die linke Hälfte meines Mundes lächelte wollüstig, während die rechte Hälfte teilnahmslos blieb, als hätte ich dort ein Betäubungsmittel gespritzt bekommen. Den Magistern sei Dank, dass mir in diesem Moment niemand einen Spiegel vors Gesicht hielt! Dem sympathischen Sir Max aus Echo hätte sein Anblick sicher gar nicht gefallen.

Nach ein paar Sekunden war alles vorbei. Nur ein Haufen bunter Lumpen war am Strand zurückgeblieben. Ich zuckte die Achseln und ging weiter, um mir die nächsten Dämonen vorzunehmen, die sich im flachen Wasser tummelten. Um ehrlich zu sein, hätte ich es auch echten Menschen nicht verziehen, wenn sie sich hierher verirrt hätten.

Das Erstaunlichste bei meinem privaten Feldzug war, dass die Luft um meine Hände herum hörbar vibrierte. Das gefiel mir, ermüdete mich aber zugleich. Die seltsamen

Stacheln an meinen Armen verschwanden plötzlich, doch ich wusste, dass sie unversehens wieder auftauchen würden, wenn ich auf ein neues Opfer träfe.

Ich ahnte, welcher Anblick mich am Wasser erwarten würde. Als ich nah genug gekommen war, um alle Details zu erkennen, stockte mir der Atem. Das ist zu viel für mich, dachte ich. Am Strand war alles versammelt, worauf ich je ohnmächtigen, mitunter nur flüchtigen und unerklärlichen, stets aber ermüdenden Hass verspürt hatte. Ich sah unfassbar dicke Matronen in grellen Badeanzügen, die sich sonnten und dabei aus Plastikbehältern Essen in sich hineinschaufelten. Ihre dünnbeinigen Begleiter tranken mit finsterer Miene warmes Flaschenbier. Ich sah krebsrote Mädchen in schlabbernden Bikinis, die sich Blätter auf die Nase gelegt hatten, um einen drohenden Sonnenbrand zu verhindern, und ihre x-beinigen Begleiter in zu engen Badehosen. Ich sah betrunkene Teenies, finster dreinblickende ältere Männer in Jogginghose und draufgängerische Rentnerinnen.

Plötzlich erinnerte ich mich an einen Strandurlaub mit meinen Eltern. Ich war damals höchstens fünf. Das ist ein schreckliches Alter, denn man beginnt die absurde Abhängigkeit von den Erwachsenen zu erkennen, hat dagegen aber noch keine Partisanenstrategie. Tagsüber geschah nichts Besonderes. Am Abend kehrten wir in unser Ferienhaus zurück, und ich lief in die Vorratskammer und hüllte mich in einen nach Mottenpulver riechenden Mantel. »Ich will nicht erwachsen werden! Bringt mich sofort weg von hier!«, rief ich immer wieder unter Tränen. Ich wusste nicht, an wen ich mich wandte, aber mich ekelte der Gedanke, durch das Zusammensein mit den Erwachsenen zu werden wie sie. Ich würde einen Bauch und Falten bekommen und irgendwann sterben – was sonst? Damals wusste ich noch nichts von Magie und Lojso Pondochwa.

»Das ist ja ausgezeichnet«, sagte ich leise zu mir. »Ich weiß zwar nicht, wer sich entschlossen hat, meine wunderbare Welt mit diesem Abschaum zu vermüllen, aber nun habe ich die Gelegenheit, die ganze Sippschaft auf einen Sitz zu töten.«

Dann roch ich die mir bekannte Mischung von Stranddüften – Schweiß, Sonnencreme, warmes Bier und gekochte Eier – und verlor alles Menschliche. Das ist keine bloße Redewendung, sondern eine kühle Feststellung der Tatsachen. Wie hätte das Wesen, das nun über den Strand tobte, noch ein Mensch sein können? Es vernichtete alles, was ihm in die Hände geriet, und fand größten Gefallen daran.

»Das ist *meine* Welt, ist das klar?«, rief ich. »Hier hat alles zu sein, wie ich es wünsche. Ich will euch nicht sehen. Verschwindet, ihr Missgeburten! In die Hölle, nach Antalya oder an die Costa Brava!«

Als ich wieder zur Besinnung kam, war alles vorbei, und ich saß allein im nassen Sand. Träge Wellen leckten an meinen Schuhen. Ich war ganz ruhig und fühlte mich sehr einsam. Was passiert war, erschien mir wie ein wirrer, aber durchaus angenehmer Traum, der mich nicht weiter beschäftigte.

»Du kannst ganz schön aggressiv werden«, hörte ich Sir Juffin hinter meinem Rücken belustigt sagen. »Schade nur, dass unser Schatzmeister Dondi Melichais dich nicht gesehen hat. Sonst würde er dein Gehalt bestimmt verdreifachen. Du bist doch sonst so ein netter Junge, Max –

wie konntest du dich so verwandeln? Schämst du dich gar nicht?«

»Sollte ich das?«, fragte ich gleichgültig.

»Eigentlich nicht«, sagte mein Chef lächelnd und setzte sich neben mich. »Was du gerade getan hast, war für dich offenbar nur eine Kleinigkeit. Also kommst du selbst mit Dämonen zurecht. Es war geradezu eine Augenweide, dir dabei zuzusehen. Jetzt musst du nur noch lernen, die zu besiegen, die hinter den Dämonen stehen.«

»Fangen wir doch sofort damit an«, meinte ich ungerührt.

»Sofort? Du bist ja eine richtige Kampfmaschine geworden. Ich hoffe, du bist nach dieser Benefizvorstellung nicht völlig ausgepumpt. Was du eben erlebt hast, hast du übrigens unserem Freund Gugimagon zu verdanken.«

»Ach, war das sein Werk?«, fragte ich teilnahmslos und staunte selbst, wie kalt mich diese Nachricht ließ. In diesem Moment hätte ich selbst Lonely-Lokley ein Vorbild sein können.

»Ich jedenfalls habe dir diese Leute nicht auf den Hals geschickt«, sagte Juffin, nahm seinen Turban ab und zog mit dem listigen Lächeln eines Zauberers aus der Provinz einen Tonkrug daraus hervor. Genau solche Krüge gab es im *Fressfass*.

»Ein Schlückchen Kamra dürfte dir nicht schaden. Sag aber bitte nicht, du bräuchtest zum Trinken eine Tasse. Ich kann nämlich kein Geschirr für dich herbeizaubern. Warum starrst du mich so an, Max? Hast du wirklich gedacht, außer dir und dem wunderbaren Maba Kaloch beherrscht niemand im Vereinigten Königreich den Trick mit der Ritze zwischen den Welten?«

»Aber nein«, sagte ich lächelnd. »Ich bin mir sicher, dass Sie zu allem fähig sind. Ich fand es nur erstaunlich, dass Sie den Krug ausgerechnet aus dem Turban gezogen haben. Stammt die Kamra wirklich aus dem *Fressfass*?«

»Woher sonst? Ich kann dir doch nichts vorsetzen, was aus einer x-beliebigen Kneipe stammt.«

Juffin nahm mir den Krug ab und trank ein paar Züge. Ich kramte derweil in meinem Todesmantel nach Zigaretten. Ohne zu überlegen, schnippte ich dabei mit den Fingern. Zwar war ich das Zaubern inzwischen gewohnt, doch dass ich es nun sogar unwillkürlich betrieb, erschreckte mich ein wenig.

»Worauf warten wir noch?«, fragte ich. »Oder wollen Sie mir eine Erholungspause verordnen?«

»Das auch. Wir bleiben hier, bis ich mir sicher bin, dass du wieder zu Kräften gekommen bist. Dann rufen wir Gugimagon.«

»Bin ich denn noch nicht wieder topfit?«

»Vor einer halben Stunde warst du beträchtlich besser in Form.«

»Wo sind Sie eigentlich gewesen, als ich mit den Dämonen gekämpft habe?«

»Ich bin auf der Schwelle zu dieser Welt geblieben, um deinen kühnen Kampf zu beobachten. Ich habe viel Vergnügen daran gehabt und mich entschieden, mich nicht einzumischen, um es nicht mit deinen Fäusten zu tun zu bekommen.«

Juffin lachte gutmütig, als wäre ich ein Komiker und das Massaker an den Badenden nur Teil meiner Bühnenshow.

»Waren das wirklich alles Dämonen?«, wollte ich wissen.

»Natürlich. Weißt du, ich habe Gugimagon reingelegt. Er hat die ganze Zeit geglaubt, du kommst allein, und ich bleibe bei Sir Schurf.«

»Warum hätte er das annehmen sollen?«

»Gestern Abend habe ich Schurf ein wenig von meinem Blut gegeben und ihn gebeten, es zu trinken, wenn er seinen Reiter in der Nähe spürt. In solchen Dingen nicht gerade bewanderte Magier glauben dann nämlich den, dessen Blut getrunken wird, auch in der Nähe. Darauf habe ich bei Gugimagon spekuliert. Außerdem dachte ich mir, dass er sicher furchtbare Angst vor mir hat.«

»War dieses Blut Schurfs besonderer Schutz, von dem Sie mir gestern nichts erzählen wollten?«

»Ja. Und der Trick hat prima funktioniert, denn Gugimagon dachte, er bekommt es allein mit dir zu tun. Er hatte etwas Besonderes für dich vorbereitet und gehofft, dein Wutanfall werde dir alle Kräfte rauben. Das ist übrigens auch geschehen. Weißt du, Max, er hat auch vor dir Angst, wenn auch weniger als vor mir. Außerdem hasst er dich wirklich – das hat Schurf ganz richtig erkannt.«

Ich sah meinen Chef fragend an, doch er zuckte nur die Achseln und breitete bedauernd die Arme aus. Ich sollte die Dinge vermutlich nehmen, wie sie waren.

»Gugimagon hat dir all die geschickt, die du verabscheust und auch in deiner alten Heimat nie und nimmer hättest treffen mögen. Um wie viel schlimmer muss es für dich gewesen sein, ihnen in der Welt deines Traums zu begegnen, die doch allein dir gehört.«

»Zugegeben, ich habe schon lange von dieser Welt geträumt und fühle mich hier sehr wohl, aber deshalb gehört sie mir doch noch nicht!«

»Natürlich gehört sie dir, denn ohne dich gäbe es sie nicht. Zuerst hast du diesen Strand nur geträumt, doch dann hat er sich materialisiert. Das ist eines der geheimnisvollen Ereignisse, die man wirklich ein Wunder nennen muss. Und diesen Strand wird es auch nach deinem Tod noch geben. Die meisten von Menschen erschaffenen Welten sind so unvollkommen wie ihre Schöpfer. Du hingegen hast das seltene Talent, so herrlich zu fantasieren, dass deine Kopfgeburten über deinen Tod hinaus bestehen bleiben werden. Ich erinnere mich an das hübsche kleine Städtchen in den Bergen bei Kettari, das du samt Park erschaffen hast. Und nun hast du die Welt mit diesem herrlichen Strand beschenkt. Interessant, dass auch Gugimagon sich für diesen Ort begeistert hat. Vielleicht, weil es so leicht ist, in eine gerade erst erschaffene Welt zu gelangen.«

Ich sah meinen Chef erstaunt an. Was redete er bloß für metaphysisches Zeug? Hoffentlich machte er sich nicht über mich lustig. Aber selbst das wäre eigentlich nicht schlimm. Ich war es schließlich, der mit all den von mir erschaffenen Welten leben musste. Ich fühlte mich wie jemand, der aus einem Rausch erwacht und feststellt, dass um ihn herum nichts ist und die Welt nur in seiner Vorstellung existiert hat.

Erneut verlor ich den Boden unter den Füßen – wie schon so oft in diesem Herbst.

»Und Sie machen sich wirklich nicht über mich lustig?«, fragte ich ohne große Hoffnung.

»Warum sollte ich? Dass du Welten erschaffen kannst, scheint dir wirklich neu zu sein. Interessant, wie du dich mitunter davor drückst, den Tatsachen ins Auge zu sehen.«

»Das ist wirklich lustig«, pflichtete ich ihm sarkastisch bei. »Nach allem, was mir widerfahren ist, kann ich mir wohl den Luxus erlauben, die wundersamen Geschichten, die Sie mir da auftischen, zu ignorieren.«

»So einer bist du? Dabei solltest du vor Begeisterung hüpfen! Freut es dich nicht zu erfahren, wie mächtig du bist?«

Ich überlegte, was ich heute erlebt und empfunden hatte, und schüttelte den Kopf. »Ganz und gar nicht – Schweinerei, was? Über den Rest Kamra in Ihrem Krug dagegen würde ich mich freuen. Ich bin ziemlich schlicht gestrickt, oder?«

»Da, nimm, du schlichtes Wesen«, brummte Juffin und hielt mir den Krug hin. »Leider ist sie schon fast kalt.«

Ich trank die lauwarme Kamra aus und spürte, dass ich ein wenig Ablenkung brauchte.

»Eigentlich bin ich schon wieder bei Kräften. Könnten Sie Gugimagon nicht rufen, damit wir die Angelegenheit rasch beenden und wieder nach Echo zurückkehren können?«

»Warte besser ab. Wieder bei Kräften bist du vielleicht in einer Woche. Es geht ja nicht um deine Selbsteinschätzung, sondern darum, ob du deine Heldentaten wiederholen kannst. Mit Gugimagon werde ich schon fertig – das ist ein Kinderspiel. Das Problem ist, dass ich dir dadurch unabsichtlich schaden kann. Du bist nämlich noch ziemlich schwach. Am liebsten würde ich dich nach Hause schicken, weil es hier zu gefährlich für dich ist, aber ohne mich würdest du nicht zurückfinden.«

»Ist die Lage so ernst?«, fragte ich erschrocken.

»Ernst? Es ist alles gut, ja bestens. Du kannst dich auf

den Beinen halten und durch bloßes Fingerschnippen Kugelblitze erzeugen. Wir könnten hier ein paar Tage Urlaub machen, bis du wieder richtig fit bist. Das klingt recht verlockend, wie ich finde. Aber derweil könnte Freund Gugimagon sich aus dem Staub machen. Das jedenfalls würde ich an seiner Stelle tun. Ich habe deshalb einen anderen Vorschlag: Ich grabe dich hier im Sand ein und rufe Gugimagon zum Showdown.«

»Mich eingraben? Wie meinen Sie das?«

»Der Boden deiner persönlichen Welt ist der beste Schutz gegen jedes Übel. Jetzt mach kein so erschrockenes Gesicht, Max – den Kopf brauchst du ja nicht in den Sand zu stecken. Den Kampf der Titanen kannst du also in aller Ruhe beobachten. Ich arbeite gern vor Publikum.«

»Und was ist mit meinen Händen? Wenn Sie die eingraben, kann ich Sie nicht beklatschen!«

»Ich komme auch ohne deinen Applaus zurecht. Du hast längst bewiesen, wie wichtig deine Hände sind – also müssen wir sie vor Gugimagon schützen.«

»Machen Sie mit mir, was Sie wollen, Juffin«, sagte ich träge und räkelte mich auf dem heißen Strand. »Meine einzige Sorge ist, dass ich einschlafen könnte.«

»Das darfst du auf keinen Fall. Solange Gugimagon am Leben ist, kannst du dir keinen Schlaf leisten«, sagte Juffin und zog ein Fläschchen Kachar-Balsam aus seinem Lochimantel. »Du trinkst ständig von diesem Zeug, vergisst aber jedes Mal, es mitzunehmen«, fügte er vorwurfsvoll hinzu.

Ich nickte schuldbewusst und nahm einen großen Zug vom besten Getränk aller Welten.

»Verschluck dich nicht vor Gier!«, murmelte Juffin.

Er stand auf, ging zum Wasser, überlegte kurz, nickte gedankenverloren, nahm ein Steinchen, drehte es in den Fingern und schleuderte es energisch vor sich auf den Boden. Eine Staubfontäne stieg leuchtend auf und zerstob in tausend glitzernde Funken. Das sah wie eine kleine Explosion aus, ging aber völlig geräuschlos vor sich.

»Deine Grube im Sand wartet auf dich, Max. Es ist höchste Zeit, dass du dich darin versteckst. Sonst schlägst du noch Krawall.«

»Haben Sie mich je nach dem Genuss von Kachar-Balsam randalieren sehen?«, fragte ich erstaunt.

»Noch nicht, den Magistern sei Dank! Und ich bete jeden Tag zu ihnen, dass ich das nie erleben muss«, meinte Juffin kichernd. »Deine heutigen Taten haben mich beeindruckt. Man könnte meinen, Lojso Pondochwa sei auferstanden. Vermutlich wäre er dein Lieblingslehrer gewesen, denn heute hast du seinen Stil an den Tag gelegt. Nur er nämlich beherrschte den Trick mit den stachligen Unterarmen.«

»Sie machen mir zwar hübsche Komplimente, doch ich fühle mich dabei nicht wohl«, sagte ich seufzend. »Ständig tischen Sie mir Erinnerungen an Ihren alten Bekannten auf, der obendrein der Vater meiner Freundin war. Sind Sie wirklich sicher, dass Sie ihn getötet haben? In letzter Zeit habe ich immer wieder die Ahnung, ihn bald zu treffen.«

»Um ehrlich zu sein: Ich habe ihn versehentlich getötet«, sagte mein Chef gedankenverloren. »Ich habe ihn an einen Ort geschickt, der kurz nach seiner Ankunft verschwunden ist und ihn mitgenommen hat. Außerdem kannst du ihn sowieso nie wieder treffen, denn ich habe das nur für ihn bestimmte Tor zwischen den Welten geschlossen. Und glaub mir: Es ist wirklich für alle Zeiten versperrt. Lojso kannte sich ausgezeichnet mit Offenkundiger Magie aus, doch was das Reisen zwischen den Welten betrifft, war er so unerfahren wie du. Am schwierigsten war es, ihn in das Tor zwischen den Welten zu locken – der Rest war eine Frage der Technik.«

»Würden Sie mir das genauer erklären?«

»Irgendwann ja, aber gerade bin ich – wie du vielleicht schon bemerkt hast – ziemlich beschäftigt. Und jetzt komm in deine Grube, Max, ehe es Gugimagon gelingt, auch diese Welt zu verlassen. Dazu braucht er zwar neue Opfer, denn die Menschen, die ihn hierhergebracht haben, sind inzwischen tot, und an Schurf kommt er nicht mehr heran, doch wir sollten unseren Feind nicht unterschätzen. Es würde mich nicht wundern, wenn er noch andere Helfer hätte. Schließlich hat er sich über hundert Jahre lang auf diese Reise vorbereitet.«

Während er redete, schob Juffin vorsichtig Sand zu mir in die Grube. Langsam fühlte ich mich wie ein riesiges Wurzelgemüse – um nicht zu sagen: wie eine Karotte. Das war ein recht lustiges Gefühl, und ich lachte wie verrückt, weil ich noch unter der Wirkung des Kachar-Balsams stand.

»Wunderbar!«, rief mein Chef. »Die Zusammenarbeit mit dir ist wirklich das reinste Vergnügen, mein Junge. Ich habe dich bis ans Ende der Welt getrieben und versuche nun, dich vor dem bösen Gugimagon zu schützen, und du lachst wie ein betrunkenes Pferd.«

»Wieso wie ein betrunkenes Pferd?«, prustete ich und wäre vor Lachen beinahe gestorben.

»Weil nüchterne Pferde viel ernster sind. Na gut, das reicht. Jetzt brauche ich Unterhaltung.«

Juffin entfernte sich vom Wasser, blieb aber auf dem Strand. Nach etwa dreißig Metern hielt er an und rief: »Gugimagon, du Missgeburt! Komm sofort her!«

Sein Schrei verhallte nicht wie ein normaler Ruf. Jedes Wort materialisierte sich und schwebte riesig in der Luft – wie im Comic. Unvermittelt wurden die Buchstaben noch größer, blichen dabei aber aus. Sekunden später bedeckten sie schon den ganzen Himmel. Nun streckte Juffin die Rechte aus und sog die Worte wie ein Staubsauger ein. Als er seine Hand kräftig schüttelte, merkte ich, dass die Worte sich in einen dünnen Stock verwandelt hatten.

»Komm sofort her!«, wiederholte er und stieß den Stock in den Sand.

Das sah großartig aus. Wäre ich nicht gefangen gewesen, hätte ich mich sofort zu ihm auf den Weg gemacht. Dann entspannte sich mein Chef, nickte zufrieden und sah mich an.

»Er kommt gleich«, sagte er und zwinkerte mir zu. »Ich hab ihn schon festgenagelt. Er kann sich nirgendwo anders mehr herumtreiben. In höchstens einer halben Stunde taucht er auf – zu längerer Abwesenheit fehlt ihm die Kraft.«

»Das haben Sie toll hinbekommen«, seufzte ich neidisch.

»Deinetwegen habe ich mir auch richtig Mühe gegeben. Eigentlich hätte ich auf die groben Effekte verzichten können, aber deine Filme haben mir Lust gemacht, in die Trickkiste zu greifen. Und weißt du was? Ich habe Freude daran! Schließlich sollte man sich auch für Routineaufgaben begeistern können.«

»Das nennen Sie Routine?«, fragte ich und pfiff durch die Zähne.

»Wie denn sonst? Wir haben das Tor zwischen den Welten durchquert und suchen Gugimagon, einen berüchtigten Freund gefährlicher Abenteuer.«

»Und ich dachte, die Lage wäre ernst.«

»Das ist sie auch – jedenfalls von deiner Warte aus. Wirklich gefährlich war es für dich allerdings nur, als Schurf dich angegriffen hat. Inzwischen ist es recht langweilig geworden, denn ich habe die Lage im Griff. Weißt du, Max, ich habe den Eindruck, Gugimagon belauscht unser Gespräch. Er ist verärgert und will mir beweisen, dass er sich nicht so einfach von mir erjagen lässt.«

Ich sah aufs Meer und staunte. Wider jedes Naturgesetz stieg das Wasser wie eine Wand und drohte, als gewaltige Welle auf uns einzubranden.

Juffin seufzte, winkte lässig mit der Hand und rief: »Zurück, marsch, marsch!«

So mag ein verschlafenes Herrchen seinen Hund beruhigen, der um drei Uhr nachts Gassi gehen will. Aus Erfahrung wusste ich, dass dieser Trick nicht funktionierte, doch ich täuschte mich: Die Wasserwand sackte augenblicklich und spurlos in sich zusammen, und der Horizont lag so flach da wie zuvor.

»Das war ein Dämon, Max«, sagte mein Chef. »Für wen hält dieser Gugimagon mich bloß? Glaubt er wirklich, ich leide an Altersschwäche?«

Offenbar gefiel ihm diese Idee, denn plötzlich spielte er einen Greis.

»Komm sofort her!«, rief er schrill und stützte sich tatterig auf seinen Stock. »*Jetzt!*«

Juffin keifte so laut, dass meine Nerven blanklagen. Besonders der letzte, markerschütternde Schrei hatte nichts

Menschliches mehr, und ich hätte am liebsten den Kopf in den Sand gesteckt.

Die Gestalt, die plötzlich vor Juffin auftauchte, hatte die Statur eines Schwergewichtlers und kam mir riesig vor. Im nächsten Moment zeigte sich auch hinter meinem Chef ein Monstrum ähnlichen Kalibers. Im Vergleich zu den beiden wirkte der schlanke Juffin erschreckend harmlos, doch zum Glück handelte es sich nicht um eine Meisterschaft im Gewichtheben oder Hammerwerfen.

»Sir Gugimagon ist endlich gekommen – und seinen Schatten hat er auch dabei!«, rief Juffin mit zuckersüßer Stimme und richtete sich kerzengerade auf.

Er packte sein monströses Gegenüber bei den Oberschenkeln und riss es mit leichter Hand entzwei, als handele es sich nur um Papier. Dann kicherte er und schnappte sich die Beine des zweiten Gegners.

»Wie schade, Sir Gugimagon hat seinen Schatten verloren«, zwitscherte er.

Ohne sich anstrengen zu müssen, hob er den Riesen in die Luft und rammte ihn mit dem Kopf zuerst in den Sand, wie Tom es mit Jerry zu tun pflegt. Ich war sicher, dass die Disney-Begeisterung meinen Chef zu dieser Lösung inspiriert hatte.

»Na, Max, hat dir das gefallen?«, fragte Juffin, schenkte mir sein zauberhaftestes Lächeln und stieß lässig gegen Gugimagons aus dem Sand ragende Beine.

Schweigend nickte ich, konnte aber keinen Ton herausbringen.

»Sündige Magister, hat es dir die Sprache verschlagen?«, fragte Juffin erstaunt, kam auf mich zu und zog den riesigen Gugimagon an den Füßen hinter sich her.

»Warum bringen Sie ihn nicht um?«, rief ich schließlich.

»Du bist ja blutdürstig«, meinte mein Chef lächelnd. »Wenn es nach dir ginge, wären alle Welten menschenleer. Der Mann, den ich hier mitschleife, ist ohnehin so gut wie tot. Kein Mensch überlebt den Tod seines Schattens, jedenfalls nicht länger als ein oder zwei Stunden. Aber das reicht, damit wir uns ein wenig unterhalten können. Schließlich habe ich ein Recht darauf, mit meinem alten Freund zu reden.«

»Das haben Sie«, seufzte ich. »Befreien Sie mich jetzt aus meinem Sandgefängnis?«

»Auf keinen Fall. Du bist schutzlos und hast nichts auf einem Strand zu suchen, auf dem sich eben zwei ernsthafte Menschen mit Magie 228. Grades bekämpft haben.«

»Da sind Sie ja an die Grenze des Machbaren gegangen!«

»Stimmt. In neu erschaffenen Welten ist es recht einfach, hohe Grade von Magie anzuwenden. Auch das macht diese Gegenden so interessant. Jetzt verstehe ich auch, warum du die Schlacht mit den Badegästen so souverän gewonnen hast. In Echo hätte das nicht geklappt, hier dagegen war es kinderleicht.«

»Und ich dachte, die Wut habe mir Flügel verliehen!«

»Wart's ab. Von echter Wut bist du noch ein gutes Stück entfernt«, erklärte Juffin und setzte sich neben mich. Genauer gesagt: Er ließ sich neben meinem Haupt nieder, denn ich glaubte, nur noch Kopf zu sein. Mein Körper schien mit dem Sand verschmolzen, aber das war gar nicht so unangenehm.

Juffin schüttelte Gugimagon wie einen Lappen. Auch

sein riesiges Opfer setzte sich nun in den Sand und lehnte den Kopf an die Schulter seines Peinigers.

»Gerade sitzen!«, befahl Juffin ihm streng.

Ich staunte, doch Gugimagon setzte sich trotz seiner Teilnahmslosigkeit gehorsam auf. Endlich konnte ich mir sein Gesicht genauer ansehen. Es war nicht eben hübsch, wirkte aber seltsam sympathisch und erinnerte mich an die selbstbewussten Mienen von Gandhi und seinen Mitstreitern, wie ich sie aus Dokumentationen über die indische Unabhängigkeitsbewegung kannte. Sein rechtes Auge war geschlossen, während das linke mir einen starren, lastenden Blick zuwarf. Ich erinnerte mich an das Gespräch zwischen Juffin und dem Heiler aus der Irrenanstalt, und mir wurde klar, dass Gugimagon auf dem linken Auge blind war.

Dann fiel mir ein, dass ich dieses blinde Auge schon gesehen hatte: an dem Tag nämlich, an dem ich mich entschieden hatte, nach Hause zurückzukehren.

Selbst die Erinnerung daran ließ mich zittern. Von Anfang an hatte in dieser Reise der Wurm gesteckt. Ich hatte weder das Tor zwischen den Welten noch die richtige Tür in meine alte Welt finden können, sondern war in meinem alten Schlafzimmer in der Straße der alten Münzen eingeschlafen und in einer kleinen Kammer unter einer unangenehm kratzigen Decke in der Überzeugung erwacht, die herrlichen Jahre in Echo seien nur ein Traum gewesen.

Aber ich hatte mich aus dieser unangenehmen Lage befreit, war nach Echo zurückgekehrt und hatte dort weitergelebt, als wäre nichts gewesen. Ich hatte keine Erinnerungen zugelassen und sogar aufgehört, im Schlaf zu schreien. Als ich nun aber das blinde Auge von Gugimagon sah, wusste ich, was an jener Reise so schlimm gewesen war.

Kaum war ich damals in der alten Wohnung eingeschlafen, war ich ins Tor zwischen den Welten geraten, wo mir der einäugige Gugimagon begegnet war. Ich hatte nicht verstanden, was er von mir wollte, aber sofort begriffen, dass von ihm eine tödliche Bedrohung ausging.

»Du erinnerst dich an ihn, stimmt's?«, fragte Juffin mich behutsam. »Er macht Jagd auf dich, seit du diesen Strand zum ersten Mal besucht hast, und seither ängstigst du dich vor ihm. Aber du bist nicht der Einzige, denn Gugimagon ist ein ziemlich grausames Geschöpf«, setzte mein Chef hinzu und wandte sich wieder an ihn. »Hör mal, Freundchen, ich hab noch eine Frage. Du hast dich übernommen und viele Unschuldige mitgerissen, doch ich an deiner Stelle hätte das Gleiche getan. Wie hast du die Menschen eigentlich gefunden, die sich für den Ritt durch das Tor zwischen den Welten eignen?«

»Du weißt genau wie ich, dass der da kein Mensch ist«, sagte Gugimagon und zeigte mit dem Finger auf mich. »Außerdem brauchte ich deinen anderen Mitarbeiter unbedingt, denn ohne ihn hätte ich das Tor zwischen den Welten nicht erreicht.«

»Ich hab gehört, wer lange auf Verrückte angewiesen ist, wird selbst verrückt. Das stimmt offenbar. Gut, Gugimagon, damit ist alles geklärt. Jetzt ruf die anderen, damit diese Geschichte endlich zu Ende geht.«

»Welche anderen?«, fragte der Riese teilnahmslos.

»Ich weiß, dass du für diese Reise weitere Menschen benutzt hast, und kann mir vorstellen, wie es ihnen geht: Sie haben ihren Schatten verloren und wissen nicht, wie und warum. Ich könnte sie selber rufen, aber ich möchte ihnen keine zusätzlichen Schmerzen zufügen. Ihre Lage ist schlimm genug. Vielleicht weißt du, mein Freund, dass ich dein Sterben bis zum Weltuntergang hinauszögern kann. Dazu brauche ich nur Weiße Magie 230. Grades. Hast du wirklich Lust, so langsam zu sterben? Schließlich dürfte dir klar sein, dass diese wunderbare Welt noch recht lange existieren dürfte, was, Max?«

Ich nickte eifrig, ohne zu wissen, worum es ging, denn ich hatte dem Gespräch der beiden erfahrenen Magier nicht mehr folgen können. Mich interessierte nur eines: Warum bestritt Gugimagon so hartnäckig, dass ich ein Mensch war? Nicht, dass mir seine Meinung besonders wichtig gewesen wäre, aber seine Sturheit verunsicherte mich.

»Seit wann nimmst du Unsinn ernst?«, fragte Juffin mich listig. »Wenn ich gewusst hätte, dass du so leicht zu beeinflussen bist, hätte ich auch deinen Kopf im Sand verschwinden lassen«, fügte er hinzu und wandte sich wieder an Gugimagon. »Tu, was ich dir gesagt habe.«

»Ich habe keine Lust, deinen Launen nachzugeben, Juffin. Mach, was du willst, aber diese Missgeburt bleibt hier«, erklärte er kategorisch und wies einmal mehr auf mich. »Ihr alle seid stur, undankbar und dumm. Von Geburt an ist euch ein bestimmtes Leben verheißen, aber ihr erkennt eure Bestimmung einfach nicht. Außerdem hat mich diese Reise viel Energie gekostet. Deshalb will ich, dass alles bleibt, wie es ist.«

»Du hast keinerlei Energie in diese Reise investiert!«, rief Juffin aufgebracht. »Das haben andere für dich getan. Du hast sie alle ausgenutzt, und das empört mich ungemein. Jetzt ruf endlich deine Opfer her, und zwar sofort! Du kennst mich lange genug, um zu wissen, dass ich alles bekomme, was ich mir vorgenommen habe.«

Gugimagon aber schwieg und schüttelte nur den Kopf.

»Wie du willst«, sagte Juffin, hob ihn in die Luft und warf ihn mit voller Wucht auf den Strand. Wieder lagen zwei Körper im Sand, und wie zuvor zerriss Juffin einen davon.

»Der Schatten ersteht schnell auf, stirbt aber noch schneller. Ich kann dieses Spielchen noch oft wiederholen. Besser, du tust endlich, was ich verlange.«

»Lass mich in Ruhe! Du hast deine Mitarbeiter doch zurückbekommen – was willst du noch?«

»Die beiden vom Kleinen Geheimen Suchtrupp hast du wirklich verabscheut, was? Jetzt ruf endlich deine Opfer her.«

»Na gut. Aber vorher habe ich eine letzte Bitte. Ich möchte im Tor zwischen den Welten sterben, nicht hier. Kannst du das für mich einrichten?«

»Warum nicht?«, sagte Juffin unerwartet kulant. »Mit dieser Bitte hättest du unser Gespräch beginnen sollen. Jetzt ruf die Leute her.«

Der einäugige Alte sah nun beinahe glücklich aus. Wohin waren sein Hass und seine Hartnäckigkeit verschwunden?

Er ist wirklich verrückt, dachte ich. Was bedeutet es schon, wo man stirbt? Tot ist tot.

Plötzlich zog Juffin mich am Ohr. Er lächelte zwar, doch seine Augen blickten ernst und sogar ein wenig traurig.

»Max, die armen Opfer von Gugimagon sind schon da. Merkst du das?«

»Meinen Sie die durchsichtigen Gespenster am Wasser?«

»Durchsichtige Gespenster? Offenbar haben wir das Geschehen verschieden erlebt und nehmen Gugimagons

Opfer darum unterschiedlich wahr. Wie viele Gespenster siehst du denn?«

»Lassen Sie mich nachzählen ... siebzehn.«

»Siebzehn? So viele hatte ich vermutet. Zwar kann ich sie nicht sehen, aber ich spüre sie. Für die ersten zehn finde ich gewiss einen Rückweg nach Echo. Bei den anderen sieben bin ich mir nicht so sicher. Gugimagon, du hast in der Irrenanstalt einen Gedächtniskristall bekommen – gib ihn mir bitte, denn er dürfte mir jetzt nützlich sein.«

»Da«, sagte der einäugige Alte und reichte Juffin einen anthrazitfarbenen, dunkel leuchtenden Kristall. »Seit wann bist du so fürsorglich? Was kümmert es dich, was aus meinen Opfern wird? Schließlich sind das nicht deine Mitarbeiter.«

»Natürlich nicht. Von all deinen Opfern stammt keines aus Echo und nur eins aus Tulan, einer Stadt im Vereinigten Königreich. Alle Übrigen sind Fremde. Aber das tut nichts zur Sache. Wir müssen diesen Kristall in siebzehn Teile zerlegen«, sagte Juffin und drehte ihn vorsichtig in den Händen, bis er in siebzehn Stücke zerfiel. »Na bitte«, meinte er zufrieden. »Alle können sich jetzt einen Teil nehmen.«

Erstaunt beobachtete ich, wie all die fast durchsichtigen Schemen sich einen Kristallsplitter nahmen.

»Leute, erinnert euch bitte an eure Biografie. Das wird euch im Tor zwischen den Welten helfen. Ich öffne jetzt die Tür dorthin«, sagte Juffin und zeichnete ein großes Rechteck in die Luft.

Siebzehn durchsichtige Gespenster gingen nacheinander auf Juffin zu und verschwanden binnen einer Minute durch die unsichtbare Tür. Mein Chef setzte sich neben Gugimagon in den Sand. Dem Alten ging es inzwischen sehr schlecht, aber Juffin kümmerte sich nicht darum, sondern wandte sich zu mir, lächelte freundlich und sagte: »Vor vielen, vielen Jahren, als ich fast noch ein Junge war, ist mir das Gleiche widerfahren wie den siebzehn armen Gespenstern. Ein schrecklicher Kerl wie der hier«, fuhr er fort und wies auf Gugimagon, »hatte sich meiner Seele bemächtigt, genauer gesagt – und zum Glück! – nur eines Teils davon. Natürlich verstand ich damals nicht, was mit mir los war. Ich blieb ein unauffälliger Mensch, und niemand wäre auf die Idee gekommen, mich ins Irrenhaus zu sperren, doch etwas fehlte mir. Aber was? Ich war sehr jung und wusste nicht, ob mein Verlustgefühl nur eine jugendliche Grille war oder auf einen tatsächlichen Mangel hindeutete. Allmählich aber vermutete ich, die Leere in mir sei ganz normal, und jeder empfinde das Leben als dumm und freudlos. Nichts interessierte mich wirklich, und mein Dasein war eine Abfolge inhaltsleerer Tage, die einander auf öde Weise glichen. Mein Schlaf war traumlos, und immer spürte ich unendliche Müdigkeit. Ich trieb mich herum, begegnete aber immer nur meinem Ebenbild, das mir aus vielen Spiegeln traurig entgegenkam. Das ist eine Metapher, Max, denn es gibt keine Worte, meinen damaligen Zustand auszudrücken. Am schlimmsten war das dumpfe, aber unfassbar schmerzende Wissen, mein Leben könnte ganz anders aussehen. Dann bot mir der alte Machi Ainti eine Stelle als sein Hilfssheriff an. Heute weiß ich, dass er erst zum Tor zwischen den Welten gereist war, um den verlorengegangenen Teil meiner Seele zurückzuerobern und mich dadurch aus der Gefangenschaft zu befreien. Seitdem weiß ich, wie das echte Leben riecht.«

Juffin legte sich auf den Rücken, streckte die Beine aus,

verschränkte die Hände hinterm Kopf, seufzte ein wenig und fuhr fort: »Damals schob ich Wache im Haus am Weg und saß gerade meine zweite oder dritte Nachtschicht ab. Ich war am Schreibtisch eingeschlafen, schrak aber plötzlich hoch, als eine Böe das Fenster aufstieß. Plötzlich bemerkte ich die Schönheit des Regens und den Duft des Schotbaums, dessen herrlicher Geruch der Pracht eines lilafarbenen Sonnenaufgangs gleicht. Ich spazierte durch die Stadt, überquerte alle Brücken – und du weißt, Max, wie viele es davon in Kettari gibt –, kehrte in einem Wirtshaus ein und staunte darüber, wie intensiv ich alles wahrnahm. Ich betastete die Dinge, um mich von ihrer Echtheit zu überzeugen und mich so meiner Existenz zu versichern. In dieser Nacht wurde auch ich endlich echt und wäre beinahe verrückt geworden – so sehr bestürmten mich die Eindrücke von allen Seiten. Bis heute begeistert mich das Dasein, und ich erfreue mich an jedem Zeichen des Lebens, denn zu genau erinnere ich mich der Zeit, da ich nicht wirklich lebte und noch nicht alles spürte. Dann sammelte ich mich und ging wieder zum Dienst, und Machi beschimpfte mich drei Stunden lang, weil ich meinen Arbeitsplatz drei Stunden unentschuldigt verlassen hatte. Heute weiß ich, dass er mich vor mir selbst geschützt hat, aber ich bin mir nicht sicher, ob er das effektivste Mittel dafür wählte.«

Juffin lächelte so verträumt, als sei die Standpauke, die ihm der Sheriff von Kettari gehalten hatte, das angenehmste Ereignis seines Lebens gewesen, und vielleicht war es ja so.

»Und jetzt haben Sie Ihre Schuld beglichen?«, fragte ich.

»Das hast du gut erkannt«, meinte Juffin erfreut. »Besser lässt es sich nicht sagen. Du kannst dir nicht vorstellen, wie sehr ich mich freue, dass diese armen Menschen wieder eine intakte Seele haben. Vielleicht wird manch einer von ihnen sogar verrückt, weil er das Leben wieder intensiv wahrnimmt.«

»Das kann ich gut verstehen«, sagte ich wehmütig. »Auch ich hatte mich auf der Spur des Doperst verloren und musste mich mühsam und Schritt für Schritt wiederfinden.«

»Ja«, sagte Juffin nickend, »die Geschichten darüber, wie man zu sich zurückfindet, unterscheiden sich nur im Detail. Doch du weißt, wovon ich rede«, setzte er hinzu, wandte sich an Gugimagon und legte ihm die Hand auf den Kopf. »Hoffentlich hast du unserem Gespräch aufmerksam zugehört. Diese Geschichte hätte ich meinem Kollegen auch später erzählen können, aber jetzt weißt du, was du anderen angetan hast.«

Gugimagon reagierte nicht auf die Worte meines Chefs. Ich wusste nicht einmal, ob er sie gehört hatte. Juffin schüttelte den Kopf und wandte sich an mich. »Schön, dieses Abenteuer geht nun zu Ende, und wir reisen zurück nach Hause.«

»Dazu müssen Sie mich aber aus diesem Grab befreien.«

»Mach die Augen zu und entspann dich. Das erleichtert es mir, die Tür zu öffnen, und schont deine Nerven.«

Ich tat, wie mir geheißen, doch trotz der geschlossenen Lider sah ich ein Rechteck. Bestimmt öffnete Juffin gerade die Tür zum Tor zwischen den Welten.

Ich landete in der kühlen Leere des Tores zwischen den Welten. Kurz darauf aber sah ich einen leuchtenden Punkt.

Das musste die Tür sein, die in mein Schlafzimmer in der Straße der alten Münzen führte.

»Max, versuch bitte, ein wenig länger hierzubleiben.«

Diese Worte kamen zweifellos von Sir Juffin, der mich per Stummer Rede angesprochen hatte. Ich staunte nicht schlecht, denn ich wusste, dass diese Art der Verständigung im Tor zwischen den Welten eigentlich nicht funktioniert. Ich wollte antworten, doch es klappte nicht.

»Du brauchst nicht zu antworten. Außerdem weißt du gar nicht, wie das geht«, beruhigte mich mein Chef. »Bleib so lange hier, bis du mich sehen kannst. Sollte dir das nicht gelingen, ist es auch nicht schlimm. Ich möchte nur nicht, dass du mitbekommst, wie man im Tor zwischen den Welten stirbt. Das zeige ich dir ein andermal.«

Ich wusste nicht, wie ich meinen Aufenthalt im Tor verlängern sollte. Die Tür nach Echo öffnete sich schon, um mich in mein Schlafzimmer zu entlassen, denn die Welten erlauben es den Reisenden eigentlich nicht, im Tor zwischen ihnen zu verweilen.

»Darf ich hier auf Juffin warten?«, fragte ich laut.

Noch nie hatte ich im Tor zwischen den Welten etwas gesagt und staunte darüber, wie meine Stimme hier klang und wie lange das Echo nachhallte. Doch ich war seltsam überzeugt, dieses Selbstgespräch sei der einzige Weg, meinen Aufenthalt in der Weltenschleuse zu verlängern. Dann sammelte ich meine Kräfte und fügte hinzu: »Ich muss hierbleiben. Unbedingt.«

Erstaunlicherweise funktionierte das. Die Tür nach Echo blieb sichtbar, verlor aber ihre Anziehungskraft.

»Danke«, sagte ich, denn sicher ist sicher. Außerdem soll man immer höflich bleiben.

Dann erblickte ich Juffin. Er war neben mir, obwohl Worte wie links, rechts, oben, unten, nah oder fern im Tor zwischen den Welten keinerlei Bedeutung haben. Ich hatte das Gefühl, ihn berühren zu können, wenn ich nur die Hand ausstreckte, spürte aber meinen Körper nicht. Also blieb mir nichts anderes übrig als ihn anzusehen.

Juffin erschien mir riesig und eigenartig leuchtend, und je länger ich ihn ansah, desto riesiger wurde er. In seiner Nähe glitzerte ein kleines, seltsam konturloses Klümpchen, bei dem es sich um Gugimagon, den hiesigen Freddy Krueger, handeln musste. Ich wusste, dass er tot war, denn nur ein Toter konnte im Tor zwischen den Welten so klein wirken wie er.

Dann nahm Juffin das Klümpchen in die Hand und schüttelte es. Als er die Faust wieder öffnete, sah ich viele winzige Teile in alle Richtungen davonfliegen. Obwohl sie binnen Sekunden verschwunden waren, wusste ich, dass sie im Tor zwischen den Welten weiterleben würden.

Plötzlich war Juffin dicht neben mir, legte mir die Hand auf die Brust und warf mich neben meiner DVD-Sammlung aufs Bett.

»Entschuldige, Junge, das wollte ich nicht. Aber du hast dich nicht verletzt, oder?«, fragte mein Chef gut gelaunt.

Er saß mit stolzgeschwellter Brust auf der Fensterbank. Hinter seinem Raubtierprofil ging die Sonne auf. So ein Bild lässt sich auf Münzen schlagen.

»War es das schon?«, fragte ich und lächelte unsicher. »Sind wir wieder in Echo? Ist etwa alles vorbei?«

»Noch nicht ganz – den Magistern sei Dank«, sagte Juffin lächelnd. »Wir werden noch lange leben. Aber ich fürchte, wir müssen jetzt ins Haus an der Brücke, um Sir Schurf aus seiner Zelle zu befreien. Wenn ich richtig rechne, hat er schon ziemlich lange nicht mehr geschlafen. Außerdem hat er sich vermutlich sehr gelangweilt.«

»Dann lassen Sie uns fahren. Doch halt, ich muss mich noch umziehen. Ich habe Sand in allen Taschen und Ritzen.«

»Das kannst du später machen«, meinte Juffin mit einer ungeduldigen Handbewegung. »Sonst willst du dich auch noch baden, und ich fange an, mir Filme anzusehen. Was soll da aus dem armen Lonely-Lokley werden?«

»Wie Sie wollen«, sagte ich ergeben, spurtete meinem Chef nach und sprang hastig die Treppe hinunter.

»Wie hast du es eigentlich geschafft, dich so lange im Tor zwischen den Welten aufzuhalten?«, fragte er mich, als wir auf der Straße waren. »Nach all den Anstrengungen, die du durchgemacht hast, hatte ich nicht damit gerechnet, dass dir das gelingen würde.«

»Es war ganz einfach: Ich habe darum gebeten.«

»Wen denn?«, fragte Juffin erstaunt.

»Keine Ahnung. Ich habe laut darum gebeten und mich anschließend brav bedankt.«

»Dann kann ich dir schon wieder zu einer Entdeckung gratulieren, denn bisher ist niemand auf die Idee gekommen, dort etwas zu sagen. Demnächst versuche ich das auch mal.«

Juffin musterte mich sichtlich erstaunt. Ich fürchtete schon, größenwahnsinnig zu werden, blieb aber – wie stets – auf dem Teppich.

Im Haus an der Brücke war es still wie Gerstenbrei. So ruhig ist es dort nur in der Morgendämmerung.

Unser Büro war leer. Nur auf dem Schreibtisch stand eine Kochplatte, auf der ein Krug Kamra warm gehalten wurde. Der wunderbare Juffin hatte sich offenbar rechtzeitig im *Fressfass* gemeldet, und seine Bestellung war eher eingetroffen als wir. Solche Voraussicht kann manchmal Leben retten oder doch – wie in diesem Fall – die Lebensgeister wecken.

Ich ließ mich auf meinen Stuhl fallen und schenkte mir eine Tasse Kamra ein. Mein Chef kämpfte derweil heroisch mit dem Schloss der Verhörzelle.

»Willkommen in der Freiheit, Schurf!«, rief mein Chef dann. »Ich habe allerdings eine schlechte Nachricht für dich: Unser lieber Freund Gugimagon ist tot.«

»Den Magistern sei Dank! Ihr wart ziemlich lange unterwegs«, entgegnete Lonely-Lokley und klappte sein Buch zu. »Die letzte Nacht war alles andere als leicht für mich, denn der Reiter hat mich bedrängt. Zum Glück habe ich ein Amulett.«

»Dieser Gugimagon hat offenbar bis zur letzten Sekunde gekämpft«, sagte Juffin und schüttelte erstaunt den Kopf. »Den habe ich wirklich unterschätzt. Schurf, willst du noch ein wenig bei uns bleiben oder sofort nach Hause?«

»Ein paar Minuten bleibe ich gern«, sagte Lonely-Lokley und setzte sich zu mir. »Max, vorgestern hast du versprochen, mich nach Hause zu fahren, und bei deinem Fahrtempo kann ich nur staunen, dass du dein Versprechen nicht erfüllen willst.«

Ich war verblüfft. Dass jetzt sogar Schurf zur Ironie griff, machte mich sprachlos. Dann aber raffte ich mich auf und sagte: »Versprich mir, mich nicht wieder zu attackieren.«

»Ich hab deinen Kram noch hier irgendwo, Schurf«,

sagte Juffin und wühlte in seinem Schreibtisch herum. Nach langem, von zahllosen Flüchen begleitetem Stöbern zog er eine große Schachtel hervor, in der Lonely-Lokley seine tödlichen Handschuhe aufbewahrte. »Nimm deinen Schatz wieder mit, und lass mich dich aufs Neue im königlichen Dienst willkommen heißen. Ich freue mich, dass du nur kurz pausieren musstest.«

»Und sei bitte so lieb und zieh deine Handschuhe nicht gleich wieder an«, ergänzte ich mit listigem Lächeln.

»Na, wenn dich das beruhigt«, sagte Schurf achselzuckend, blickte unschuldig drein und inspizierte dann aufmerksam den Inhalt seiner Schachtel.

»Was suchst du denn da?«, fragte Juffin belustigt.

»Hier ist überall Sand drin«, erklärte Schurf trocken.

»Papperlapapp, wie sollte der denn in meinen Schreibtisch gekommen sein?«, entgegnete mein Chef kategorisch.

Lonely-Lokley sagte nichts dazu, sondern wischte mit den Schößen meines Todesmantels ungerührt seine Schachtel aus. Ich wusste nicht, was ich zu dieser Unverschämtheit sagen sollte, und klappte den Mund nur auf und zu wie ein Fisch.

»Deine Kleidung ist schmutzig – ganz anders als meine Sachen«, erklärte der Frechdachs ruhig.

Juffin kicherte nur, und bald war auch ich bereit, über die ganze Situation zu lachen. Besser spät als nie.

»Ihr zwei solltet im Theater auftreten. Dort würdet ihr sicher großen Erfolg haben. Und jetzt geht ihr sofort schlafen – genau wie ich«, sagte er und verließ als Erster das Büro.

Lonely-Lokley nahm neben mir Platz. Ich musste mit einem Dienstwagen vorliebnehmen, weil mein A-Mobil bei unserer letzten gemeinsamen Fahrt zu Bruch gegangen war.

»Wie hat dir das Buch gefallen?«, fragte ich ihn und fuhr los.

»Unglaublich gut. Es ist eine Legende oder ein Märchen – sicher bin ich mir da nicht – und handelt vom Weltuntergang.«

»Eine Antiutopie also«, meinte ich verständnisvoll und gähnte. »Gut, dass du keinen Frauenroman bekommen hast. Erzähl mir doch, worum es geht. Du weißt ja, dass ich von dem Buch noch nie gehört habe und mir nicht einmal der Name des Autors etwas sagt.«

»Hoffentlich interessiert es dich wirklich«, brummte Sir Schurf. »Es geht um die Bewohner deiner Welt, die plötzlich aussterben, da die Luft sich nicht mehr atmen lässt. Nur ein paar hundert Menschen bleiben am Leben. Zunächst irren sie vereinzelt herum, finden dann aber zueinander, entwickeln die Atemtechnik, die ich dir beigebracht habe, und können so überleben. Erst warten sie noch ängstlich auf den Tod, dann aber merken sie, dass außer ihnen auch manche Tiere und Pflanzen weiterleben und es Hoffnung gibt. Also entscheiden sie sich, gemeinsam in einer bestimmten Gegend zu siedeln, und wählen dafür einen Ort, der früher nur zu Erholungszwecken diente, dessen Namen ich allerdings vergessen habe.«

»Du meinst sicher einen Kurort«, bemerkte ich nickend. »Und wie geht das Buch aus?«

»Das weiß ich noch nicht, aber den handelnden Personen geht es schon deutlich besser. Sie altern nicht mehr, und ein Mann hat die Gegend mit einem fliegenden A-Mobil inspiziert. Leider habe ich nicht genau verstanden, wie. Jedenfalls hat sich herausgestellt, dass in den früher von Menschen bewohnten Siedlungen Vögel nisten. Diese Tauben sind inzwischen so klug, dass sie alles benutzen können, was früher die Menschen in Gebrauch hatten. Unser Entdecker setzt seine Flugreise fort, kommt auf eine Insel, auf der riesige Schildkröten leben, und findet heraus, dass sie sich per Stummer Rede verständigen. Rasch erfährt er, dass die Schildkröten viele Generationen zuvor erlebt haben, was auch die Menschen jüngst erlebten: Auch sie waren vom Aussterben bedroht und mussten sich ein neues Plätzchen zum Leben suchen. Die Schildkröten erzählen ihm, früher sei die ganze Welt von Mammutbäumen regiert worden und davor von Drachen. Weiter bin ich noch nicht gekommen. Jedenfalls ist das ein sehr seltsames Buch. Ich habe noch nie etwas Ähnliches gelesen.«

»Ich auch nicht, offen gesagt. Aber jetzt verrate mir bitte, wie ich zu deiner Wohnung komme.«

»Immer geradeaus. Ich sag Bescheid, wenn du abbiegen musst. Kannst du mir vielleicht noch andere Bücher aus deiner Welt besorgen? Sie scheinen ziemlich interessant zu sein – jedenfalls interessanter als deine DVDs.«

»Sag das besser nicht in Juffins Anwesenheit«, warnte ich ihn lächelnd. »Gut, ich versuche, etwas für dich zu besorgen, Schurf, aber ich kann dir nichts versprechen. Manchmal habe ich Glück, aber vielleicht ziehe ich demnächst ein Mathebuch für die zweite Grundschulklasse aus der Ritze zwischen den Welten. Doch wer weiß – womöglich gefällt dir sogar das. Ich probiere es auf alle Fälle, aber erst mal brauche ich etwas Zeit, um mich von meinem jüngsten Abenteuer zu erholen.«

»Danke, Max. Jetzt bitte links – mein Haus steht am

Ufer des Churon. Seltsam, dass du mich noch nie besucht hast. Ich hätte dir längst meine Gastfreundschaft erweisen sollen.«

»Alle Wege führen zum Haus an der Brücke«, seufzte ich. »Das ist ja das Problem.«

Ich verabschiedete mich von Schurf und beschloss, direkt zu meiner Freundin zu fahren, um sie nicht länger warten zu lassen. Eigentlich hätte ich zu mir in die Straße der gelben Steine fahren und dort drei Tage und drei Nächte wie ein Toter schlafen sollen, doch stattdessen fuhr ich zu meiner Freundin Techi in die Straße der vergessenen Träume.

Als ich aber zu ihr kam, lag sie schlafend im Bett und hatte einen so strengen Gesichtsausdruck, dass ich sie nicht wecken wollte. Also legte ich mich neben sie und sank sofort in Tiefschlaf.

Für diese kühne Tat freilich musste ich büßen. Zwar nicht sofort, aber nach vielen Stunden erholsamen Schlafs.

»Ich frage mich schon die ganze Zeit, ob ich dich umbringen soll. Mein Schlafzimmer ist voller Sand. Hast du in der Nacht einen Sack davon verstreut?«

Techi zog mich an der Nase und hielt das offenbar für einen guten Witz. Ich sah das anders.

»Man darf mich nicht töten. Schließlich bin ich König! Was würde mein Harem ohne mich machen? Außerdem brauche ich dringend Schlaf. Ich hab gerade erst die Augen zugemacht.«

»Bist du dir sicher? Immerhin ist es schon Abend.«

Erschrocken sah ich mich um. Tatsächlich: Vor dem Fenster war es dunkel, und in der Ecke leuchtete eine Lampe.

»Ich hätte dich nicht geweckt, aber Sir Juffin hat sich per Stummer Rede bei mir gemeldet und mich gebeten, dich aus dem Schlaf zu reißen. Er hat gesagt, du solltest längst wieder im Büro sein.«

»Was ich nicht alles soll!«, brummte ich. »Ist denn etwas passiert?«

»Ich glaube nicht«, sagte Techi lächelnd. »Aber Kofa und dein Chef wollen sich einen Film ansehen, und irgendwer muss ja Dienst tun.«

»Verstehe«, seufzte ich. »Einen Film wollen die beiden sich ansehen. Das ist natürlich ein zwingender Grund, mich antanzen zu lassen.«

Endlich schaffte ich es mal ins Badezimmer. Als ich in der Wanne lag, wurde mir bewusst, was für ein wunderbares Leben ich führte und wie sehr ich mich darauf freute, meinen Chef im Haus an der Brücke zu treffen. Besser, man begreift solche Dinge spät als nie.

Im *Armstrong und Ella* waren noch keine Gäste. Die Besucher hier kamen und gingen wie die Gezeiten, und an diesem Abend war offenbar Ebbe.

»Erzähl mir endlich, was du die ganze Zeit gemacht hast«, sagte Techi und stellte mir eine Tasse Kamra vor die Nase. »Irgendeinen Vorteil muss unsere Romanze schließlich für mich haben.«

»Na gut, aber wenn Juffin mich ruft, muss ich gehen. Ich hoffe ja, meine Geschichte ist spannender als der Auftritt der Athleten, den du dir gestern mit Lady Melamori angesehen hast. Es ist unglaublich viel passiert. Womit soll ich anfangen?«

»Mit deinem Harem natürlich«, antwortete Techi ein

wenig verächtlich. »Gestern Abend war Melifaro hier und wollte mich nach Einzelheiten deines königlichen Liebeslebens aushorchen. Ich bin aus allen Wolken gefallen, kann ich dir sagen.«

Ich lächelte brav und berichtete von der Krönungsfeier und den seltsamen Drillingen, die ich geschenkt bekommen hatte. Techi hörte gespannt zu und hielt sich mit Kommentaren zurück. Das beunruhigte mich, denn normalerweise unterbrach sie mich oft.

»Seltsam«, sagte sie nach der Krönungsgeschichte. Ich griff derweil zu dem Gebäck, das sie mir hingestellt hatte.

»Seltsam, allerdings«, pflichtete ich ihr mit vollem Mund bei. »Ich habe das Gefühl, plötzlich Kopf einer großen Familie zu sein. Meine sogenannten Gemahlinnen sind sehr jung, und ich kann ihnen viel beibringen – zum Beispiel, wie man einen Lochimantel wickelt oder Besteck benutzt. All das habe ich kurz nach meiner Ankunft in Echo von Kimpa gelernt, Sir Juffins altem Diener. Ich könnte meine Ehefrauen allerdings auch vernachlässigen, aber das wäre nicht fair.«

»Ich kann dir ja bei ihrer Erziehung helfen. Sag mir nur, was du brauchst. Deine Gemahlinnen sind sicher lernfähig. Ihre Mutter, die legendäre Isnouri, ist im Vereinigten Königreich eine Berühmtheit. Ich habe schon einige Geschichten über sie gehört. Du hast Glück, dass ausgerechnet ihre Töchter in deine Obhut geraten sind.«

»Es ehrt mich, drei Ehefrauen zu haben, aber das Beispiel meiner Katzen zeigt, dass ich nicht gerade fürsorglich bin. Und drei junge Mädchen brauchen erheblich mehr Aufmerksamkeit als zwei Katzen.«

»Nur keine übereilten Schlussfolgerungen!«, rief Techi

lachend. »Menschen oder Katzen … du weißt doch gar nicht, wer diese Schwestern sind und was sie brauchen.«

Kaum hatte sie sich beruhigt, wies sie mir entschieden die Tür.

»Fahr endlich ins Haus an der Brücke, damit dein verärgerter Chef nicht herkommt. Gegen Ende der Traurigen Zeit hat er versucht, mich umzubringen, und davon selbst dann nicht abgelassen, als Nuflin Moni Mach ihn dazu mahnte. Wenn er dich hier antrifft, könnte es für mich wieder gefährlich werden.«

»Wenn Juffin drei Abende hintereinander keinen Film zu sehen bekommt, kann er wirklich gefährlich sein«, seufzte ich. »Aber auch ich brauche mitunter ein wenig Privatleben.«

»Mit deinem Privatleben beschäftige ich mich jetzt. Ich fahre zu deiner Residenz und sehe mich dort ein wenig um. Ich habe schon immer davon geträumt, einen Diener zu haben, und dort gibt es gleich zwölf. Aber melde dich bitte per Stummer Rede in deiner Residenz und sag Bescheid, wer ich bin.«

»Das klingt fantastisch!«, rief ich erfreut. »Ich glaube, meine Untertanen hätten *dich* auf den Thron setzen sollen.«

»Abgemacht! Ich bin als Nächste dran.«

»Na endlich«, sagte Juffin und fiel mir beinahe um den Hals. »Wir warten schon seit mindestens drei Stunden auf dich. Was hast du bloß die ganze Zeit gemacht?«

»Stellen Sie sich vor, ich war beschäftigt«, erklärte ich würdevoll.

»Mit all deinen Frauen, was? Du warst in deinem Harem

– gib's zu!«, hörte ich Melifaro hinter meinem Rücken, hob aber nicht einmal die Brauen, sondern setzte mich, gähnte demonstrativ und zog ein möglichst gelangweiltes Gesicht.

»Ich war mit meinen Frauen, den Frauen meiner Minister und Diener und mit allen Frauen, die mir über den Weg gelaufen sind, des Langen und Breiten beschäftigt«, bestätigte ich und zwinkerte Juffin zu. »Leider aber habe ich etwas zu oft erwähnt, dass ich zu Hause noch eine Freundin habe – da war die Sache gegessen.«

Doch mein Chef war unerbittlich. »Du hast doch wohl nicht auf ein paar Sorgenfreie Tage spekuliert? Ich jedenfalls habe letzte Nacht, wie du weißt, vorbildlich durchgearbeitet.«

»Sie sind eben von ganz anderem Kaliber. Für Sie ist so was eine Kleinigkeit«, sagte ich und warf Melifaro, der unserem Gespräch verwirrt folgte, einen diskreten Blick zu.

»Gut, Leute, ich gehe jetzt«, sagte mein Chef von der Tür her. »Ich habe Wichtigeres zu tun, als mir die bohrenden Fragen dieses Opfers der Einsamkeit anzuhören«, fügte er hinzu und konnte damit nur Melifaro meinen. »Und du, lieber Max, denkst bitte daran, dass ich dich in den rosaroten Panther verwandle, wenn du es wagen solltest, mich bei meinem DVD-Abend zu unterbrechen.«

»Wieso ausgerechnet in den rosaroten Panther?«

»Nicht auf alle Fragen muss es eine Erklärung geben«, sagte Juffin und verschwand.

Melifaro und ich blieben allein zurück. Mein Kollege sah mich so neugierig an, dass er mir kaum mehr wie ein Mensch, eher wie ein großes Fragezeichen vorkam.

»Damit ich rede, muss man mich füttern«, erklärte ich ihm vorsorglich.

»Verstehe«, nickte er konspirativ. »Und wer bleibt hier? Kurusch?«

»Wenn es nach ihm gegangen wäre, hätten wir uns ohnehin nicht hier getroffen«, sagte ich und strich dem Buriwuch übers Gefieder. »Aber da wir schon hier sind, können wir auch bleiben. Lassen wir das Essen doch einfach kommen.«

»Logisch.«

Für seine Verhältnisse war Melifaro verblüffend einsilbig, meldete sich aber immerhin per Stummer Rede im *Fressfass*, und nach ein paar Minuten standen einige Tabletts auf meinem Schreibtisch.

»Wie sieht eigentlich das Leben mit einem Harem aus?«, fragte er gespannt.

»Nicht schlecht«, antwortete ich mit vollem Mund. »So eine abenteuerliche Nacht hatte ich noch nie. Ich habe einen Ausflug zum Tor zwischen den Welten gemacht, bin durch fremde Gegenden getobt und habe auch sonst allerlei erlebt.«

»Entschuldige, Max, aber warum redest du jetzt vom Tor zwischen den Welten?«, fragte Melifaro enttäuscht.

»Vergiss den Unsinn mit dem Harem. Techi hat dir einen gewaltigen Bären aufgebunden.«

»Dabei hat sie alles so plastisch beschrieben«, rief er. »Ihr habt wirklich einen seltsamen Humor.«

Nach einer Stunde war ich wieder allein, denn als ich die Wahrheit über Gugimagon erzählte, langweilte Melifaro sich so sehr, dass er mir leidtat.

Ich führte ihn zum A-Mobil, kehrte in mein Büro zurück, legte die Beine auf den Tisch und merkte, dass mein Leben langsam wieder auf seine alten Bahnen geriet.

Die Tage wehten an mir vorbei wie welkes Laub, und schon waren zwei Wochen vergangen.

»Max, schau doch mal in deiner Residenz vorbei, um meine Anstrengungen zu würdigen«, sagte Techi eines Morgens zu mir. »Und keine Ausflüchte! Geschlafen hast du schließlich schon die ganze Nacht am Schreibtisch!«

»Du weißt wirklich alles über mich«, seufzte ich ergeben.

Ich sprang aus dem Bett, wusch mich rasch, zog mich an und schaffte es sogar, mich zu rasieren. Techi hatte sich in den Kopf gesetzt, mich in die Residenz zu fahren, und natürlich bekam sie ihren Willen.

Ich staunte, denn die ehemalige Bibliothek erschien mir inzwischen ungeheuer lebendig. Meine Freundin hat einfach ein Talent, jedem Raum Atmosphäre zu geben. Sogar Drupi – der große Bobtail, den meine Landsleute mir geschenkt hatten – kam mir in großen Sprüngen entgegen, obwohl ich mich nicht ein einziges Mal um ihn gekümmert hatte.

»Wie konnte ich dich bloß vergessen? Ich schäme mich wirklich dafür«, sagte ich und umarmte das große, glückliche Tier. Dann wandte ich mich an Techi. »Siehst du, was für ein Unmensch ich bin? Warum hat er mich bloß so gern?«

»Weil er noch dumm ist. Er ist ja erst ein Welpe.«

»Ein Welpe?«, fragte ich erstaunt. »Bei der Größe?«

»Die Bobtails aus den Leeren Ländern sind die größten Hunde der Welt. Wusstest du das nicht?«

»Nein«, sagte ich erschrocken und wandte mich an Drupi. »Na, mein Lieber, mit dir streite ich mich besser nicht.«

Als ich den gutmütigen Blick meines Hundes sah, war mir klar, dass ich mich selbst beim besten Willen nicht mit ihm würde streiten können.

»Guten Tag, Sir Max«, sagten die bezaubernden Drillinge wie aus einem Munde.

Meine Frauen hatten sich in den letzten Wochen ungemein verändert. Sie trugen elegante Lochimäntel, kurze Hosen und taillierte Westen und sahen hinreißend aus. Nur ihren erschrockenen Blick hatten sie noch nicht abgelegt.

»Ausgezeichnet!«, rief ich. »Sir Max ist genau die richtige Anrede und klingt viel besser als ›Herrscher von Fangachra‹. Wenn ihr jetzt noch auf den ›Sir‹ verzichtet, ist die Sache perfekt.«

Ich war etwas verlegen, wusste aber nicht, warum. Techi erkannte das sofort. »Vielleicht sollten wir zu fünft ein wenig spazieren fahren«, schlug sie vor.

»Wie Ihr befehlt, Lady«, sagte ich und verbeugte mich vor ihr. »Ich bin nur ein kleiner Barbarenkönig, der gern über sich entscheiden lässt.«

»Wie du meinst. Also ab ins A-Mobil«, sagte Techi.

Meine übrigen drei Frauen musterten uns in schockiertem Schweigen.

»So muss man mit mir reden«, meinte ich nur, um sie komplett aus der Fassung zu bringen. »Ihr habt Glück, meine Lieben, denn ihr habt einen König geheiratet, der ganz und gar nicht herrisch ist.«

Die drei Schwestern sahen mich weiter schweigend an. Nur eine kicherte kurz, legte aber sofort die Hand vor den Mund.

»Das war Hellwi«, sagte Techi zu mir. »Helach und Kenlech sind ernster.«

»Irgendwer muss ja ernst sein. Wohin sollen wir fahren?«

»Vielleicht mögen die Mädchen sich die Altstadt ansehen?«

Ich ließ die Gesellschaft in mein nagelneues A-Mobil steigen und rollte beschämend langsam am rechten Ufer dahin. Ich fuhr höchstens dreißig Meilen pro Stunde – für ein höheres Tempo waren meine Frauen einfach noch nicht reif.

Techi bewies einmal mehr, welch blendende Pädagogin sie war. Die Mädchen lauschten ihr mit offenem Mund, und ich musste an Juffins Bemerkung denken, wonach Techi sich jedem ihrer Gesprächspartner fast magisch anverwandeln konnte.

»Bist du sehr beschäftigt?«, fragte Melifaro mich per Stummer Rede, als ich gerade mit dem grenzenlosen Stoizismus eines Schulbusfahrers durch die Gegend gondelte.

»Ja, ganz unglaublich«, seufzte ich. »Aber wenn du einen Vorschlag für ein gemeinsames Mittagessen hast …«

»Du bist ein Hellseher!«, rief er. »Komm doch zu mir. Ich weiß allerdings noch nicht, wohin wir gehen sollen.«

»Vielleicht schauen wir mal wieder bei Mochi vorbei«, schlug ich vor. »Ich war schon ewig nicht mehr bei ihm, und tagsüber ist es dort ziemlich leer.«

»Sollen wir uns also in *Juffins Dutzend* treffen? Prima Idee. Bis gleich.«

»Das war's. Der Ausflug ist beendet«, erklärte ich meinen Damen. »Techi, lass mein Ohr los – ich bin noch nicht fertig. Wir gehen essen.«

Mochi Fa begrüßte uns mit grimmiger Miene. Er musterte erst meine Begleiterinnen, dann mich mit strengem Blick und knallte uns eine abgegriffene Speisekarte auf den Tisch, in die wir zu fünft sehen mussten.

Kurz darauf erschien Melifaro. Als er die Damen sah, fiel ihm beinahe die Kinnlade herunter. Für solche Momente lohnt es sich zu leben, dachte ich verzückt.

Die nächsten Minuten war Melifaro verdächtig schweigsam. Erst im Laufe des Essens taute er auf und übte sich in höflicher Konversation.

Auch die Drillinge wirkten sehr schüchtern, denn sie aßen zum ersten Mal in aller Öffentlichkeit mit Besteck. Techi betrachtete die drei Mädchen recht zufrieden. Zwar erröteten sie mitunter oder wurden leichenblass, bestanden die Prüfung aber im Großen und Ganzen mit Bravour.

Der Wirt bestritt den Hauptteil des Gesprächs und erzählte uns ausgiebig von den diversen Küchen, die wir bei unserem Besuch zu probieren gewagt hatten.

»Noch nie ist ein Kunde mit so vielen Frauen zu mir gekommen«, sagte Mochi streng, als er mir die Rechnung gab. »Ich gratuliere Ihnen zu diesem Rekord. Kommen Sie doch bald wieder vorbei.«

Er sagte das alles zwar in einem Ton, als sollte ich es nie wieder wagen, bei ihm zu erscheinen, aber auch das machte ihn – den Landsmann meines Chefs – zu einem der besten Wirte von Echo. Wo konnte man für so wenig Geld sonst noch so gut essen?

Melifaro hatte offenbar vergessen, dass er noch zum Dienst musste. Schweigend setzte er sich zu den Drillingen auf den Rücksitz und blickte so verwirrt drein, dass es einen Heidenspaß machte, ihn zu beobachten.

Wir fuhren die drei Schwestern nach Hause und blieben zu dritt im A-Mobil. Als Techi Melifaro ansah, musste sie lachen, und mir blieb nichts anderes übrig, als einzustimmen.

»Was gackert ihr denn so?«, fragte er ernst. »Max, hast du etwas dagegen, wenn ich eine deiner Frauen erobere?«

»Welche denn?«

»Das weiß ich nicht. Gibt es zwischen ihnen überhaupt Unterschiede?«

»Allerdings«, erklärte Techi. »Aber zuerst, mein Lieber, musst du herausfinden, welche dir am besten gefällt.«

»Kein Problem. Vielleicht setze ich ein wenig Magie ein, um diese Frage zu klären. Ich hoffe, unser Chef hat demnächst keine neue Mission für mich – in Cholomi zum Beispiel.«

»Keine Sorge, niemand will dich ins Gefängnis bringen. Aber verzichte bitte auf Verbotene Magie.«

»Sagst du das in deiner Funktion als Gesetzeshüter?«

»Aber nein. Mach, was du willst. Schließlich bin ich nur ein ganz normaler Barbarenkönig.«

»Deine Bescheidenheit erstaunt mich immer wieder«, sagte Melifaro.

»Jeder König hat so seine Macken!«, rief Techi.

Ich hatte den beiden nicht richtig zugehört, denn ich probierte gerade, ob sich auch mit geschlossenen Augen A-Mobil fahren ließ.

Es stellte sich heraus, dass das problemlos klappte. »Alles wird immer interessanter«, hörte ich Alice in meinem Kopf sagen. Natürlich nicht irgendeine Alice, sondern die aus dem Wunderland. Besser hätte man es kaum ausdrücken können.

Einfache Zauberdinge

»Komm mit und hab keine Angst«, sagte ich gnädig zu Drupi, meinem Hund.

Das große, flauschig behaarte Wesen schmiegte sich an meine Beine. Es war fast so groß, dass es die feuchte Nase unter meine Achsel hätte schieben können, ohne sich auf die Hinterpfoten zu stellen. Trotzdem zitterte dieser Riese vor Angst, denn ich hatte beschlossen, ihn aus der schützenden Umgebung meiner königlichen Residenz zu reißen und erstmals mit ihm durch Echo zu spazieren. Der Anblick der nachmittäglichen Altstadt erschütterte ihn tief.

»So was bist du aus den Leeren Ländern nicht gewöhnt, was?«, fragte ich mitfühlend. »Aber das ist halb so wild. Du kannst dir nicht vorstellen, welches Glück du hast, dass ich mit dir nicht auf der Fifth Avenue durch Manhattan bummle.«

Der arme Drupi war nicht gebildet genug, um sein Glück zu fassen, und antwortete auf meine tröstenden Worte mit Gebell. Nichtsdestotrotz hatten wir den entscheidenden Schritt ins großstädtische Treiben getan.

Kaum öffnete ich die Tür meines Wagens, um den Hund hineinzulassen, wurde alles besser. Sichtlich erleichtert warf Drupi sich auf den weichen Sitz, als sei er nach langer Abwesenheit nach Hause zurückgekehrt.

»Ich verstehe dich gut«, meinte ich belustigt. »Offenbar bist auch du ein Freund des A-Mobils. Wer hätte das gedacht!«

Ich fuhr zum Haus an der Brücke, denn ich wollte meinen unglaublichen Hund unbedingt den Kollegen zeigen. Und wo sind die tagsüber meist anzutreffen? Natürlich am Arbeitsplatz!

Das Haus an der Brücke gefiel meinem hübschen Tier auf Anhieb. Offenbar teilten wir auch diese Vorliebe. Allerdings lief der Hund gleich in die Gebäudehälfte der Stadtpolizei. Ich rannte ihm nach und machte mir schon Sorgen über die möglichen Folgen dieses Ausflugs.

Zum Glück geriet Drupi an den sympathischen Hauptmann Apur Blaki, der für ein erstes Treffen mit dieser Institution sicher am besten geeignet war. Als ich meinen Hund endlich erwischte, beschnupperten die beiden einander schon.

»Hat er Sie erschreckt?«, fragte ich schuldbewusst.

»Aber, Sir Max – wie könnte mich ein so schönes Tier erschrecken? Außerdem ist er der freundlichste Hund der Welt.«

»Das sehe ich genauso. Aber wenn mich plötzlich so ein riesiges Tier anspränge, würde mir das Herz in die Hose sacken – und nicht nur das Herz! Zum Glück ist ihm General Bubuta nicht über den Weg gelaufen. Der hätte sicher furchtbar gebrüllt.«

»Stimmt«, pflichtete mir der Hauptmann bei. »Aber ich mag Hunde. Woher haben Sie ihn? So ein Tier habe ich nie gesehen.«

»Sie verbringen Ihren Urlaub offenbar nicht in den Leeren Ländern«, sagte ich lächelnd.

»Stammt der Hund also aus Ihrer Heimat?«

»Ja. Eigentlich hätte ich mindestens Hundert dieser Tiere bekommen sollen – zum Schutz. Meine Untertanen waren aber so freundlich, mir nur ein Exemplar zu schenken.«

»In Echo gibt es sicher viele Menschen, die viel Geld ausgeben würden, um so einen Hund zu besitzen.«

»Daran hab ich Dummkopf noch gar nicht gedacht. Ich könnte in meiner Freizeit einen Hundehandel betreiben! Oder sogar während der Arbeitszeit, um nicht so lange in meiner Residenz bleiben zu müssen.«

Der Hauptmann lächelte nur leicht.

»Wenn Sie möchten, bitte ich meine Untertanen, Ihnen auch so einen Hund mitzubringen«, schlug ich vor. »Sie freuen sich nämlich, wenn ich sie um etwas bitte, und bisher habe ich sie stets angefleht, auf weitere Geschenke zu verzichten. Wissen Sie eigentlich, dass diese Verrückten mir drei fast gleich aussehende Ehefrauen mitgebracht haben?«

»Lady Kekki Tuotli hat mir davon erzählt. Zusammen mit Sir Kofa hat sie die drei durch Echos Wirtshäuser geführt.«

»Ja«, sagte ich lächelnd. »Sir Kofa liebt solche Ausflüge mit Neulingen. Es ist prima, dass er sich für die Mädchen einsetzt. Ich kann mir vorstellen, was bei so einer Schulung binnen eines Jahres aus ihnen werden kann. Schön, ich freue mich, dass Drupi Ihnen gefällt, aber ich muss das nette Tierchen jetzt in unsere Gebäudehälfte entführen.«

»Natürlich«, nickte Hauptmann Blaki. »Wissen Sie, Sir Max, wenn Ihre Untertanen Ihnen noch eins von diesen Tieren mitbringen, würde ich mich gern darum kümmern.«

»Das machen sie bestimmt«, versicherte ich ihm. »Aber erinnern Sie mich bitte ab und zu daran, denn mein Gedächtnis ist etwas löchrig. Das wird mein erster richtiger Befehl an mein Volk – schließlich muss ich beizeiten dafür sorgen, dass meine Untertanen mir Respekt entgegenbringen.«

Ich griff Drupi in den flauschigen Nacken, und wir gingen würdevoll in den Trakt des Hauses an der Brücke, in dem der Kleine Geheime Suchtrupp residiert.

Meine Kollegen waren im Saal der allgemeinen Arbeit bei Kamra und Gebäck versammelt. Sogar Lukfi Penz hatte aus diesem Anlass das Große Archiv verlassen. Nur Sir Kofa Joch fehlte. Bestimmt zog er durch verschiedene Wirtshäuser und sperrte, wie es seine Pflicht war, die Ohren auf.

»Hier habt ihr euch also versteckt, um euch heimlich über Leckereien herzumachen«, rief ich in gespieltem Zorn. »Ihr dachtet wohl, hier würde ich euch nicht finden? Pustekuchen – ich habe euch sogar einen zusätzlichen Esser mitgebracht.«

»Du liebst deine Arbeit wirklich über alles«, sagte Sir Juffin erstaunt. »Soweit ich weiß, beginnt deine Schicht erst in ein paar Stunden.«

»Richtig, aber ich wollte nicht, dass alles ohne mich verputzt wird. Deshalb habe ich mich etwas beeilt.«

»Sündige Magister – wen hast du da denn mitgebracht?«, fragte Melamori und streichelte Drupi begeistert. »Wo gibt es denn so große Hunde?«

»Man sagte mir, das sei ein Welpe. Der wird noch kräftig wachsen«, antwortete ich betrübt.

»Ist der schön!«, rief Melamori sichtlich begeistert und drückte Drupi so energisch, als wollte sie etwas für ihre

Muskeln tun. Die Übrigen waren deutlich weniger hingerissen: Juffin und Melifaro hatten das Naturwunder schon gesehen, Lonely-Lokley behielt sein unerschütterliches Gesicht – sein Markenzeichen immerhin – unerschütterlich bei, und Sir Lukfi Penz hatte Drupi noch immer nicht bemerkt, sondern drehte gedankenverloren ein Stück Gebäck in den Händen.

»Jetzt bist du nicht mehr die Einzige, die mit einem flauschigen Wesen durch die Welt spaziert«, sagte ich und zwinkerte Lady Melamori zu. »Wo ist dein Haustier eigentlich?«

»Es schläft in Melifaros Büro. Diese Wichtigtuer haben beschlossen, dass mein Chub nicht am Tisch sitzen darf.«

»Ihr seid wirklich keine Naturfreunde«, konstatierte ich und sah meine Kollegen vorwurfsvoll an.

»Umgekehrt, die Natur ist unsere Freundin nicht«, brummte Melifaro. »Gestern wollte die Spinne aus Arwaroch mich beißen.«

»Unsinn!«, rief Lady Melamori empört. »Erstens ist das keine Spinne, sondern ein Chub, und zweitens hat Leleo keine Zähne, sondern nur einen Schnauzbart.«

»Er hat keine Zähne? Dann wüsste ich gern, womit er mich gestern beißen wollte«, rief Melifaro trotzig.

»Ich weiß nicht, wie es passiert ist, aber inzwischen bin ich Zoodirektor«, seufzte Juffin. »Findet ihr das nicht entwürdigend, Herrschaften?«

»Tja«, meinte ich nachdenklich und setzte mich. »Bisher waren Sie Leiter einer Irrenanstalt – der kleinsten im Vereinigten Königreich zwar, aber dafür auch der lustigsten.«

»Nett von dir, die Dinge beim Namen zu nennen«, seufzte mein Chef. »Manche Leute beharren auf dem Namen ›Kleiner Geheimer Suchtrupp‹ – Unsinn!«

Nach einer Stunde beschloss Sir Juffin, endlich arbeiten zu müssen, und stellte fest, meine Anwesenheit erlaube ihm nicht, sich in die richtige Stimmung zu versetzen.

»Lady, ich habe eine Aufgabe für Sie«, wandte er sich sehr förmlich an Melamori. »Es ist die schwierigste Aufgabe, die Sie je von mir bekommen haben, und ich bin mir nicht sicher, ob Sie sie bewältigen können.«

Auf Melamoris schönem Gesicht breitete sich ratloses Staunen aus. »Was ist passiert?«, flüsterte sie dramatisch.

»Der Kleine Geheime Suchtrupp kann nicht ungestört arbeiten, weil er Besuch von einem fremden König und seinem Haustier hat. Darum möchte ich Sie bitten, ihn hinauszuführen und ihn mir zwei, drei Stunden vom Hals zu halten.«

»Ich darf also mit Max spazieren gehen?«, fragte Melamori überrascht. »Einfach so? Sir Juffin, Sie sind ein Wunder!«

»Manchmal staune ich selbst über mich«, sagte mein Chef lächelnd.

»Das gelingt ihr nie und nimmer«, meldete sich Melifaro neidisch. »Solche Aufgaben sind wie geschaffen für mich. Ich würde diesen König mindestens ein halbes Jahr außer Gefecht setzen, nicht nur lächerliche zwei, drei Stunden.«

»So weit brauchen wir wirklich nicht zu gehen«, erwiderte Juffin und zog eine Grimasse. »Du bist für mich unersetzlich, Max, und ich möchte mich um nichts in der

Welt von dir trennen. Uns erwartet noch ein langweiliger Besuch beim Zoll. Sir Schurf – das betrifft auch Sie.«

»Ich wollte gerade fragen, ob Sie diesen lästigen Termin ausfallen lassen«, sagte Lonely-Lokley phlegmatisch, stand auf und rückte seinen schneeweißen Lochimantel penibel zurecht. »Kann ich auf deinen Besuch im *Armstrong und Ella* zählen, Max, wenn ich mit allem fertig bin? Oder soll ich dich woanders treffen?«

»Wenn du ins *Armstrong und Ella* möchtest, stimme ich meine Pläne selbstverständlich darauf ab. Ich will auf jeden Fall eine Stunde vor Sonnenuntergang bei Techi sein.«

»Ich dagegen warte hier auf dich«, sagte Melifaro finster. »In letzter Zeit hat mein Chef einen Narren an mir gefressen, und ich fürchte, er lässt mich nicht so bald wieder aus seinen Klauen.«

»Du bist ein Hellseher, mein Lieber«, rief Juffin. »Max, bist du immer noch da? Weg mit dir, sonst verpass ich dir eine Aufgabe, unter der du wochenlang stöhnen wirst.«

»Ein nackter Hintern erschreckt keinen Igel«, entgegnete ich übermütig, wandte mich aber gehorsam zur Tür. In der einen Hand hielt ich ein Schlappohr meines Hundes, in der anderen den spitzen Ellbogen von Lady Melamori. Ich war so gut gelaunt, dass ich die ganze Welt hätte umarmen können.

»Gehört dieser Hund etwa Ihnen, Sir Max?«, fragte endlich auch Sir Lukfi Penz, beugte sich interessiert zu Drupi herunter und wischte dabei eine leere Tasse vom Tisch. Eigentlich hatte ich die Hoffnung schon aufgegeben, dass unser Archivleiter mein neues Haustier bemerken würde.

»Wem sonst?«, rief ich stolz und verschwand mit Melamori im Flur.

»Wir waren schon ewig nicht mehr zusammen spazieren«, sagte ich, als ich Lady Melamori die Wagentür öffnete. »Seit wir den guten Mochi aus den Klauen eines Kannibalen befreit haben, um genau zu sein – falls man so einen Einsatz überhaupt Spaziergang nennen darf.«

»Warum sollte man das nicht dürfen? Damals sind wir auch bei Vollmond durch die Stadt spaziert, wenn ich mich recht entsinne.«

»Stimmt. Wohin gehen wir jetzt eigentlich? Immerhin steht uns die Welt offen, oder?«

»Lass uns in die ehemalige Residenz des Ordens vom Geheimen Kraut fahren, Max. Dort gibt es einen schönen Biergarten mit großer Getränkeauswahl. Heute ist es nicht besonders kalt – da können wir uns gut nach draußen setzen. Damals hat es dir dort gefallen, weißt du noch?«

»Und wie!«, rief ich begeistert.

Dann merkte ich, dass traurige Erinnerungen meine gute Laune dämpften. Dieser Besuch war sehr lange her, und seitdem hatte sich mein Verhältnis zu Lady Melamori stark verändert. Immerhin hatten wir es geschafft, Freunde zu bleiben. So ist das Leben mitunter.

»Max, so geht das nicht«, sagte Melamori erschrocken. »Es reicht, wenn ich Trübsal blase. Wer außer dir könnte mir den Stein der Schwermut vom Herzen wälzen?«

»Drupi könnte das. Er ist dafür wie geschaffen. Woher weißt du eigentlich, dass auch ich traurig bin?«

»Was deine Mimik angeht, bist du noch meilenweit von Schurfs Unerschütterlichkeit entfernt«, sagte sie lächelnd. »Aber vielleicht bilde ich mir das auch nur ein. Und jetzt lass uns fahren.«

Wir erreichten die Neustadt, stellten unser A-Mobil ab und gingen in den großen Garten.

Als Melamori mich zwei Jahre zuvor dorthin geführt hatte, brannten dort viele Kerzen, was die Augen der Besucher hatte glänzen lassen. Jetzt war es hell, doch ansonsten hatte sich nichts geändert. Die Luft war nach wie vor erstaunlich kühl und klar, und Blumen und Büsche dufteten nur dezent. Ideale Voraussetzungen also, um sich wieder mit der traurigen Vergangenheit zu beschäftigen.

Wir setzten uns auf die Bank zwischen den Kachar-Sträuchern. Drupi verschwand, kehrte kurz darauf mit einem Ast zurück und legte ihn mir auf den Schoß. Die Hunde aller Welten haben die gleichen Vorstellungen davon, wie sie ihr Herrchen oder Frauchen glücklich machen können, doch ich tat, als würde ich seinen Bemühungen keine Aufmerksamkeit schenken.

»Nun sitzen wir in der Klemme«, sagte ich und lächelte traurig. »Bisher lief alles wunderbar, aber jetzt bin ich wieder der gleiche Junge wie vor zwei Jahren und sitze erneut mit dir hier. Fragt sich bloß, was du mit dem Max, der ich vor zwei Jahren gewesen bin, jetzt anfängst.«

»Nichts«, sagte Melamori achselzuckend. »In einer halben Stunde verschwinden wir wieder, und die Sache ist vorbei. So lange kann ich es mit jedem Max der Welt aushalten.«

»Ja, das ist machbar«, pflichtete ich ihr bei. »Eine halbe Stunde dürften wir es miteinander aushalten.«

»Bestell mir bitte etwas Stärkeres. Ich schlage vor, wir treffen uns künftig alle zwei Jahre hier, und ich betrinke mich bis zum Filmriss. Das dürfte eine interessante Tradition werden, auf die du eines Tages stolz sein kannst.«

»Warum nicht? Man kann auf alles Mögliche stolz sein«, pflichtete ich ihr etwas zerstreut bei.

Drupi hatte offenbar beschlossen, mehr Aufmerksamkeit einzufordern, legte mir zu diesem Zweck die Vorderpfoten auf die Schultern und schleckte mir das Gesicht ab. Dabei verlor ich das Gleichgewicht und fiel ins Gras, wo ich wie ein Käfer auf dem Rücken liegen blieb und ratlos mit den Beinen strampelte, während Drupi mich fast erdrückte. Dann aber ließ er erschrocken von mir ab, sprang auf und legte sich brav neben mir auf den Boden. Offenbar gehörte das Erdrücken des Herrchens auch in den Leeren Ländern nicht zu den Aktivitäten, die Hunden Streicheleinheiten eintrugen.

Melamori lachte laut. »Max, du schaffst es wirklich immer wieder, mich aufzuheitern. Dafür spendiere dir was zu trinken. So ein Genuss ist schließlich einiges wert.«

»Ich nehme dich beim Wort«, sagte ich und versuchte erfolglos, auf die Beine zu kommen. »Aber bitte hilf mir, denn so werde ich zum Gespött aller Anwesenden.«

Melamori streckte mir die Hand entgegen und zog mich hoch. Die kleine Lady hatte wirklich erstaunliche Kräfte.

Sie hielt Wort und bestellte mir ein exotisches Getränk. Ich hatte nie einen Menschen getroffen, dessen Geschmack sich so von meinem unterschied. Während ich mein Glas austrank, musste ich mich ungeheuer bemühen, auch nur einen Hauch von Genuss auf mein Gesicht zu zaubern. In Gesellschaft einer so wunderbaren Lady kann man unmöglich nach jedem Schluck eine Grimasse ziehen – jedenfalls nicht, wenn sie einem das Getränk ausgegeben hat.

Ich fühlte mich langsam besser. Mit jedem Schluck verringerte sich das lähmende Gefühl, der alte Max zu sein.

Ich war wieder der heutige Max: stolzer Träger des Todesmantels, ausgebuffter Zauberer des Kleinen Geheimen Suchtrupps und erfahrener Reisender in andere Welten. Der verrückte, unglücklich verliebte Max, der ich vor zwei Jahren gewesen war, verschwand, und das war gut.

Ich freute mich so über das Verschwinden des alten Max, dass Drupi sehr viele Streicheleinheiten bekam. Zufrieden schüttelte er den Kopf und schlackerte mit den großen Ohren. Offenbar wusste er nicht, dass man bei solchen Anlässen auch mit dem Schwanz wedeln konnte.

»Mir geht es wieder gut«, sagte ich lächelnd zu Melamori. »Das war ein kurzer Rückfall, aber er ist schon überstanden. Stehen mir diese unfassbar glücklich glänzenden Augen? Welche Farbe haben sie eigentlich? Blau vielleicht?«

Melamori nahm meine Frage ernst und sah mir einige Zeit tief in die Augen.

»Jetzt sind sie gelb wie die von Kurusch – nur etwas dunkler.«

»Das ist mir neu. Du übrigens hast als Erste bemerkt, dass meine Augen ständig die Farbe wechseln. Und du hast sie als Erste in Bann geschlagen.«

»Daran erinnere ich mich gut. Ich habe viele Vermutungen, wer du eigentlich bist. Ich schäme mich fast, es zu sagen, aber ich habe sogar mal gedacht, in dir habe sich ein altes Versprechen von Lojso Pondochwa erfüllt, wonach er aus der Hölle auferstehen und wieder unter den Lebenden wandeln werde. Damit ist nicht zu spaßen, denn ich bin mit vielen Geschichten über die Auferstehung alter Magister aufgewachsen. In der Bibliothek meiner Eltern gab es jede Menge Bücher zu diesem Thema. Eigentlich hättest du mir gleich sagen sollen, dass du aus einer anderen Welt gekommen bist. Dann wäre die Sache klar gewesen.«

»Wohl kaum«, entgegnete ich leichthin. »Dass ich aus einer anderen Welt gekommen bin, sagst du jetzt. Früher warst du nicht so tapfer – damals, als Juffin mir noch nicht erlaubt hatte, die ganze Wahrheit zu sagen, und ich mich immer wieder fragte, warum er so ein Geheimnis daraus machte.«

»Das sollte eine Art Prüfung sein«, seufzte Melamori. »Nicht für dich natürlich, sondern für uns. Wir Mitarbeiter des Kleinen Geheimen Suchtrupps sollten dieses Rätsel selber lösen. Ich habe dafür offenbar am längsten gebraucht und weiß auch, warum: Persönliche Interessen schaden in solchen Dingen immer. Kofa und Schurf haben dich rasch durchschaut, während Lukfi Penz noch immer völlig ahnungslos ist, doch alles andere wäre auch erstaunlich.«

»Du warst immerhin schneller als Melifaro – als ob das kein Erfolg wäre!«

»Du machst wohl Witze?«, fragte sie erstaunt. »Melifaro wusste seit eurem ersten Treffen Bescheid. Er musste dich nur einmal ansehen, um zu durchschauen, was es mit dir auf sich hat. Das ist typisch für ihn, doch er zeigt sein Wissen nur ungern. Das hätte dir wirklich auffallen können.«

»Offenbar gehören wir zwei zu den langsamen Rätsellösern. Der Titel des dümmsten Mitarbeiters des Kleinen Geheimen Suchtrupps gebührt allerdings mir, denn ich dachte die ganze Zeit, Melifaro glaube als Einziger an die Legende von den Leeren Ländern.«

»Vielleicht stimmt das sogar, denn er macht sich so oft über dich lustig, dass er manchmal nicht weiß, welche die echte Version deiner Biografie ist.«

Ich wedelte mit der Linken, in deren Handfläche mein so genannter Wirklicher Name in unsichtbaren Buchstaben stand, vor Melamoris Nase herum. »Statt dieses Unsinns hier sollte ich besser den Hinweis mit mir herumtragen, die Menschen seien nicht unbedingt die, als die sie erscheinen. Und ich sollte mir diesen Hinweis jeden Morgen einprägen. Eines schönen Tages kann ich die Weisheit dieses Satzes dann vielleicht im Alltag anwenden. Das wird mich überwältigen.«

»Was redest du da bloß? Wäre es wirklich so einfach, dich zu überwältigen, würden wir in einer glücklichen Welt leben«, sagte Melamori seufzend. »Außerdem berge ich für dich keine Überraschungen. Ich bin so, wie ich erscheine. Vielleicht ein bisschen dümmer und ängstlicher.«

»Woher kommt diese Selbstkritik, Lady?«

»Ich weiß es nicht. In letzter Zeit habe ich ein recht gespaltenes Verhältnis zu mir. Ich habe nicht mal die Kraft, an die Konsequenzen meiner Dummheit oder Schwäche zu denken.«

»Bereust du etwa, nicht mit Alotho nach Arwaroch gegangen zu sein?«, fragte ich, denn mir war klar, woher der Wind wehte. »Tröste dich: Bald kannst du das wiedergutmachen, denn nächstes Jahr kommt Alotho frei.«

»Sogar früher«, entgegnete Melamori finster. »Ich konnte Kamschi nämlich einreden, Alothos in zwei Reihen auf ihren Herrn wartende Untertanen würden das Stadtbild wunderbar beleben. Dieses Argument allein wäre zwar zu schwach gewesen, doch zum Glück weiß ich, dass der verbissene Karrierist Kamschi einen kleinen Verstoß gegen die Dienstordnung auf dem Kerbholz hat. Ja, Max, ich habe sogar einen städtischen Beamten erpresst, und ich bin froh darüber. Ich bin eine recht geschickte Intrigantin. Meine Familie aus dem Orden des Siebenzackigen Blattes kann stolz auf mich sein. Natürlich habe ich auch Alotho diese Nachricht zukommen lassen, und sie hat ihn sehr glücklich gemacht. Ohne mich würde es diesem schönen Mann nicht gerade gut gehen, und vom Grässlichen Mudlach träumt er jede Nacht. Ein Schiff mit seinen Soldaten ist bereits hierher unterwegs. Zu Frühlingsanfang, also in einem Monat, wird es Echo voraussichtlich erreichen. Was kann diesen groß gewachsenen Seeleuten schon geschehen?«, sagte Melamori mit so maliziösem wie angespanntem Lächeln.

Ich wollte meinen Ohren nicht trauen. »Jetzt verstehe ich gar nicht mehr, warum du jeden Tag so finster dreinschaust.«

Die ganze Zeit war ich fest davon überzeugt gewesen, die Trennung von Alotho habe Melamori in ihre Schwermut gestürzt. Nun aber zeigte sich, dass sie schon lange von dem bald bevorstehenden Wiedersehen wusste. Was war nur los mit ihr?

Melamori schlug mit der Faust auf den Tisch, und ich beobachtete fasziniert, wie unsere Gläser zitterten.

»Du meinst, du verstehst alles«, sagte sie wütend. Plötzlich änderte sich ihre Stimme, und sie fuhr traurig fort: »Nein, Max, du verstehst gar nichts. Verzeih, dass ich mich so habe gehen lassen. Mit Alotho und mir, das wird nicht klappen – genauso wenig wie damals mit dir. Ich werde wieder ein riesiges Durcheinander anrichten und mir irgendwann sagen, ich sollte mich mit dem zufriedengeben, was ich habe, statt nach etwas Besserem zu suchen. Meine Eltern wären sicher stolz, wenn sie erführen, wie großartig sie mich erzogen haben. Früher hielt ich mich für die tapferste, unabhängigste und tollste Frau weit und breit. Aber das denke ich nicht mehr. Das Gerede meiner Mutter und ihr Lieblingssatz *Eine Lady darf sich nicht allein an unbekannten Orten aufhalten* – all das hat für mich keine Bedeutung mehr, wenn ich ans Ausgehen denke. Aber ich habe diesen Satz ständig im Ohr, wenn ich überlege, alles hinzuwerfen und nach Arwaroch auszuwandern. Kaum stelle ich mir vor, am anderen Ende des Meeres das Schiff zu verlassen, höre ich den vertrauten Satz *Eine Lady darf sich nicht allein an unbekannten Orten aufhalten.*«

»Das verstehe ich gut«, sagte ich und nickte mitfühlend. »Ich hätte sicher nicht den Mut, dorthin auszuwandern. Man muss ein Held sein, um all die pompösen Riten auszuhalten.«

»Du hättest nicht den Mut?«, fragte Melamori erstaunt. »Du hast sogar die Welten gewechselt, um hierherzukommen!«

»Ob du es glaubst oder nicht: Das war sehr leicht. Ich hatte wirklich Glück, denn dort, woher ich stamme, hatte ich nichts zu verlieren, gar nichts. Meine Lage dort war ziemlich schlimm, aber ideal für jemanden, der in eine andere Welt will. Du aber hast hier etwas zu verlieren. Deshalb verstehe ich deine Unentschiedenheit sehr gut.«

»Natürlich habe ich hier etwas zu verlieren«, pflichtete sie mir bei, überlegte kurz und schüttelte den Kopf. »Aber das war nur eine Illusion, Max. Selbstverständlich mag ich Echo und meine Arbeit, und ich kenne hier viele Leute, mit denen ich gern zu tun habe. Aber eigentlich spielt das keine Rolle. Als ich mich damals weigerte, mit Alotho nach Arwaroch zu gehen, ging es mir nicht so sehr um all das, was ich hier hätte aufgeben müssen: Die Vorsicht hieß mich abwarten – die panische Angst vor dem Unbekannten.«

»Kurusch würde sagen, die Angst vor dem Unbekannten sei für den Menschen typisch, und damit hätte er sicher Recht«, seufzte ich. »Diese Angst ist vielleicht das wichtigste Charakteristikum unserer Gattung.«

»Trotzdem sitze ich neben jemandem, der mutig genug war, die Welten zu wechseln«, sagte Melamori und rückte näher, als könnte ich das Heilmittel all ihrer Probleme sein. »Es kann also keine Rede davon sein, dass Angst für alle Menschen typisch ist. Und in meinem Fall handelt es sich bloß um eine Reise auf einen anderen Kontinent.«

»Das alles ist vermutlich viel einfacher, als du denkst«, sagte ich und versuchte, entschieden zu wirken. »Wenn du mit Alotho nach Arwaroch gehen willst, dann tust du das – und wenn nicht, dann bleibst du. Ist das nicht die Frage, um die es eigentlich geht?«

»Ach, Max, du bist lustig«, sagte Melamori und lächelte plötzlich. »Warum redest du bloß ständig von Alotho?«

Ich sah sie erstaunt an. »Immerhin hattest du eine Affäre mit ihm, die deine Familie und einige Mitarbeiter des Kleinen Geheimen Suchtrupps erschüttert hat.«

»Es ist unwichtig, was ich mit ihm hatte, und in Zukunft wird ohnehin nicht viel zwischen uns passieren«, sagte sie und winkte ungeduldig ab. »Alotho ist ein seltsamer Kerl. Er hat mir den Kopf verdreht, und alles, was du gesagt hast, stimmt. Aber das war nur Leidenschaft, Max, und wir wissen doch, dass Leidenschaft allein nicht reicht. Du denkst doch wohl nicht, dass ich mich seinetwegen die ganze Zeit so quäle?«

»Verzeih«, sagte ich schuldbewusst, »aber bisher habe ich das tatsächlich gedacht. Dumm von mir, was?«

»Nicht unbedingt dumm – eher romantisch.«

Überrascht bemerkte ich, dass sich Melamoris Stimmung deutlich gebessert hatte.

»Ich wünschte, du hättest Recht«, fuhr sie fort. »Ich wünschte, es wäre die große Liebe mit gebrochenen Herzen und Happy-End. Tatsächlich aber habe ich ein ganz anderes Problem, dessen Tragweite ich erst erkannte, als ich mich weigerte, nach Arwaroch zu gehen. Zuerst hatte ich den Eindruck, vor mir läge eine wunderbare, romantische Reise, wie sie meinem Geschmack entspricht. Ich freute mich riesig und hätte beinahe zugesagt, schrak dann aber davor zurück und konnte nicht schlafen und kaum mehr atmen. Schon als ich zum ersten Mal in deinen seltsamen Träumen erschien, hätte ich mich eigentlich fragen sollen, wovor ich mich so sehr ängstigte. Aber damals hatte ich noch nicht gelernt, über die Konsequenzen meines Handelns nachzudenken.«

Sie trank ihr Glas leer, stellte es auf den Tisch und stützte den Kopf in die Hände. Ihre Stimme klang nun so tief, als wäre meine Freundin in einer Höhle gefangen. Die wirkliche Melamori schien ein unbekanntes Wesen zu sein, mit dem ich bisher kaum zu tun gehabt hatte.

»Zweifellos regieren mich meine Ängste, und ich hänge am gewohnten Gang der Dinge. Daran stirbt man nicht. Menschen wie ich leben lange und glücklich, gründen Familien und ziehen Kinder groß, die am Ende genauso ängstliche Gewohnheitstiere sind wie sie. Und auch ich bin glücklich und durchaus zufrieden mit mir. Aber im Hinterkopf verspüre ich stets eine gewisse Verachtung mir selbst gegenüber. Meine Mutter hat oft gesagt, eine Lady aus guter Familie solle auch wie eine Lady aus guter Familie leben. Sie soll ein gutes Leben haben, Max, verstehst du? Und ich habe kein gutes Leben!«

Eigentlich hätte sie schon längst schluchzen müssen, aber sie schaute vor sich hin, und ihre Augen waren trocken.

»Hast du dich entschieden, all das mit mir zu besprechen, weil ich ein großer Fachmann bin, wenn es darum geht, sein Leben zu ändern?«, fragte ich. »Einerseits sprichst du mit dem Richtigen, andererseits aber hätte ich nie gedacht, du würdest überlegen, Echo zu verlassen. Bei der Vorstellung, ich könnte eines Tages ins Haus an der Brücke kommen, und du bist nicht mehr da, fühle ich mich gar nicht wohl.«

»Das wird nie geschehen«, sagte Melamori mit bitterem Lächeln. »Da kann ich dich beruhigen.«

»Viel Größeres kann geschehen, wenn man sich entscheidet, sein Leben zu ändern«, wandte ich ein. »Weißt du, mit achtzehn begriff ich, nicht mehr bei meinen Eltern wohnen zu wollen, doch es dauerte anderthalb Jahre, bis ich mich entschied, auszuziehen, denn ich bin ein Gewohnheitsmensch wie du. Ich war fest davon überzeugt, ich würde es allein nicht schaffen, sondern untergehen, doch ich lebe noch, wie du siehst. Das war eine schwere Zeit für mich. Bis heute denke ich, es war die heldenhafteste Tat meines Lebens. Alle anderen Entscheidungen habe ich seltsam träge getroffen. Weißt du, es gibt zwei Dinge, die dir in so einer Lage wirklich helfen können.«

»Welche denn?«, fragte Melamori gebannt. Mein Freimut erstaunte sie offenbar.

»Erstens hilft Eigensinn. Egal, was du tust: Du tust es aus Trotz. Und du bist viel eigensinniger als ich – da bin ich mir sicher.«

»Kann sein«, rief Melamori erfreut. »Und zweitens?«

»Zweitens kommt es auf das Schicksal an«, sagte ich achselzuckend. »Das klingt etwas hochtrabend, ich weiß, aber wenn das Schicksal gewisse Pläne mit uns hat, findet es Mittel und Wege, uns nach diesen Plänen handeln zu lassen. Wenn es für dich wirklich gut wäre, nach Arwaroch zu segeln, dann hätte das Schicksal dir schon tausendmal die Möglichkeit gegeben, das zu tun. Und das Schicksal hat auch die wunderbare Macht, Wolken anzuziehen, wenn wir gegen unsere Bestimmung handeln. Du hast dich ein einziges Mal geweigert, deiner Bestimmung gemäß zu handeln, und gleich wurde dein Leben weniger angenehm. Daran sieht man, dass das Schicksal auf sehr eindringliche Weise Überzeugungsarbeit leisten kann. Und in den seltenen Fällen, in denen das misslingt, tötet es die Unfolgsamen. In meiner Heimat sagt man, das Schicksal leite den, der es bejaht, und zerre den, der sich ihm widersetzt. So ist es wirklich. Das Schicksal zerrt die Dummen, denen der Atem stockt, weil sie vor ihrer einzigen Chance Angst haben.«

»Max! Sündige Magister, was ist los mit dir?«, fragte Melamori und schien mich zum ersten Mal zu sehen. »Ich hätte nie gedacht, dass du dich so ausdrücken kannst.«

»Ich kann so einiges. Und das ist kein Wunder, Lady, denn immerhin war ich früher auch Dichter – nicht der beste zwar, aber mitunter meldet sich mein Talent wie ein nervöser Tick.«

»Du warst sicher ein sehr guter Dichter«, sagte Melamori lächelnd. »Deine flammende Rede über das Schicksal war großartig. Du hast mich beruhigt und doch aufgestachelt – das war genau richtig.«

»Habe ich das wirklich getan?«, fragte ich erstaunt. »Na ja, du wirst das besser wissen als ich.«

»Wir müssen gehen«, sagte Melamori und stand entschieden auf. »Schurf kommt bald ins *Armstrong und Ella*. Und überhaupt – das Leben geht weiter.«

»Natürlich geht es weiter«, pflichtete ich ihr bei und erhob mich. »Aber eines hast du noch vergessen. Einmal habe ich dich als Lady Marilyn besucht.«

»Daran erinnere ich mich gut«, sagte Melamori lächelnd. »Du warst ein tolles Mädchen und hast sogar Melifaro den Kopf verdreht. Erst nachdem du ihm deine wahre Identität verraten hattest, mochte er glauben, dass Lady Marilyn eine Kunstfigur war. Das ist meine liebste Geschichte über dich.«

»Freut mich, dass ich diesen bescheidenen Ruhm bei dir genieße«, antwortete ich. »Aber eigentlich wollte ich über etwas anderes sprechen. Du hast doch sicher noch Wein aus dem Vorrat deines Großvaters. Er heißt Schicksalstropfen oder so ähnlich, und als wir ihn zusammen tranken, erschienen über uns romantische kleine Funken. Damals sagtest du, das sei ein gutes Zeichen, denn diese Funken erscheinen nur, wenn ihn zwei Menschen trinken, die sich gut verstehen. Und wie es aussieht, verstehen wir beide uns wunderbar, und es gibt keinen Anlass, Trübsal zu blasen. Die Erinnerung an dieses Ereignis hat mich in schweren Stunden stets aufgeheitert.«

»Aber diese Funken waren lediglich ein Zeichen.«

»Stimmt, aber ein sehr gutes Zeichen«, pflichtete ich ihr bei. »Und ein gutes Zeichen ist viel wert.«

»Das merke ich mir.« Melamori nickte erstaunlich ernst. Dann streichelte sie Drupi am Ohr, und die beiden schmusten ein wenig.

Unser vertrauliches Gespräch war beendet, ohne dass ich gewusst hätte, mit welchem Ergebnis, aber das spielte auch keine Rolle.

Ich brachte Melamori wieder zur Arbeit und fuhr ins *Armstrong und Ella*. Zwar war dieses Lokal nicht mein Zuhause, doch ich war überzeugt, nach Hause zu fahren. Wohin sonst? Drupi nahm ich mit, denn er hatte sich lange genug in meiner königlichen Residenz langweilen müssen. Demnächst wollte ich ihn sogar zur Arbeit mitbringen, wusste aber nicht recht, wie Sir Juffin darauf reagieren würde.

»Max, langsam reicht's aber«, sagte Techi erschrocken. »Zuerst hast du mir die Katzen angeschleppt, dann musste ich die Erziehung deiner Gattinnen übernehmen, und jetzt soll ich mich noch um dieses Riesenvieh kümmern?«

Zwei flauschige Katzen, Armstrong und Ella nämlich, musterten besagtes Riesenvieh von ihren Hockern aus. Offenbar hatten sie es nicht eilig, Drupis Bekanntschaft zu machen. Das konnte ich ihnen nicht verübeln.

»Aber nein«, sagte ich und schwang mich auf einen Hocker. »Noch habe ich nicht vor, mich von ihm zu trennen«, setzte ich beruhigend hinzu und küsste sie auf die Nasenspitze.

»*Noch*!«, seufzte sie. »In ein paar Tagen wirst du deine Meinung bestimmt ändern oder auf eine Audienz gehen müssen, bei der keine Hunde erlaubt sind. Ein paar Tage darauf wirst du mir sagen, Drupi passe fantastisch zu meiner Einrichtung und niemand könne sich besser um ihn kümmern als ich. Und irgendwann lässt du nebenbei fallen, der Hund könne eigentlich hier bleiben. Wenn ich dann Widerstand leiste, küsst du mich, damit Drupi mich auch für sein neues Frauchen hält. Max, ich kenne dich zu gut. Darum setze ich mich jetzt schon zur Wehr.«

»Oh nein, bitte! Für heute habe ich wirklich genug von Ladies, die finster in die nahe Zukunft blicken«, sagte ich, glitt vom Hocker und setzte mich auf meinen Lieblingsplatz. »Glaub mir, auf dieses schöne Tier warten ein eigenes Schlafzimmer und einige Diener, die jeden Befehl beflissen erfüllen. Und was meine drei Frauen anlangt, bist du einfach die ideale Erzieherin. Womöglich kannst du sie sogar anlernen, damit sie dir im Lokal helfen. In Echo gibt es meines Wissens bis jetzt noch kein Wirtshaus, in dem drei gleich aussehende Frauen hinter der Theke stehen. Für diesen Anblick sind sicher viele Menschen bereit, tief in die Tasche zu greifen.«

»Das ist eine grandiose Geschäftsidee, aber angesichts der gesellschaftlichen Stellung deiner Frauen riecht sie nach internationalem Skandal«, sagte Techi lächelnd. »Außerdem sind sie viel zu seriös, um Trunkenbolden die Gläser zu füllen.«

»Ich weiß nicht, ob sie wirklich so seriös sind«, wandte ich ein. »Ich habe sie erst dreimal im Leben gesehen.«

»Selber schuld. Wer hätte dich gehindert, es öfter zu tun? Wen hast du eigentlich gemeint, als du von den Ladies gesprochen hast, die finster in die Zukunft blicken?«

»Dreimal darfst du raten.«

»Ach so«, sagte Techi, lächelte gedankenverloren, verließ die Theke und setzte sich zu mir. »Du hattest das Vergnügen, den dramatischen Monolog von Lady Melamori zu hören. Es ging also um das weit entfernte, ach so schöne Arwaroch und um die Angst, die sie sich vor diesem Land einredet.«

»Vor allem um die Angst«, seufzte ich. »Ich habe versucht, ihr zu erklären, dass die Bewohner aller bekannten und unbekannten Welten solche Probleme haben, und ich habe ihr auch gesagt, dass nur wenige ihre Angst überwinden können.«

»Schau an – mitunter redest du ganz kluge Sachen«, meinte Techi und schmiegte sich an meine Schulter. »Weggehen oder bleiben – solche Probleme möchte ich haben«, sagte sie leise.

»Wieso denn?«, fragte ich erstaunt. »Langweilst du dich etwa?«

»Nein, Max, aber ich habe diese Wahl nicht und werde sie auch nie haben. Weißt du, ich darf nicht einmal Ugu-land verlassen, wenn ich nicht als Gespenst enden will.«

»Wie meinst du das?«, fragte ich frappiert.

»Ich darf mich nicht weit vom Zentrum dieser Welt entfernen, sonst sterbe ich. Das liegt in meiner Natur, und ich kann nichts dagegen tun. Ich bin die Tochter von Lojso Pondochwa und kein gewöhnlicher Mensch.«

»Ja und? Ich verstehe nicht recht, was du da sagst.«

»Das ist gar nicht so schwer. Meine Brüder und ich sind Beispiele für die seltsame Magie meines Vaters und für seinen eigenartigen Humor. Das hat Vorteile, denn wir sind unsterblich. Deshalb existieren meine Brüder, die in der Traurigen Zeit gestorben sind, weiter. Andererseits aber sind wir keine gewöhnlichen Menschen, denn wir können nicht in andere Welten reisen, noch nicht mal nach

Arwaroch. Am besten wäre es für mich, immer in Echo zu bleiben. Mein echtes, intensives Leben übrigens soll erst nach meinem Tod beginnen. Max, hab ich dich schockiert? Hättest du dieses Gespräch bloß nicht angefangen! Was ist nur in mich gefahren?«

»Aber nein – das zu erzählen, war sehr tapfer von dir. Es ist nur etwas schade, denn ich hatte gehofft, dir eines Tages ein kleines Städtchen bei Kettari zeigen zu können, einen meiner liebsten Orte. Dass das nun nicht klappt, ist nicht so schlimm. Ich muss mich halt an den Gedanken gewöhnen, nicht mit dir verreisen zu können.«

»Das muss nicht so bleiben – alles kann sich irgendwann ändern. Ich weiß zwar nicht, wie, aber ausschließen kann ich es nicht. Wer weiß, wohin wir irgendwann reisen werden«, sagte sie und lächelte mich an.

Darauf hatte ich keine Antwort parat. Also küsste ich sie ungescheut, denn das Wirtshaus war noch leer. Das war auf jeden Fall angenehmer, als über das nachzudenken, was sie mir gerade gesagt hatte.

Ich spürte einen intensiven Blick auf meinem Hinterkopf und drehte mich um: Von der Türschwelle beobachtete uns Sir Lonely-Lokley. Es hätte mich sehr gewundert, wenn es uns gelungen wäre, diesen herrlichen Menschen mit so gewöhnlichen Tätigkeiten wie dem Küssen zu schockieren. Auch wenn wir bereits zu anderen Aktivitäten übergegangen wären, hätte Schurf uns wohl nur gleichgültig von einem Barhocker aus im Blick behalten und sich auf sein Buch konzentriert.

Techi jedoch kannte Lonely-Lokley nicht so gut wie ich, ließ sofort von mir ab und lief hinter die Theke. Dort seufzte sie so erleichtert auf, als würde ihr alles, was sie gerade auf der anderen Seite des Tresens getrieben hatte, bereits unwirklich erscheinen.

Auch Drupi erkannte unseren Gast wieder, beschränkte seine Begrüßung aber auf ein freundliches Ohrenschlackern. Der schlaue Hund unterschied offenbar treffsicher, welchen meiner Freunde gegenüber er sich eine herzliche Begrüßung erlauben konnte und bei welchen er Distanz zu wahren hatte.

»Schurf, ich freue mich, dich hier begrüßen zu dürfen«, rief ich mit etwas künstlich anmutender Begeisterung. »Komm her! Steh nicht auf der Schwelle herum!«

»Ich steh nicht auf der Schwelle herum, sondern versuche, die Tür zu schließen«, erklärte Schurf. »Es ist kalt draußen, und der Wind weht vom Churon herauf. Ich habe zwar schon viel davon gelesen, wie vorteilhaft es sein soll, sich abzuhärten, aber ich denke nicht, dass auch Durchzug diese Vorteile hat. Lady Techi, ich glaube, Sie müssen Ihre Türklinke reparieren lassen. Ohne eine anständige Portion Magie dürfte sie nie und nimmer funktionieren.«

»Da haben Sie Recht, Sir Schurf«, sagte Techi betrübt. »Ich habe schon oft gedacht, ich sollte einen Spezialisten rufen, mir aber immer wieder gesagt, ein guter Zauberspruch werde viel schneller helfen. Schauen Sie mich nicht so finster an. Schwarze Magie zweiten Grades reicht völlig, um meine Tür zu schließen. Ich unternehme also nichts, was gegen das Chrember-Gesetzbuch oder gegen die Empfehlungen von Magister Nuflin Moni Mach verstoßen würde.«

Lonely-Lokley nickte verständnisvoll und setzte sich neben mich.

»Ich komme mit einer Bitte zu dir, Max«, begann er und nippte genüsslich an einer der besten Kamras von Echo.

Ich sah ihn neugierig an. »Verlang, was du willst.«

»Du hast mal gesagt, du könntest mir noch ein Buch aus deiner Welt besorgen«, begann Schurf vorsichtig.

»Das habe ich ganz vergessen«, seufzte ich schuldbewusst. »Aber ich versuche es einfach hier und jetzt.«

»Jetzt und hier?«, fragte Lonely-Lokley erstaunt.

»Warum nicht? Sonst vergesse ich es wieder, und du wartest noch mal tagelang vergeblich darauf.«

»Manchmal bist du ein ungemein pragmatischer Mensch«, sagte er, und ich hatte den Eindruck, ein leises Lächeln umspiele seine Mundwinkel.

»Zuerst muss ich einen geeigneten Ort finden, denn hier gibt es nichts, in das ich die Hand schieben könnte.«

Ich ging hinter die Theke, wo ich nichts zu suchen hatte, erst recht nicht in der Hocke. Immerhin protestierte Techi nicht gegen mein Auftauchen, sondern hielt mich offenbar für einen Hund und strich mir kurz über den Kopf.

Ich brauchte eine Ritze, aus der ich das Buch ziehen konnte. Auch die größten Zauberer dieser Welt kommen nicht ohne so einen Schlitz aus. Schließlich entdeckte ich eine abgewetzte Matte, unter die ich die Hand schieben konnte.

Sofort war es, als hätte ich einen fallenden Gegenstand aufgefangen. Zunächst wurde ich stolzer Besitzer eines kleinen Damenschirms, gelb und mit bunten Blümchen geschmückt. Schirme fand ich in der Ritze zwischen den Welten ständig. Offenbar gingen sie öfter verloren als andere Gegenstände. Aber da ich kein Schirmsammler war, schob ich die Hand erneut unter den Teppich und vor suchte, mir eine Bibliothek mit vielen Regalen vorzustellen.

In den ersten Minuten wollte mir das nicht gelingen. Stattdessen dachte ich an meine noch nicht ausgetrunkene Kamra und verspürte danach Lust, eine Zigarette zu rauchen. Außerdem tauchte immer wieder Techi auf, die dem, was ich auf dem Boden trieb, glücklicherweise keine Beachtung schenkte. Mühsam sammelte ich mich und dachte intensiv an eine Bibliothek.

Erneut spürte ich etwas in der Hand. Mit aller Kraft stellte ich mir vor, mit einer Leiter an ein Regal zu gehen, um an ein Buch zu kommen, das ganz oben lag. Dann zog ich unter dem Teppich einen Band hervor, der in einem herrlichen Schutzumschlag steckte. Hoffentlich würde diese schöne Ausgabe Lonely-Lokley gefallen. Mein Fang hatte den Titel *Die große Erde im kleinen Weltall*. Verfasser war ein gewisser Steve Harris. Autor und Titel waren mir unbekannt.

»Was ist bloß los?«, rief ich erstaunt. »Warum erwische ich nie ein Buch, das ich kenne und mag? Immerhin habe ich auf der Erde viele Bücher verschlungen.«

»Bist du mit dem, was du ergattert hast, unzufrieden?«, fragte Lonely-Lokley beunruhigt.

»Na ja, ich habe schon wieder ein mir unbekanntes Buch erwischt. Es ist offenbar unser Schicksal, Schurf, dass ich dir keins meiner Lieblingsbücher besorgen kann. Ich fürchte, du musst mir den Inhalt wieder erzählen, damit ich nicht vor Neugier sterbe.«

Ich gab ihm das Buch und setzte mich neben ihn. Techi kümmerte sich keinen Pfifferling um das, was hinter ihrer Theke geschehen war, sondern war in die neueste Ausgabe des

Trubel von Echo vertieft. Offenbar interessierte sie sich viel mehr für diese Boulevardzeitung als für unsere Probleme.

»Warum staunst du so darüber, wieder ein unbekanntes Buch aus der Ritze zwischen den Welten gezogen zu haben? Du hast doch wohl nicht alle Bücher gelesen, die es gibt, oder?«, wollte Lonely-Lokley wissen.

»Alle sicher nicht«, sagte ich lächelnd, »doch du würdest staunen, wenn du wüsstest, wie viele ich geschafft habe. Es gab Zeiten, in denen ich wie ein Besessener las – das waren nicht die schlechtesten Jahre.«

»Ich habe den Eindruck, inzwischen liest du nicht mehr so viel«, bemerkte Schurf vorsichtig.

»Ich lese schrecklich wenig, eigentlich gar nicht mehr«, pflichtete ich ihm bei. »Aber nichts bleibt, wie es war – besonders, wenn man ein neues Leben beginnt.«

»Da hast du wohl Recht. Und wenn ich mir die Bemerkung erlauben darf, ist dein Leben inzwischen auch ohne Bücher sehr bewegt.«

»Bewegt? Das dürfte etwas untertrieben sein«, stellte ich leicht blasiert fest.

Die Tür quietschte im Wind.

»Max, du bist heute heiß begehrt«, sagte Techi und lächelte den Neuankömmling freundlich an. Ich schaute auf und schüttelte den Kopf, als ich Ande Pu sah. Er war beinahe nüchtern, blickte aber sehr finster drein.

Drupi hob den Kopf und bellte nur einmal, aber Achtung gebietend. Ande zögerte, trat einen Schritt zurück, als wollte er fliehen, beherrschte sich aber und blieb.

»Den darfst du nicht anbellen«, sagte ich streng zu meinem Hund. »Das ist mein Freund, du Dummkopf.«

»Vielen Dank, Max. Dieser Drupi hat ja Manieren wie ein Dorfköter. Ich verstehe nicht, warum du einen Hund dabeihast. Solche Tiere sind auf dem Land viel besser aufgehoben als in der Stadt«, räsonierte Ande Pu. Er lispelte stärker als sonst – offenbar aus Angst.

Ich verkniff es mir, Drupis Qualitäten aufzuzählen, und versuchte stattdessen, möglichst mitfühlend zu wirken.

Auf der Schulter spürte ich die schwere Hand von Lonely-Lokley. Erst zuckte ich zusammen, musste dann aber erleichtert lachen. Schurf hatte natürlich seine Schutzhandschuhe an. Wenn er sie vergessen hätte, hätte ich ohnehin keine Gelegenheit mehr gehabt, in Panik zu geraten.

Schurf schüttelte enttäuscht den Kopf, und ich rechnete schon mit einem Vortrag über die Vorteile der Atemgymnastik, die man jeden Tag und nicht nur alle zwei Wochen treiben solle. Damit wäre ich völlig einverstanden gewesen, doch er schwieg gutmütig, denn mein Gesicht war die Reue selbst.

»Vielen Dank für dein Buch, Max«, sagte er sanft. »Ich hoffe, du nimmst es mir nicht übel, wenn ich jetzt nach Hause fahre. Ich habe große Pläne für heute Abend.« Er schwenkte mein Geschenk bedeutungsschwer hin und her.

»Hast du mich je beleidigt erlebt?«, fragte ich lächelnd.

»Eigentlich nicht«, räumte Schurf ein, verbeugte sich höflich vor Techi und wandte sich an Ande. »Kommen Sie morgen in den *Gehörnten Mond*?«

»Natürlich«, sagte der Journalist und nickte eifrig.

»Dann sehen wir uns dort, falls sich meine Pläne nicht ändern«, sagte Lonely-Lokley und verließ das Lokal.

Ich starrte Ande verständnislos an. »Was hast du denn mit Schurf vor, Freundchen? Von welchem *Gehörnten Mond* war da die Rede? Und warum weiß ich nichts davon?«

»Es handelt sich um das Zentrum der Poesie im Vereinigten Königreich«, antwortete Ande etwas hochnäsig. »Um den einzigen Ort in diesem schrecklichen Land, an dem man die Dichter schon zu Lebzeiten zu schätzen weiß.«

»Ist das ein echter Dichterklub?«, fragte ich begeistert. »Warum hast du mir nie davon erzählt?«

»Woher hätte ich wissen sollen, dass du dich für so was interessierst? Ich dachte immer, dir seien die Dichter – ob tot oder lebendig – herzlich egal. Aber dein Kollege Lonely-Lokley weiß erlesene Wortkunst zu schätzen. Oder habe ich dich aus einem falschen Fenster betrachtet?«

»Aus einem falschen Fenster?«, fragte ich und verstand gar nichts mehr.

Techi ließ vor Lachen die Zeitung fallen. »Das ist nur so ein Ausdruck, Max. Ande will damit sagen, dass seine Meinung von dir offenbar nicht der Wirklichkeit entspricht.«

»Das gefällt mir«, rief ich. »Du würdest staunen, mein Freund, wenn du wüsstest, aus wie vielen Fenstern man mich betrachten kann.«

»Dann hab ich wohl wieder alles richtig erfasst. Ich kann dich gern mal in den *Gehörnten Mond* mitnehmen, wenn du magst.«

»Ich finde eigentlich nichts völlig uninteressant, und was Poetentreffen angeht …«

Bei diesen Worten verstummte ich, denn meine dichterische Vergangenheit zweimal an einem Tag zu offenbaren, wäre zu viel des Guten gewesen.

»Sei ehrlich: Du hattest befürchtet, deine Freunde würden in ein interessantes Wirtshaus gehen und dir nichts davon sagen. Und jetzt weißt du nicht, wie du dich verhalten sollst. Armer Max!«, sagte Techi mit nachsichtigem Spott.

Ich lachte, nickte energisch und wandte mich an Ande. »Ob du willst oder nicht – morgen rücke ich dir auf die Pelle.«

»Diesmal bin ich es, der dich nicht verstanden hat«, sagte er unsicher.

Ich musste lachen, denn Ande brachte mich immer wieder dazu, meinen längst vergessen geglaubten Schatz an bildlichen Redewendungen zu plündern. Auch Techi hob erstaunt die Brauen.

»Jemandem auf die Pelle zu rücken, bedeutet, ihn zu besuchen – ob er will oder nicht«, klärte ich die beiden auf.

Sie nickten – Techi vorsichtig, Ande belustigt.

»Weißt du, Max, eigentlich bin ich mit einem Problem zu dir gekommen.«

Bisher hatte ich nie den Eindruck gehabt, Ande sei mir gegenüber scheu. Allerdings war ich ihm meist begegnet, nachdem er bereits einige Gläser des hiesigen Feuerwassers zu sich genommen hatte.

»Dein Problem ist mein Problem. Hast du dich wieder mit Sir Rogro gestritten?«

»Der verhält sich tadellos«, lobte Ande.

Ich musste lächeln. Das hätte sein Chef hören sollen! Allerdings hatte Rogro Schill sich in seiner Jugend intensiv mit Astrologie beschäftigt. Daher fiel es ihm leicht, selbst die dunkelsten Seelenwinkel seiner Mitarbeiter auszuleuchten.

»Na schön, darf ich jetzt endlich erfahren, was dich zu mir führt? Deine Kollegen? Oder etwas ganz anderes?«

»Ach, es geht nicht um all die Schreiberlinge, mit denen ich zusammenarbeiten muss«, rief Ande pathetisch und wandte uns mit großer Geste sein edles Profil mit der Adlernase zu. »Weißt du, Max, man hat mich vor acht Tagen bestohlen.«

»Das ist unangenehm, aber die Aufklärung von Diebstählen gehört nicht zu meinen Aufgaben. Du weißt doch, dass sich die Kollegen in der anderen Hälfte des Hauses an der Brücke damit beschäftigen. Aber soweit ich weiß, sind Polizisten dir massiv unsympathisch. Bist du also überhaupt schon dort gewesen?«

»Natürlich«, rief Ande. »Zuerst war ich in eurer Hälfte des Gebäudes, aber Lady Melamori sagte, solange keiner die Badelatschen von König Gurig stibitze, seien Diebstähle ein Fall für die Stadtpolizei. Dann brachte sie mich zu einer Kollegin dort. Ich weiß nicht mehr, wie sie heißt, aber sie war sehr auffällig«, meinte Ande und deutete mit beiden Händen eine ausladende Oberweite an.

Sofort war mir klar, dass er mit Lady Kekki Tuotli zu tun gehabt hatte.

»Das hat Melamori gut gemacht«, sagte ich. »Und was geschah dann?«

»Ich habe ihr alles erzählt, und sie hat versprochen, dem Diebstahl nachzugehen, aber bisher hat sich offenbar nichts ergeben«, meinte Ande betrübt. »Weißt du, Max, ich glaube, die Polizei bemüht sich gar nicht richtig. Wer sollte sich auch für einen alten Koffer mit den Sachen meines Großvaters interessieren?«

»Warte«, unterbrach ich ihn. »Soll das heißen, man hat

dir einen alten Koffer gestohlen? Sir Kofa hat erzählt, unter den großstädtischen Dieben gebe es immer ein paar Verrückte, und ich habe das nie glauben wollen. Was war denn im Koffer? Alte Klamotten von deinem Großvater?«

»Du bist wirklich gut informiert«, sagte Ande frappiert.

»Das sollte ein Scherz sein. Hatte ich etwa Recht?«

»Du hast genau ins Schwarze getroffen! Im Koffer war alte Kleidung meines Großvaters. Vielleicht auch noch einige andere Sachen. Das weiß ich nicht mehr genau. Der Koffer stand im Keller meines Hauses in der Straße der Spitzdächer. Vor meiner Aufnahmeprüfung für die Hochschule habe ich zum letzten Mal in diesem Koffer gewühlt und weiß längst nicht mehr, was er enthielt.«

»Und wie hast du den Diebstahl bemerkt?«, fragte ich, denn ich konnte mir nicht vorstellen, dass ein Traumtänzer wie er wusste, was wo in seinem Keller stand.

»Ich habe ihn nicht bemerkt. Du weißt doch, dass ich die Hälfte meines Hauses an eine furchtbare Familie namens Pella vermietet habe. Ich war dazu gezwungen, als ich mal knapp bei Kasse war. Wir verstehen uns nicht besonders, und ich fühle mich zu Hause eher als Gast. Diese Plebejer machen unglaublich viel Lärm und sind ständig am Kochen, Braten und Backen.«

»Das ist ja ein Alptraum«, sagte Techi mitfühlend. In ihr hatte Ande eine Seelenverwandte, denn sie ertrug Küchendünste so schlecht, dass es in ihrem Wirtshaus nichts zu essen gab. Das *Armstrong und Ella* war das einzige Lokal von Echo, in dem nur Kamra und alkoholische Getränke serviert wurden. Immer wieder kamen Gäste hereingeschneit, die nicht glauben wollten, ein Lokal könne sich ohne Küche über Wasser halten.

»Ihr habt ja keine Ahnung – es ist so nett, zu zweit zu kochen«, sagte ich verträumt.

Techi und Ande schauten mich an, als wäre ich ihr größter Feind, und der Journalist setzte seine Erzählung fort.

»Vor acht Tagen haben die Kinder meiner Mieter im Keller gespielt. Sie haben schrecklich viele Kinder – ich habe längst die Übersicht verloren. Und all diese Kinder spielen die ganze Zeit und schreien dabei wie am Spieß«, stöhnte Ande mit wahrer Leidensmiene. »Die Magister mögen wissen, was sie gespielt haben, Verstecken vermutlich«, schimpfte er weiter. »Plötzlich sahen sie zwei unauffällig gekleidete Männer in den Keller kommen. Sie erschraken und beobachteten mucksmäuschenstill, wie die beiden den Koffer nahmen und wieder verschwanden.«

»Sie haben bestimmt die Dunkle Tür genommen«, meinte ich.

»Bestimmt. Leider bin ich erst nach Ende der Ordensepoche auf eine höhere Schule gekommen und weiß darum nicht, wovon du redest. Aber ›dunkle Tür‹ klingt gut. Tatsache ist, dass die Männer den Koffer mitgenommen haben und ich mir nun den Kopf darüber zerbreche, welche Schätze sich darin befinden mögen«, sagte Ande, und seine Mandelaugen blickten verträumt.

»Jedenfalls sind Menschen, die die Dunkle Tür benutzen, selten allzu dumm«, gab ich seufzend zu bedenken. »Langsam beginnt mich dieser Diebstahl zu interessieren. Was erwartest du eigentlich von mir? Doch wohl nicht, dass ich all meine Verpflichtungen fahren lasse und die Täter suche? Außerdem ist Lady Kekki Tuotli eine kluge Polizistin, die selber weiß, was sie zu tun hat.«

»Ich würde mich freuen, wenn du ihr die Geschichte

mit dem Koffer noch mal ins Gedächtnis rufen würdest«, sagte Ande betrübt. »Vielleicht hat sie sie schon vergessen. An ihrer Stelle würde ich auch nicht jedem als vermisst gemeldeten Koffer nachforschen. Vermutlich findet sie, ich sollte mich freuen, dass jemand meinen Keller aufgeräumt hat.«

»Ich glaube nicht, dass es so schlimm ist. Aber ich werde auf alle Fälle mit ihr reden, denn diese Geschichte klingt wirklich seltsam. Ein vergessener Koffer, der möglicherweise unbekannte Schätze aus der Piratenvergangenheit deines Großvaters enthält ... und obendrein Diebe, die die Dunkle Tür benutzen ... Versprich mir bitte, dass auch ich in dem Koffer wühlen darf, falls er wieder auftauchen sollte. Mein Leben lang habe ich davon geträumt, in einem geheimnisvollen Koffer stöbern zu dürfen.«

»Vielen Dank«, sagte Ande froh. »Die Polizisten stellen sicher die ganze Stadt auf den Kopf, wenn du sie darum bittest. Und das ist sehr wichtig für mich.«

»Nett, dass du mir so viel Einfluss zutraust«, sagte ich lächelnd. »Aber du würdest dir meine Gunst viel wirksamer sichern, wenn du mich morgen in den *Gehörnten Mond* einladen würdest.«

»Kannst du deine Arbeit denn einfach ausfallen lassen? Immerhin treffen wir uns erst um neun und bleiben sicher ein paar Stunden dort.«

»Mal sehen, was sich mit Kurusch arrangieren lässt. Melde dich auf alle Fälle per Stummer Rede und beschreib mir, wie ich dorthin komme.«

»Max, ich bin gleich sehr gemein«, warnte mich Techi.

»Willst du mir etwa sagen, ich verspäte mich furchtbar zum Dienst, wenn ich noch lange bleibe?«

Meine Freundin nickte nur.

»Dann mach ich dir den hier zum Geschenk«, meinte ich und wies mit dem Kopf auf Ande. »Als kleine Rache, denn niemand darf mich aus einem Wirtshaus verbannen.«

»Das ist keine Rache, sondern ein guter Kunde«, sagte Techi lächelnd. »Sir Pu, nehmen Sie ihm das nicht übel – er macht sich nur über Leute lustig, die er mag.«

Ich sprang vom Barhocker und gab dem schlafenden Drupi einen Stups.

»Vergiss meinen Koffer nicht«, mahnte mich der Journalist erneut.

»Keine Sorge. Und du denkst daran, mir per Stummer Rede den Weg zum Gasthaus zu beschreiben. Sonst werde ich sauer und behalte den geheimnisvollen Koffer von Captain Kid für mich.«

»Was für ein Captain Kid? Mein Großvater hieß Sochma Pu.«

Im Haus an der Brücke war nicht mehr so viel Betrieb wie tagsüber, doch die Stimmung war blendend. Schon im Korridor hörte ich General Bubuta Boch eine Schimpftirade ablassen.

Dass seine Stimme allerdings aus unserer Hälfte des Gebäudes drang, erstaunte mich.

Wenn ich in Juffins Büro komme, sitzt Bubuta bestimmt am Schreibtisch und hält sich für den Leiter des Kleinen Geheimen Suchtrupps, dachte ich düster. Da lebt man stillvergnügt vor sich hin, und plötzlich bricht der existentielle Surrealismus aus.

Aber Spaß beiseite. Als ich in den Saal der allgemeinen

Arbeit kam, hätte ich am liebsten »Geronimo!« gerufen – wie die amerikanischen Fallschirmspringer, wenn sie sich aus der Maschine stürzen –, denn auch ich hatte das Gefühl, ins Unbekannte zu hechten.

Im Saal allerdings herrschte eine irritierende Harmonie zwischen der Stadtpolizei und unserem Suchtrupp. Sir Melifaro, der diesmal einen türkisfarbenen Lochimantel trug, übergab Bubuta sechs erschrockene Verbrecher, deren exotische Gewänder auf eine ausländische Herkunft deuteten. Der General machte ein finsteres Gesicht, damit die Verbrecher Respekt vor der Stadtpolizei bekamen. Die Tür zu Juffins Büro war einen Spalt weit geöffnet. Offenbar beobachtete unser Chef die ganze Szene diskret von seinem Schreibtisch aus.

Leider verdarb ich ihm den Spaß, denn als Bubuta mich erblickte, hustete er zunächst und versuchte dann, eine möglichst intelligente Miene zu machen. Das war sehenswert. Er hätte längst wissen müssen, dass ich nicht immer Gift spucke, wenn man sich nicht ganz richtig ausdrückt, aber wer von uns ist nicht Sklave seiner Gewohnheiten?

»Guten Abend, Sir Max«, sagte der General fast flüsternd.

Ich wollte schon den Mund öffnen, um seine Begrüßung zu erwidern, da mischte sich Drupi mit lautem Kläffen ein. Der erschrockene Bubuta wäre fast an die Decke gesprungen, die Verhafteten zuckten zusammen, und Melifaro ließ sich theatralisch auf seinen Stuhl fallen, ohne auch nur zu versuchen, sein Lachen zu unterdrücken.

»Sei still, mein Lieber, hier arbeiten ernsthafte Leute«, belehrte ich meinen Hund.

»Ernsthaft sollen wir sein?«, rief Melifaro spöttisch.

»Sehr sogar«, bekräftigte ich mit versteinerter Miene.

Eine Minute später waren wir allein. General Bubuta hatte es wie immer vorgezogen, aus der Ferne mit mir Umgang zu pflegen, um seine Nerven zu schonen. Melifaro lächelte nun nicht mehr, sondern gähnte herzhaft.

»Den ganzen Tag über haben wir für andere die Arbeit gemacht«, sagte er. »Stundenlang mussten wir uns mit diesen Schönlingen herumschlagen, die der Zoll erwischt hat. Es hat sich erwiesen, dass es sich um ganz normale Diebe handelt, die allerdings nicht von hier sind. Leider haben wir die Freude darüber erst vor kurzem mit unseren Nachbarn teilen können.«

»Und was haben die sechs Schönlinge ausgefressen?«, wollte ich wissen.

»Nichts Besonderes, Max, glaub mir«, sagte Melifaro.

Endlich kam unser Chef aus seinem Büro, setzte sich neben Melifaro und begann wie mein Kollege, demonstrativ zu gähnen. Die beiden waren wirklich ein entzückendes Duo. Ich fürchtete schon, dieser Arbeitstag werde als einer der interessantesten in die Annalen des Kleinen Geheimen Suchtrupps eingehen.

»Diese Leute sind aus Kirwaori gekommen«, berichtete mein Chef. »Ihre extravaganten Sitten erinnern ein wenig an einen uralten Orden hier. Deshalb dachte ich zuerst, ich sollte ihnen mehr Aufmerksamkeit schenken, hätte aber besser daran getan, weniger auf den alten Schwätzer Nuflin Moni Mach zu hören. Ich glaube, ich gehe jetzt schlafen. Nichts ermüdet mehr, als die Arbeit eines anderen zu erledigen.«

»Schlaf ist etwas Wunderbares«, pflichtete ich ihm bei.

»Das ist mir längst klar«, gab Juffin bissig zurück. »Willst du dein nettes kleines Haustier eigentlich überallhin mitnehmen? Reicht dir Kurusch nicht? Er ist es schließlich gewöhnt, das einzige Tier im Haus an der Brücke zu sein.«

»Ich habe es einfach nicht geschafft, den Hund in meine Residenz zu fahren, denn mein Tag war ziemlich turbulent. Möchten Sie mir nicht auch Ihre Probleme anvertrauen?«

»Nein, das habe ich nicht vor. Ich bitte nur darum, mich bis morgen Mittag schlafen zu lassen – egal, was passiert.«

»Kein Problem. Sollte etwas wirklich Wichtiges vorfallen, wachen Sie sicher von selber auf.«

»Wie du weißt, habe ich einen tiefen Schlaf«, bemerkte Juffin, gähnte und verließ das Zimmer.

»Ich kann deinen Hund nach Hause fahren«, schlug Melifaro vor. »Deine Residenz liegt beinahe auf meinem Heimweg.«

»Beinahe, aber nicht ganz. Gib doch zu, dass du nur einen Vorwand suchst, meine Residenz in Augenschein zu nehmen!«

»Eigentlich nicht«, meinte Melifaro, »denn sie unterliegt keiner hohen Geheimhaltungsstufe.«

»Eben! Man kann mich problemlos besuchen. Warum strapazierst du also dein Gehirn, um einen glaubwürdigen Vorwand zu finden, dort herumzuschnüffeln?«

»Weil ich eine kleine Intrige spinnen will. Seit einiger Zeit plane ich, eine deiner Gattinnen zu entführen, doch nun bist du dabei, diesem Abenteuer allen Pfiff zu rauben«, sagte Melifaro und setzte sich auf die Fensterbank. »Deine drei Frauen sollten endlich erfahren, dass du die Rolle des Gatten nicht übernehmen willst. Du hast zwar schon halb Echo erzählt, dass du nicht daran denkst, dich deines Harems zu bedienen, doch auch Kenlech, Helach und Hellwi haben ein Recht, das zu wissen. Schließlich betrifft es vor allem sie.«

»Daran hatte ich noch gar nicht gedacht«, stellte ich betrübt fest.

»Wirklich nicht?«, fragte mich Melifaro augenzwinkernd.

»Lassen wir das, und fahren wir in meine Residenz. Ein Mann allein kann einen so großen Hund schließlich nicht kutschieren.«

»Dir ist wirklich jeder Vorwand recht, um dich vor deinen dienstlichen Pflichten zu drücken. Passt auf, Hoheit, dass Ihr den Bogen nicht überspannt«, meinte Melifaro lächelnd.

»Meine innere Stimme sagt mir, dass ich diesen großen Hund nicht im Haus an der Brücke lassen darf, und diese Stimme ist sehr ordnungsliebend, musst du wissen. Wie du siehst, bediene ich mich also keines Vorwands, sondern befolge nur die in diesem Hause geltenden Vorschriften.«

»Und wann willst du deinem Harem deine wahren Absichten offenbaren?«, fragte Melifaro.

»Je schneller, desto besser – und am liebsten in deiner Gesellschaft, damit du mich endlich in Ruhe lässt. Außerdem kannst du mich auch vor meinen Frauen schützen, denn ich habe eine gewisse Angst vor ihnen.«

»Großer Scherz!«, rief Melifaro lachend.

»Wo ist dein berühmter Scharfsinn geblieben?«, fragte ich spöttisch. »Das Geheimnis meiner Herkunft hast du blitzschnell geknackt, und jetzt merkst du nicht, dass ich in Gesellschaft dieser merkwürdigen Mädchen nicht weiß, wie ich mich verhalten soll.«

Melifaro hob erstaunt die Brauen, winkte dann aber ab. »Meist ist es schwierig, mich zu betrügen, doch manchmal habe selbst ich meine schwachen Momente. Als Lady Marilyn warst du so überzeugend, dass ich nie auf die Idee gekommen wäre, *dich* hinter dieser Gestalt zu vermuten.«

»Tja, das hätte böse für mich enden können«, seufzte ich und warf einen Blick in mein Büro, wo Kurusch – der klügste Vogel dieser Welt – auf seiner Lehne saß.

»Mein Lieber, ich muss ganz kurz aus dem Haus«, sagte ich zu ihm. »Meine ganze Hoffnung ruht also auf dir.«

»Ganz kurz? Dann tauchst du sicher erst zum Frühstück wieder auf«, meinte der Buriwuch.

»Auf keinen Fall. In höchstens drei Stunden bin ich zurück. Und ich bringe dir ein paar süße Piroggen mit.«

»Pass nur auf, dass du dein Versprechen auch hältst«, sagte Kurusch schläfrig.

Den Magistern sei Dank – der kluge, aber verfressene Vogel hatte sich auch heute wieder von mir bestechen lassen!

Ich pfiff Drupi herbei, und wir verließen das Haus an der Brücke. Ich vergöttere diese Institution, und die Arbeit im Kleinen Geheimen Suchtrupp ist für mich oft ein Fest, aber nichts ist schöner, als sich ab und an vom Arbeitsplatz zu stehlen. Vermutlich entspricht das meiner naiven Vorstellung von Freiheit.

Mein Haus sah von außen sehr interessant aus, denn es war bis unters Dach bewachsen. Ich überlegte, meine Residenz zu meinem Wohnsitz zu machen, wenn ich eines nicht mehr fernen Tages nicht mehr König der Nomaden wäre. Als Erstes würde ich dann die Geschenke meines

Volkes aus dem Fenster werfen und meine vielen Diener in die Wüste schicken.

»Gehe ich recht in der Annahme, dass du extrem selten hier auftauchst?«, fragte mich Melifaro. »Es ist eine Ironie des Schicksals, dass ein Barbar wie du eine so schöne Residenz bekommen hat.«

»Im Gegenteil: Ich habe die Schönheit des Hauses sofort zu schätzen gewusst und erkannt, dass es zu mir passt. Nur brauche ich etwas Zeit, um mich einzuleben. In meinem Haus an der Straße der gelben Steine bin ich auch noch nicht richtig eingezogen, obwohl ich dort nur zwei Stockwerke und sechs Zimmer habe.«

»Wann bist du eigentlich das letzte Mal in deiner Wohnung gewesen?«, fragte mich Melifaro mit unschuldig interessierter Stimme.

Ich runzelte die Stirn und versuchte, mich zu erinnern.

»Du brauchst mir nicht zu antworten. Zwar hast du diverse Adressen, doch du ziehst es vor, die Barhocker der Wirtshäuser zu polieren«, sagte Melifaro beim Aussteigen.

Auch Drupi sprang aus dem Wagen auf den Gehsteig und bellte laut. Offenbar war das seine neue Leidenschaft, und anders als ich fühlte er sich in meiner Residenz wie zu Hause.

Im Foyer hatte ich den Eindruck, Melifaro und ich seien wieder im Haus an der Brücke, denn aus einem Zimmer kamen uns Sir Kofa Joch und Lady Kekki Tuotli entgegen.

»Hat das Haus an der Brücke meine Residenz etwa als Außenstelle übernommen?«, wollte ich wissen. »Wo soll dann mein Hund schlafen? Schließlich ist er ein königliches Tier.«

»Ich habe mich schon daran gewöhnt, hier ständig auf

Melifaro zu treffen«, brummte Kofa Joch, »und ich bin mir ziemlich sicher, den Grund seiner häufigen Besuche zu kennen. Aber was treibt dich hierher, Max?«

»Theoretisch wohne ich hier.«

»Das ist mir klar, aber um diese Zeit solltest du im Büro von Sir Juffin sein und die Beine auf den Tisch legen.«

»Ich bin für kurze Zeit geflohen, aber wenn wir schon pingelig sein wollen, solltest du jetzt im Wirtshaus sitzen und beruflich die Löffel spitzen, stimmt's?«

»Da hast du leider Recht, und ich geh auch gleich. In letzter Zeit habe ich allerdings festgestellt, dass es unter meiner Würde ist, Wirtshäuser in Gesellschaft von nur einer Dame zu betreten. Deshalb habe ich beschlossen, mir alle deine drei Damen auf einmal auszuleihen.«

»Und sie sind schon seit über einer halben Stunde dabei, sich anzuziehen«, seufzte Lady Kekki. »Das sind wirklich waschechte Königinnen.«

»Dann habe ich ja Glück«, hörte ich Melifaro hinter mir sagen. »Ob es euch passt oder nicht – ich komme mit. Dich hat man übrigens schon lange nicht mehr im Haus an der Brücke gesehen«, sagte er giftig zu mir und zog eine fürchterliche Fratze. »Es ist längst dunkel, und du hast noch niemanden umgebracht. Unerhört!«

»Meine unschuldigen Opfer müssen sich eben noch ein wenig gedulden«, sagte ich. »Außerdem muss ich irgendwo etwas zum Abendessen bekommen.«

»Du hättest dich wenigstens umziehen können«, maulte Kofa. »Dein Todesmantel wird uns alle kompromittieren.«

»Was soll ich denn anziehen? Ich habe hier keine persönlichen Sachen.«

»Dann müssen wir dir helfen, dich herzurichten«, sagte Melifaro wie eine gutmütige Tante. »Schließlich wird uns dein Todesmantel die Verdauung ohnehin nicht erleichtern.«

Er zog einen kleinen Gegenstand aus der Hosentasche, rieb ihn in den Händen und warf ihn mit Schwung vor seine Füße. Ich staunte nicht schlecht, als gleich darauf ein königsblauer Lochimantel mit gemustertem Saum auf dem Boden lag.

»Deine Lieblingsfarben versetzen mir immer wieder einen Kulturschock. Wenigstens hast du mir nichts Himbeerrotes verpasst«, sagte ich und zog den Mantel an.

»Vorwürfe bekomm ich zu hören, aber kein Wort des Dankes. Schnöde Welt!«, rief Melifaro mit gekünstelter Trauer. »Noch so eine Bemerkung, und ich nehme dir den Mantel wieder weg. Dann kannst du dich in einen Residenzteppich wickeln.«

»Schon gut. Mach mir bitte keine Angst. Schleppst du eigentlich immer Klamotten mit dir herum?«

»Natürlich – schließlich muss ich für den Fall gerüstet sein, dass du in Dienstkleidung mit uns zu Abend essen willst. Wie du siehst, kümmere ich mich aufopfernd um dich.«

»Warum machst du das eigentlich?«

»Was für eine Frage!«, meinte Melifaro achselzuckend. »In unserem Beruf kommt es nicht zuletzt darauf an, durch die Kleidung einen bestimmten Eindruck zu erwecken. Wir können es uns nicht erlauben, einfach irgendwas anzuziehen. Darum ist es gut, einen Klamottenvorrat dabeizuhaben. Habe ich mich Euch verständlich machen können, Hoheit?«

Die Hoheit nickte und staunte über Melifaros Umsicht.

Drei gleich aussehende Schwestern erschienen im Foyer. Als sie mich erblickten, zuckten sie ein wenig zusammen, kamen dann aber rasch auf uns zu.

Eigentlich sahen sie einander gar nicht mehr so ähnlich. Einige Spaziergänge durch die Stadt und ein paar Einkäufe in den beliebtesten Boutiquen hatten dazu geführt, dass jede ihren eigenen Geschmack entwickelt hatte. Die eine Schwester bevorzugte puristisches Schwarzweiß; die andere trug begeistert Grün; die Dritte hatte einen kornblumenblauen Lochimantel und eine dazu passende Skaba erstanden. Das ist bestimmt Melifaros Auserwählte, dachte ich resignierend. Die beiden dürften atemberaubend gut zusammenpassen.

Wir verließen das Haus. Die drei Schwestern unternahmen einen letzten Versuch, sich als Einheit zu präsentieren, indem sie sich an den Händen hielten oder eingehakt die Straße entlanggingen. Allerdings wehte es auch recht kalt. Zum Glück gibt es in Echo aber eigentlich nie Frost.

»Wir passen nicht alle in ein A-Mobil, und ich habe keine Lust, mit dir ein Rennen zu machen«, sagte Kofa lächelnd. »Also gehen wir ins nächste Wirtshaus, ins *Gesättigte Skelett*. Das ist keine schlechte Idee, oder?«

»Und wieder wandern ein paar Kronen in die Tasche von Gopa Talabun, dem Besitzer aller *Skelette* von Echo«, bemerkte ich nickend.

Abends hatte ich stets gewaltigen Hunger. Daher verbrachte ich im Wirtshaus eine halbe Stunde mit rhythmischem Kauen und nahm nicht am Gespräch teil, sondern beobachtete nur. Mir fiel auf, dass die Schwestern Sir Kofa für eine Art Vater hielten, den sie ja – wie die Legende der Chencha berichtete – nie gehabt hatten. Auch Lady Kekki Tuotli genoss das volle Vertrauen meiner drei Gattinnen. Ich hätte gern gewusst, wie oft die fünf schon zum Abendessen hier gewesen waren. Es entging mir nicht, dass die Schwestern Melifaro sehr schüchtern ansahen.

Nachdem ich endlich gesättigt war, konnte ich mich von meinem Teller trennen und am Gespräch beteiligen. »Vielen Dank, Kofa, dass du dich so aufopfernd um meine merkwürdige Familie gekümmert hast, während ich durch die Weltgeschichte getigert bin.«

»Weltgeschichte? Jetzt übertreibst du aber, Max. Ich weiß schließlich, wo du dich in letzter Zeit herumgetrieben hast«, sagte er lächelnd. »Aber das ist nicht der Rede wert. Solltest du in deiner Eigenschaft als König weitere Frauen angetragen bekommen, werde ich auch sie in meine Obhut nehmen.«

Lady Kekki lächelte in sich hinein. Offenbar hätte auch sie nichts gegen Frauennachschub.

»Ich muss mit dir reden«, sagte ich zu Kofas Freundin. »Heute hat sich ein Bekannter von mir darüber beklagt, dass du dich zu wenig um den Koffer kümmerst, der aus dem Nachlass seines Großvaters gestohlen wurde.«

Kekki sah mich einen Moment verständnislos an. »Hat dich dieser lustige junge Mann also zu fassen bekommen?«

»Ab und zu erlaube ich ihm, sich ein wenig an meiner Brust zu laben. Aber sag mir bitte, ob du diesem Diebstahl wirklich nachgehst oder nicht.«

»Eigentlich«, begann Kekki und seufzte schuldbewusst, »hätte ich mich damit beschäftigen sollen, doch aus Zeitmangel habe ich das nicht geschafft. Du weißt doch, wie es bei der Stadtpolizei läuft: Wir haben jede Menge ungelöste Fälle und viele Idioten, die beim Bearbeiten dieser Fälle nur im Weg sind. Und mein Privatleben beansprucht mich im Moment so sehr, dass ich keine Überstunden machen kann.«

Sir Kofa sah uns beide mit sanftem Lächeln an. Bei meinem ersten und einzigen Auftritt als Kuppler hatte ich mich wohl als erfolgreich erwiesen. Wie gut die zwei zusammenpassten! Vielleicht hätte ich den Dienst quittieren und eine Partnervermittlung gründen sollen.

»Als mein Bekannter mir von dem Diebstahl erzählte, war er überzeugt, nichts werde dich intensiver beschäftigen als sein Koffer«, sagte ich nachdenklich. »Und nun muss ich seine Bitte erfüllen«, fuhr ich fort, faltete die Hände demütig vor der Brust und rief: »Kekki, bitte finde diesen Koffer. Er bedeutet meinem Bekannten wirklich viel.«

»Um welchen Koffer geht es da eigentlich?«, fragte Sir Kofa neugierig.

»Wenn ich das wüsste!«, meinte ich achselzuckend. »Ande Pu behauptet, er enthalte Piratenschätze seines Großvaters. Vielleicht ist das nur das Hirngespinst eines fantasievollen Menschen, denn unser Ande ist ein Dichter. Vielleicht aber sind die Sachen tatsächlich etwas wert. Interessant ist allerdings, dass die Diebe bei ihrem Fischzug die Dunkle Tür benutzten, wie unsere einzigen Zeugen – ein paar erschrockene Kinder – berichtet haben.«

»Na so was!«, stieß Kekki gepresst hervor.

Es schien ihr unangenehm, dass ein Fall, den sie für unwichtig gehalten und vergessen hatte, so interessante Züge aufwies.

»Man sollte die Aussage von Kindern nicht von vornherein für unglaubwürdig halten«, sagte Sir Kofa. »Schließlich haben sie Augen wie andere auch.«

»Manche Kinder sind sogar bessere Beobachter als Erwachsene«, ergänzte ich und wunderte mich, dass Lady Kekki diese bittere Pille einfach so schluckte.

»Sollten die Räuber tatsächlich die Dunkle Tür genommen haben, kann daraus eine ausgesprochen interessante Geschichte werden«, gab Sir Kofa fachmännisch zum Besten. »Zwar erlaubt das Chrember-Gesetzbuch allen Bürgern unseres Königreichs, die Dunkle Tür zu nehmen, denn dazu braucht man keine Offenkundige Magie, aber dennoch dürften ehemalige Magister hinter dem Diebstahl stecken, sehr raffinierte Magister zudem«, sagte Sir Kofa und sah mich aufmerksam an. »Dein Bekannter hätte sich besser gleich an uns gewandt.«

»Das hat er getan, doch Lady Melamori hat ihn zu Kekki geschickt. Kein Wunder – die Geschichten von Ande Pu erwecken auf den ersten Blick einfach kein Interesse.«

»Verstehe, aber jetzt wüsste ich gerne die Details. Fang du an, Max.«

Ich berichtete in kurzen Worten alles, was ich über den Jahrhundertdiebstahl wusste.

»Ich glaube, Kekki weiß viel besser Bescheid. Bei mir hat Ande Pu nur sein Herz ausgeschüttet.«

»Da ist der arme Mann bei dir an den Richtigen geraten«, mischte sich Melifaro ein. »Wem sein Leben nicht mehr gefällt, der tut gut daran, sich bei dir auszujammern, denn du hilfst ihm bestimmt, seine traurige Existenz loszuwerden.«

»Da bist du schief gewickelt. Ande Pu ist nach wie vor am Leben«, versetzte ich kühl.

»Hast du etwa eine Formkrise?«, fragte Melifaro honigsüß.

»Ihr zwitschert zwar allerliebst, meine Täubchen, aber ich wüsste gern, was Kekki dazu zu sagen hat«, bemerkte Sir Kofa bissig.

»Ande Pu hat mir und Max genau das Gleiche erzählt«, berichtete Kekki. »Das Einzige, was ich zusätzlich beisteuern kann, ist eine genaue Beschreibung des Koffers. Er ist aus Holz, sehr alt und dunkelrot gefüttert, und das Schloss funktioniert nicht, weil Ande es als Kind kaputt gemacht hat. Auf dem Koffer steht *Der Apfelbatzen der Welt* – so heißt das Schiff, auf dem sein Großvater seine schönsten Erfolge als Pirat gehabt hat. Ande Pu weiß zwar nicht mehr, was im Koffer war, vermutet aber, es habe sich um alte Kleidung gehandelt. Allerdings kann er nicht ausschließen, dass noch andere Dinge drin gewesen sind. Das war's schon. Kein Wunder, dass ich mich um diese Anzeige nicht weiter gekümmert habe.«

»Genau das hat Ande Pu befürchtet«, rief ich. »Schon gut, Kekki, vergiss das Ganze. Ich schaue mich selber in seinem Keller um. Die alten Sachen mögen nicht besonders interessant sein, aber der Einsatz der Dunklen Tür gibt mir zu denken.«

»Tja, wenn Diebe in der Stadt aufgetaucht sind, die sich der Dunklen Tür zu bedienen wissen, dürfte das unangenehm werden«, murmelte Kekki.

»Halb so schlimm, meine Liebe«, meinte ich lächelnd.

»Kofa, vielleicht sollten wir Lady Kekki zum Kleinen Geheimen Suchtrupp abwerben, denn die Arbeit bei der Stadtpolizei droht sie zur Pessimistin zu machen.«

»Vielleicht sollten wir das wirklich eines Tages tun«, sagte Kofa nachdenklich. »Was den Koffer angeht, interessieren mich im Moment aber ganz andere Dinge«, fuhr er fort und sah vor sich hin.

»Was? Ich dachte, du würdest dich ganz und gar nicht für den Koffer interessieren! Na gut, mein Bauch ist voll, und wir haben lange genug über diese Sache geredet. Ich ziehe mich wieder an den Schreibtisch zurück. Dort kann ich wenigstens ein bisschen schlafen.«

Melifaro warf mir einen so bohrenden Blick zu, dass ich fast vom Stuhl gekippt wäre. Er hatte Recht: Ich täte besser daran, noch ein wenig zu bleiben, denn ich hatte das Haus an der Brücke mit dem Vorsatz verlassen, meine Frauen über ihre Freiheitsrechte aufzuklären. Na gut, also würde ich auch das noch erledigen. Vielleicht würde dieser Abend ja mit einer flammenden Unabhängigkeitserklärung der Drillinge enden.

»Noch eine Tasse Kamra in so netter Gesellschaft dürfte mir wohl nicht schaden«, meinte ich und zwinkerte Melifaro verschwörerisch zu.

Er sah mich interessiert an, denn er war neugierig, was ich den Mädchen zu sagen hatte. Auch ich war gespannt, wie sich das Gespräch entwickeln würde, blickte angestrengt in meine Tasse und überlegte mir rasch eine kleine Rede.

»Welcher Magister ist in dich gefahren, Max?«, wollte Sir Kofa wissen. »Beschäftigt Gopa Talabun etwa einen schlechten Koch? Du blickst drein, als hättest du gerade ein Kilo Holz herunterwürgen müssen.«

»Ich bin zwar ein recht primitives Wesen, aber ein Holzwurm bin ich nicht«, versetzte ich ein wenig beleidigt.

»Ach so«, nickte Kofa verständnisvoll. »Der arme Junge denkt nach. Worüber denn?«

»Über diese schönen Frauen«, sagte ich und wies mit dem Kopf auf die Schwestern.

Drei große, tiefschwarze Augenpaare musterten mich erschrocken.

»Keine schlechte Idee, sich über die drei den Kopf zu zerbrechen«, bemerkte Kofa mit Kennermiene. »Und was ist dabei herausgekommen, wenn ich fragen darf?«

»So mancherlei.«

Ich merkte, dass es besser für mich war, mich in dieser Sache an Sir Kofa und nicht an die Drillinge zu wenden, holte tief Luft und begann: »Stell dir vor, Kofa – diese drei Frauen sind in den Leeren Ländern aufgewachsen und haben die dortige Kultur und Natur kennengelernt. Eines Tages setzen die klügsten Männer ihres Volkes sie auf Menkale, bringen sie in eine unbekannte Stadt, konfrontieren sie mit einem ihnen ganz fremden Menschen und sagen, das sei ihr neuer König und sie seien seine Gattinnen. Dann kehren die Weisen in ihre Heimat zurück, und die wunderschönen Helach, Kenlech und Hellwi bleiben in einem riesigen, ihnen völlig fremden Haus. Zuerst wissen sie nicht, was tun. Der seltsame Mann, der nun ihr Gatte ist, hat versprochen, sich mit ihnen zu beschäftigen, sein Versprechen aber nicht eingelöst. Stattdessen kommen andere Menschen zu ihnen und bezeichnen sich als beste Freunde ihres Gatten. Das ist zwar alles wunderbar und nett, aber es passt nicht zu den Vorstellungen, die die drei vom Eheleben haben«, sagte ich und schaffte es endlich, die Schwestern anzusehen. »Nun, habe ich die Situation richtig beschrieben?«

Sie lächelten zaghaft, fast unmerklich, dafür aber im Chor. Welch ein Triumph!

»Schön, dass ihr lächelt. Das ist der kürzeste Weg zu meinem Herzen«, sagte ich. »Wir sind in eine seltsame Sache geraten, die man mit etwas Abstand betrachten sollte. Die Ehe an sich ist schon eine merkwürdige Angelegenheit, aber unsere Ehe ist besonders eigenartig.«

»Du brauchst uns nicht mehr, stimmt's?«, fragte die Schwester, deren knalliger Lochimantel mich an ihrem Geschmack hatte zweifeln lassen. »Als Fajriba uns herbrachte, warnte er uns, das könne passieren, da du ganz anders als die bisherigen Könige von Fangachra bist. Wir sind auf alles gefasst.«

»Jetzt übertreibt ihr aber«, brummte ich. »Nachdem ihr schon in meinem Leben erschienen seid, brauche ich euch sehr wohl. Das Schicksal ist gar nicht so blind, sondern weiß recht genau, was es mit einem vorhat. Ich habe zwar nie eine Frau gebraucht – und erst recht keine drei –, aber in die Wüste will ich euch deshalb noch lange nicht schicken. Ich möchte, dass ihr weiter in meiner Residenz lebt und euch mit all dem beschäftigt, was euch Spaß macht. Ich möchte euch nur um eines bitten: Vergesst alles, was mit der Ehe zu tun hat. Sagen wir einfach, ihr seid meine Gäste. Obwohl ... Gäste kommen und gehen, und ihr sollt ja bleiben ... aber egal. Echo ist wunderschön, und ihr habt viel Glück, in die Hauptstadt des Vereinigten Königreichs geraten zu sein. Ich bin nach wie vor begeistert von Echo, obwohl ich mich längst an die Stadt hätte gewöhnen sollen. Ihr seid also meine Verwandten – gefällt euch dieses Wort?«

Eine der Schwestern lächelte und nickte energisch. Die beiden anderen sahen erst sie, dann mich erstaunt an.

»Ich glaube, das Wort ›Verwandte‹ lässt sich irgendwann durch das Wort ›Freunde‹ ersetzen«, sagte ich sanft, »aber dieser Prozess lässt sich nicht steuern.«

»Wenn ich alles richtig verstanden habe, wird sich unser Leben nach diesem Gespräch ändern, stimmt's?«, fragte die Schwester im kornblumenblauen Mantel.

Trotz ihrer Vorliebe für schreiende Kleidung erwies sie sich als die ernsthafteste der drei.

»Ja«, sagte ich, »und zwar gründlich. Als Erstes hört endlich auf, zusammenzuzucken, wenn ich auftauche. Ich bin wirklich niemand, vor dem ihr euch fürchten solltet. Nehmt euch ein Beispiel an Sir Kofa und unterhaltet euch künftig mit mir wie er. Das dürfte euch anfangs schwer fallen, aber ihr solltet es dennoch versuchen. Früher oder später wird euch das schon gelingen. Und jetzt das Wichtigste: Macht euch bewusst, dass ihr frei seid. Ihr könnt das Haus verlassen, wann immer ihr wollt, zurückkehren, wenn ihr es für richtig haltet, und alle einladen, die ihr mögt. An mich solltet ihr euch nur wenden, wenn ihr Hilfe, Ratschläge oder Geld braucht. Wenn mir etwas nicht gefällt, sage ich es euch. Und sollte euch jemand etwas Böses tun, dann bedenkt bitte, dass es sich um euer Leben handelt und ich mich nur einmische, wenn ihr mich ausdrücklich darum bittet.«

Ich strich mir den Schweiß von der Stirn und warf Sir Kofa einen prüfenden Blick zu. »Na, war ich überzeugend?«

»Und wie! Ich hätte nie gedacht, dass du so flammende Reden halten kannst – noch dazu mit so ernster Miene. Ich habe richtiggehend Angst vor dir bekommen.«

»Ich auch«, meldete sich Melifaro zu Wort. »Ich zittere schon die ganze Zeit.«

»Gewisse Dunkelmänner sollten besser schweigen«, grollte ich.

»Verzeih, aber ich sehe keine Dunkelmänner«, gab Melifaro zurück.

Die drei Schwestern musterten mich erneut, wirkten dabei aber schon ein wenig entspannter als zuvor.

Das hättest du viel früher sagen sollen, Max, dachte ich. Du solltest endlich aufhören, auf morgen zu verschieben, was du letztes Jahr hättest besorgen können.

»Wir müssen uns dringend besser kennen lernen«, schlug ich vor. »Vielleicht gelingt es mir sogar irgendwann, euch auseinanderzuhalten.«

»Ich bin Helach«, sagte die Besitzerin des knalligen Lochimantels. »Das ist Hellwi«, fuhr sie fort und wies mit dem Kopf auf das Mädchen, das auf das Wort Verwandte mit einem Lächeln reagiert hatte. Dann legte sie der dritten Schwester die Hand auf die Schulter und sagte: »Und das ist Kenlech.«

Die dritte, schwarzweiß gekleidete Schwester warf mir einen Blick zu, der mir Schauer über den Rücken jagte. Ich hatte sie für ein Mauerblümchen gehalten, war mir nun aber nicht mehr sicher. Vielleicht war meine Menschenkenntnis schlechter als vermutet.

»Schön, ich hoffe, dass ich euch nächstes Mal nicht erschrecke. Jetzt muss ich aber wirklich los. Kurusch wird mich wegen dieser Verspätung mit Verachtung strafen – leider zu Recht.« Ich trank meine Kamra aus und erhob mich. »Ich wünsche euch noch einen schönen Abend.«

»Pass auf dich auf, Max«, sagte Melifaro, »und halte

dich von Unsinn fern, solange du meinen Lochimantel trägst.«

In bester Laune betrat ich das Haus an der Brücke. Wie herrlich, eine längst überfällige Aufgabe hinter sich gebracht zu haben! Kurusch bekam süße Piroggen, sensationellerweise gleich zwölf Stück. Natürlich musste er sie nicht auf einmal essen, aber in einer Hinsicht waren wir zwei uns einig: besser zu viel als zu wenig.

Offenbar war ich gar nicht lange weggeblieben, denn statt des erwarteten Donnerwetters verkündete der Buriwuch lediglich eine seiner Weisheiten: »Die Menschen haben die Neigung, sich für einen Moment zu verabschieden und erst nach Stunden zurückzukehren.«

Während meiner Abwesenheit war offenbar nichts Besonderes vorgefallen – kein Wunder, denn in dieser schönen Welt pflegen die schrecklichen Dinge in meiner Gegenwart zu geschehen. Die nächste halbe Stunde faulenzte ich mit Kurusch und blätterte in der *Königlichen Stimme* vom Vortag, während der Buriwuch eine Pirogge nach der anderen verspeiste. Danach musste ich seinen Schnabel – wie so oft – von der klebrigen Füllung reinigen. Kaum hatte ich das erledigt, plusterte sich der kluge Vogel auf und schlief zufrieden ein. Erst um Mitternacht klopfte es an meine Bürotür.

»Sie haben Besuch, Sir Max.«

»Einen kleinen, dicken und ziemlich aufdringlichen Kerl?«

Ich war fest davon überzeugt, es handele sich um Ande Pu, der sich noch immer nicht mit dem Verlust des Koffers abfinden konnte. Der Arme malte sich bestimmt aus, das

Gepäckstück habe zahllose Schätze enthalten, die ihm ein sorgenfreies Leben und vielleicht sogar die ersehnte Reise nach Tascher hätten ermöglichen können. Aber ich hatte mich getäuscht.

»Im Gegenteil, Sir Max, es handelt sich um einen groß gewachsenen, schlanken und sehr höflichen Herrn. Er ist großstädtisch gekleidet, aber sein Bart ist sehr lang, und die Haare hat er zum Zopf geflochten. Außerdem hat er den Akzent der Bewohner von Tascher«, sagte der Bote und verschwand.

Kurz darauf erschien ein Mann in dunklem Lochimantel.

»Kapitän Gjata!«, rief ich erstaunt. »Ich hätte wirklich darauf kommen können, dass Sie es sind, der mich besucht.«

Dieser Kapitän aus Tascher trieb sich schon längere Zeit in Echo herum, und daran war ich schuld. Ich hatte ihm einst das Leben gerettet, ohne zu wissen, was ich tat, und er hatte sich in den Kopf gesetzt, mir seine Dankbarkeit durch eine vergleichbare Tat zu beweisen. Ich hatte allerdings keine passende Aufgabe für ihn gefunden, woraufhin er nach Echo übergesiedelt war und sich gewissermaßen bereithielt, um mir eines ersehnten Tages das Leben retten zu können.

Ich hatte meinen ewigen Schuldner schon vergessen, denn es geschah einfach zu viel, und für die Probleme, die mitunter auftauchten, brauchte ich Spezialisten ganz anderen Kalibers.

»Störe ich, Sir?«, fragte der Mann aus Tascher höflich.

»Aber ganz und gar nicht. Ist etwas passiert?«

»Wenn Sie mit etwas Unangenehmem rechnen sollten,

dann nicht«, sagte Kapitän Gjata und ließ sich vorsichtig auf einem Stuhl nieder. »Ich möchte mich von Ihnen verabschieden.«

»Das ist ja großartig«, rief ich erfreut. »Ich habe Ihnen ja schon mehrfach gesagt, dass ich nichts von Ihnen erwarte, und bestimmt sehnt sich Ihre Familie schon lange nach Ihnen.«

»Sie haben mich missverstanden, Sir Max«, entgegnete der Kapitän. »Ich hoffe nach wie vor, mich eines Tages bei Ihnen dafür revanchieren zu können, dass Sie mir das Leben gerettet haben. Und ich reise nicht nach Hause – ich fahre zur See.«

»Das ist auch eine gute Idee«, sagte ich. »Wohin denn?«

»Das weiß ich noch nicht. Der Kapitän des Schiffes, auf dem ich angeheuert habe, hat der Besatzung das Ziel der Fahrt noch nicht verraten, aber gesagt, die Reise werde nicht länger als ein Jahr dauern. Und ich bin gekommen, um Ihnen zu sagen, dass Sie in einem Jahr wieder mit mir rechnen können.«

»Ich fürchte, ich habe Sie schon wieder nicht verstanden. Von welchem Kapitän reden Sie? Und wo haben Sie angeheuert? Sie sind doch selber Kapitän und haben ein eigenes Schiff! Alle Mitarbeiter des Kleinen Geheimen Suchtrupps waren im Hafen, um es sich anzusehen. Was ist denn passiert?«

»Mit der *Alten Jungfer* ist zum Glück alles in Ordnung«, sagte der Mann aus Tascher, doch sein Blick wirkte zerstreut.

»Ohne eine Tasse Kamra getrunken zu haben, können wir uns unmöglich voneinander verabschieden«, meinte ich lächelnd. »Oder möchten Sie etwas Stärkeres?«

»Etwas Stärkeres«, sagte der Kapitän schwermütig.

Ich nickte und meldete mich per Stummer Rede im *Fressfass*. Das hatte ich sowieso vorgehabt.

»Eines habe ich noch immer nicht verstanden«, sagte ich zu Kapitän Gjata, als der Tisch voller Tabletts stand. »Statt mit Ihrem Schiff loszusegeln, heuern Sie bei einem Kapitän an, der es nicht einmal nötig hat, Ihnen sein Reiseziel mitzuteilen. Ist das ein alter Freund von Ihnen?«

»Nein«, sagte der Mann aus Tascher und sah zur Decke, als stünde dort die Lösung all seiner Probleme. »Bis heute Morgen habe ich nicht einmal von seiner Existenz gewusst.«

»Warum haben Sie es dann getan? Werden Sie wenigstens gut dafür bezahlt?«

»Das weiß ich nicht. Über Geld haben wir noch nicht gesprochen.«

Kapitän Gjata wirkte, als würde er langsam aus einer Trance erwachen.

»Nicht schlecht«, sagte ich und schüttelte erstaunt den Kopf. »Allmählich verstehe ich, welcher böse Wind Sie in Ihr letztes Abenteuer getrieben hat, das so böse für Sie endete. Sagen Sie mir doch, ob Sie immer auf so ungewöhnliche Weise zu Ihren Aufträgen kommen.«

»Ganz und gar nicht. Wahrscheinlich werden Sie es mir nicht glauben, aber ich bin ein sehr vorsichtiger Mensch«, sagte Gjata betrübt. »Ich kann mir vorstellen, dass Sie einen anderen Eindruck von mir haben, doch als ich damals an den betrügerischen Kaufmann geriet, überlegte ich mir seinen Vorschlag einige Tage lang und wollte ihm dann absagen, denn ich dachte, er verberge mir etwas. Genau darum hat er mir ja den furchtbaren Zaubergürtel umgelegt.«

»Ich würde Ihnen gern glauben«, sagte ich lächelnd, »aber Ihr jetziges Abenteuer überschreitet all meine Vorstellungen von menschlichem Leichtsinn, wenn Sie mir diese Bemerkung gestatten. Ich hoffe, Ihr neuer Bekannter hat Ihnen nicht auch einen Gürtel verpasst.«

»Aber nein! Nach den damaligen Ereignissen habe ich mir geschworen, nie mehr Geschenke von Fremden anzunehmen, und auch bei Bekannten bin ich auf der Hut. Inzwischen allerdings begreife ich selbst nicht mehr, was in mich gefahren ist, dort anzuheuern. Wissen Sie, eigentlich habe ich gar keine Arbeit gesucht. Ich verdiene beim Zoll recht gut, denn es gehört zu meinen Pflichten, die Verhafteten in Gefängnisse außerhalb der Stadt zu transportieren. Meine *Alte Jungfer* ist dafür sehr geeignet, denn sie bietet viel Platz und ist wendig. Ich habe so viele Aufträge, dass ich sogar Helfer einstellen musste, denen ich Verträge bis zum Jahresende gegeben habe. Wenn ich jetzt verschwinde, bringen sie mich sicher vor Gericht. Was habe ich nur getan!«

Kapitän Gjata stürzte seinen Dschubatinischen Säufer in einem Zug herunter und seufzte. Er sah aus wie jemand, der nach einem Alptraum in einem unbekannten Zimmer erwacht ist.

»Offenbar haben Sie sich nicht überlegt, ob Sie sich auf die Fahrt überhaupt einlassen wollen«, sagte ich. »Auch ich habe ja die Neigung, mich kopfüber in Abenteuer zu stürzen, aber ich fürchte, Sie haben mich um Längen geschlagen.«

»Gut, dass ich mich von Ihnen verabschiedet und Ihnen

bei dieser Gelegenheit meine neue Reise gebeichtet habe«, sagte der Kapitän nachdenklich, musterte sein leeres Glas und schüttelte den Kopf. »Welcher böse Geist hat mich da bloß geritten? Ich habe diesen Kapitän von einer großen Reise sprechen hören, war sofort kindlich entzückt und habe alles andere vergessen. Jetzt ist mir klar, dass ich notfalls sogar als Leichtmatrose bei ihm angeheuert hätte.«

»Was Sie nicht sagen!«, rief ich erstaunt. »Hat der Mann wirklich so ein Charisma?«

»Ein was?«, fragte der Mann aus Tascher und kniff die Augen zusammen.

»Ach, ich rede mitunter Blödsinn. Ich meine nur, dass von ihm eine Kraft auszugehen scheint, die einen in Bann schlägt.«

»Das stimmt«, sagte Kapitän Gjata und wischte sich den Schweiß vom Gesicht. »Sie glauben gar nicht, wie peinlich es mir plötzlich ist, mich auf diese Reise eingelassen zu haben. Am besten gehe ich nach Hause, schlafe mich aus und warte, bis die *Tobindona* den Hafen verlassen hat.«

»Die *Tobindona*? Ist das ein Frauenname?«

»Nein – eine exotische Pflanze heißt so.«

»Na schön, zu den Magistern mit dieser Pflanze und dem Schiff. Vielleicht sind Sie einfach an einen Menschen von ungewöhnlicher Überzeugungskraft geraten. Inzwischen haben Sie erkannt, dass Sie sich von ihm haben einwickeln lassen, und weil Sie Ihren Fehler eingesehen haben, wird alles gut. Aber ich muss mich davon überzeugen, dass Sie nicht Opfer eines bösen Geistes geworden sind, denn solche Geister aufzuspüren, ist meine Pflicht. Vielleicht sollte ich mich mit diesem eigenartigen Kapitän bekannt machen. Wann will er auslaufen?«

»Er hat uns befohlen, morgen bei Sonnenuntergang im Hafen zu sein, und ich glaube, eine Stunde später soll es losgehen.«

»Uns? Gibt es noch weitere neue Besatzungsmitglieder?«

»Natürlich. Viele Leute haben ihm zugehört, und alle haben beschlossen, mitzukommen.«

»Alle? Das klingt interessant. Wie haben Sie diesen Mann eigentlich kennen gelernt?«

»Im Hafenviertel gibt es einen kleinen Platz. Dorthin gehen die Seeleute, die anheuern wollen, und die Kapitäne, die Matrosen suchen. Auch alte Seebären, die mit jüngeren Kollegen plaudern möchten, treffen sich dort. Ich ging auf den Platz, um einen weiteren Helfer einzustellen. In letzter Zeit hatte ich viel zu tun und suchte eine erfahrene, vertrauenswürdige Person. Als ich sah, dass sich eine Traube von Matrosen um einen Mann versammelt hatte, wollte ich wissen, worum es da ging. Wie die Sache endete, wissen Sie«, sagte Kapitän Gjata und hob ratlos die Arme.

»Zerbrechen Sie sich darüber nicht weiter den Kopf«, sagte ich lächelnd. »Schlimm wäre es, wenn Sie erst jenseits der Insel Tjuto zur Besinnung gekommen wären. Wie heißt dieser begnadete Redner überhaupt?«

»Wenn ich das wüsste! Aber ich bin nicht einmal auf die Idee gekommen, ihn danach zu fragen.«

Kapitän Gjata staunte nicht mehr über seinen Leichtsinn, sondern zürnte allmählich mit sich.

»Gehen Sie schlafen«, riet ich ihm. »Ende gut, alles gut. Und wissen Sie was? Am besten, Sie setzen morgen keinen Fuß vor die Tür. Vielleicht war das wirklich ein böser

Geist, und wenn die *Tobindona* erst abgesegelt ist, können Sie machen, was Sie wollen. Wohin hat der Kapitän Sie eigentlich bestellt? Der Hafen ist schließlich ziemlich groß.«

»Ans Ende des rechten Hauptanlegers. Dort hat die *Tobindona* festgemacht.«

»Das finde ich bestimmt. Gute Nacht, Gjata. Und sollten Sie Ihre Pläne ändern, melden Sie sich bitte per Stummer Rede bei mir. Es gibt nichts Schlimmeres, als allein mit bösen Geistern zu ringen – das weiß ich aus Erfahrung.«

Der Kapitän verließ mein Büro, und ich versank in Gedanken. Zuerst schien mir, ich sollte die *Tobindona* sofort inspizieren, doch ich verwarf diesen Gedanken rasch, da ich fürchtete, mich im Hafen zu verlaufen. Mit Schiffen und der Seefahrt kenne ich mich nicht aus.

Für einen erfolgreichen Besuch im Hafen brauchte ich die Unterstützung von Kofa oder Melifaro. Vielleicht sollte ich das Ganze auch mit meinem Chef besprechen, der mich allerdings gebeten hatte, ihn bis zum Mittag nicht zu stören. Aber ich hatte ja Zeit bis zum Sonnenuntergang des nächsten Tages.

Ich ließ einen jungen Diener meinen Schreibtisch abräumen und staunte, wie schnell er das erledigte. Dann schob ich einen zweiten Stuhl heran, legte die Beine hoch und döste behaglich ein. Melifaros Lochimantel, den ich noch immer nicht gegen meinen Todesmantel gewechselt hatte, erwies sich trotz seiner schreienden Farbe als wunderbare Decke.

Als Sir Kofa mich weckte, war es noch dunkel.

»Wenn du schlafen willst, tu das in aller Ruhe zu Hause«,

brummte er. »Ich muss mir vieles durch den Kopf gehen lassen. Also verzieh dich.«

Natürlich blieb keine Zeit, ihm von Kapitän Gjata zu erzählen. Ich war so müde, dass ich nur mühsam einen Dank hervorbrachte. Dann schlich ich zur Fahrbereitschaft. Der Chauffeur staunte, denn schon lange hatte ich seine Dienste nicht mehr genutzt, doch in meiner Verfassung konnte ich mich unmöglich ans Steuer setzen.

Leider fuhr er mich an die falsche Adresse, setzte mich also nicht bei Techi, sondern vor meiner Wohnung ab, was mir allerdings erst auffiel, als er schon um die Ecke gebogen war.

Achselzuckend ergab ich mich in mein Schicksal und stolperte zum *Armstrong und Ella*, das zum Glück nicht weit entfernt lag – auch wenn ich im Gehen einzuschlafen drohte und mir der Weg eine Ewigkeit zu dauern schien.

Ich bin wirklich kindisch, dachte ich, als ich Techis Schlafzimmer betrat. Es ist doch egal, wo man schläft. Doch als ich mich in ihre warme Bettdecke wickelte, merkte ich den Unterschied.

Obwohl ich todmüde war, fand ich keinen Schlaf, sondern dachte die ganze Zeit an das Gespräch, das ich kürzlich mit ihr geführt hatte. Zu erfahren, dass sie Echo nicht verlassen darf, war keine angenehme Neuigkeit gewesen. Ich hatte seit längerem vor, Juffin um ein paar Sorgenfreie Tage zu bitten, damit wir nach Kettari reisen konnten. Ich wollte unbedingt mit ihr durch die Stadt gehen, ihr die vielen Brücken und Gärten zeigen und an dem Ufer flanieren, an dem es mir so gut gefallen hatte. Auch hoffte ich, mit ihr in die kleine Stadt in den Bergen zu fahren, die ich aus meinen Träumen kannte und die inzwischen Wirklichkeit geworden war. Wenn ich Machi Ainti – dem ehemaligen Sheriff von Kettari – glauben durfte, hatte ich diese Stadt sogar selbst erschaffen.

Bisher hatte ich gedacht, ich könnte Techi dorthin einladen. Vielleicht würde es mir aber stattdessen gelingen, meinen Traum von dieser Stadt mit ihr zu teilen. Etwas Ähnliches hatte ich immerhin schon mit Schurf erlebt, als wir den Kopf aufs gleiche Kissen gelegt hatten. Damals hatte Sir Juffin mit ein wenig Magie nachgeholfen, aber inzwischen hatte ich womöglich genug Großtaten vollbracht, um mir eine solche gemeinsame Traumreise ohne seine Hilfe zuzutrauen. Das wäre auch eine originelle Methode, meine Freundin auf einen Spaziergang einzuladen.

Ich bettete den Kopf auf ihr Kissen. Eine ihrer Silberlocken kitzelte mich, und ich schob sie beiseite. Gähnend schloss ich die Augen und schlief im Honigduft ihres Haars ein. Manchmal ist der Einstieg in ein Abenteuer erstaunlich leicht.

Ich träumte, einen Hügel zu ersteigen. Es war heiß, für meinen Geschmack zu heiß. Unter den Füßen knisterte sonnenverbranntes Gras, und das Gehen fiel mir schwer. Schon nach wenigen Schritten begann ich zu ahnen, dass der Hügel nicht annähernd so klein war, wie ich angenommen hatte. Trotzdem ging ich weiter, ohne zu wissen, warum.

Irgendwann erreichte ich die Anhöhe, wischte mir den Schweiß von der Stirn und blickte mich um. Ringsum erstreckte sich eine hügelige, seltsam abweisend wirkende Landschaft. Das Gras raschelte leise im heißen Wind. Nirgendwo waren Bäume, Büsche oder Wasserläufe zu entdecken. Ich stand inmitten eines erstarrten Ozeans aus Gras, und über mir wölbte sich ein erdrückend blauer Himmel.

»Hier gefällt es dir, was, Max?«, fragte eine freundliche Stimme hinter meinem Rücken.

Wenn ich nicht geträumt hätte, wäre ich schreiend davongelaufen, doch wenn mir solche Ereignisse im Schlaf widerfahren, bleibe ich erstaunlicherweise völlig gelassen. Ich drehte mich nicht mal um, denn ich wollte den Blick nicht von der herrlichen Landschaft wenden.

»Das weiß ich noch nicht, denn das ist nicht mein Traum«, sagte ich, ohne zu wissen, mit wem ich sprach.

»Natürlich ist das nicht dein Traum«, pflichtete mir mein unbekannter Gesprächspartner bei. »Und meiner auch nicht. Das ist nur die Fantasie einer dir wohlbekannten Träumerin, aber hier lässt es sich ganz gut leben. In letzter Zeit habe ich viel Zeit auf diesem Hügel verbracht und kann das sicher sagen. Warum drehst du dich nicht um? Ich bin nicht das schlimmste Wesen im Weltall – auch wenn Magister Nuflin Moni Mach das anders sehen mag.«

»Ich bitte um Verzeihung, aber ich bin hier ungemein träge«, sagte ich schuldbewusst. »Schon von Natur aus bin ich ziemlich faul, aber in diesem Fall bin ich nicht mal auf die Idee gekommen, mich umzudrehen.«

Während ich sprach, gelang es mir endlich, den Blick von der Landschaft loszureißen und mich meinem Gesprächspartner zuzuwenden.

Er saß auf einem flachen Stein, der in allen Honigfarben schillerte. Vielleicht handelte es sich wirklich um echten Bernstein. Der Mann war von schwer zu schätzender

Körpergröße und trug eine einfache weiße Hose und ein entsprechendes Hemd. Außerdem hatte er uguländische Schuhe aus rotem Leder an. Trotz seiner mageren, mit hervortretenden Adern gespickten Arme hatte er kräftig wirkende Hände. Irgendwie fand ich ihn lustig. Er war kein durchgestylter Strandurlauber, aber auch kein aufgeputzter Dandy. Sein Gesicht war hinter langen dünnen Haaren verborgen, aber all das spielte keine Rolle, denn ich wusste sofort, mit wem ich es zu tun hatte.

»Sie sind Sir Lojso Pondochwa!«, rief ich. »Der Große Magister des Ordens der Wasserkrähe. Können Sie mir vielleicht erklären, warum Ihr Orden so einen seltsamen Namen hat? Bisher konnte mir das niemand sagen, aber ich wusste, dass ich Sie irgendwann treffen und diese Frage mit Ihnen klären würde.«

»Wirklich? Warum warst du dir dessen so sicher?«, wollte der Unbekannte erstaunt wissen.

»Täglich erwähnt jemand aus meiner Umgebung Ihren Namen«, erklärte ich.

»Na und? Menschen erinnern sich an vieles.«

Zwar wollte ich ihm alles erklären, aber das war wirklich schwer. »Ich habe stets unangemessen reagiert, wenn Ihr Name gefallen ist«, begann ich. »Entweder habe ich wie verrückt gekichert, oder meine Laune hat sich gewaltig verschlechtert. Hätte ich nicht geahnt, Ihnen einmal zu begegnen, dann hätte nicht schon die Erwähnung Ihres Namens solche Reaktionen bei mir ausgelöst.«

Ich staunte nicht schlecht, wie gut es mir gelungen war, all das in Worte zu fassen.

»Wie interessant«, sagte Lojso Pondochwa. »Ich hatte noch nie eine Vorahnung. Deshalb kann ich kaum nachvollziehen, um was für ein Gefühl es sich da handeln mag.«

Endlich schob er seine Haare zur Seite und sah mich mit hellen Augen an. Sein Gesicht kam mir bekannt vor, und nach einigen Sekunden wusste ich, warum: Es war mein eigenes. Na ja, beinahe, denn Sir Lojso sah aus, wie ich in jungen Jahren gern ausgesehen hätte. Damals hatte ich geglaubt, eine kleine Nasenkorrektur, ein energischeres Kinn und eine etwas andere Augenfarbe könnten mir ein neues, viel aufregenderes Leben bescheren.

Diese Entdeckung schockierte mich, doch dann erinnerte ich mich an ein Gespräch mit Juffin. Erst vor kurzem hatte er mir ausführlich von diesem seltsamen Mann berichtet. Zunächst hatten wir uns über Techi unterhalten, denn laut Juffin waren alle Kinder von Lojso Pondochwa Spiegel, Wesen also, die sich ihrem Gesprächspartner chamäleongleich anpassten. Er hatte damals gesagt, wenn er Techi im Gespräch mit mir sehe, glaube er an Persönlichkeitsspaltung. Dann hatte er hinzugefügt, der beste Spiegel sei Lojso Pondochwa gewesen. Noch nie war ich mit meinem Chef so sehr einer Meinung wie heute.

Aber ich verschwieg Lojso, dass ich seinen Trick durchschaut hatte. Außerdem hatte ich keine Lust, ein Gespräch über sein und damit auch mein Gesicht zu führen, sondern wollte die Gelegenheit nutzen, ihm tausend seltsame Fragen zu stellen.

»Leben Sie tatsächlich noch, oder sind Sie gestorben und melden sich nun aus Ihrer persönlichen Hölle zurück?«, wollte ich wissen und setzte mich zu ihm ins Gras.

»Darauf lässt sich vieles antworten. Interessiert es dich wirklich?«

»Und wie! Ich habe nicht jeden Tag Gelegenheit, an Geheimwissen zu kommen. Außerdem kann ich so endlich klären, in welchem Traum ich gelandet bin.«

»Du bist ein erstaunlich leichtsinniges Wesen«, sagte Lojso lächelnd. »Ich kann mir vorstellen, was dir der Mann aus Kettari schon alles über mich erzählt hat. Oder habe ich zu wenig Fantasie, um mir das auszumalen? Und dennoch setzt du dich neben mich und beginnst ein ganz normales Gespräch. Ist das Kühnheit, oder hat sich in letzter Zeit in der Hauptstadt des Vereinigten Königreichs eine neue Art von Dummheit breitgemacht?«

»Eher Letzteres ... obwohl – was soll's? Von Ihnen geht keine Gefahr aus. Im Moment jedenfalls nicht.«

»Schau an! *Im Moment* spürst du keine Gefahr, aber dem lässt sich abhelfen.«

Ich musste lächeln, denn Lojso Pondochwa kopierte meine Sprachmelodie und meine Gesten – genau wie seine Tochter. Was das anging, hatte mein Chef wirklich Recht gehabt. In meiner Beziehung mit Techi war das nur ein interessantes Detail, aber der strenge Blick, mit dem ihr Vater seine Mimikry begleitete, ließ mir den Atem stocken.

Die Lage entspannte sich aus einem einfachen Grund: Es wurde mit jeder Minute heißer. Die Temperatur bestätigte meine Vermutung, dass Lojso nur einen kurzen Ausflug aus der Hölle gemacht hatte.

»Schön und gut, aber ich würde jetzt gern aufwachen«, sagte ich und wischte mir erneut den Schweiß vom Gesicht. »Mir ist nämlich heiß, und wenn ich länger hierbleiben soll, muss ich mir einen Ventilator oder wenigstens ein Eis aus der Ritze zwischen den Welten angeln.«

»Es ist allenfalls warm, aber du bist noch nicht lange

genug hier, um den Unterschied zu merken. Wenn du aufwachen willst, musst du einfach die Anhöhe verlassen. Es ist sehr leicht, Max, von mir wegzugehen«, sagte er sanft. »Ob du es glaubst oder nicht: Ich will mich ganz und gar nicht mit dir streiten. Du bist der Erste, der mich besucht, seit der schlaue Fuchs aus Kettari mich hierhergelockt hat.«

»Er hat mir erzählt, er habe Sie in eine verschwindende Welt gelockt, damit Sie mit dieser Welt vergehen. Offenbar ist das misslungen.«

»Wie du siehst, verschwindet niemand für immer aus Echo. Auch wir zwei befinden uns in einer vom Verschwinden bedrohten Welt, die aus den Jugendträumen einer Frau besteht – einer schrecklichen Ziege, unter uns gesagt. Im All gibt es viele Welten, die so entstanden sind. Sie existieren, solange ihre Schöpfer leben. Als mich Juffin hierherlockte, hatte sich diese Frau zu sterben entschlossen, und dazu war es auch höchste Zeit. Aber ich bin nicht mit dieser Welt verschwunden, denn Juffin hatte nicht damit gerechnet, dass ich Kraft genug hatte, das Sterben dieser Frau und ihrer Welt hinauszuzögern. Ich weiß zwar nicht, wie lange ich diesen Schwebezustand noch aufrechterhalten kann, aber ich werde sicher länger leben als jeder andere Mensch. Die Erben dieser Frau tun mir ein wenig leid, aber was kann ich dafür?«

»Ich hätte nie gedacht, dass ich Juffin mal erzählen würde, mit Ihnen gesprochen zu haben. Wissen Sie, Lojso, ich habe die Angewohnheit, meinem Chef alles zu berichten – das ist wie ein nervöser Tick.«

»Natürlich erzählst du ihm das alles«, sagte er lächelnd. »Immerhin habe ich dich nicht ohne Hintergedanken hergelockt. Ich habe mich hier ganz gut eingelebt und hatte auch viel Zeit dafür. Juffin hat dafür gesorgt, dass ich diese Welt nicht verlassen kann, und ich habe mich bemüht, dass niemand ohne meine Einladung hier erscheint. Erzähl ihm also, was du willst. Du kannst gern übertreiben. Dein Chef ist wirklich ein Sonderling. Weißt du, wie man ihn früher nannte?«

Ich sah ihn nur fragend an.

»Tschifa«, sagte er achselzuckend. »Natürlich weißt du nicht, was das bedeutet. Tschifas sind kleine Silberfüchse in den Bergen der Grafschaft Schimara. Sie sind sehr schlau, und es ist kaum möglich, sie zu fangen. Doch sie sind neugierig, und wer sich ihre Neugier zunutze macht, kann sie erwischen. Ihr Jäger muss etwas Außergewöhnliches beherrschen, Kopfstand zum Beispiel oder Jonglieren. Dann besteht die Chance, dass ein Tschifa seinen Bau verlässt ... Aber solche Tricks können nur sehr junge Tiere begeistern. Unter den Jägern von Schimara gab es viele gute Zauberer, die sich einiges einfallen ließen. Ich glaube also nicht, dass Juffin von deinen Neuigkeiten sehr beeindruckt sein wird. In der Tiefe seiner Seele hofft er ohnehin auf ein Zeichen von mir. Er will nur kurz seinen Bau verlassen, mich beobachten und wieder verschwinden. Auch mir gefällt diese Einstellung.«

»Mir auch«, sagte ich lächelnd. »Das interessiert mich sehr, aber das hiesige Klima bekommt mir nicht. Ich fürchte, ich werde Ihrem Rat folgen und die Anhöhe verlassen. Ich kann mir gut vorstellen, in welchem Zustand ich aufwachen werde.«

»Geh, geh, natürlich«, pflichtete er mir bei. »Wir sehen uns noch.«

»Ist das eine Einladung oder eine Warnung?«

Ich war innerlich gespalten, und nur meine Zähigkeit ließ mich aufstehen. Fast hätte ich Lojso Pondochwa gebeten, mich vom Hügel zu tragen. Er gefiel mir, und ich wollte mich von der besten Seite zeigen.

»Meine Worte kannst du so oder so verstehen«, sagte er. »Aber ich weiß schon, dass ich mich nicht sonderlich bemühen muss, dich wieder hierherzulocken. Du bist noch neugieriger als dein Mentor und außerdem ein junger Tschifa.«

»Wenn Sie es sagen«, antwortete ich. »Für unser nächstes Wiedersehen möchte ich Ihnen empfehlen, sich im Fundus meiner jugendlichen Träumereien ein besonders schrilles Bild meiner selbst auszusuchen. Wenn Sie in meinem Gedächtnis stöbern, werden Sie sicher fündig. Vielleicht werden Sie mir dadurch noch sympathischer.«

Allmählich wurde ich frech, aber das zeigte nur, wie schlecht es mir ging.

»Es lohnt nicht, in deinem Gedächtnis zu stöbern«, meinte Lojso Pondochwa. »Du liebst dich über alles auf der Welt.«

»Was bin ich nur für ein egoistischer Unmensch!«, rief ich theatralisch und machte den ersten Schritt bergab. »Aber ich kann ja nichts dafür, dass ich so ein hübsches Gesicht hatte.«

In meinem Kopf rauschte es, und ich torkelte wie ein Betrunkener. Dennoch ging ich weiter, bis ich umfiel und im trockenen Gras abwärtsrollte.

Erleichtert atmete ich endlich wieder normale Luft ein. Den Magistern sei Dank: Ich lag in Techis halbdunklem Schlafzimmer unter einer Decke. Meine Freundin atmete neben mir, und das war wunderbar.

Als ich aus dem Fenster sah, ging gerade die Sonne auf. Offenbar hatte ich nur eine Stunde geschlafen. Wer hätte das gedacht! Dann betrachtete ich meine Hände und stellte fest, dass sie voller Kratzer waren, die ich mir offenbar im Traum bei dem Versuch zugezogen hatte, nicht weiter durchs trockne Gras zu kugeln.

Was hatte ich denn erwartet? Dass es sich bei meinem Treffen mit Lojso Pondochwa um einen harmlosen Traum gehandelt hatte, den ich meinem Psychoanalytiker genüsslich auf der Couch erzählen konnte? Ich schob die lädierten Hände unter die Decke und legte den Kopf zurück auf mein Kissen. Nach dem kurzen, aber intensiven Ausflug in die persönliche Hölle des Großen Magisters Lojso Pondochwa fühlte ich mich so zerschlagen, als käme ich von einer anstrengenden Nachtschicht zurück.

Es gelang mir, erneut einzuschlafen. Diesmal hatte ich keine Träume, und das war auch besser. Bald aber weckte mich Techis sanfte Hand. Ich fühlte mich wunderbar erfrischt und hielt es für besser, ihr nichts von meinem Treffen mit ihrem unglaublichen Vater zu erzählen. Sie durfte auch nicht erfahren, dass ich ihr Kissen benutzt hatte, um in ihre Träume zu dringen. Sie musste ohnehin ihr Leben lang für ihren Vater büßen, und ich wollte ihr keine weiteren Probleme bereiten. Meine Geschichte war allein für Juffins Ohren bestimmt.

Aufmerksam blickte ich in Techis sanfte, etwas schläfrige Augen und lauschte auf meine zwei Herzen, die ganz gleichmäßig schlugen. Offenbar ahnte meine Freundin nicht, dass ich ihren Vater getroffen hatte.

Ich hielt mich an mein Versprechen, Juffin erst mittags zu wecken – egal, was passiert sein sollte.

Als ich mich per Stummer Rede bei ihm meldete, bestürmte ich ihn: »Ich muss dringend mit Ihnen zu Mittag essen, Sir.«

»Wirklich? Manchmal habe ich den Eindruck, du möchtest auf meine Kosten ein wenig sparen.«

»Nein, Sir, ich habe Ihnen einiges zu erzählen, und es ist wichtig.«

»Das habe ich mir schon gedacht – sonst hättest du dich sicher nicht mit Stummer Rede gequält. Ich bin seit ein paar Minuten im *Fressfass*. Komm dorthin.«

»Auch wenn es Ihnen merkwürdig vorkommt: Ich möchte Sie unter Ausschluss der Öffentlichkeit sprechen. Ich habe so große Neuigkeiten, dass wir uns am besten im Büro treffen.«

»Unsinn, Max. Glaub mir, wir können uns auch im *Fressfass* problemlos über die größten Geheimnisse unterhalten.«

»Ich muss gehen«, sagte ich zu Techi. »Und ich fürchte, der Tag wird anstrengend. Vielleicht siehst du mich in ein paar Stunden wieder, vielleicht aber kehre ich erst in einem Jahr mit langem Bart zurück.«

Ich zog eine Grimasse, denn mir war Kapitän Gjata eingefallen. Auch seine Geschichte musste ich verfolgen.

»Das geht nicht so schnell«, sagte Techi. »Wenn du dich mit einer Haarpracht schmücken willst, die dir bis zur Taille reicht, musst du sehr viel länger verschwinden. Aber so einen Rauschebart würde ich dir nicht empfehlen.«

»Das will ich auch hoffen!«

Nachdem der von einem Geist besessene Lonely-Lokley meinen Wagen zerstört hatte, war ich in einem A-Mobil-

Geschäft gewesen, um mir ein neues Gefährt zu kaufen. Dort hatte mich die Auswahl so begeistert, dass ich mehrere Modelle erstanden und sie an verschiedenen Orten von Echo geparkt hatte. So war es für mich nun kein Problem, rasch an einen eigenen Wagen zu kommen, obwohl ich mich am Vortag mit dem Dienst-A-Mobil nach Hause hatte bringen lassen.

Zwar hatte ich mich daran gewöhnt, ein mächtiger Zauberer zu sein, aber mein Reichtum überraschte mich noch immer.

Im *Fressfass* wartete Sir Juffin an unserem Lieblingstisch auf mich.

»Du bist schnell wie immer«, sagte er unbeeindruckt mit auf die vor ihm stehende Tasse gerichtetem Blick. Dann sah er auf und lächelte listig. »Anscheinend willst du mir etwas Unglaubliches mitteilen. Ist Lojso Pondochwa auferstanden?«

»Sie wissen es also?«, fragte ich baff.

»Eigentlich sollte das ein Witz sein«, meinte Sir Juffin achselzuckend. »Und ich hoffe, dabei bleibt es auch.«

Ich erzählte ihm alles von dem Moment an, da ich mich entschieden hatte, das Kissen mit Techi zu teilen. Und als Krönung präsentierte ich ihm die Kratzwunden an den Händen.

»Warum hast du das Gras überhaupt angefasst?«, fragte mein Chef. »Um Beweise für mich zu haben?«

»Für so klug halten Sie mich sicher nicht«, entgegnete ich. »Im Traum hätte ich fast einen Hitzschlag erlitten und habe unwillkürlich nach dem Gras gegriffen, um nicht immer schneller den Hügel hinabzurollen. Wenn Sie wüssten, was dort für Temperaturen herrschen!«

»Das weiß ich«, sagte Juffin ruhig. »Ich war schon dort. Aber eigentlich freue ich mich, dass es Lojso Pondochwa gutgeht, denn ohne ihn wäre die Welt sehr langweilig. Was hast du für einen Eindruck von ihm?«

»Er hat mir gefallen«, sagte ich nachdenklich. »Natürlich weiß ich, dass es den echten Lojso nicht gibt und er seinen Gesprächspartnern stets in der Gestalt erscheint, in der sie sich am liebsten sehen. Und Sie haben Recht: Er weiß sich hervorragend an die Wünsche seines Gegenübers anzupassen. Aber wie ist er wirklich? Hatten Sie stets nur mit einer Kopie Ihrer selbst zu tun, oder hat er Ihnen sein wahres Gesicht gezeigt?«

»Manchmal. Wir hatten viele gemeinsame Bekannte. Und auch Maba Kaloch war eng mit ihm befreundet. Lojso war launisch und oft aggressiv – nicht böse eigentlich, eben aggressiv. Wenn man mit dem echten Lojso zu tun hatte, wusste man nicht, ob er alles ringsum zu Kleinholz schlagen oder selbst explodieren würde. Er war oft charmant, konnte aber schnell unerträglich werden. Seine alten Freunde aus der Höheren Zauberschule erzählten mir, er sei zwar vergöttert worden, doch alle hätten Distanz zu ihm gehalten. Er war einfach eine zu starke Persönlichkeit, als dass sich andere in seiner Gegenwart wohlgefühlt hätten. Aber auch Lojso sehnte sich nicht nach Gesellschaft, sondern war der geborene Einzelgänger.«

»Sie sind anscheinend geradezu begeistert von Ihrem alten Feind«, sagte ich und lächelte vorsichtig.

»Irgendwie schon«, pflichtete mein Chef mir bei. »Ich mag seltsame Menschen, und Lojso Pondochwa war nicht nur ein exzentrischer Psychopath, sondern auch ein genialer Zauberer. Es heißt, er habe früher zaubern als laufen gelernt, und das glaube ich sogar. Zum Glück hatte ich einen ziemlichen Vorsprung, was das Erlernen der Reinen Magie anlangt. Übrigens haben wir uns den lustigsten Kampf in der Geschichte der Traurigen Zeit geliefert. Wir waren befreundete Magier, die sich nicht gegenseitig umbringen wollten, den Kampf aber beenden mussten und gleichermaßen neugierig darauf waren, wie er ausginge.«

»Warum haben Sie sich überhaupt diesen Titanenkampf mit Lojso geliefert?«, bohrte ich nach. »Schließlich haben Sie ihn gemocht – und er Sie.«

»Das war mein Auftrag und gehörte zu meinen Pflichten«, sagte Juffin achselzuckend. »Lojso hätte diese Welt vernichten können und hatte sogar schon erste Schritte dazu unternommen. Außerdem glaube ich nicht, dass wir je wahre Freunde geworden wären, denn das Schicksal hat uns stets gegensätzliche Rollen zugewiesen.«

»Verstehe«, sagte ich seufzend. »Aber was soll ich jetzt tun, Juffin? Wie soll es mit mir, Lojso, meinen Träumen und Techi weitergehen?«

»Selbst auf die Gefahr hin, dass du vom Stuhl fällst: Ich weiß es nicht. Auf alle Fälle solltest du ein eigenes Kissen benutzen. Anscheinend kann Lojso nur über seine Tochter mit dir kommunizieren, denn als sein letztes lebendes Kind ist sie sein Fenster in unsere Welt. Ich hatte von Anfang an den Eindruck, deine Beziehung zu Techi sei eine Falle, die Lojso dir gestellt hat.«

»Aber sie hat doch nicht die leiseste Ahnung von alldem«, wiederholte ich.

»Das ist ja das Problem. Würde sie die Lage durchschauen, würde ich mich viel sicherer fühlen. Techi ist sehr nett; eine bessere Frau findest du nicht. Und du hast dir umsonst Sorgen gemacht, Max: Ich verlange nicht, dass du sie verlässt. Aber leg deinen Kopf in Zukunft nicht mehr auf ihr Kissen.«

»Das wird mir schwer fallen, aber ich verspreche es«, sagte ich und spürte meine gute Laune zurückkehren.

»Vielleicht wird dir alles noch viel schwerer fallen als du glaubst«, sagte Juffin nachdenklich. »Du weißt ja nicht, was dein Körper tut, wenn du in die Träume anderer schlüpfst. Jedenfalls kannst du leicht wieder mit dem Kopf auf Techis Kissen geraten. Dafür reicht es ja schon, dich mit Schwung auf die Seite zu drehen.«

»Das passiert nur selten«, sagte ich betrübt. »Techi und ich schlafen zu verschiedenen Zeiten und meist in getrennten Betten. Die letzte Nacht war eine Ausnahme.«

»Warten wir's ab«, meinte Juffin skeptisch. »Jedenfalls bin ich überzeugt, dass die Bekanntschaft mit Lojso dir noch Probleme bereiten wird. Er ist mächtig genug, einen Weg zu finden, dich auch ohne den Umweg über seine Tochter zu erreichen. Und weil er es auf dich abgesehen hat, wird es auch keine Rolle spielen, auf welchem Kissen dein Kopf liegt. Lojso ist zwar gefährlich, aber du bist auch kein Waisenknabe. Und ich glaube, du bist gespannt darauf, dich mit ihm zu messen.«

»Sehr gespannt sogar«, sagte ich lächelnd. »So sehr, dass mir bei diesem Gedanken schwindelt. Lojso hatte Recht, als er vom kleinen Silberfuchs Tschifa erzählte. Ich glaube, wir zwei sind uns sehr ähnlich.«

»Aber du bist noch neugieriger als ich.«

»Ich habe noch nicht viel Erfahrung, und man kann mich mit einem einfachen Zaubertrick locken. Genau das macht der alte Lojso offenbar gerade.«

Wir schwiegen nachdenklich. Dann unterbrach ich die Stille. »Wissen Sie, Juffin, ich bin überzeugt, dass Lojso Pondochwa mir wenig anhaben kann. Sonst hätte sich eines meiner Herzen gemeldet. Sorge bereitet mir nur, dass ich ihn eines Tages besuchen und nicht mehr zurückkehren könnte.«

»Das Leben ist eine Reise ohne Rückfahrkarte«, sagte mein Chef brüsk. »Wer etwas anderes sagt, der lügt. Und damit soll es für heute genug sein mit Lojso Pondochwa. Behandle das, was heute Nacht geschehen ist, streng vertraulich. Niemand darf etwas davon erfahren, auch Techi nicht. Es betrifft zwar auch sie, doch sie könnte versuchen, dich künftig von ihrem Vater fernzuhalten.«

»Was könnte sie denn unternehmen?«

»Da gibt es Möglichkeiten genug. Sie hat ein gespaltenes Verhältnis zu ihm, und die Gefahr, dass sie sich einmischt, ist groß. Die Tochter von Lojso Pondochwa fühlt sich nicht wohl in ihrer Haut. Dabei kenne ich viele Menschen, die gern an ihrer Stelle wären.«

»Nur wenige fühlen sich wohl in ihrer Haut. Die Haut der anderen hat eine fast magische Anziehungskraft.«

»Du klopfst ja heute schlaue Sprüche! Ich mache mir Sorgen um dich«, sagte mein Chef und lächelte listig.

Ich war beruhigt, denn solange Juffin sich Spott erlaubte, drohte der Welt keine Katastrophe – was auch immer Lojso Pondochwa unternehmen mochte.

»Jetzt haben wir aber genug über meine Klugheit geredet! Gestern Nacht ist noch etwas Seltsames geschehen«, sagte ich und wollte meinem Chef die Geschichte von Kapitän Gjata erzählen, doch er schüttelte energisch den Kopf. »Damit kannst du zu Kofa gehen.«

»Woher wissen Sie, was ich Ihnen habe berichten wollen?«, fragte ich erstaunt.

»Ich habe keine Ahnung, worum es geht, doch mein Herz sagt mir, dass Kofa der ideale Ansprechpartner ist. Dachtest du etwa, nur dein Herz könne kluge Ratschläge erteilen?«

»Schon gut. Dann kann ich Ihnen beim Essen aber leider keine Gesellschaft leisten. Wer bei Kofa etwas erreichen will, muss Speis und Trank mit ihm teilen.«

»Willst du etwa behaupten, du könntest keine zwei Essen nacheinander verputzen?«, fragte mein Chef lächelnd. »Was hat dieser Lojso bloß heute Nacht mit dir angestellt?«

Ich kicherte und meldete mich per Stummer Rede bei Kofa: »Ich sterbe vor Hunger. Außerdem habe ich ein Geheimnis, das nur für deine Ohren bestimmt ist.«

»Denk dir, auch ich habe eine interessante Neuigkeit. Ich weiß nur noch nicht, ob sie eher für dich oder für Melifaro geeignet ist. Wo treibst du dich rum?«

»Ich sitze im *Fressfass* und betrachte den leergegessenen Teller von Juffin«, antwortete ich.

»Gut, lass auch noch Melifaro kommen, und bestellt euch was. Ich bin gleich da«, sagte Kofa.

Kaum hatte ich die Stumme Rede beendet, stand mein Chef auf. »Gut, Max, bis bald. Ich nehme an, du bleibst hier, um dich mit deinen Kollegen zu treffen.«

»Vielen Dank, dass Sie mich hinsichtlich Lojso Pondochwa beruhigt haben.«

»Das war doch selbstverständlich«, sagte Juffin, winkte mir vom Ausgang her zu und verschwand.

Nach kaum einer Minute öffnete sich die Tür zum *Fressfass*, und Melifaro kam herein. Diesmal trug er einen nagelneuen, grellroten Lochimantel. Fast wäre ich ohnmächtig geworden, doch mein Kollege fühlte sich in seiner Neuanschaffung offenbar sehr wohl.

»Habe ich Juffin verjagt?«, fragte er. »Das wäre ganz was Neues. Ist etwas Wichtiges passiert? Dann muss ich doppelt so viel essen, denn vielleicht komme ich lange nicht mehr dazu.«

»Wenn Kofa uns seine Neuigkeiten erzählt, sage ich auch etwas dazu. Du solltest sicherheitshalber eine ordentliche Portion bestellen.«

»Ein großartiger Rat! Was würde ich ohne dich nur tun?«

»Ohne mich würdest du nur Dummheiten anstellen, aber das weißt du ja«, sagte ich und lieferte ihm damit beiläufig die Pointe, auf die er es abgesehen hatte.

Melifaro nickte nur und musterte mich. Ich merkte, dass er bester Laune war.

»Bei dir läuft's gut, was?«, fragte ich neugierig.

»Ich kann nicht klagen«, gab Melifaro zurück und widmete sich dann ausschließlich dem Essen.

Schau dir diesen Schönling an, sagte ich mir. Und mach dir klar, dass auch dein Gesicht, wenn du frisch verliebt bist, diesen idiotischen, überglücklichen Ausdruck hat. Vielleicht sieht es sogar noch schlimmer aus, denn du neigst zu Übertreibungen, Max.

»Was gibt's da zu glotzen?«, fragte Melifaro.

»Ach, nichts Besonderes, mein Freund. Ich mache mir nur Gedanken über mich. Du kommst zwar auch darin vor, aber ganz am Rande.«

»Jedem Tierchen sein Pläsierchen. Betrogene Ehemänner können sich solche Späße erlauben.«

»Bin ich so schnell zum Hahnrei geworden?«

»Was noch nicht ist, kann sehr bald werden«, erklärte Melifaro nachdrücklich. »Nach deinem gestrigen Auftritt kann es jeden Moment so weit sein. Die drei Mädchen wirkten nach deiner Freiheitsrede so erleichtert, dass ich nur Mitleid mit dir haben kann«, sagte er und wandte sich zur Tür. »Ah, da kommt ja unser Meister des Verhörs! Hallo, Kofa.«

»Hallo«, gab Kofa Joch zurück und setzte sich zu uns. »Heute ist gar kein schlechter Tag für mich, muss ich sagen. Warum esst ihr nicht?«

»Wir waren zu beschäftigt«, sagte Melifaro. »Wir haben uns über Frauen unterhalten.«

»Zu diesem interessanten Thema kann ich leider nichts beitragen, doch es gibt noch andere spannende Dinge, zum Beispiel die Arbeit. Max, sind deine Neuigkeiten für mich wirklich so wichtig?«

»Das weiß ich noch nicht. Fang du am besten an.«

Kofa ließ den Blick über den üppig gedeckten Tisch wandern, kniff die Augen zu und lehnte sich zurück. »Seit wir uns mit Kekki ausführlich über den Koffer von Ande Pu unterhalten haben, muss ich ständig an dieses Gepäckstück denken. In solchen Fällen tragen meine Beine mich unbewusst dorthin, wo ich Genaueres darüber erfahren kann. Das ist eines meiner nützlichsten Talente. Als ich noch bei der Polizei gearbeitet habe, habe ich diese Fähigkeit jeden Tag unter Beweis gestellt. Doch auch heute kann ich mich nicht beklagen, denn in Echo gibt es viele Wirtshäuser, und ich gerate immer in das richtige. Was wäre ein Mann in meiner Funktion ohne dieses Talent schon wert?«

»Donnerwetter!«, bemerkte ich und pfiff durch die Zähne. »Deine Arbeit hab ich mir ganz anders vorgestellt.«

»Daher diese Erklärung. Außerdem wollte ich dir zeigen, dass meine Neuigkeiten etwas mit deiner Koffergeschichte zu tun haben dürften.«

Kofa machte eine Pause, denn er bekam das bestellte Essen gebracht. Nachdem er sein Gericht gemustert hatte, fuhr er fort: »Gestern Abend habe ich deine drei Frauen nach Hause gefahren. Danach bin ich noch spazieren gegangen und habe mir weiter über die Geschichte mit dem Koffer den Kopf zerbrochen. Meine Beine taten ihren Dienst, und ich landete im Wirtshaus *Trunkener Regen*.«

»Dort ist es sehr nett«, mischte sich unser Experte Melifaro ein.

»Schöne Freunde seid ihr! Da kennt ihr seit Jahren ein nettes Lokal und sagt mir kein Sterbenswörtchen davon«, beklagte ich mich.

»Da kommst du schon noch hin. Aber jetzt unterbrich mich nicht weiter«, sagte Sir Kofa mit ungeduldiger Handbewegung. »Im *Trunkenen Regen* war es ziemlich leer. Es herrschten also ideale Bedingungen, um einen alten Bekannten anzusprechen – Secha Modorok nämlich, der einst beim Orden der Grünen Monde beschäftigt war.«

»Für diesen Orden haben auch Vater und Großvater meines lieben Freundes Ande Pu gearbeitet, und zwar als Köche – nachdem sie die Piraterie an den Nagel gehängt und sich in Echo angesiedelt hatten«, stellte ich fest. »Beide starben, als die Armee von König Gurig VII. die Residenz des Ordens in Flammen aufgehen ließ.«

»Nur Ordensmitglieder, die sich nicht in der Residenz aufhielten, überlebten den Brand«, berichtete Kofa. »Einige davon – durchweg jüngere Magister – verließen das Vereinigte Königreich sofort und in großer Eile. Die übrigen Überlebenden – Dienstpersonal des Ordens – blieben erstaunlicherweise unbehelligt. Zu ihnen gehörte Secha Modorok. Schon in der Traurigen Zeit war er ein Dieb, und auch nach Verabschiedung des Chrember-Gesetzbuchs konnte er nicht von seinen Fischzügen lassen. In den ersten Jahren der neuen Epoche gab es auffällig viele Diebstähle, bei denen Unerlaubte Magie zum Einsatz kam. Das gefiel der Stadtpolizei natürlich gar nicht, denn am Anfang seiner dortigen Karriere war General Bubuta Boch noch unbedarfter als heute und hatte keine so ausgezeichneten Helfer wie Hauptmann Apur Blaki oder den verstorbenen Schichola. Mein Gespräch mit Secha lief so wunderbar, dass ich beschloss, den netten jungen Mann zu überlisten. Er ist übrigens wirklich nett – ihr solltet mal seine ratlosen blauen Augen und seine Stupsnase sehen. Seit seiner Jugend hat er sich kaum verändert. Selbst als er wegen zweifachen Mordes ins Cholomi-Gefängnis eingeliefert wurde, sah er noch aus wie die Unschuld selbst.«

»Wurde er kürzlich aus dem Gefängnis entlassen?«, wollte Melifaro wissen. »Wann hast du ihn erwischt?«

»Im 26. Jahr des Chrember-Gesetzbuchs. Erst vor wenigen Monaten wurde er entlassen. Ich muss gestehen, dass ich ihn ganz vergessen hatte, aber im Wirtshaus habe ich ihn sofort erkannt. Er hat noch immer dieses schüchterne Lächeln, als wolle er nach der Uhrzeit fragen. Ich dachte gleich daran, dass Secha die Verwandten deines Freundes Ande Pu kennengelernt haben mochte, als er mit ihnen vor vielen Jahren für den Orden des Grünen Mondes arbeitete. Sofort war mir klar, dass Secha etwas mit dem Diebstahl zu tun haben könnte. Er hatte mich beim Eintreten nicht erkannt, denn natürlich hatte ich mein Aussehen geändert. Als ich aber an seinen Tisch trat, zeigte ich ihm mein wahres Gesicht. Secha schrak zusammen, doch ich blieb freundlich. Wenn du einen nicht gerade klugen Menschen zum Reden bringen willst, brauchst du ihm nur zu verstehen zu geben, er sei nicht der Beschuldigte, sondern bloß ein Zeuge. Dann wird er sich vor Erleichterung sicher schnell verplappern. Das ist eines meiner Berufsgeheimnisse – und soeben habe ich es euch kostenlos verraten.«

»Herzlichen Glückwunsch zum Jubiläum, Kofa«, bemerkte Melifaro lächelnd. »Dieses Berufsgeheimnis habe ich von dir nun zum 666. Mal erfahren.«

»Vielleicht solltest du meine Ratschläge nicht zählen, sondern befolgen.«

»Schön und gut, aber woher soll ich die beschränkten Menschen nehmen, auf die dein Ratschlag immer wieder zielt? Ich habe leider fast ausschließlich mit hochintelligenten Verbrechern zu tun.«

»Lass mich trotzdem weitererzählen«, sagte Melifaro und seufzte tief. »Ich habe Secha auf seinen alten Bekannten Soma Pu angesprochen. Er hat nur das Gesicht verzogen und getan, als könne er sich nicht an ihn erinnern. Das war ein Fehler, denn die Küche ist in jedem Orden der behaglichste Ort, und es ist ausgesprochen unglaubwürdig zu behaupten, man könne sich nicht an den Namen des Kochs erinnern. Dann sagte ich Secha, dieser Koch habe ein furchtbares Geheimnis. Natürlich hatte ich nicht vor, ihn direkt auf den Koffer anzusprechen. Also bat ich ihn, mir über den Orden alles, woran er sich erinnern könne, zu erzählen. Ich versprach ihm sogar eine kleine Belohnung, natürlich rein hypothetisch. Prompt wusste Secha, worauf ich hinauswollte. Er erzählte mir viele Einzelheiten aus seiner Jugend und war so gut gelaunt, dass er uns Drachenfeuer bestellte, die Spezialität des Lokals. Plötzlich merkte ich, dass er sich in einen ungemein ramponierten Lochimantel gewickelt hatte. Das entsprach nicht dem Bild, das ich von ihm hatte, denn er stammte nicht nur aus recht wohlhabendem Hause, sondern seine Eltern hatten ihm auch jeden Diebstahl verziehen und ihn immer wieder in die Familie aufgenommen. Als ich ihn aber nach seiner finanziellen Lage fragen wollte, erklärte er plötzlich, er sitze im Durchzug, stand auf und ging zur Tür. Dann geschah etwas Unfassbares.«

»Ist dir etwa der Appetit vergangen?«, fragte Melifaro atemlos.

»Schlimmer noch – mir ist die Person abhandengekommen, die ich den ganzen Tag beobachtet hatte! Und das in einem geschlossenen Raum! Fragt sich nur, wie. Mein Magieanzeiger jedenfalls hat nicht ausgeschlagen.«

»Hat der Verdächtige etwa die Dunkle Tür genommen«, fragte ich interessiert.

»Eben nicht. Das hätte ich sofort bemerkt.«

»Moment mal«, sagte Melifaro. »Ich hab hier etwas nicht verstanden. Willst du ernstlich behaupten, Secha Modorok sei vor deinen Augen verschwunden?«

»Nicht ganz, denn für einen Moment hatte ich ihn nicht beobachten können. Das klingt sicher etwas seltsam, aber ein paar Sekunden lang war ich abgelenkt. Danach konnte ich mich wieder auf den Tisch konzentrieren, an dem der

Mann eben noch gesessen hatte, und musste feststellen, dass er nun nicht mehr im Lokal war. Ich bin sofort auf die Straße gelaufen, aber er war nirgendwo zu sehen.«

»Soll ich mir deine Geschichte zu Ende anhören oder mich gleich auf die Suche nach dieser seltsamen Gestalt machen?«, fragte Melifaro kühl.

»Du brauchst ihn nicht zu suchen«, sagte Kofa seufzend. »Und gleich wirst du verstehen, warum. So was ist mir wirklich noch nie passiert. Ich war wütend auf mich, schwor mir aber, das Vereinigte Königreich so lange zu durchkämmen, bis ich den Mann gefunden hätte. Ich kehrte an meinen Tisch zurück, um mich auf die Suche nach Secha zu konzentrieren. Aber auch das half mir nicht. Also versuchte ich daran zu denken, welches Unheil er schon angerichtet hatte, und nach wenigen Minuten trugen meine Füße mich auf das Linke Ufer, genauer gesagt zur Villa des alten Sir Tschafa Ranwara. Ich war überzeugt, Secha habe etwas mit diesem Haus zu tun. Da es schon spät war und ich weder den Hausbesitzer noch seine Diener stören wollte, meldete ich mich per Stummer Rede bei Kekki, die mir erzählte, dort sei vor vier Tagen ein Diebstahl geschehen. Verschwunden waren Geld und einige seltsame Gegenstände, erstaunlicherweise aus einem Zimmer, das mit einem Spezialschloss gesichert war, dessen Schlüssel allein der Hausherr besaß. Es gab auch keine Einbruchsspuren, und obwohl sehr viel Personal im Haus beschäftigt war, hatte keiner etwas bemerkt. Ich fragte Kekki, ob in letzter Zeit etwas Ähnliches vorgekommen sei, und siehe da: Kürzlich ist etwas Geld aus dem Kronschatz verschwunden.«

»Nicht schlecht«, meinte Melifaro und pfiff durch die

Zähne. »Warum weiß der Kleine Geheime Suchtrupp nichts davon?«

»Die Summe war zu klein, als dass die Stadtpolizei sich an uns hätte wenden müssen. Na schön, nachdem ich das alles erfahren hatte, ging ich zu Lady Modorok, der Mutter von Lady Techi, um ihr alles zu erzählen und sie zu fragen, ob sie womöglich wisse, wo sich ihr Sprössling herumtreibe. Aber das war vergebliche Liebesmüh. Unter uns gesagt: Manchmal werden Nachkommen den Eltern zum Verhängnis. Das einzig Interessante bei dem Besuch war, dass ich in Sechas Schlafzimmer auf eine kleine Tür stieß, hinter der sich Sachen befanden, die er Tschafa Ranwara gestohlen hatte. Dort lag auch das aus dem Kronschatz gestohlene Geld. Ich befahl den Polizisten, es dem Eigentümer zurückzubringen, und blieb im Hause Modorok, um auf Secha zu warten. Offenbar liebte er die Hauptstadt und seine Mutter über alles und hielt sich obendrein für jemanden, der nicht zu fangen war. Er war dumm genug zu glauben, er könne seinen Verfolgern immer wieder ein Schnippchen schlagen. Ich wartete einige Stunden im Sessel auf ihn, schlief dann aber ein. Plötzlich wachte ich auf und trat mit dem sicheren Gefühl, Secha sehr bald zu erwischen, auf die Straße. Ich ging zum Haus an der Brücke, stieg in mein A-Mobil und fuhr los. Plötzlich hörte ich einen Schrei, den ich nie vergessen werde. Ich sprang aus dem Wagen und sah Secha Modorok auf der Straße liegen. Er war tot. Eine magische Kraft musste ihn und mein A-Mobil zusammengeführt haben. Dann ließ ich Sir Skalduar van Dufunbuch kommen, um die Todesursache feststellen zu lassen. Ich begriff, dass der arme Secha allein nicht die Kraft gehabt hätte, all diese Diebstähle zu begehen.

Während Skalduar den Toten untersuchte, nahm ich mir seine Kleidung vor – und seht mal, was für einen Schatz ich gefunden habe«, sagte Kofa, zog einen verschlissenen Lochimantel hervor und legte ihn sich um, doch nichts geschah.

»Gut, Jungs, hier am Tisch funktioniert der Trick nicht, aber ich werde jetzt tun, als wollte ich gehen, und ihr schaut mir dabei zu.«

Das taten wir gern. Ich beobachtete seinen Rücken, merkte aber plötzlich, dass mir etwas ins Auge geraten war, und konnte mich nicht mehr auf Kofa konzentrieren.

»Max, ich glaube, ich spinne. Wo ist er? Siehst du ihn?«, fragte Melifaro verwirrt.

»Nein, ich sehe ihn auch nicht.«

Es stellte sich heraus, dass Kofa die ganze Zeit neben unserem Tisch stehen geblieben war.

»So einen Schatz hab ich gefunden«, rief er begeistert. »Er ist genau das, was ich für meine Arbeit dringend brauche, und viel bequemer, als ständig das Gesicht zu verändern. Gegenstände wie diesen nennt man Einfache Zauberdinge, wie ich vom klugen Vogel Kurusch erfahren habe. Dieser Mantel wurde weit von Uguland entfernt als Talisman hergestellt, doch erst in unserer Hauptstadt entfaltet er seine Wirkung. Wenn man ihn sich umlegt, wird man unsichtbar, und alle Magieanzeiger schweigen – ein famoses Kleidungsstück ist das.«

»Stimmt«, meinte Melifaro und befühlte das verschossene Gewebe. »Die Bettler am Hafen dürften dich darum beneiden.«

»Gut, Jungs, nun müssen wir nur noch den Koffer finden. Und denkt daran: Laut Zeugenaussagen haben ihn zwei Männer gestohlen.«

»Jetzt könnt ihr euch vielleicht auch meine Geschichte anhören«, begann ich schüchtern. »Sie ist jedenfalls kürzer.«

Ich erzählte von meinem seltsamen Gespräch mit Kapitän Gjata und hatte das Gefühl, es liege schon Monate zurück. Offenbar war mein Zeitgefühl durcheinandergeraten.

»Max, ich kann es nicht fassen – du bist wirklich ein Glückspilz!«, rief Sir Kofa zu meiner größten Überraschung. »Ich war heute Vormittag nicht faul und habe mein Wissen hinsichtlich der magischen Praktiken am Ukumbrischen Meer vertieft. Übrigens«, fuhr Sir Kofa fort und wandte sich an Melifaro, »wird mich dein Vater bestimmt verfluchen, denn ich habe ihn heute Morgen dreimal per Stummer Rede belästigt.«

»Aber nein«, sagte der Sohn des großen Enzyklopädisten strahlend. »Mein Vater plaudert gern – am liebsten über Themen, bei denen er sein profundes Wissen ausbreiten kann.«

»Das verstehe ich gut«, sagte Sir Kofa. »Aber zurück zu den Ukumbrischen Piraten. Als Talismane schätzt man dort vor allem Dinge, die ihrem Besitzer besondere Überzeugungskraft verleihen. Oft passiert es, dass diese Gegenstände erst in Echo ihre eigentümliche Kraft entfalten.«

»Willst du damit sagen, mein geheimnisvoller Kapitän habe so einen Talisman besessen?«, fragte Melifaro finster.

»Lasst uns zum Hafen gehen«, schlug ich vor. »Wir müssen uns die *Tobindona* anschauen – je schneller, desto besser!«

Melifaro sprang sofort auf.

»Wartet noch kurz«, sagte Sir Kofa. »Wir sollten vorher noch etwas klären. Offenbar sehen wir den zweiten Dieb nicht, der auch so einen Lochimantel besitzt. Übrigens ist dieses Kleidungsstück der beste Schutz gegen die flammenden Reden, die der Kapitän im Hafen schwingt.«

Ich musste an ein Abenteuer des Odysseus denken. Um den süßen Gesang der Sirenen zwar zu hören, ihm aber nicht zu verfallen, ließ der griechische Held sich an den Mast seines Schiffes fesseln und befahl seinen Männern, sich die Ohren mit Wachs zu verstopfen und die Meerenge, an der die Sirenen arglose Schiffer mit ihrem Gesang betörten, zu durchrudern; so bewahrte er sich und seine Leute vor dem Untergang, konnte zugleich aber dem verführerischen Gesang der Sirenen lauschen.

»Ich hab's«, rief ich. »Sir Kofa geht zum Hafen und hört sich die Reden des Kapitäns mit verstopften Ohren an, und wir zwei wickeln uns in den Mantel, der uns nicht nur unsichtbar, sondern auch immun gegen seine verführerischen Worte macht.«

»Vielleicht gelingt es dem Kapitän, uns trotz Talisman und Unsichtbarkeit zu verführen«, sagte Melifaro. »Mein Vater würde sich bestimmt freuen, wenn unser braves Familienleben etwas durcheinandergeriete. Aber jetzt lass uns aufbrechen. Die Zeit ist knapp.«

Auf der Fahrt zum Hafen versuchte Sir Kofa, sich aus allen erdenklichen Materialien Ohrenstöpsel zu basteln.

»Schrecklich«, rief er. »Egal, was ich mir in die Ohren stopfe – ich bekomme einfach alles mit.«

»Am besten nimmst du Wachs«, riet ich ihm. »Gibt es hier irgendwo einen Laden, der Kerzen verkauft?«

Ich hielt mich an die klassische Methode. Was gut für Odysseus gewesen war, konnte für Sir Kofa nicht schlecht sein.

»Woher weißt du das alles eigentlich?«, fragte Melifaro erstaunt.

»Ich bin einfach nur sehr klug«, meinte ich bescheiden.

»Um die Ecke ist ein Geschäft, in dem man alle möglichen Haushaltswaren kaufen kann, auch Kerzen«, sagte Kofa.

Ich hielt in der nächsten Seitenstraße, und er stieg aus. Nach wenigen Minuten kam er in bester Laune zurück.

»Das kann doch nicht wahr sein!«, rief Melifaro. »Max hat ausnahmsweise Recht gehabt.«

»Ich weiß nicht, wovon ihr redet. Ich höre euch nicht«, schrie Kofa wie ein Schwerhöriger.

Zu meiner großen Freude hatte sich meine Belesenheit einmal mehr als vorteilhaft erwiesen.

Der Hafen von Echo war für mich nach wie vor ein Labyrinth, in dem sich nur zurechtfand, wer schon lange darin arbeitete. Darüber hinaus wussten sich auch Orientierungsgenies wie Sir Kofa sicher darin zu bewegen. Kofa aber stieg aus, kaum dass wir das Hafengelände erreicht hatten, warf sich den alten Piratenmantel um die Schultern und wurde unsichtbar, so dass ich seine Gegenwart nur erahnen konnte. Doch zum Glück kannte sich auch Melifaro sehr gut im Hafen aus, und ich beobachtete neidisch, wie sicher er sich durch die Straßen bewegte.

»Wo soll dieses Schiff liegen?«, fragte er mich.

»Am Ende des rechten Anlegers.«

»Warum hast du das nicht früher gesagt? Wir hätten mit dem A-Mobil viel näher heranfahren können. Kofa, du hättest auch mal was sagen können – schließlich kennt Max sich im Hafen nicht aus.«

Bei diesen Worten sah er zum Himmel, als würde er beten.

»Melifaro, jetzt reicht's mir aber. Wir brauchen nur fünf Minuten zu gehen. Bist du wirklich so faul?«, meldete sich Sir Kofa von links.

»Du hörst ja doch etwas!«, rief ich erstaunt, bekam aber keine Antwort.

»Er hat einfach gesehen, wie aufgebracht ich bin«, meinte Melifaro.

Die nächsten Minuten gingen wir zwischen Stapeln von Kisten und mit Teer verschmierten Taurollen hindurch. Ringsum waren verschwitzte, breitschultrige Hafenarbeiter zu sehen. Melifaro amüsierte sich über meine erschrockene Miene und sprang anmutig über die vielen Bretter, die im Weg lagen.

»Keine Angst, Max. Wir sind fast da. Dort vorn liegt die *Tobindona*«, sagte er generös und wies mit dem Kopf auf das Schiff vor uns.

»Wie schön!«, rief ich.

»So ein Unsinn, Max. Für dich ist offenbar jedes Schiff schön, das sich über Wasser hält«, pflaumte mich Melifaro an. »Das ist ein ganz normaler Seelenverkäufer, von denen viel zu viele über die Meere fahren.«

»Du bist einfach ein Snob!«

»Ich bin kein Snob, sondern Spezialist. Wenn du einen Verwandten wie Sir Antschifa hättest, wärst du das auch.«

»Ich kann mir schon vorstellen, dass dein kleiner Piratenbruder dich mitunter auf sein Schiff eingeladen und kurz ans Steuer gelassen hat, aber das ist sicher über hundert Jahre her. Inzwischen lässt er solche Experimente nicht mehr zu, denn du bedeutest längst eine viel zu große Gefahr für sein Schiff.«

»Du bist wirklich ein Hellseher. Der Zwischenfall, der uns entzweit hat, liegt allerdings erst achtzig Jahre zurück. Seitdem darf ich seine *Philo* nicht mehr betreten.«

»Dein Bruder ist offenbar ein kluger Mensch«, stellte ich fest. »Wir sind da. Und nun? Hast du dir schon was überlegt?«

»Natürlich. Wir gehen an Bord und verhalten uns dort, wie es die Lage erfordert«, sagte Melifaro mit einem Lächeln.

Mit einer anderen Antwort hatte ich bei meinem Kollegen nicht gerechnet.

Ohne eine Einladung abzuwarten, betraten wir das Schiff, einen wunderschönen Zweimaster – auch wenn Melifaro das anders sehen mochte.

»Hallo, Herr Kapitän«, rief er. »Kommen Sie bitte zu uns, egal, wo Sie sind. Wir müssen miteinander reden.«

»Sie brauchen nicht so zu schreien, Sir. Hier bin ich.«

Wir erblickten einen großen, aber gebeugten Mann. Er trug einen dünnen schwarzen Ledermantel und ein Piratentuch und sah ganz und gar nicht wie ein Seemann aus, sondern so, als habe Paganini sich in den Hafen verirrt.

»Ich heiße Kao Anloch«, sagte der nicht eben bildhübsche Kapitän höflich, »und stehe zu Ihren Diensten. Sie brauchen sich mir nicht vorzustellen, denn ich ziehe es vor, die Leute, mit denen ich zu tun habe, nicht namentlich zu kennen.«

Ich hätte am liebsten losgekichert, denn dieser Seemann trat auf wie ein hinterwäldlerischer Gelehrter. Auch Melifaro war offenbar hingerissen, ließ sich das aber nicht anmerken.

»Wir sind vom Kleinen Geheimen Suchtrupp der Stadt Echo, Herr Anloch. Wissen Sie bereits, worum es geht, oder benötigen Sie noch eine Erklärung?«

»Natürlich weiß ich Bescheid«, sagte er strahlend. »Sie kommen sicher wegen des Koffers zu mir, der dem alten Sochma Pu gehörte. Bestimmt hat mein leichtsinniger Freund Secha Modorok ein paar Tricks angewandt und ist dabei aufgeflogen. Aber das ist sein Problem. Was den Koffer anlangt, haben Secha und ich nur genommen, was uns zustand.«

»Interessant«, sagte Melifaro und wiegte skeptisch den Kopf. »Soll das heißen, der Inhalt des Koffers gehört Ihnen?«

»Genau das soll es heißen. Der ursprüngliche Besitzer Sochma Pu und ich waren gute Freunde. Deshalb wollte er mir ein paar Sachen schenken. Wissen Sie, als Secha und ich dem Orden der Grünen Monde beitraten, mussten wir – wie es die Ordensregeln verlangten – ein paar Jahre lang niedere Arbeiten verrichten. Wir landeten in der Küche und lernten dort den alten Sochma kennen, der auch nur Helfer seines Sohnes war. Sochma hatte kurz zuvor all seine Ersparnisse verloren und musste auf seine alten Tage wieder arbeiten gehen – und zwar in der Küche, die sein Sohn leitete. Er war mit seiner Lage nicht gerade zufrieden und sprach kaum mit seinem Sprössling Tschorko, umso lieber aber mit uns. Er war zunächst sehr reserviert, doch wir befreundeten uns schnell. Er hat uns viel von seinen Piratenabenteuern und seinem reiselustigen Vorleben erzählt. Zur selben Zeit entschied sich mein Freund Secha aus romantischen Gründen, die Diebeslaufbahn einzuschlagen. Ich dagegen war so von den Reiseberichten des Kochs begeistert, dass mich eher die Seemannskarriere reizte, und ich versuchte mich mehrmals, aber stets erfolglos auf See. Doch jetzt ist endlich die stolze *Tobindona* in mein Leben getreten.«

»Schön und gut, aber Sie wollten uns doch etwas über den Koffer erzählen«, drängte Melifaro.

»Ach ja, natürlich. Sochma hat uns seine alten Talismane versprochen, die sich in einem Koffer im Keller seines Hauses in der Straße der Spitzdächer befanden. Er hat uns sehr viel davon erzählt. Ich hatte den Eindruck, dass es ihm vor allem darum ging, mit seinen Geschichten seinen Sohn zu ärgern, aber Sir Tschorko war es ohnehin egal, was sein Vater mit dem alten Krempel machen wollte. Wie auch immer – Secha und ich hielten die Talismane schon für unser Eigentum. Im Jahre 3183 der Ordensepoche sagte Sochma, er wolle uns am letzten Tag des Jahres ein Geschenk machen. Wie ungeduldig harrten wir diesem Tag entgegen! Wir dachten, die Talismane würden unser Leben ändern. Das wäre auch so gekommen, wenn die Residenz des Ordens der Grünen Monde am Jahresende nicht bereits verbrannt gewesen wäre, was fast alle Mitglieder und Mitarbeiter des Ordens das Leben gekostet hatte. Secha und ich überlebten nur durch einen Zufall: Am Vorabend des Angriffs auf die Residenz waren wir auf dem Markt Lebensmittel einkaufen und versackten danach im Wirtshaus, denn damals konnten wir uns kaum frei bewegen. Als wir zurückkehrten, war die Residenz nur noch ein rauchender Trümmerhaufen. Dann führte das Leben Secha und mich auseinander. Erst vor einem Monat habe ich ihn zufällig im *Trunkenen Regen* sitzen sehen. Wir haben uns gleich erkannt, uns prächtig unterhalten und rasch gemerkt, dass wir nichts zu prahlen hatten, aber meine Lage war immerhin besser als seine, denn ich hatte nicht im Gefängnis gesessen. Da kann man schon zufrieden mit sich sein, stimmt's?«

Ich nickte energisch. Wo er Recht hat, hat er Recht, dachte ich. Überhaupt gefiel mir der etwas chaotische Kao Anloch immer besser. Langsam begriff ich, warum Kapitän Gjata beschlossen hatte, seine Verpflichtungen fahren zu lassen und mit ihm bis ans Ende der Welt zu reisen. Die Augen des Schiffseigentümers glänzten wie die eines begeisterten Kindes. Er hatte allerdings viele Talismane, um seinen Charme zu verstärken, und das durfte ich nicht vergessen. Aber als er weiterredete, spielten all diese Einfachen Zauberdinge für mich keine große Rolle.

»Secha und ich haben die ganze Nacht im *Trunkenen Regen* verbracht. Wir haben uns natürlich auch über den alten Sochma Pu und die gemeinsame Arbeit in der Ordensküche unterhalten. Das war die schönste Zeit unseres Lebens, denn wir waren jung und glaubten, uns erwarte eine fantastische Zukunft. Wie sich zeigte, hatten wir uns getäuscht. Zwar geht es vielen Menschen so, aber das ist kein Trost.«

Der Kapitän seufzte tief und wirkte sehr betrübt, riss sich dann aber zusammen. »Natürlich haben wir uns über die geheimnisvollen Talismane der Piraten unterhalten, die uns der alte Koch versprochen hatte. Es mag seltsam klingen, doch wir beschlossen, sie uns endlich zu besorgen. Wer weiß, was aus unserem Leben geworden wäre, wenn wir sie schon früher bekommen hätten. Auch diesmal machten wir uns keine großen Hoffnungen und waren so gut wie sicher, der Koffer sei nicht mehr da. Trotzdem wollten wir danach suchen, denn Probieren geht über Studieren. Am nächsten Tag nahmen Secha und ich die Dunkle Tür, wie wir das beim Orden gelernt hatten. Ich kann Ihnen kaum beschreiben, wie erstaunt ich war, den Koffer im Keller zu entdecken. Seine dicke Staubschicht zeigte uns sofort, dass sich seit Jahren niemand für das gute Stück interessiert hatte. Also ließen wir ihn mitgehen, verschwanden durch die Dunkle Tür und landeten wieder in Sechas Zimmer. Dort nahm sich jeder den Talisman, den er seit Jahren für sein Eigentum gehalten hatte. Erst danach wurde uns klar, dass das Schicksal uns nur wieder zusammengeführt hatte, um den Koffer zu holen. Als wir ihn hatten, verloren wir das Interesse aneinander, und unsere Wege trennten sich erneut.«

»Und was haben Sie nach der Trennung von Secha gemacht?«, fragte Melifaro.

»Ich ging zu meinem Chef, kündigte und marschierte in den *Alten Dorn*, um sechs Teller Rekreationssuppe zu verdrücken. Den armen Tschemparkaroke hätte fast der Schlag getroffen, so erstaunt war er über meinen Appetit. Am nächsten Tag erwachte ich als neuer Mensch und war mutig genug, in den Hafen zu gehen und die *Tobindona* zu chartern. Nun musste ich mir nur noch eine Mannschaft suchen und war erstaunt, wie viele Leute sich für eine Reise um die Welt interessieren. Zum Glück hat mich keiner nach seiner Heuer gefragt, denn die Charterkosten haben all meine Ersparnisse verschlungen. Ich habe viel zu viele Matrosen angeheuert, doch ich wollte keinen enttäuschen. Heute Abend muss ich aber wohl die schlechte Nachricht verkünden, nicht alle mitnehmen zu können, und die Männer würfeln oder Streichhölzer ziehen lassen. Wissen Sie, meine Herren, manchmal glaube ich, der Talisman des alten Sochma Pu hilft mir tatsächlich. Seit ich ihn habe, läuft bei mir alles besser.«

»Sind Sie also nicht überzeugt, *all* Ihre Erfolge dem Talisman zu schulden?«, fragte ich verblüfft.

»Na ja, als ich jung war, habe ich mir von Sochmas Koffer alles Mögliche versprochen, doch heute sind meine Erwartungen so gering, dass ich den Talisman vor allem aus Sentimentalität an mich genommen habe. Inzwischen aber bin ich sicher, dass die Piraten aus Ukumbrien und die Familie Pu sich wirklich auskennen, was Magie angeht.«

»Haben Sie Ihren Talisman dabei?«, fragte Melifaro.

»Natürlich. Hier oben«, sagte Kao Anloch und zeigte auf sein Piratentuch.

»Nehmen Sie es bitte ab«, sagte Melifaro sanft. »Wir müssen es uns ansehen.«

»Gern«, sagte der Kapitän und tat, wie ihm geheißen. »Bekomme ich es zurück? Es mag dumm klingen, aber ich fürchte, ohne diesen Talisman mein frisch gewonnenes Selbstbewusstsein zu verlieren, und heute Abend laufen wir aus. Aber vielleicht wird aus der Reise nichts, weil Sie mich wegen Diebstahls verhaften. Schließlich habe ich keinen Beweis dafür, dass Sochma Pu uns den Koffer versprochen hat.«

»Warten Sie's ab«, sagte Melifaro und wedelte mit dem Piratentuch, um Kofa, der unser Gespräch nicht verfolgen konnte, auf das gute Stück aufmerksam zu machen.

»Ich hab schon verstanden«, flüsterte Sir Kofa hinter meinem Rücken.

Er trat zu uns und zog dabei rasch den Mantel aus, der ihn unsichtbar gemacht hatte. Dann nahm er die Wachsstöpsel aus den Ohren.

»Kannst du mir das Piratentuch geben? Ich würde es mir gern ansehen«, sagte er zu Melifaro.

»Oh, Sie habe ich gar nicht bemerkt«, rief Kao Anloch erstaunt. »Wann sind Sie an Bord gekommen?«

»Gerade eben«, erklärte Kofa kurz und bündig. Er nahm das Tuch, hielt es an seine Pfeife, in die ein Magieanzeiger montiert war, und nickte zufrieden. »Ich glaube, wir sollten miteinander eine Tasse Kamra trinken, Herr Kapitän. Wir müssen alles gründlich besprechen, denn ich weiß wirklich nicht, was ich mit Ihnen machen soll.«

»Vielleicht muss man gar nichts mit mir machen«, sagte Kao Anloch. »Schließlich habe ich niemandem schaden, sondern nur eine Weltreise machen wollen. Vielleicht wäre es mir dabei sogar gelungen, die *Enzyklopädie* von Sir Manga Melifaro um einen neunten Band zu bereichern.«

»Der neunte Band ist schon geschrieben und steht vor Ihnen«, rief ich und wies auf Melifaro, der höflich nickte.

»Mein Vater dürfte sich darüber freuen, wie sehr die Früchte seiner Kopfarbeit andere beschäftigen.«

»Sind Sie wirklich der Sohn von Sir Manga?«

»Ja, ich bin sein Jüngster«, sagte Melifaro.

Der Kapitän dachte nicht mehr an die drohende Verhaftung, sondern sah ihn verzückt an, als sei mein Kollege ein Popstar, den er um ein Autogramm bitten wollte.

»Wenn Sie uns nicht sofort zu einer Tasse Kamra einladen, verhafte ich Sie«, sagte Sir Kofa lächelnd. »Das ist Ihre einzige Chance, uns zu bestechen, Kapitän.«

»Verzeihung«, sagte Kao Anloch errötend. »Einen Sohn des großen Sir Manga kennen zu lernen, hat mich ganz durcheinandergebracht.«

Er führte uns in seine Kajüte, die einem Mädchenzimmer glich, und wir nahmen am Tisch Platz. Der Kapitän brummte eine Entschuldigung und verschwand, um Kamra zu kochen.

»Was machen wir mit diesem Mann?«, fragte Kofa.

»Auf keinen Fall verhaften wir ihn«, antwortete Melifaro. »Mein Vater würde es mir nie verzeihen, wenn ich einen seiner größten Verehrer festnehme, der zudem eine Weltreise plant.«

»Ich halte es auch für richtig, Sir Kao auf freiem Fuß zu lassen. Wenn einer der beiden am Diebstahl Beteiligten schon eine harte Strafe bekommen hat, muss man beim zweiten Dieb nicht mehr so streng sein. Arithmetisch gesehen verbüßen beide dann eine mittelschwere Strafe.«

»Kao Anloch wirkt auf euch offenbar sehr überzeugend«, sagte Kofa lächelnd. »Das liegt an seinem Talisman.«

»Du bist aber auch sehr angetan von ihm«, entgegnete ich. »Das sehe ich dir doch an. Warum hat uns dieser sympathische Kapitän bloß nicht gebeten, die Sache einfach zu vergessen und wieder ins Haus an der Brücke zurückzukehren? Das wäre eigentlich auch eine faire Lösung gewesen.«

»Sicher«, sagte Melifaro nickend. »Er hat nicht mal versucht, uns von seiner Unschuld zu überzeugen. Und es war sehr schwer für mich, ihm Fragen zu stellen. Dieser Mann hat wirklich einen enormen Charme.«

»Er weiß offenbar nicht, was ihm da in die Hände gefallen ist«, sagte Kofa. »Das ist mir auch schon klar.«

»Ja«, pflichtete ihm Melifaro bei. »Er hat das Kopftuch nur als Talisman mitgenommen und beginnt erst zu ahnen, wie nützlich es wirklich für ihn ist.«

»Der arme Mann glaubt tatsächlich, es wäre ihm auch ohne sein Kopftuch gelungen, all diese Seeleute anzuheuern, ohne dass sie nach der Heuer fragen«, meinte ich. »Nun nimmt er an, ganz Echo sei voller Menschen, die von einer Reise um die Welt träumen. Soll man über so viel Naivität weinen oder lachen?«

»Zu weinen wäre sicher unangemessen«, bemerkte Kofa.

»Ich glaube, ich habe eine gute Kamra für Sie gekocht«, meinte Kao Anloch leise und stellte Krug und Tassen auf den Tisch.

»Die riecht wirklich verheißungsvoll«, sagte Kofa mit fachmännischer Miene. Auf diesem Gebiet war er ein Kenner.

Eine Zeit lang tranken wir schweigend. Ich war sogar so frech, mir eine Zigarette anzuzünden. Allem Anschein nach war der Kapitän ein genauso zerstreuter Mensch wie Lukfi Penz. Ich hatte Lust, ihm die Zigarette unter die Nase zu halten und auf seine Reaktion zu warten.

»Gut, Kapitän, ich habe meine Entscheidung getroffen«, sagte Sir Kofa schließlich. »Einerseits haben Sie Glück, denn weder ich noch meine Kollegen wollen Sie verhaften, obwohl Sie es sicher verdient hätten. Ich weiß zwar nicht, was Sochma Pu Ihnen vor langer Zeit alles versprochen hat, aber das ist kein Grund, in den Keller seiner Familie einzubrechen und einen Koffer mitgehen zu lassen – so unnütz er gewesen sein mag. Wo ist der Koffer eigentlich?«

»Verstehe«, sagte Kao Anloch traurig. »Meine Worte haben Sie nicht überzeugt. Aber ich habe keine anderen Beweise, denn Secha war der Meinung, wir sollten alles vernichten, um keine Spuren zu hinterlassen. Und ich dachte, er habe Recht – immerhin ist er ein Profi.«

»Ach so«, sagte Kofa lächelnd.

»Unser Kapitän ist eine ehrliche Haut«, meinte Melifaro. »Heute Abend hat er noch kein einziges Mal gelogen. Ich hatte selten mit einem so aufrichtigen Menschen zu tun. Haben Sie vielleicht noch etwas Stärkeres, Kapitän? Sie haben mich heute ziemlich durcheinandergebracht, und ich muss unbedingt etwas trinken.«

»Tut mir leid, aber ich habe nichts anderes da«, sagte der Kapitän verlegen. »Ich habe nicht daran gedacht, dass man auf See etwas Stärkeres braucht.«

»Skandal!«, rief Melifaro theatralisch. »Wie wollen Sie in nüchternem Zustand eine Reise um die Welt bewerkstelligen? Ihre Mannschaft jedenfalls wird das sicher nicht begreifen.«

Der Kapitän seufzte schuldbewusst und blickte verlegen zu Boden.

»Wie auch immer – ich möchte Ihnen nochmals versichern, dass ich Sie nicht verhaften werde«, meldete sich Sir Kofa wieder zu Wort. »Aber ich habe eine Nachricht, die Sie traurig stimmen dürfte: Ich muss Ihren Talisman einbehalten«, sagte er und wedelte einmal mehr mit dem Piratentuch herum. »Und zwar nicht, weil es im Kleinen Geheimen Suchtrupp Leute gäbe, die Ihnen Ihr Glück nicht gönnen, sondern weil es sich bei diesem Tuch um ein Exemplar von solch magischer Kraft handelt, dass kein Bewohner des Vereinigten Königreichs es zu Hause aufbewahren dürfte – nicht einmal der Erbe von Sochma Pu.«

»Verstehe«, sagte der Kapitän, und seine Stimme zitterte. »Es wird keine Reise um die Welt geben. Wie sollte sie mir auch bei meinem schon sprichwörtlichen Unglück gelingen?«

»Sie wissen gar nicht, welches Glück Sie haben, dass wir Ihnen das Tuch wegnehmen«, sagte Kofa. »Den Menschen, die bei Ihnen anheuern wollen, geht es nicht um romantische Abenteuer – sie können sich nur nicht der magischen Kraft Ihres Talismans entziehen. Aber wenn Sie Echo verlassen, verliert er an Kraft, und irgendwann befinden Sie sich inmitten zorniger Seebären, die nicht umsonst für Sie arbeiten wollen.«

»Aber der alte Sochma hat doch gesagt, das Piratentuch helfe nur, als angenehmer und interessanter Gesprächspartner zu erscheinen«, wandte Kao Anloch ein und schüttelte ratlos den Kopf.

»Auch Sochma hat offenbar nicht gewusst, welchen Einfluss es in Echo tatsächlich hat. Sonst hätte er das Tuch sicher getragen – auch wenn es ganz und gar nicht zur Mode unserer Hauptstadt passt. Aber Ihr Schulkamerad Secha Modorok wusste, welche Wirkung die Einfachen Zauberdinge hier haben.«

»Meine langjährige Arbeit in der Behörde, die sich des Kummers der Welt angenommen hat, hat mir sicher geschadet«, sagte Kao Anloch zerknirscht. »Als mittlerer Beamter teilte ich fraglos die allgemeine Ansicht, man könne Ausländern kein besonderes Wissen und keine Zauberkünste zutrauen. Mir fiel zwar auf, wie vorsichtig Secha mit den Talismanen umging, doch ich hielt das für ein Zeichen von Aberglauben. Ich hätte nicht gedacht, der Talisman einer unwichtigen Person – und einen alten Ordenskoch kann man wohl als unwichtig bezeichnen – könne einem Glück bringen, doch nun sehe ich ein, dass das ein Irrtum war.«

»Mittlere Beamte sind eben in jeder Behörde gleich«, brummte Kofa. »Nun ja, Herr Kapitän – Ende gut, alles gut. Wollen Sie noch einen nützlichen Rat von mir? Kaufen Sie etwas Stärkeres für all die Seeleute, die Sie heute Abend erwarten, und erklären Sie ihnen ehrlich, was mit Ihnen los war. Manche werden Sie auslachen, andere beschimpfen, aber keiner wird nachtragend sein, denn Matrosen sind ein sympathisches Völkchen.«

»Sie müssen viele hochprozentige Getränke kaufen«, ergänzte Melifaro, »denn Matrosen sind auch enorm trinkfest.«

»Natürlich, das mach ich.«

»Und sagen Sie am Ende Ihrer Erklärung unbedingt noch etwas über das berauschende Abenteuer, zu dem Sie aufbrechen wollen. Vielleicht führt das dazu, dass einige Ihrer Gäste sich bereitfinden, auch ohne Heuer an Bord zu gehen.« Ich wusste nicht, was mich zu dieser Äußerung gebracht hatte, konnte sie aber ohnehin nicht ungeschehen machen. Meine Kollegen sahen mich erstaunt an, schwiegen aber.

»Vielen Dank für Ihren Rat, doch ich fürchte, er wird nichts helfen«, sagte Kao Anloch betrübt. »Mit dem Kopftuch von Sochma hätte ich eine Mannschaft zusammenbekommen, aber ohne dieses Tuch bin ich aufgeschmissen.

Das Glück hat mich schon bei viel einfacheren Dingen verlassen.«

»Also gut, dann habe ich noch etwas für Sie«, sagte ich und zog einen kleinen Dolch aus der Tasche. Ich hatte ihn nur wegen des Magieanzeigers dabei, war nun aber froh, ihn endlich seiner eigentlichen Bestimmung gemäß verwenden zu können, schnitt aus meinem Todesmantel großzügig ein Dreieck heraus und überreichte dem Kapitän den schwarzgoldenen Fetzen.

»Nehmen Sie das«, sagte ich. »In dieser Welt glauben viele, ich sei ein riesiger Glückspilz. Da kann ich Ihnen doch ein wenig von meinem Glück abgeben, finden Sie nicht?«

Ohne zu überlegen, griff Kao Anloch nach dem Stoff und besah ihn sich verdutzt. Auch meine Kollegen wirkten erstaunt.

»Wie ich sehe, ist Sir Max zu den besten Traditionen der Ordensepoche zurückgekehrt«, unterbrach Sir Kofa endlich die Stille. »Früher waren nur Große Magister edel genug, ihr Glück mit anderen zu teilen, und zwar längst nicht alle. Kapitän, Sie haben heute wirklich Glück. Binden Sie sich dieses Stück Stoff wie ein Piratentuch auf den Kopf. Wer weiß, vielleicht ersetzt ein Talisman den anderen. Gut – wir haben alles pflichtgemäß erledigt und gehen jetzt, Herrschaften.«

»Mir kommen gleich die Tränen. Ich überschwemme dieses Schiff mit meinen Zähren und bringe es zum Sinken, ehe es das Meer Ukli erreicht«, sagte Melifaro und stand auf.

Wir verabschiedeten uns von Kao Anloch, der baff in seiner Kajüte sitzen blieb. Beim Rausgehen sah ich, dass er wirklich versuchte, sich den Fetzen Stoff wie ein Piratentuch um den Kopf zu binden. Das stand ihm ausnehmend gut.

»Es ist unfair von dir, dein kostbares Glück mit Fremden zu teilen«, maulte Melifaro, während wir über die Gangway an Land gingen. »Ich würde auch gern so einen kostbaren Fetzen aus deinem Lochimantel bekommen.«

»Was könntest du damit schon anfangen?«, fragte Kofa erstaunt.

»Ich hätte ihn einfach nur gern«, entgegnete Melifaro. »Ich bin nun mal gierig – wie alle Bauernkinder.«

»Wollt ihr wissen, warum ich Kao Anloch ein Stück meines Mantels überlassen habe?«, fragte ich.

Meine Kollegen nickten interessiert.

»Damit ich nach Hause fahren und mich umziehen muss, denn mit diesem Loch kann ich unmöglich rumlaufen. Und das ist ein guter Vorwand, um ein, zwei Stunden im *Armstrong und Ella* zu verbringen.«

»Was bist du nur für ein kluger Kopf! Es ist wirklich zum Verrücktwerden!«, rief Melifaro.

»Bist du neidisch?«, fragte ich stolz und wäre fast über ein Brett gestolpert. »Wann kommen wir eigentlich aus diesem Chaos hier raus?«

»Das ist kein Chaos, sondern der Hafen der Hauptstadt des Vereinigten Königreichs«, erklärte Kofa mit patriotischer Inbrunst. »Offenbar warst du noch nie im Hafen der freien Stadt Gažin. Übrigens haben wir es schon geschafft. Da vorn steht dein A-Mobil.«

»Begleitet mich doch bitte noch in Techis Wirtshaus«, schlug ich vor.

»Herzlich gern, denn die Kamra deiner Freundin ist ein

schlagender Beweis deines unfassbaren Glücks«, erklärte Kofa.

»Ich schätze eure Gesellschaft sehr, möchte aber trotzdem lieber ins Haus an der Brücke. Wer weiß, was dort seit meiner Abwesenheit so alles passiert ist«, sagte Melifaro.

»Bist du dir wirklich sicher, dass es dich dorthin und nicht in meine Residenz zieht?«, fragte ich unschuldig.

»Du verflixter Hellseher – irgendwann muss es mir doch gelingen, dich in einen gehörnten Ehemann zu verwandeln.«

»Deine Verführungsversuche zu vereiteln, bereitet mir ein diebisches Vergnügen. Aber ich habe einen besseren Vorschlag für dich. Komm mit uns, trink ein wenig Kamra, nimm eines meiner vielen A-Mobile, die in der Nähe des Wirtshauses stehen, und fahr damit, wohin du willst.«

Ich parkte vor dem *Armstrong und Ella*. Die Tür quietschte wieder im Wind. Offenbar hatte Techi die Handwerker noch immer nicht gerufen. In dieser Hinsicht waren wir uns ähnlich – auch ich würde ein Jahr dafür brauchen.

»Du hast behauptet, du hättest rings um das Lokal jede Menge A-Mobile stehen, doch ich habe nur zwei gesehen«, sagte Melifaro. »Wo soll ich eins davon später abstellen?«

»Am Haus an der Brücke steht schon eins, aber ich brauche einen Wagen in der Nähe meiner Residenz. Meine vielen A-Mobile sollten gleichmäßig über die Stadt verteilt sein.«

Techi begrüßte Kofa und mich mit freudigem Lächeln. »Ich hab euch schon erwartet und sogar Kamra gekocht«, begann sie. »So eine gute Nase hab ich selten gehabt.«

»Das liegt in der Familie. Die Intuition war auch der Schwachpunkt deines großartigen Vaters«, sagte ich und biss mir auf die Zunge, da ich mich in eine gefährliche Richtung bewegte. »Irgendwer hat mir davon erzählt«, fügte ich hinzu.

»Offenbar gibt es in Echo viele Geschichtsfreunde, die die Biografie meines Vaters auswendig kennen«, rief Techi verärgert. »Schade, dass er davon nie erfahren wird. Nachruhm ist eigentlich etwas Ungerechtes, findet ihr nicht?«

»Natürlich«, sagte Kofa nickend. »Man kämpft und rackert sich ab, und wenn man stirbt, streichen andere die Früchte der Arbeit ein. Was ich schon immer von dir wissen wollte, Techi: Hat dir dein Vater beigebracht, wie man Kamra kocht? Bei dir schmeckt sie nämlich verdächtig gut.«

»Ich das ein Verhör?«, fragte sie lächelnd. »Befasst sich der Kleine Geheime Suchtrupp nun auch mit mir? Was redest du da nur, Kofa? Kannst du dir Lojso Pondochwa etwa inmitten von Kochtöpfen vorstellen?«

»Warum nicht? Ich kann mir jeden in der Küche vorstellen – sogar deinen Freund Max. Nun ja, bei ihm erlaubt meine Vorstellungskraft zugegebenermaßen nur den Gedanken, dass er sich eine Dosensuppe aus dem Schrank nimmt und sie aufwärmt. Beim Schneiden von Gemüse oder beim Kochen von Kartoffeln kann ich ihn mir jedenfalls nicht denken.«

Wir plauderten noch eine halbe Stunde, bis ein Dienst-A-Mobil vor dem *Armstrong und Ella* hielt. Kofa stand auf. »Ich fahre jetzt zu Sir Juffin und berichte ihm, wie die Sache mit den Einfachen Zauberdingen ausgegangen ist.

Du, Max, brauchst dich nicht zu beeilen, denn du wirst erst in zwei Stunden im Büro erwartet.«

»In drei Stunden«, berichtigte ich ihn.

»Umso besser. Dann hast du mehr Zeit, dich umzuziehen. So jedenfalls hast du es vorhin formuliert.«

»Wie hat Kofa das denn gemeint?«, fragte mich Techi, nachdem mein Kollege das Lokal verlassen hatte.

»Ich glaube, er hatte etwas höchst Unanständiges im Sinn«, meinte ich lächelnd. »Was kann ein Mann in Gegenwart einer so schönen Freundin, wie du es bist, schon wollen?«

»Etwas zu essen?«

»Deine Intuition hat sich trotz ihrer familiär bedingten Schwäche prächtig entwickelt«, meinte ich kichernd.

Ich kam rechtzeitig ins Büro. Nur Sir Juffin schien sich im Haus an der Brücke aufzuhalten.

»Wo ist dein Hund?«, fragte er mich.

»Drupi weigert sich, mit mir zum Dienst zu kommen, denn er wird nicht dafür bezahlt. Und ich kann diesen königlichen Hund unmöglich dazu zwingen, sich hier aufzuhalten.«

»Das stimmt«, pflichtete Juffin mir bei. »Na schön, setz dich in meinen Sessel und mach, was du willst. Ich gehe mir mal wieder ein paar DVDs ansehen. Du bist hoffentlich nicht eifersüchtig auf mich?«

»Keine Sorge. Außerdem habe ich für heute Abend eine andere Unterhaltung geplant.«

»Willst du Lojso Pondochwa mal wieder im Traum begegnen?«

»Aber nein. Ich will ein paar Stunden meinen Arbeitsplatz verlassen und dem *Gehörnten Mond* einen Besuch abstatten.«

»Bist du etwa auch ein Verehrer der Poesie?«, fragte Sir Juffin. »Bei Lonely-Lokley kann ich das ja noch verstehen. Schließlich hat er eine stürmische Jugend hinter sich und einen Haufen leerer Aquarien, viele tote Magister und ein paar eiskalte Händchen auf dem Gewissen. Ihm würde ich noch ganz andere Sachen zutrauen, aber dir?«

»Ich will nur sehen, ob die Dichter meinen Kollegen nicht vielleicht beleidigen«, stellte ich klar.

»Wenn sie es wagten, Sir Schurf zu nahe zu treten, würde das in einem Getümmel enden, das ein gefundenes Fressen für unseren großen Schlachtenmaler Galsa Ilana wäre. Leider ist er schon vor fünfzig Jahren gestorben.«

Juffins Bemerkung ließ mich an sein Porträt Bubuta Bochs denken, in dessen Hintergrund eine furchtbare Schlacht tobte.

Mein Chef verließ das Büro, denn die nächste DVD wartete schon und duldete keinen Aufschub. Ich machte es mir in seinem Sessel bequem und studierte in aller Ruhe die Zeitungen der letzten Tage, denn ein bleischweres Gefühl von Langeweile war jetzt genau das Richtige, um meinem Leben den besonderen Kick zu geben.

Drei Stunden vor Mitternacht meldete sich Ande Pu endlich bei mir. Ich sagte Kurusch, er müsse eine Zeit lang die Stellung halten, tauschte den Todesmantel gegen einen dunkelvioletten Umhang, den ich extra mitgebracht hatte, und verließ das Haus an der Brücke.

Ande Pu trippelte aufgeregt vor meinem A-Mobil herum.

»Nett, dass du mich nicht vergessen hast«, sagte ich und setzte mich ans Steuer. »Zeig mir bitte den Weg.«

»Da gibt es nichts zu zeigen«, meinte Ande achselzuckend. »Das Wirtshaus liegt am Platz der Theater und Amüsierlokale.«

»Das ist ja nur einen Katzensprung von meiner Residenz entfernt! Seltsam, dass ich nie etwas von diesem Lokal gehört habe.«

»Der *Gehörnte Mond* liegt etwas versteckt. Man muss sich in der Gegend gut auskennen«, sagte Ande so gravitätisch, als sei er ein Großer Magister der Altertumskunde und würde mich gerade in ein bedeutendes Geheimnis einweihen.

»Übrigens haben wir die Diebe überführt, die den Koffer deines Großvaters gestohlen haben.«

Ich fand, Ande habe ein Recht darauf, alle Einzelheiten des Falls zu erfahren. Schließlich war er Eigentümer all der Einfachen Zauberdinge, die in dem Koffer gewesen waren – auch wenn die Behörden des Vereinigten Königreichs diese Schätze inzwischen in Gewahrsam genommen hatten. Ich musste mich kurz fassen, denn die Fahrt zum Platz der Theater und Amüsierlokale dauerte selbst im Feierabendverkehr, der mich langsam zu fahren zwang, höchstens zehn Minuten.

»Tut mir wirklich leid, Ande, aber wir dürfen dir diese Sachen nicht zurückgeben«, schloss ich meinen Bericht mit schuldbewusster Stimme. »Es ist streng verboten, so starke Talismane zu besitzen, und du hast sicher kein Interesse an Unannehmlichkeiten. In einigen Tagen bekommst du eine Entschädigung für den Inhalt des Koffers, die gewiss großzügig ausfällt.«

»Gut«, sagte Ande. »Was hätte ich mit den Talismanen schon anfangen können? Vielleicht reicht die Entschädigung ja, um eine Fahrkarte nach Tascher zu ergattern.«

»Du kannst diese Stadt im Süden einfach nicht vergessen, was? Dort wirst du dich bestimmt langweilen und dich bald nach Echo zurücksehnen.«

»Glaubst du wirklich? Würde ich freiwillig aus Tascher zurückkehren, dann würde ich in Echo leben, weil ich dort leben *will*. Jetzt dagegen wohne ich hier bloß, weil ich zufälligerweise in der Hauptstadt geboren wurde.«

»Das sind wirklich zwei verschiedene Paar Schuhe«, pflichtete ich ihm bei. »Gut, jetzt sind wir an Ort und Stelle. Wie soll es weitergehen?«

Ande zeigte mir, wo ich mein A-Mobil abstellen sollte, und verschwand in einem Gang zwischen zwei Häusern. Ich folgte ihm erstaunt, denn ich hätte nicht gedacht, dass sich an einem so abgelegenen Ort ein Wirtshaus befand. Plötzlich landeten wir in einem kleinen, von Fensterlicht erhellten Hof.

»Das ist der *Gehörnte Mond*«, erklärte Ande und wies auf ein Schild, das eine Mondsichel mit Ziegenhörnern zeigte.

Der *Gehörnte Mond* war eines der vielen angenehmen und doch günstigen Wirtshäuser von Echo. Es gab eine lange Theke mit Barhockern, aber auch Tische mit gemütlichen Stühlen und eine traditionsgemäß bunte Mischung von Gästen. Mit einem Wort: Es schien wie überall zu sein.

Nach kurzer Beobachtung stellte ich allerdings fest, wie ungewöhnlich das hier versammelte Völkchen war. Alle warfen ab und an gespannte Blicke auf eine quadratische

Bühne in der Mitte des Lokals. Ich war daran gewöhnt, in Wirtshäusern stets von den zufriedenen Mienen gesättigter Hauptstadtbewohner umgeben zu sein. Allenfalls in *Juffins Dutzend* sah es etwas anders aus, aber das war ohnehin ein Sonderfall.

»Sündige Magister, Max, was hat dich hierher verschlagen?«

Erstmals sah ich Lonely-Lokleys so unerschütterliches Gesicht hellauf erstaunt.

»Weißt du, Schurf, du hast mich schon so oft überrascht, dass ich mich revanchieren wollte«, sagte ich lächelnd. »Und es sieht so aus, als wäre mir das gelungen.«

Lonely-Lokley nickte nur und setzte wieder seine ungerührte Miene auf. Hätte ich ihn nicht so gut gekannt, dann hätte ich sein Erstaunen für eine Halluzination gehalten.

»Es ist nett hier«, meinte ich generös. »Besonders die Gäste gefallen mir. Sag mal, Ande, sind das alles Dichter?«

»Beinahe. Und es sind viele hervorragende Autoren dabei, nicht bloß Anfänger. Aber es gibt hier auch Verehrer der Dichtkunst, zum Beispiel Sir Lonely-Lokley.«

»Und so ein interessantes Publikum trifft man hier jeden Tag?«

»Normalerweise ist es nicht so voll, aber heute Abend gibt es einen Lesewettbewerb – wie traditionsgemäß in jeder Neumondnacht.«

»Und wie sieht dieser Wettbewerb aus?«

»Zunächst liest jeder, der mag, seine neuen Gedichte vor. Der Wettbewerb beginnt erst, wenn alle betrunken sind und aufeinander einschlagen. Und das ist auch verständlich, denn ab einem bestimmten Rauschpegel können sich talentierte Menschen schwer miteinander verständigen«, erklärte Schurf mit der sonoren Stimme eines altgedienten Fremdenführers.

Ratlos schüttelte ich den Kopf. Lonely-Lokley schien sich verdächtig gut auszukennen. In diesem Moment betrat einer der Dichter die Bühne und begann, seine Verse vorzutragen. Ich konnte bei dem Krach ringsum kein Wort verstehen.

»Vielleicht sollten wir uns näher an die Bühne setzen«, schlug ich vor. »Hier hinten höre ich nichts – ihr etwa?«

»Ach, das lohnt nicht«, sagte Ande und verzog leidend das Gesicht. »Am Anfang treten immer furchtbar normale Leute auf, die sich am Vorabend von allen Musen geküsst glaubten und daraufhin erschütternde Verse zu Papier brachten. Wenn ein echter Meister auftritt, ist es sofort mucksmäuschenstill.«

»Sündige Magister, da drüben sehe ich noch ein bekanntes Gesicht!«, rief ich erstaunt.

Im Eingang des *Gehörnten Mondes* war Sir Skalduar van Dufunbuch, unser Pathologe, aufgetaucht.

»Ach, Sir Skalduar gehört zu den Stammgästen«, bemerkte Ande mit dem Gehabe des gelangweilten Kenners. »Als ich vor dreizehn Jahren zum ersten Mal hier war, hatte er schon seinen eigenen Tisch. Er schreibt zwar nicht, ist aber ein fantastischer Zuhörer und ein großer Kenner der Poesie. Woher kennst du ihn, Max?«

»Er arbeitet im Haus an der Brücke.«

»Willst du damit sagen, er ist ein Bulle?«, fragte Ande erschrocken.

»Keine Sorge«, beruhigte ich ihn väterlich. »Sir Skalduar ist kein normaler Polizist, sondern unser Pathologe.«

»Er schneidet also die Leichen auf, die ihm die Bullen auf den Seziertisch legen?«, wollte Ande wissen.

»Befrei dich endlich von den Traumata deiner Jugend«, seufzte ich entnervt. »Wie oft hab ich dir schon erklärt, dass es auch unter Polizisten anständige Menschen gibt?«

In diesem Moment marschierte Sir Skalduar van Dufunbuch würdig durch den vollen Saal, setzte sich an den Nachbartisch und grüßte uns freundlich.

»Wie ich sehe, ist Ande Pu nicht nur einer der besten zeitgenössischen Dichter, sondern rührt auch die Werbetrommel, damit das Lokal aus allen Nähten platzt. Demnächst versammelt sich der Kleine Geheime Suchtrupp hier wahrscheinlich fast vollzählig – nur Sir Juffin wird im *Fressfass* hocken bleiben.«

»Aber nicht allein – dafür wird er durch entsprechende Dienstpläne schon sorgen.«

Dass Sir Skalduar meinen Freund für einen der besten zeitgenössischen Dichter hielt, ließ mich aus allen Wolken fallen, denn ich hatte Ande Pu nie im Verdacht gehabt, literarisch talentiert zu sein. Wenn er zu rezitieren begann, hatte ich regelmäßig weggehört – nicht zuletzt, weil er beim Vortrag seiner Gedichte meist schon schwer berauscht war. Ich fürchte, ich war insgeheim überzeugt, ein echter Dichter müsse groß gewachsen und bildschön sein und flammende Blicke werfen, aus denen sein inneres Feuer loderte. Auch sollte ihn eine Aura von Geheimnis umgeben. Und betrunken sollte er sicher nicht sein.

Plötzlich wurde es still. Ein schüchterner, aber sympathisch wirkender Mann mit grauem Bart betrat die Bühne.

Seine Gestalt entsprach immerhin teilweise meiner Vorstellung von einem Dichter, denn er war groß, und ihn umgab die Aura des Genies. Nur sein Blick war alles andere als flammend, doch das lag womöglich an seiner Brille. Seine Gedichte waren hinreißend. Ich hatte nicht erwartet, in diesem so nah am Platz der Theater und Amüsierlokale gelegenen Wirtshaus etwas so Gutes zu hören.

Noch ein paarmal im Laufe des Abends war es vollkommen still, doch die Gedichte der anderen Meister bewegten mich nicht mehr so sehr. Vielleicht hatte ich meinen lyrischen Überschwang bereits beim Durchleben der ersten Gedichte verbraucht.

»Max, seit einer halben Stunde siehst du furchtbar aus«, sagte Lonely-Lokley. »Geht's dir nicht gut?«

»Es ist etwas Schreckliches passiert. Ich habe gute Gedichte gehört, und sie haben mich erschüttert. Die nächsten Stunden werde ich nicht zwischen Traum und Wirklichkeit unterscheiden können. So ein Zustand überkommt mich selten, doch wenn er mich packt, dann intensiv. Wie heißt eigentlich der Bärtige mit der Brille?«

»Wen meinst du genau? Hier tragen fast alle einen Bart.«

»Ich meine den Dichter, bei dessen Auftritt es zum ersten Mal ganz still war.«

»Ach, das war Sir Kiba Kimar«, sagte Ande Pu. »Haben dir seine Verse wirklich gefallen, Max?«

»Warum fragst du?«, gab ich betrübt zurück, denn in seiner Stimme hatte etwas Ungläubiges gelegen.

»Na ja, es heißt, nur echte Kenner könnten seine Gedichte verstehen. Selbst ich finde manchmal keinen Zugang zu ihnen. Am stärksten berührt mich seine Poesie, wenn ich davor im *Alten Dorn* getafelt habe.«

»Auch ich glaube, dass Kiba Kimar zu den besten Dichtern gehört«, ließ Schurf sich vernehmen. »Er schreibt nur über Dinge, die wirklich Bedeutung haben, und seine Verse regen zum Nachdenken an. Es ist übrigens unmöglich, seine Gedichte auswendig zu lernen – das habe ich schon mehrmals feststellen müssen. Darin ähneln sie uralten Zaubersprüchen.«

Gebannt lauschte ich Lonely-Lokley und enthielt mich jeglichen Kommentars. Man verzeihe mir die abgegriffene Formulierung, aber die Dichtung hatte mich so verzaubert, dass ich mein Schweigen genoss.

Kurz vor Mitternacht traute sich Ande Pu auf die Bühne, und ich schwor mir, ihm aufmerksam zuzuhören.

Seine Gedichte wären gut gewesen, wenn hinter ihren gesuchten, kühn gedrechselten und meist schwer verständlichen Formulierungen etwas wirklich Interessantes gesteckt hätte. Doch unter der dünnen Schicht kunstvoll zusammengefügter Worte verbarg sich nur eine unendliche Einsamkeit und die stets gleiche Klage: Warum liebt ihr mich nicht, obwohl ich so wunderbar bin? Als ich noch auf der Erde lebte, hatte auch ich eine Zeit lang solche Verse verfasst.

»Es macht Spaß, dir beim Zuhören zuzusehen«, sagte Lonely-Lokley zu mir. »Du hast so ein geniertes Gesicht. Man könnte glauben, Ande trüge deine lyrischen Jugendsünden vor.«

»Gefallen dir seine Verse etwa?«, fragte ich schroff.

»Natürlich. Ande ist offensichtlich ein hochtalentierter Poet«, sagte Schurf mit einer Stimme, die keinen Widerstand duldete.

»Ja«, seufzte ich ergeben. »Natürlich.«

Ich wollte nicht mit ihm streiten, denn mit Lonely-Lokley zu diskutieren, wäre pure Zeitverschwendung gewesen.

Wie dem auch sei: Ande Pu beendete seinen Auftritt in völliger Stille, hatte sich also einmal mehr den höchsten Respekt seiner Zuhörer erlesen. Als er an unseren Tisch trat, strahlte er wie ein Honigkuchenpferd und bestellte gleich eine Flasche ukumbrischen Schnaps namens Bomboroki. Offenbar hatte der kleine dicke Mann das Piratenblut seiner Vorfahren in den Adern.

»Hat's dir gefallen, Max?«, fragte er überraschend schüchtern.

Staunend stellte ich fest, dass er sich nicht aus Höflichkeit an mich gewandt hatte, sondern auf meine Antwort wirklich gespannt war.

»Schwer zu sagen«, antwortete ich ehrlich. »Du wirst staunen, doch auch ich habe mal Gedichte verfasst, und sie haben sich sehr ähnlich angehört. Deshalb fällt es mir nicht leicht, mich zu deinen Versen zu äußern.«

»Hast du wirklich ähnliche Dinge zu Papier gebracht?«, fragte Ande erstaunt. »Warum hast du mir nie etwas davon gezeigt? Dachtest du etwa, ich würde es nicht verstehen?«

»Aber nein«, sagte ich lächelnd. »Ich war bloß in letzter Zeit nie betrunken genug, um meine Gedichte zu rezitieren. Ich pflege sie nur im Vollrausch vorzutragen und nach dem letzten Vers mit dem Kopf in der Salatschüssel einzuschlafen. In nüchternerem Zustand bin ich zu solchen Heldentaten nicht fähig.«

»Offenbar kann Max nicht nur Gedichte schreiben –

schon das revolutioniert meine Vorstellungen von ihm –, sondern auch bis zum Filmriss trinken. War das schon alles, oder hast du noch eine krönende Überraschung für uns?«, wollte Lonely-Lokley von mir wissen.

Seine Frage klang ziemlich barsch, war aber von einem bemerkenswert sanften Lächeln begleitet.

»Was spielt das für eine Rolle? Außerdem ist es eine Ewigkeit her, dass ich leidenschaftlich gedichtet und getrunken habe. Und wer wüsste besser als du, dass Menschen sich im Laufe der Jahre sehr stark verändern.«

Der Mann, der in der Ordensepoche als Verrückter Fischer berüchtigt gewesen war, nickte gedankenverloren. Ihm blieb nichts anderes übrig, als sich meiner Meinung anzuschließen.

»Und warum schreibst du keine Gedichte mehr?«, fragte mich Ande Pu.

»Einst dachte ich, Gedichte solle man nur in kleinen Cafés auf Servietten schreiben und sich dabei stundenlang an einer Tasse Mokka festhalten. Und man solle sie nicht lesen, denn gute Gedichte würden durch Lektüre nur verdorben. Am besten, man zerknülle die Servietten beim Weggehen und werfe sie in den Aschenbecher. Das war wohl nicht meine genialste Idee, aber auf solche Gedanken kommen nur Menschen, die jung und berauscht sind. Und wie du dir denken kannst, habe ich sie prompt in die Tat umgesetzt. Irgendwann aber beschloss ich, nicht jede Serviette zu zerknüllen, sondern die eine oder andere aufzuheben und zu lesen. Über die Unvollkommenheiten meiner Gedichte habe ich mich dann mit dem Gedanken hinweggetröstet, es gebe für meine heiligen Empfindungen ohnehin keine Worte. Es existieren ungemein viele überflüssige Dinge, und meine Gedichte gehören leider auch dazu.«

»Toll!«, rief Ande Pu begeistert. »*Toll!* Das hast du wunderbar gesagt.«

»Ich staune selber über mich«, gestand ich lächelnd. »Die Atmosphäre hier bringt mich offenbar auf traurige Gedanken. Jetzt muss ich aber zurück ins Haus an der Brücke. Ich spüre, dass jugendlicher Dichtermut in mir sein wirres Haupt hebt. Diese Anwandlung muss dringend ruhig gestellt werden.«

»Ich muss auch weg«, sagte Lonely-Lokley und hüllte sich in seinen schneeweißen Mantel. »Eigentlich wollte ich viel früher aufbrechen, habe mich dann aber entschlossen, deinen Auftritt abzuwarten, Ande.«

»Vielen Dank, Sir«, sagte der Dichter und nickte höflich.

Offenbar hatte er meine Geständnisse schon vergessen, aber nach ein paar großen Gläsern Bomboroki verschwindet auch der größte Kummer.

»Soll ich dich nach Hause fahren, Schurf?«, fragte ich. »Die Straßen sind bereits leer, und ich könnte dich in einer Viertelstunde vor deiner Tür absetzen.«

»Vielen Dank, Max. Das ist ein nettes Angebot.«

Wir verabschiedeten uns flüsternd von Ande, um die Stille, die der Auftritt des nächsten Dichters erzeugt hatte, nicht zu stören. Dann wünschten wir auch Sir Skalduar eine gute Nacht und verließen auf Zehenspitzen den *Gehörnten Mond*.

»Manchmal habe ich den Eindruck, du bist viel älter, als du wirkst«, bemerkte Schurf. »Du hast mir mal erzählt, du hättest schlimme Zeiten durchgemacht, und jetzt erfahre ich, dass du obendrein Dichter gewesen bist – noch dazu ein schlechter. Wann hast du das bloß alles geschafft, Max? Oder ist das ein Geheimnis?«

»Aber nein«, rief ich. »Ich habe keine Geheimnisse. Ich bin einfach sehr flexibel und habe vieles gleichzeitig getan. Außerdem habe ich ein wenig übertrieben, als ich behauptete, ich sei regelmäßig mit dem Kopf im Salat eingeschlafen. Ande sollte in mir eine verwandte Seele sehen. Vermutlich wollte ich mich bei unserem Meisterdichter etwas einschmeicheln. Und was mein Alter angeht, schweige ich darüber besser.«

»Den Filmen und Büchern, die du aus deiner Welt mitgebracht hast, habe ich entnommen, dass die Menschen dort viel kürzer leben als bei uns«, sagte Schurf vorsichtig. »Ihr werdet viel schneller erwachsen, stimmt's?«

»Wir werden nicht nur schneller erwachsen – wir werden auch schneller alt.«

»Und wie ist es mit dir?«, fragte er taktvoll.

»In meiner Heimat wäre auch mir nur ein verhältnismäßig kurzes Leben beschert gewesen, aber wenn Sir Juffin Recht hat, dann habe ich alle Chancen, in Echo so alt zu werden wie die übrigen Bewohner.«

»Du bist also nicht älter, sondern deutlich jünger als ich, stimmt's?«

Der pedantische Lonely-Lokley wollte diese Tatsache ein für alle Mal klären.

»Ich glaube, ja. Ich habe meine Heimat mit knapp dreißig Jahren verlassen, aber verrate das bitte auf keinen Fall Melifaro. Er würde mich sicher adoptieren und in die Grundschule schicken wollen.«

»Ich verrate doch keine Geheimnisse, Max. So gut solltest du mich inzwischen kennen. Heute Abend hast du mich wirklich sehr überrascht. Machst du das etwa mit Absicht?«

»Zu den Magistern mit dir, Schurf! Was redest du denn da? Ich bin bei Neumond in einem Dichtercafé gelandet und dort Zeuge eines Poetenwettstreits geworden. Daraufhin haben mich sentimentale Erinnerungen übermannt – das war's. Sag mir jetzt lieber, ob du das Buch durchgelesen hast, das ich dir aus meiner alten Heimat besorgt habe.«

»Noch nicht. Ich lese sehr langsam und muss immer wieder zurückblättern, um zu verstehen, worum es geht. Es dreht sich wirklich um seltsame Dinge: Bewohner einer fremden Welt kommen zu Besuch auf euren Planeten. Sie sind sehr mächtig und haben merkwürdige Vorstellungen von der Weltordnung. Sie meinen, man solle alle lebendigen Wesen nach Grundsätzen klassifizieren, doch ich vermag ihre Grundsätze einfach nicht zu durchschauen. Schließlich entscheiden sich die Neuankömmlinge, fast die gesamte Menschheit auszurotten und nur die wenigen Männer und Frauen zu verschonen, die es ihrer Meinung nach wert sind zu überleben. Ich kann dir das nicht alles schildern, denn dazu müsste ich dir den ganzen Inhalt erzählen.«

»Du hast offenbar schon wieder eine Antiutopie bekommen – diesmal im Gewand eines Science Fiction-Romans«, seufzte ich. »Dieses Genre scheint dich zu verfolgen.«

»Genre? Na ja, ich glaube, ich weiß, was du damit meinst. Und es ist wirklich eine sehr spezielle Sorte von Büchern.«

»Da hast du sicher Recht. Lustig, dass du meine alte Heimat durch die Brille von Autoren kennen lernst, die diese Welt konsequent verfremdet haben.«

»Das ist wirklich lustig«, pflichtete Schurf mir bei. »Aber einige Informationen habe ich den Büchern doch entnehmen können, manches über Kultur und Alltag auf der Erde zum Beispiel oder Angaben darüber, wie alt die Menschen dort im Durchschnitt werden. Es ist eine geistige Herausforderung, die Zivilisation einer unbekannten Welt zu dechiffrieren – umso mehr, wenn die einzigen Informationen, über die man verfügt, diese Zivilisation bewusst verzerrt darstellen. Das ist ein sehr interessantes Gesprächsthema, Max, aber wir sind schon da. Wir können unsere Unterhaltung also erst morgen fortsetzen, was ich sehr bedaure. Gute Nacht.«

»Gute Nacht«, rief ich zurück und sah seine schneeweiße Silhouette in der Nacht verschwinden.

Ich hätte gern gewusst, welche Gedanken sich Sir Schurf schon über meine Welt gemacht hatte. Die Autoren fantastischer Literatur wären bei seinen Hirngespinsten sicher vor Neid erblasst.

Im Haus an der Brücke wartete nicht nur Kurusch auf mich, sondern auch Sir Kofa.

»Mein Herz hat mir also ganz zu Recht gesagt, ich solle mehr süße Piroggen kaufen«, rief ich erfreut.

»Was?«, fragte Kofa gereizt. »Es gibt nichts Schlimmeres, als süße Piroggen auf leeren Magen. Im *Fressfass* ist jetzt kaum etwas los. Lass uns doch dort essen gehen und uns dabei ein wenig unterhalten.«

»Kurusch, wirst du meine erneute Abwesenheit überleben?«

»Nur, wenn du rechtzeitig wiederkommst, um mir den verklebten Schnabel zu säubern«, entgegnete der Buriwuch.

»Gut, ich bin in einer Stunde zurück«, sagte ich, öffnete Kofa die Tür und fragte dabei: »Wo hast du deinen heutigen Fang gelassen?«

»Das Piratentuch liegt in Juffins Safe, doch den Mantel habe ich meiner Garderobe einverleibt. Es ist viel einfacher, ihn überzustreifen und unsichtbar zu werden, als ständig das Aussehen wechseln zu müssen. Danke, dass du mich an das gute Stück erinnert hast – ich hätte es fast in deinem Büro liegen lassen. Warte, ich bin sofort wieder da. Nach dem Abendessen will ich noch ein wenig durch die Stadt spazieren.«

»Umzukehren bringt Pech«, murmelte ich.

»Was?«, rief Sir Kofa und drehte sich um.

»Ach, nichts weiter. Als ich klein war, habe ich noch an solche Sprüche geglaubt, doch ich hoffe, damit ist in dieser Welt endgültig Schluss.«

Kofa hatte offenbar nichts auf meine Worte gegeben, denn er kehrte mit dem Mantel unterm Arm zurück.

Kurusch konnte zufrieden mit uns sein, denn unser Abendessen dauerte nur vierzig Minuten. Wenn man zu später Stunde in ein Wirtshaus geht, wird man schnell bedient, denn der Wirt möchte endlich seine Ruhe haben.

Vor dem Lokal wollten wir uns verabschieden. Ich musste zurück zum Haus an der Brücke, um Kuruschs Schnabel von süßer Creme zu befreien, und unser Meister des Verhörs wollte zu seinem nächtlichen Spaziergang aufbrechen. Kofa schlüpfte vorsichtig in den abgetragenen Mantel, den er Secha Modorok abgenommen hatte, und fühlte sich in seinem neuen Spielzeug sehr wohl. Dann winkte er mir zum Abschied zu und ging die Straße hinunter.

Ich sah ihn in seinem neuen Mantel stolzieren und fragte mich, wann er endlich unsichtbar würde. Plötzlich meldete sich eines meiner beiden Herzen.

»Kofa!«, rief ich und lief ihm nach.

»Was ist?«, fragte er und drehte sich um. »Hab ich was vergessen?«

»Nein, aber ich sehe dich immer noch.«

»Das bedeutet nur, dass du ein wirklich seltsames Wesen bist, dem in dieser Welt nicht zu helfen ist«, seufzte Kofa.

»Aber im Hafen hat der Mantel dich unsichtbar gemacht«, wandte ich ein. »Vielleicht sollte ich ihn kurz anziehen und durch die Straße spazieren, und du prüfst, ob ich verschwinde. Wenn ja, gebe ich ihn dir wieder und kehre beruhigt ins Haus an der Brücke zurück.«

Kofa nickte und hielt mir den verschossenen Mantel hin. »Na, mach schon.«

Ich schlüpfte hinein und ging ein paar Schritte auf und ab. Dabei nahm ich mir vor, unsichtbar zu werden. In Gedanken sagte ich mir immer wieder, wie gern ich mich vor Kofa verstecken würde, doch es half nichts. Dabei wusste ich doch, dass der Mantel aus Ukumbrien seinen Träger im Handumdrehen verschwinden ließ.

»Du hast Recht«, sagte Kofa erschrocken. »Ich sehe dich auch. Aber warum?«

»Komm, lass uns ins Haus an der Brücke zurückkehren«, seufzte ich. »Dort können wir der Sache auf den Grund gehen.«

Kofa nahm mir den Mantel von den Schultern und wendete ihn nachdenklich hin und her. Dann zuckte er die Achseln, und wir gingen zum Haus an der Brücke.

Ich hatte zwar keine Ahnung, wie ich den Umhang untersuchen sollte, doch Kofa gelang es, das Rätsel dieses Kleidungsstücks auch ohne meine Hilfe zu lösen.

»Ich glaube, das ist ein anderer Mantel, Max«, sagte er und untersuchte das verschossene Gewebe sorgsam. »Allerdings ähnelt er Sechas Umhang wie ein Zwilling dem anderen – bis auf eine Kleinigkeit: Das Futter des Zaubermantels war an einer Stelle gestopft. Das habe ich bemerkt, als ich ihn im Hafen angezogen habe.«

»Das soll ein anderer Mantel sein? Aber wer hätte ihn wann austauschen sollen?«

»Was weiß ich?«, fragte Kofa achselzuckend. »Bis heute Abend hat der Mantel mich unsichtbar gemacht. Das haben alle gesehen, sogar Sir Juffin. Ich habe ihn nur ganz kurz in deinem Büro ausgezogen, aber dort warst nur du – und Kurusch natürlich. Tja, anscheinend hast du ihn ausgetauscht. Am besten also, man würde dich verhaften.«

»Stimmt – außer mir kann eigentlich niemand der Täter sein!«, rief ich und fügte nach einer kurzen Denkpause hinzu: »Bis auf die Boten und jüngeren Bediensteten, die bei uns ein und aus gehen, ohne dass wir ihnen Aufmerksamkeit schenken.«

»Du hast Recht«, rief Kofa. »Als ich im Büro auf dich wartete, kam jemand, um das Zimmer zu fegen.«

»Aber was soll ein junger Bediensteter mit einem alten, verschossenen Mantel anfangen?«

»Ich glaube nicht, dass der Mann mit dem Besen ein Bediensteter war. Vermutlich hat er sich eingeschlichen, um den Umhang auszutauschen. Also wusste er, dass es mit diesem Kleidungsstück eine besondere Bewandtnis hat. Und er hat den Manteltausch sorgfältig vorbereitet.«

»Möglicherweise haben wir es mit einem Komplott zu tun«, unterbrach ich ihn.

»Eben!«, pflichtete Kofa mir bei. »Bisher habe ich dienstliche Instruktionen rundweg verachtet, aber nun scheinen sie mir sinnvoll. Hätte ich den Mantel – wie es sich gehört – sofort in Juffins Safe eingeschlossen, statt ihn über eine Stuhllehne zu werfen, hätte ich ein Problem weniger.«

»Und was machen wir jetzt?«, fragte ich.

»Na was wohl? Wir steigern uns noch etwas in unseren Ärger hinein und gehen dann auf die Jagd.«

»Sollen wir Melamori wecken, oder glaubst du, dass ich es allein schaffe, dem Dieb auf die Spur zu treten? Dann aber ist das Risiko groß, dass er die Verfolgung nicht überlebt.«

»Halb so schlimm. Die Gesundheit von Übeltätern hat mir nie besonders am Herzen gelegen.«

»Dann lass uns den Kerl dingfest machen. Je schneller, desto besser.«

Ich ging durchs Zimmer, blickte argwöhnisch in alle Ecken und fand schließlich, was ich gesucht hatte – eine fremde Spur. Plötzlich aber hatte ich den Eindruck, jemand habe mir einen kegelförmigen Hut aufgesetzt. Ringsum blieb alles unverändert, doch meine Kopfbedeckung verursachte mir ein widerliches Gefühl. All meine Bemühungen schienen dem Flattern eines kopflosen Huhns zu gleichen. Mein Herz schien zu spüren, dass es eines Tages aufhören würde zu schlagen, und probte offenbar schon seinen Tod.

Doch rasch gewann ich die Kontrolle zurück. Dieses ekelhafte Gefühl hatte ich nicht zum ersten Mal verspürt, denn ich hatte die seltene Gabe, auch Toten auf die Spur treten zu können.

»Kofa, unser Dieb ist schon tot. Ich glaube, dieser Fall ist eine harte Nuss.«

»Ist er so rasch gestorben?«, fragte Kofa und schüttelte den Kopf. »Geh lieber von seiner Spur, Max. Es war eine gute Idee, den Dieb sofort sterben zu lassen, damit niemand seine Spur verfolgt. Leider hat der neue Besitzer des Umhangs nicht bedacht, dass du einer der Wenigen bist, die auch Toten auf die Spur treten können. Gut, dass diese Fähigkeit von dir in Echo noch kaum bekannt ist.«

Während Kofa redete, trat ich an Juffins Schreibtisch und zog ein Fläschchen mit Kachar-Balsam aus einer Schublade.

»Das ist die einzig wirksame Arznei gegen alles Böse dieser Welt«, sagte ich nach dem ersten Schluck erleichtert. »Außerdem schützt sie vor den demoralisierenden Folgen, auf die Spur eines Toten getreten zu sein. Was würde ich ohne dieses Zeug nur tun?«

»Das war eine unangenehme Erfahrung, nicht wahr?«, fragte Kofa mitfühlend. »Aber es beeindruckt mich ungemein, wie viel- und zugleich abseitig talentiert du bist.«

»Tja, Mutter Natur hat mich wohl in trunkenem Überschwang erschaffen. Aber lassen wir das – mein Gejammer hilft ohnehin niemandem. Wir müssen der Spur des Toten folgen, bis wir den Mörder gefunden haben.«

»Dann lass uns gehen«, sagte Kofa und erhob sich ächzend.

Ich schob Juffins Fläschchen mit Kachar-Balsam in die

Tasche meines Todesmantels, trat auf die Spur und sauste durch den Flur des Hauses an der Brücke Richtung Treppe. Kofa spurtete mir nach.

Der kurze Spaziergang durch das nächtliche Echo erwies sich als eine der schrecklichsten Erfahrungen meines Lebens. Am liebsten hätte ich mich auf den Gehsteig geworfen und geheult wie ein Schlosshund, doch ich riss mich tapfer zusammen.

»Hier müsste es sein«, sagte ich und blieb an einer Straßenecke stehen. »Hier dürfte der Mörder die Dunkle Tür genommen haben. Zwar habe ich die Spur eines Toten nie durch diese Tür verfolgt, aber theoretisch dürfte es klappen.«

»Theoretisch ist schon das unmöglich, was du gerade tust, doch es funktioniert prima. Du bist offenbar ein Spezialist fur das Unmögliche.«

Ich folgte blindlings der Spur des Toten, verlor plötzlich den Boden unter den Füßen und verabschiedete mich im Fallen von dem Gedanken, am Leben zu sein, was unter diesen Umständen nicht gerade schwierig war.

Sekunden später hatte ich wieder Boden unter den Füßen und machte einen großen Sprung zur Seite, um die Spur des Toten zu verlassen, der zu folgen ich mich inzwischen außerstande sah. Ich drehte mich um und stellte überrascht fest, dass Kofa mich noch immer begleitete. Wir befanden uns in einem kleinen, beinahe leeren Zimmer, auf dessen Boden ein Toter lag. Ich war erleichtert, denn offenbar handelte es sich um den Mann, dessen Spur ich verfolgt hatte.

»Du solltest dir mal wieder einen Schluck aus der Pulle

gönnen«, sagte Kofa wie ein behandelnder Arzt. »Du siehst aus, als würdest du gleich in Ohnmacht fallen.«

Ich nahm nicht nur einen, sondern gleich drei Schluck Kachar-Balsam – sicher ist sicher. Dann trat ich zur Leiche, mit deren Untersuchung Kofa bereits begonnen hatte.

»Ich glaube, das ist wirklich der Junge, den wir suchen«, sagte er. »Immerhin trägt er die Livree unserer Bediensteten. Außerdem kommt mir sein Gesicht bekannt vor, obwohl ich nicht weiß, wie er heißt. Offenbar wusste er, wie man die Dunkle Tür benutzt, und wir haben nie überprüft, was er vor der Epoche des Gesetzbuchs getan hat. Das soll mir eine Lehre sein – morgen nehme ich all unsere Mitarbeiter ins Gebet«, sagte der Meister des Verhörs. »Max, hast du wieder Kraft genug, auf die Spur des Mörders zu treten? Es dürfte sich um eine sehr interessante Gestalt handeln. Ich kann es kaum erwarten, sie zu sehen.«

»Mir geht's genauso, aber ich muss kurz verschnaufen. Danach können wir los.«

»Nur keine Eile. Ich schau mich derweil ein wenig im Haus um. Lehn dich bitte mit dem Rücken an die Wand – so bist du am besten gegen magische Attacken geschützt.«

Kofa streifte durchs Haus und kehrte Minuten später mit angeödeter Miene zurück.

»Du hast nichts Interessantes gefunden, was?«

»Das ist ein stinklangweiliges Haus«, bestätigte Kofa.

Ich hatte erwartet, die Spur des Mörders neben seinem Opfer zu finden, und so war es auch. Sekunden später standen Kofa und ich bereits auf der Straße.

»Der Gesuchte ist offenbar im A-Mobil geflohen. Dumm, dass ich hier keinen Wagen stehen habe.«

»Aber du hast doch Melifaro gebeten, in der Nähe deiner Residenz zu parken«, erinnerte mich Kofa. »Das ist doch gleich um die Ecke. Erkennst du die Gegend etwa nicht wieder?«

»Leider nein. Nachts kann ich mich in Echo schlecht orientieren.«

Kaum waren wir um die nächste Ecke gebogen, stießen wir auf den von Melifaro abgestellten Wagen. Ich fuhr sofort los, und Minuten später landeten wir am Rand der Altstadt in der Nähe des Friedhofs Skauba, wo überwiegend ältere einstöckige Häuser standen, die in recht schlechtem Zustand waren.

»Der Mörder lebt noch. Also muss er ganz schön zäh sein«, rief ich und sprang aus dem A-Mobil.

Dabei stieß ich mit dem Ellbogen an einen viel älteren Wagen. Sofort spürte ich den Schmerz, schenkte ihm aber keine Beachtung.

Die Tür des anderen A-Mobils quietschte im Wind wie der Eingang des *Armstrong und Ella*. Offenbar hätte ich in Echo auch mit einem Ölkännchen Karriere machen können.

Ich kam langsam ans Ende der Spur und empfand, was jeder Verfolgungsmeister kurz vor dem Ziel spürt: ein berauschendes Triumphgefühl. Ich umrundete das A-Mobil und betrat das Haus, vor dem der Wagen geparkt war.

Mein Opfer lag reglos auf dem Wohnzimmerteppich. Wäre ich nicht sofort von seiner Spur gesprungen, wäre es im nächsten Moment gestorben.

»Guten Abend, Lady Misa. Wo haben Sie Ihren Dolch? Können Sie etwa Ihre Arme nicht bewegen? Wie wollen Sie Ihre Gäste dann umbringen? Ah, da ist ja der Dolch.

Den nehme ich besser an mich – dann fühle ich mich sicherer«, sagte Kofa, der über die reglose Frau gebeugt war, spöttisch.

»Ist das eine alte Bekannte von dir?«

»Gratuliere, Max – du hättest beinahe Lady Misa Ludis – besser bekannt als Lady Nasenlos – umgebracht. Sie war vor zweihundert Jahren wegen ihrer Gewalttätigkeit berüchtigt. Damals wusste niemand zu fechten wie sie. Ich habe sie mehrmals ins Cholomi-Gefängnis begleitet. Diese Frau hat immer einer Spezialbehandlung bedurft. Leben Sie noch, meine Liebe?«

»Du mieser Bulle«, flüsterte sie schwach, aber zornig. »Was für ein Vampir ist auf meine Spur getreten? In der guten alten Zeit wäre man für solche miesen Tricks in die Sümpfe von Gugland geschickt worden.«

»Gute Idee, meine Liebe. So einen romantischen Ausflug können wir gern unternehmen«, sagte Kofa und wandte sich dann an mich. »Ich kenne Lady Nasenlos. Ohne starken Zauberspruch sagt sie nichts. Ich würde eine halbe Stunde brauchen, um sie zu bearbeiten, habe aber schon viel Gutes über deine Kugelblitze gehört. Willst du nicht mal probieren, sie etwas schwächer zu dosieren und dein Opfer am Leben zu lassen?«

»Warum nicht? Immerhin habe ich nicht den Wunsch, deine Bekannte zu töten. Das dürfte eine gute Voraussetzung sein«, sagte ich und schnippte vorsichtig mit der Linken. Immer wieder musste ich über das Talent von Sir Schurf staunen, der mir diesen Trick beigebracht hatte.

Lady Nasenlos reagierte auf den Kugelblitz wie schon frühere Opfer. Kaum von ihm getroffen, erhob sie sich lammfromm und sagte: »Ich stehe Euch zu Diensten, Herr.« Das Vokabular derer, die mein Blitz erwischt hatte, erwies sich immer wieder als sehr beschränkt.

»Ich weiß, ich weiß. Verrate mir lieber, wo der Mantel ist«, sagte ich und setzte mich auf das einzige Möbelstück, einen Stuhl, der mitten im Zimmer stand.

Schade, dass meine Tage immer so ausgefüllt waren. Gleich nach dem Mittagessen hatten wir mit der Arbeit begonnen, und nun war es schon sehr spät. Außerdem tat mir der Ellbogen noch immer weh. Doch ich beherrschte meine Müdigkeit und sah mir die bemerkenswerte Dame an. Sie war hager und groß, und ihr Gesicht war sehr faltig. Man hätte sie für eine der ältesten Bewohnerinnen von Echo halten können. Auch ihre Stupsnase machte sie nicht anziehender. Ich überlegte, ob sie direkt vom Blocksberg auf einem Besen in diese Welt geritten sein mochte.

»Den Mantel hat der junge Schönling bekommen, der mich beauftragt hat, ihm das Kleidungsstück zu besorgen.«

»Kofa, es gibt noch einen dritten Mann!«, rief ich.

»Warum freut dich das so?«, wollte er wissen.

»Weil ich mir das schon dachte und es immer genieße, wenn meine Vermutungen sich als richtig erweisen. Ansonsten gibt es natürlich nichts, worüber ich mich freuen könnte.«

Dann wandte ich mich wieder der Alten zu. »Wer war der Schönling, der dir den Auftrag gegeben hat? Was hat er von dir gewollt?«

»Ich weiß nicht, wie er heißt, Herr«, antwortete sie. »Ich dachte zuerst, er sei ein Stutzer aus der Hauptstadt. So einen bunten Lochimantel kann sich schließlich nicht jeder leisten.«

Ich kicherte, weil ich an Melifaro und seine modischen Vorlieben denken musste, doch die Alte fuhr ungerührt fort: »Er hat sich einen Tages in der *Dschubatinischen Quelle* zu mir gesetzt. Normalerweise besuchen Schönlinge wie er diese Kneipe nicht. Mir war sofort klar, dass er ein sehr entschlossener Mensch ist. Er hat mir sechshundert Kronen dafür geboten, einen jungen Mann umzubringen, und mir hundert Kronen als Vorauszahlung gegeben. Ich war begeistert, denn schon lange hatte ich keinen so guten Auftrag mehr bekommen. Er gab mir eine Adresse und sagte, ich solle um Mitternacht dort warten. Er hat mich gewarnt, der Mann werde plötzlich im Zimmer stehen, und ich solle mich nicht erschrecken, aber angesichts dessen, was ich in der guten alten Ordensepoche so alles verbrochen habe, war dieser Auftrag ein Klacks für mich.«

»Und der Mantel?«, drängte ich. »Der verschossene dunkle Mantel – was ist damit passiert?«

»Den Mantel sollte ich meinem Opfer abnehmen und zu mir nach Hause bringen. Mein stutzerhafter Auftraggeber war sich zu schade, sich mit mir zu treffen, und hat nur einen Boten geschickt. Dem habe ich den Mantel gegeben und dafür – wie abgesprochen – mein Geld bekommen. Dann fühlte ich mich plötzlich so schlecht, dass ich mich hinlegen musste.«

»Jetzt ist alles klar!«, rief Melifaro und lächelte wie eine Katze, die ihrem Herrchen die Sahne vom Kuchen geschleckt hat. »Es lohnt sich nicht, den Jungen zu suchen, denn der weiß ohnehin nichts. Am besten fahren wir zur *Dschubatinischen Quelle* und suchen nach diesem Beau. Max, ich glaube, das wird für heute unser letzter Ausflug.«

»Das ist nicht so einfach«, meinte ich. »Du überschätzt mein Talent. Schließlich laufen in einem Wirtshaus viele verschiedene Spuren zusammen.« Ich wandte mich wieder an Lady Nasenlos. »Kannst du mir zeigen, wo dein schöner Auftraggeber gesessen hat?«

»Ich stehe Euch zu Diensten, Herr.«

»Na prima. Dann komm mit.«

Die alte Frau folgte mir gehorsam.

Kofa musste auf den Rücksitz, denn der Platz neben mir war für Lady Misa reserviert. Jeder, den mein Kugelblitz zu meinem Sklaven macht, hat das Bedürfnis, sich ständig in meiner Nähe aufzuhalten.

Ihr nasenloses Profil gehörte zum Interessantesten, was ich an diesem Tag gesehen hatte. Mit den Laternen im Hintergrund hätte sie herrlich in einen Horrorfilm gepasst.

»Wo ist diese *Dschubatinische Quelle* eigentlich? Dort bin ich noch nie gewesen«, sagte ich.

»Die Kneipe hat dir noch gefehlt«, meinte Kofa kichernd. »Jetzt links abbiegen ... Ich glaube nicht, dass dieses Lokal deinem Geschmack entspricht, denn es handelt sich um eine der schlimmsten Spelunken von Echo. Der arme Bubuta sucht schon seit siebzig Jahren nach einem Vorwand, die Kneipe schließen zu lassen, aber Juffin und ich erlauben ihm das nicht. Und das ist besser für ihn, denn so sammelt sich die Unterwelt von Echo an einem Ort, und man muss ihre Vertreter nicht mühsam in der ganzen Stadt ausfindig machen. Aber auch die Besucher der Kneipe kann man gut verstehen ... hier wieder links ... denn man zahlt zehn Kronen Eintritt und kann trinken, so viel man mag. Mitten im Lokal steht die Quelle, die der Kneipe den Namen gab und aus der nur Dschubatinischer Säufer plätschert. Für das Essen muss man extra bezahlen, doch die Küche ist längst nicht so gut, als dass sich das lohnen würde.«

Wir parkten einem einstöckigen Bau gegenüber, aus dessen Fenstern auch zu dieser späten Stunde Licht drang. Drin war es allerdings recht leer. Nur um die Theke waren einige Gestalten versammelt. Mein Todesmantel konnte niemanden beeindrucken, denn die Gäste waren jenseits von Gut und Böse.

Mitten im Lokal sprudelte wirklich Dschubatinischer Säufer aus einer Quelle.

»Zeig mir, wo ihr euch unterhalten habt«, befahl ich Lady Misa, die mir noch immer nicht von der Seite wich.

»Dort, Herr«, sagte sie und führte uns an einen Tisch in der Nähe der Quelle. »Ich saß hier und der schöne Mann da«, fuhr sie fort und wies auf zwei einander gegenüberliegende Plätze.

»Du bist sehr tapfer«, sagte ich zu ihr.

Ich war froh, dass sie nicht an Altersdemenz litt, doch Menschen aus ihrem Milieu hatten diese Krankheit offenbar viel seltener als andere Bürger.

Ich setzte mich und tastete mit den Füßen unterm Tisch herum, um die Spur des Stutzers aufzunehmen. Schließlich spürte ich sie – und wie!

»Das muss ein mächtiger Kerl sein!«, rief ich Kofa zu. »Vielleicht sogar ein Großer Magister der Ordensepoche!«

»Interessant, doch wir müssen die Jagd jetzt abbrechen, um Lady Nasenlos ins Haus an der Brücke zu bringen.«

»Nicht doch, Kofa«, sagte ich mit überlegenem Lächeln. »Ich brauche ihr nur zu befehlen, sich dort einzufinden.«

»Darauf wäre ich nicht gekommen. Bravo, Max!«

»Geh zum Haus an der Brücke«, sagte ich zu der Alten. »Bestell einen schönen Gruß von Sir Max und sag den Polizisten, sie sollen dich einsperren. Dann kannst du dich hinter Gittern erholen. Auch du hattest ja einen harten Tag.«

»Ich stehe Euch zu Diensten, Herr!«, sagte sie ergeben und ging zur Tür.

Sir Kofa verfolgte ihren Abgang mit begeistertem Blick. »Wer hätte gedacht, dass sie eines Tages von ganz allein ins Haus an der Brücke kommen und um ihre Verhaftung bitten würde! Du hast der Polizei einen großen Gefallen getan, mein Junge, aber wir sollten uns vielleicht per Stummer Rede bei Bubutas Truppe melden, damit dort niemand in Ohnmacht fällt.«

»Erledige du das doch für mich«, bat ich. »Ich habe kaum noch Kraft, mich auf den Beinen zu halten.«

»Natürlich. Und jetzt lass uns gehen. Wer hätte gedacht, dass du dich zu so einem leidenschaftlichen Verfolgungsmeister entwickeln würdest!«

»Darüber staune ich mitunter selbst. Manchmal habe ich das Gefühl, gar nichts zu unternehmen, sondern mich von den Ereignissen leiten zu lassen. Na ja, man braucht sich nur Lady Melamori anzusehen, um zu wissen, wie man sich als ehrgeiziger Verfolgungsmeister zu benehmen hat.«

Wir verließen die Kneipe, ohne dass die wenigen Besucher der *Dschubatinischen Quelle* uns beachtet hätten, und das war auch gut so.

Der Mann, den ich verfolgte, erwies sich als großer Freund von Spaziergängen. Ich konnte mich also nicht in mein A-Mobil setzen, denn Verfolgungsmeister müssen alle Wege auf gleiche Weise zurücklegen wie die, denen sie auf der Spur sind.

»Es spricht sich bestimmt rasch herum, dass dein A-Mobil vor dieser Spelunke steht. Fürchtest du nicht um deinen Ruf?«

»Mein Ruf war nie besonders gut – auch nicht, als ich ein wahrer Musterknabe war. Aber es ist wirklich gemein von diesem Stutzer, dass er so gern spazieren geht. Ich habe keine Kraft mehr, und er läuft und läuft.«

Inzwischen hatten wir *Kukonins Grab* erreicht, ein nettes kleines Wirtshaus, das ich mit Kofa mehrmals dienstlich und privat besucht hatte. Viele Polizisten hatten sich vor dem Eingang versammelt. Im Lokal selbst ging Leutnant Tschekta Schach auf und ab und wirkte wie immer ungeheuer wichtig.

»Ich fürchte, Max, wir werden uns ein wenig anstrengen müssen. Schaffst du das?«, fragte Kofa mitfühlend, als er mein erschrockenes Gesicht sah.

»Mir bleibt ja nichts anderes übrig«, seufzte ich.

»Tschekta, was ist passiert?«, wollte Kofa wissen. »Klär uns bitte rasch auf.«

»Laut Dienstreglement darf ich Fremden nur nach ausdrücklicher Erlaubnis meines Vorgesetzten Auskunft geben«, entgegnete Tschekta ungerührt.

»Diese Instruktion habe ich selber ausgearbeitet«, sagte Kofa und lächelte bissig. »Zweihundert Jahre ist das schon her. Damals gab es den Kleinen Geheimen Suchtrupp noch nicht. Aber in der Dritten Ergänzungsverordnung zum

Chrember-Gesetzbuch steht, dass jeder Mensch im Vereinigten Königreich dem Kleinen Geheimen Suchtrupp auf alle Fragen Auskunft geben muss. Und da du zweifellos zu den Menschen zählst, lieber Tschekta, antworte endlich auf meine Frage.«

»Ich weiß noch nicht, was hier passiert ist, Sir«, sagte der Leutnant kleinlaut. »Mir wurde vorhin ein Mord gemeldet.«

»Warum nicht gleich so?«, fragte ich und klopfte ihm begütigend auf die Schulter.

Leutnant Tschekta warf mir einen hasserfüllten Blick zu. Sicher hätte er mir gern eins auf die Zwölf gegeben, aber zu so einer Tat durfte er sich natürlich nicht hinreißen lassen.

Kofa hatte derweil mit dem aufgeregten Wirt getuschelt. »Vielen Dank, mein Freund«, sagte er nun zu ihm. »Sie sind ein idealer Gesprächspartner, denn Sie drücken sich knapp und präzise aus ... Max, warte kurz. Ich möchte noch einen Blick auf die Leiche werfen. Das könnte dir auch nicht schaden.«

»Ich sehe mir nichts lieber an als Leichen«, brummte ich. »Allerdings leiste ich mir dieses Vergnügen nur, wenn ich sicher sein kann, dass es mir bei der weiteren Verfolgung der Täterspur von Nutzen ist.«

»Das wird schon so sein. Und jetzt komm.«

Ich folgte der Spur des Täters im Zickzack durchs Lokal und hatte plötzlich gewaltige Lust, mich hinzusetzen. »Ich glaube, der Gesuchte hat lange auf diesem Platz gesessen«, sagte ich zu Kofa.

»Stimmt. Hier hat er den Boten erwartet, der ihm den Mantel brachte. Der Wirt erinnert sich an einen auffällig gekleideten Mann und einen Jungen, der mit einem Mantel überm Arm ins Lokal kam. Er sagt, der Mann habe das Wirtshaus verlassen, kaum dass er ihn in Empfang genommen habe.«

Ich spürte, dass ich endlich wieder aufstehen konnte. Also ging ich zur Theke, vor der die Leiche eines älteren Mannes in dickem, dunklem Lochimantel lag.

»Hier bannt mich nichts an Ort und Stelle. Vor der Theke hat der Täter offenbar nur wenig Zeit verbracht.«

»Richtig«, sagte Kofa und besah sich die Leiche. »Der Mann ist an einem Messerstich ins Herz gestorben. Lass uns weitersuchen, Max.« Dann wandte er sich an Tschekta Schach. »Sie können guten Gewissens zurück ins Haus an der Brücke fahren, denn dieser Fall gehört in den Verantwortungsbereich des Kleinen Geheimen Suchtrupps. Schönen Feierabend.«

Ärger und Erleichterung belebten die stets finstere Miene von Tschekta Schach, doch ich hatte keine Zeit, das Wechselbad seiner Gefühle zu beobachten.

»Der Mann, den wir verfolgen, hat sich des Mantels offenbar bedient, um eine alte Rechnung zu begleichen«, sagte ich. »Das ist nicht besonders originell. Nach der Beschreibung von Lady Nasenlos hatte ich einen Täter mit deutlich höheren Ambitionen erwartet.«

»Nur keine voreiligen Schlüsse, Max. Bis jetzt ist alles offen, doch ich glaube nicht, dass es hier um Rache geht.«

»Warum wurde der Mann dann ermordet? Doch wohl nicht einfach so?«

»Fast. Ich vermute, der Täter wollte sich vergewissern, dass seine Neuanschaffung ihren Zweck erfüllt.«

»Dazu hätte er auch etwas stehlen können.«

»Wahrscheinlich weiß er, dass der Mantel bei Diebstählen treue Dienste leistet. Vielleicht kannte er Secha Modorok oder hat ihn lange beobachtet. Wie hätte er sonst von dem Mantel wissen sollen?«

»Das können wir später klären«, meinte ich. »Aber ich wüsste gern, was in *Kukonins Grab* passiert ist.«

»Ich kann es dir sagen. Das arme Opfer stand arglos an der Theke, seufzte plötzlich auf, fasste sich an die Brust und sank zu Boden. Der Wirt dachte erst, es sei das Herz, bemerkte dann aber die Stichwunde und das viele Blut, das er sich nicht erklären konnte, denn sein Lokal war ganz leer. Ich bin sicher, der Gesuchte stand in dem frisch erworbenen Mantel neben seinem Opfer. Riskiert hat er ohnehin nichts, denn auch wenn der Umhang ihn nicht hätte unsichtbar werden lassen, hätte der Wirt – ein älterer, leicht gehbehinderter Mann – ihn nicht verfolgen können. Sind wir dem Täter eigentlich dicht auf den Fersen, Max?«

»Hinter der nächsten Straßenecke hat er sich gewiss nicht versteckt. Ich hasse diesen Menschen. Warum nimmt er nur kein A-Mobil? Echo ist schließlich eine große Stadt.«

»Ich bin ganz deiner Meinung«, pflichtete Kofa mir bei.

»Zum Glück lebt er noch«, murmelte ich. »Die Vorstellung, einem Toten nachzueilen, wäre mir unerträglich.«

»Pass auf, was du sagst, Max – du weißt ja, wie die Menschen enden, denen du längere Zeit auf der Spur bist.«

»Wieso? Lady Nasenlos hat meine Verfolgung recht gut überstanden.«

»Frauen sind zäher als Männer, und diese Lady ist ohnehin ein Sonderfall. Weißt du eigentlich, wo wir uns befinden?«

»Wir überqueren gerade die Brücke von Kulug Menontscha.«

»Also führt uns der Weg zur Burg Jafach. Vielleicht bekommen wir Gelegenheit, den Orden des Siebenzackigen Blattes zu retten.«

»Ich bin schon wieder schrecklich müde!«, rief ich kläglich.

»Wozu hast du eigentlich dein Kachar-Balsam dabei?«

»Du hast Recht. Was ist bloß mit mir los? Mein Kopf ist wie ein Sieb. Etwas Balsam würde dir aber auch nicht schaden.«

Nachdem wir uns gestärkt hatten, folgten wir der Mauer, die die Hauptresidenz des Ordens umgab. Von Juffin wusste ich, dass sie unendlich hoch und unüberwindlich war.

»Der Mann, den wir suchen, ist irgendwo in der Nähe – das spüre ich, Max. Das Geheime Tor zur Residenz wird nur bei Auf- und Untergang der Sonne geöffnet. Da er es gestern Abend nicht mehr geschafft hat, die Burg zu betreten, dürfte er hier die morgendliche Öffnung erwarten.«

»Dann ist er also noch am Leben«, stellte ich fest. »Ich fürchte, ich bin nicht mehr topfit.«

»Das werden wir gleich sehen«, sagte Kofa und ging voran. »Vielleicht bist du wirklich in einer Formkrise. Wenn er noch lebt, muss er sich die Zeit bis zur Öffnung des Tors irgendwie vertreiben. Versuchen wir doch, ihn bei dieser Gelegenheit zu schnappen.«

»Ich vermute eher, er ist ohnmächtig geworden.«

»Die Menschen sind sehr unterschiedlich«, meinte Kofa

philosophisch. Dann stolperte er und landete fluchend auf dem Gehsteig.

Ich hatte keine Gelegenheit, mich über die Flut von Schimpfworten zu wundern, die aus seinem Mund kam und Bubuta Bochs würdig gewesen wäre, denn im nächsten Moment stolperte auch ich und landete fluchend neben meinem Kollegen.

»Ich hab die Spur verloren!«, rief ich.

»Rate mal, über wen wir gestolpert sind, Max. Wir müssen ihm den Mantel ausziehen«, sagte Kofa, nestelte am Boden herum und wedelte kurz darauf mit einem ramponierten Umhang. »Ich habe per Stummer Rede im Haus an der Brücke Bescheid gegeben. In einer Viertelstunde werden wir abgeholt.«

»Diese Trantüten«, seufzte ich. »Bis hierher dauert es doch keine drei Minuten.«

Das Dienst-A-Mobil tauchte überraschend schnell auf. Ich warf dem Chauffeur einen freundlichen Blick zu, denn ich mag forsche Fahrer, und obendrein war mir kalt. Zwar sind die Winter in Echo sehr mild, aber ich hatte ziemlich lange am Fluss warten müssen, und geschwitzt hatte ich auch noch.

Wir warfen unser regloses Opfer auf die Rückbank. Ich setzte mich zu ihm, während Kofa auf dem Beifahrersitz Platz nahm. Dann ließen wir uns ins Haus an der Brücke kutschieren. Während der Fahrt musterte ich das Gesicht des älteren Mannes.

»Kofa, kennst du den Kerl«, fragte ich schließlich.

»Nein, stell dir das mal vor! Aber das ist nicht schlimm, denn früher oder später wird er aufwachen und uns oder

Juffin alles erzählen. Außerdem kannst du ihn mit Kugelblitzen behandeln.«

»Keine schlechte Idee, aber zuerst muss ich etwas gegen den Schmerz in meinem Ellbogen unternehmen, gemütlich eine Tasse Kamra trinken und mich ein wenig entspannen, denn der Mann neben mir hat uns die Nacht zur Hölle gemacht. Ich bin so gerädert, dass meine Blitze ihn gegenwärtig töten würden.«

Wir waren schon in der Nähe des Hauses an der Brücke, als ich an der Hüfte etwas Hartes, Kühles spürte. Kaum streckte ich die Hand aus, stieß ich auf eine Klinge.

Ich schrak hoch, kniete unserem Gefangenen im nächsten Moment auf der Brust und beglückwünschte mich, trotz meiner Erschöpfung so reaktionsschnell gewesen zu sein. Zum Glück war er kein Raufbold und leistete keinen Widerstand. Also nahm ich ihm nur das Messer ab.

»Was ist los, Max?«, fragte Sir Kofa und drehte sich um.

»Jetzt nichts mehr, aber der Kerl hat gerade versucht, mich umzubringen.« Verärgert betrachtete ich den Gefangenen und fuhr ihn an: »Was soll der Quatsch? Ich hätte dich mit meinem tödlichen Gift anspucken können ...«

Der Mann schloss die Augen und schwieg hartnäckig. Vielleicht hatte er weder Lust noch Kraft zu reden, vielleicht aber fand er mich auch so abstoßend, dass es ihm die Sprache verschlagen hatte. Die Mitmenschen bleiben leider ein ewiges Rätsel.

Ich strich mit der Linken über den Unbekannten und ließ ihn in der Hand verschwinden – auch diesen Zaubertrick hatte Schurf mir beigebracht. Angesichts des schwierigen Charakters unseres Gefangenen war er dort am besten aufgehoben.

»Das hättest du gleich machen sollen«, meinte Kofa.

»Natürlich, aber bisweilen kommt man zu spät auf die richtige Idee.«

Kofa betrat als Erster das Büro, das ich mit Sir Juffin teilte, und setzte sich auf meinen Lieblingsplatz. Den Wettbewerb, wer von uns es auf diesen Stuhl schaffte, trugen wir seit meinem Dienstantritt bei jeder Gelegenheit aus. Leider war Kofa, was das Ergattern dieses Platzes anlangte, viel besser als ich.

»Ich habe mich gerade per Stummer Rede im *Fressfass* gemeldet«, sagte er triumphierend. »Madame Žižinda ist nicht da, und auch ihr Koch lässt sich von einer Aushilfe vertreten, aber die Küche ist so gut, dass ich es trotzdem riskiert habe, dort etwas zu bestellen. Findest du nicht, dass wir den Gefangenen nach nebenan in die Verhörzelle bringen sollten?«

»Warum? In meiner Hand ist er doch sicher untergebracht. Wir wissen schließlich nicht, welche Zaubertricks er auf Lager hat. Aber ich habe die Nase voll von ihm und möchte nicht mehr über ihn sprechen. Außerdem nehme ich ihn demnächst ohnehin ins Kreuzverhör.«

»Du bist nur zu faul, ihn wegzusperren«, stichelte Kofa.

Kurz darauf kam endlich die heiß begehrte Lieferung aus dem *Fressfass*, und wir stürzten uns begeistert auf das Tablett. Zehn Minuten später fühlte ich mich schon viel besser. Sogar der Schmerz im Ellbogen hatte nachgelassen. Als ich meine Zigaretten aus dem Todesmantel zog, fiel mir auf, dass Kofa genauso zufrieden war.

»Nun können wir das Verhör beginnen«, sagte ich gähnend. »Inzwischen bin ich so gut gelaunt, dass ich nicht mal etwas dagegen hätte, unserem Gefangenen ein wenig Kamra abzugeben.«

»Tja, dieser Mann hat sicher Beziehungen zum berüchtigten Orden der Grünen Monde – genau wie die, die hinter dem Diebstahl des Koffers stecken. Und auch der junge Bedienstete, der den unsichtbar machenden Mantel aus dem Haus an der Brücke gestohlen hat, dürfte Kontakte zu diesem Orden gehabt haben. Immerhin hat er die Dunkle Tür benutzt, und diesen Zaubertrick beherrschten schon die Novizen dieses Ordens. Ihr Großer Magister Mener Gjusot war ganz vernarrt in dieses Kunststück.«

Kofa gähnte und begann, seine Pfeife zu stopfen. Ich sah ihn flehend an, doch dieser Sadist fuhr erst nach drei Minuten fort: »Nach meiner Einschätzung wollte unser Gefangener unbedingt Rache nehmen – entweder an Magister Nuflin Moni Mach oder ganz allgemein am Orden des Siebenzackigen Blattes. Das finden wir sicher noch heraus. Doch sein Vorhaben war von vornherein zum Scheitern verurteilt, denn der unsichtbar machende Mantel wirkt zwar bei den einfachen Bewohnern von Echo und hat auch die Mitglieder des Kleinen Geheimen Suchtrupps anfangs irritiert, aber dauerhaft aufs Glatteis hat er uns damit nicht führen können. Dabei war es eine gute Idee von ihm, einen unserer Mitarbeiter dazu zu bringen, die Mäntel auszutauschen, und ihn später von Lady Nasenlos umbringen zu lassen, selber also nicht in Erscheinung zu treten.«

»Ich würde gern den Jungen sprechen, den unser Mitarbeiter mit dem Mantel zu dem Mann geschickt hat, der inzwischen in meiner Hand gefangen sitzt.«

»Findest du das nötig?«, fragte Kofa skeptisch. »Schön, wir

können Lady Melamori morgen auf seine Spur treten lassen. Vielleicht ist er ein angehender Dieb, den wir davor bewahren können, endgültig auf die schiefe Bahn zu geraten.«

»Eines verstehe ich noch immer nicht: Wie hat der Gefangene erfahren, dass wir einen unsichtbar machenden Mantel besitzen? Und woher kannte er dessen Aussehen so genau, dass er ihn gegen einen sehr ähnlichen Mantel austauschen konnte?«

»Das wüsste ich auch gern«, sagte Kofa. »Ich denke, dass er Secha Modorok gut kannte. Und es war sicher nicht schwer herauszufinden, was mit ihm geschehen ist, denn seine Mutter erzählt gern von ihrem Sohn. Ich vermute, dass dieser Mann den täuschend ähnlichen Mantel schon vor einiger Zeit anfertigen ließ und ihn eigentlich Secha unterschieben wollte, um sich so in den Besitz des unsichtbar machenden Mantels zu bringen. Aber ich kann mich täuschen. Deshalb sollten wir möglichst rasch mit dem Verhör beginnen.«

Ich schüttelte die linke Hand, und der Gefangene knallte auf den Boden. Noch immer hatte ich es nicht geschafft, diesen Trick mit einem gewissen Fingerspitzengefühl auszuführen.

Der längst nicht mehr junge Mann, der einen auffällig bunten Lochimantel und einen leuchtend blauen Turban trug, versuchte aufzustehen. Seine Miene hieß uns, auf Abstand zu bleiben. Ich konnte ihn verstehen, denn er hatte Grund genug, mich zu hassen. Also schnippte ich gleich mit der Linken, um ihm einen Kugelblitz ins faltige Gesicht zu schicken, doch der Mann streckte mir die Hände entgegen und murmelte etwas Unverständliches, und mein Blitz hüpfte über ihn hinweg.

»Na los!«, rief ich dem Blitz nach.

Erstaunlicherweise machte er kehrt und fuhr dem Mann in die ausgestreckten Hände. Kaum hatte der Kugelblitz ihn getroffen, gab er sich eine kräftige Ohrfeige und zeigte uns eine lange Nase. Offenbar hatten seine Hände ein Eigenleben zu führen begonnen und interessierten sich nicht dafür, welche Konsequenzen ihre Aktivitäten ihrem Besitzer eintragen mochten.

Kofa kicherte, und auch ich staunte nicht schlecht. Trotzdem feuerte ich einen zweiten Kugelblitz auf ihn ab, und diesmal rief mein Opfer brav: »Ich stehe Euch zu Diensten, Herr!« Ich entspannte mich und zog eine Zigarette aus der Tasche meines Todesmantels. Alles war gut gegangen, und doch war ich inzwischen nervös.

»Sag erst mal, wie du heißt«, sagte ich zu ihm.

»Origineller Gesprächseinstieg!«, rief Kofa und brach in Gelächter aus. »Nimm es mir nicht übel, Max, aber du weißt ja nicht, wie viele Verhöre ich mit diesem Satz begonnen habe!«

Inzwischen hatte der Gefangene sich etwas gesammelt und erklärte: »Ich heiße Nenurech Kielcha.«

»Kommt dir der Name bekannt vor?«, fragte ich Kofa.

»Vielleicht. Ich glaube, im Orden der Grünen Monde hat es so jemanden gegeben, doch ich hatte nie mit ihm zu tun.«

»Gut, Sir Nenurech – stehen Sie auf und setzen Sie sich dort auf den Stuhl«, sagte ich und wies mit dem Kopf auf einen freien Platz. »Sie können gerne eine heiße Kamra trinken, denn ich kann mir vorstellen, dass auch Sie gefroren haben.«

»Manchmal zeigst du dich von einer so guten Seite, dass

ich dich im Verdacht habe zu heucheln«, bemerkte Kofa boshaft.

»Ich bin wirklich ein netter Mensch. Wie kannst du nur daran zweifeln?«, gab ich zurück.

Überraschenderweise schüttelte Kofa darauf nur den Kopf, und ich fragte mich, welches Bild er von mir haben mochte.

Sir Nenurech Kielcha hatte unterdessen seine Kamra heruntergestürzt und stellte die Tasse unsanft auf den Tisch.

»Sie können gern mehr davon haben und etwas essen, wenn Sie wollen«, sagte ich und wandte mich an meinen Kollegen. »Kofa, am besten stellst du ihm Fragen, denn in meinem Kopf herrscht Funkstille.«

»Funkstille?«, fragte Kofa verständnislos, setzte dann aber hinzu: »Einen klugen Gedanken immerhin hast du gehabt.«

»Sir Nenurech, ich möchte, dass Sie alle Fragen dieses Herrn wahrheitsgemäß beantworten«, sagte ich zu meinem Diener.

»Ich stehe Euch zu Diensten, Herr«, versicherte er mir.

»Mich interessiert vor allem der junge Mann im Haus an der Brücke, der für Sie gearbeitet hat«, begann Kofa. »Der Pathologe, der seine Leiche untersuchte, hat Papiere auf den Namen Itloch Bouba bei ihm gefunden, doch das sagt mir nichts. Wer war dieser Mann tatsächlich?«

»Er heißt eigentlich Unboni Marichwa, besser gesagt: Er *hieß* so.«

Kofa zuckte zusammen und wandte sich an mich. »Denk dir, Max, anderthalb Jahre lang hat einer der bekanntesten

Jüngeren Magister des Ordens der Grünen Monde im Haus an der Brücke gearbeitet, ohne dass jemand Verdacht geschöpft hätte. Ich glaube, wir müssen unsere künftigen Mitarbeiter genauer überprüfen und auch alle unsere Beschäftigten durchleuchten. Und Sie, Sir Nenurech – waren Sie auch ein Jüngerer Magister dieses Ordens?«

»Ich war nur Novize«, entgegnete er finster, »denn ich trat erst spät dort ein. Außerdem hielt Magister Mener nicht viel von mir – vielleicht zu Recht, denn ich habe einfach nicht gelernt, die Dunkle Tür zu benutzen. Außerdem hätte der Orden damals viel dringender gute Soldaten gebraucht. Aber das hat der Große Magister zu spät begriffen.«

»Da haben Sie Recht, wie die Geschichte des Ordens zeigt. Was führte Unboni Marichwa im Haus an der Brücke im Schilde?«

»Er hat mir gesagt, er habe auf eine passende Gelegenheit gewartet«, erklärte unser Gefangener. »Außerdem hatte Marichwa einen seltsamen Humor, denn er fand es lustig, für den ehemaligen Sheriff von Kettari zu arbeiten. Ich glaube nicht, dass er den Diebstahl oder ein anderes Vergehen von langer Hand geplant hat. Er hatte Spaß genug daran, sich ins Haus an der Brücke eingeschlichen zu haben. Jedenfalls brachte er niemandem in der Behörde Hass entgegen, denn er war ein sehr toleranter Mensch.«

»Max, dieser Fall klingt immer interessanter. Erzählen Sie weiter, Sir Nenurech. Wer hat zuerst vom Zaubermantel erfahren – Sie oder Secha Modorok?«

»Secha hat mir davon erzählt. In letzter Zeit haben wir uns oft getroffen. Er ist vor anderthalb Jahren nach Echo gekommen und hat mich rasch aufgespürt. Er wollte mit mir durch dick und dünn gehen – wie damals in unserer

Jugend. In der Traurigen Zeit haben wir gemeinsam ein paar Menschen um ihre Habseligkeiten gebracht. Dann verschwand ich für längere Zeit in die Grafschaft Chota, denn in Echo wurde mir der Boden zu heiß, und ich wollte nichts riskieren, ehe ich mich nicht gerächt hatte.«

»Gerächt? Wofür?«, rief Kofa etwas matt. »Für den Tod des alten Magisters Mener? Meines Wissens zählten Sie nicht zu seinen Lieblingsschülern.«

»Nein, ich wollte den ganzen Orden rächen. Das ist für mich Ehrensache und keine Frage persönlicher Sympathie oder Antipathie«, antwortete er schroff.

»Er redet wie ein echter Mann aus Arwaroch«, stellte ich erstaunt fest.

»Das ist eine interessante Geschichte«, meinte Sir Kofa. »Vom Orden bleibt allein das am wenigsten begabte Mitglied am Leben, und ausgerechnet dieses Mitglied kommt auf die Idee, seine Ordensbrüder zu rächen. Diese Geschichte wird Juffin sicher gefallen. Aber erzählen Sie doch weiter, Sir Nenurech. Wie kamen Sie auf die Idee, Unboni Marichwa umzubringen?«

»Ich habe ihm selbst von dem Mantel erzählt, als ich erfuhr, dass der Kleine Geheime Suchtrupp ihn in Verwahrung hatte. Als er sich noch bei Secha befand, konnte ich den Diebstahl problemlos vorbereiten und brauchte nur auf eine passende Gelegenheit zu warten. Als er dann allerdings im Haus an der Brücke landete, konnte nur noch Marichwa ihn mir besorgen. Ich habe ihn ein wenig angelogen, als ich ihm von den Eigenschaften des Kleidungsstücks erzählte, denn er hätte mir sicher nicht geholfen, wenn er gewusst hätte, dass ich mich mit diesem Mantel in die Burg Jafach schleichen wollte.«

»Was haben Sie ihm denn erzählt?«, wollte ich wissen.

Kofa blickte mich griesgrämig an und war offenbar der Meinung, ich interessiere mich für unwichtige Kleinigkeiten.

»Ich habe ihm gesagt, der Mantel stärke seine Gesundheit und werde ihn verjüngen, wenn er ihn nur lange genug trage. Ich wusste ja, wie sehr sich Marichwa um seine Gesundheit sorgt. Damit er ihn nicht gleich anzieht, habe ich ihm zudem untergejubelt, man dürfe ihn nur im Morgengrauen tragen.«

»Raffiniert«, rief Kofa begeistert. »Das ist eins der interessantesten Gerüchte, die ich je gehört habe.«

»Und warum haben Sie sich entschieden, Sir Marichwa umzubringen?«, fragte ich. »Sie hätten doch einfach den Mantel nehmen und verschwinden können.«

»Ich wollte nicht, dass mir jemand auf die Spur treten kann. Und wenn es um Rache im großen Stil geht, spielt ein einzelnes Menschenleben praktisch keine Rolle.«

»Der Mann hat wirklich Blut aus Arwaroch in den Adern«, meinte ich zu Kofa und wandte mich an den Gefangenen. »Und wer ist dieser Junge, den Sie zu Lady Nasenlos geschickt haben?«

»Mein Sohn.«

»Prima«, rief ich. »In hundert Jahren wird er dann wohl im Haus an der Brücke erscheinen und an Sir Kofa Rache nehmen wollen. Ich glaube, uns erwarten noch turbulente Zeiten. Wo ist er jetzt?«

»Ich habe ihn nach Hause zu seiner Mutter geschickt – in Begleitung eines bekannten Kaufmanns aus der Grafschaft Chota. Schließlich habe ich nicht damit gerechnet, die Burg Jafach lebendig zu verlassen.«

»Hat Ihr Sohn überhaupt gewusst, was Sie vorhatten?«

»Natürlich nicht. Ich erkläre meinem Kind doch nicht, was ich als Erwachsener vorhabe. Ich habe ihm nur Geld gegeben und ihm die Adresse gesagt, und er hat alles wunschgemäß erledigt. Mein Sohn ist streng genug erzogen, um keine unnötigen Fragen zu stellen.«

Ich konnte nur den Kopf schütteln. Unser Gefangener war ein typischer Haustyrann, und ich hatte große Lust, ihn mit giftiger Spucke zu behandeln. Zwang nämlich hasse ich über alles. Der Umgang mit solchen Menschen verursacht bei mir immer blinde Wut – auch wenn sie mich persönlich zu nichts zwingen wollen. Zum Glück hatte ich in letzter Zeit gelernt, mich etwas zu beherrschen.

Sein Sohn hat Schwein gehabt, dachte ich – die nächsten hundert Jahre lang wird sich der Vater gewiss nicht um seine Erziehung kümmern. An seiner Stelle würde ich schnellstens von zu Hause flüchten. Schließlich hatte sogar ich meine Eltern, die um vieles toleranter gewesen waren als dieser Nenurech Kielcha, kaum ertragen können.

»Also gut, Ihr Sohn befindet sich auf der Reise zu seiner Mutter, und zwar in guter Gesellschaft. Max, sei so lieb und schließe den Gefangenen in die Verhörzelle. Unsere Freunde vom Cholomi-Gefängnis benachrichtigen wir später. Juffin würde es uns nie verzeihen, wenn wir ihn des Vergnügens berauben würden, sich mit diesem Mann zu unterhalten.«

Ich führte den großen Rächer zu einer der Verhörzellen im Keller, doch statt sie zu betreten, wandte er sich auf der Schwelle um und warf mir einen leidenden Blick zu.

Natürlich kann ich ihn nicht ohne ausdrücklichen Befehl aus meinem Dienst entlassen, überlegte ich. Außerdem ist es riskant, ihn zu befreien – Nenurech ist ja nicht dumm, und wer weiß, welche Attacken er sich bereits ausgedacht hat.

»Jetzt musst du ohne mich auskommen«, sagte ich zu dem Gefangenen. »Benimm dich gefälligst, und leg dich am besten gleich schlafen.«

Nenurech begab sich gehorsam ins Bett, schloss die Augen und schlief sofort ein. Die gelassene Unterwürfigkeit dieses sonst so unerbittlichen Menschen hatte etwas Gezwungenes an sich, das mich ebenso beunruhigte wie die Möglichkeit, die Menschen um mich herum durch Kugelblitze zu meinen Helfern zu machen und sie den Satz »Ich stehe Euch zu Diensten, Herr!« sagen zu lassen.

Aber auf dem langen Weg durch die Flure des Hauses an der Brücke in mein Büro, wo Sir Kofa auf mich wartete, gelang es mir, diesen unangenehmen Gedanken zu vertreiben.

Kofa hatte die Wartezeit genutzt, um einen Rest Kamra auf Juffins kleinem Ofen zu erwärmen. Ich sank auf meinen Stuhl und streckte genüsslich die Beine aus. Nichts ist herrlicher als eine wohlverdiente Pause.

»Du kannst ruhig nach Hause gehen, Max. Ich weiß nicht, wie viel Kachar-Balsam du heute Nacht getrunken hast, aber du siehst wirklich müde aus«, sagte Kofa mitfühlend.

»Keine Sorge – ich simuliere bloß, um dir Freude zu machen, und offenbar gelingt mir das gut.«

»Mir kommen gleich die Tränen«, höhnte Melifaro. »Jetzt trink deine Kamra und leg dich ins Bett.«

Ich trank meine Tasse auf einen Zug leer und erhob mich

mühsam. »Gute Nacht. Nett, dass du mich Feierabend machen lässt.«

»Immerhin hast du mir geholfen, einen Verstoß gegen das Dienstreglement zu vertuschen«, sagte er lächelnd. »Und jetzt gute Nacht.«

Ich befahl dem Chauffeur, der uns von der Burg Jafach zum Haus an der Brücke gebracht hatte, mich ans Steuer seines Dienst-A-Mobils zu lassen. Er staunte nicht schlecht über meine Anweisung, im Wagen zu bleiben. Ich heizte wie lebensmüde durch die Stadt. Das erschrockene Gesicht meines Beifahrers, das im orangefarbenen Licht der Straßenlaternen stets aufs Neue kurz sichtbar wurde, begeisterte mich immer wieder.

Nach wenigen Minuten hielt ich vor der *Dschubatinischen Quelle* und stieg aus.

»Hat's dir gefallen?«, fragte ich selbstverliebt.

Der junge Chauffeur konnte nur nicken. Offenbar hatte die Fahrt ihm die Sprache verschlagen. Ich fühlte mich, als hätte ich gerade den Grand Prix gewonnen und dadurch all meine Feinde und Neider düpiert – aber auch alle Frauen, die mich je verlassen hatten.

Ich schüttelte mich, um meinen Größenwahn loszuwerden, und sagte lächelnd zu meinem Beifahrer: »Denk bitte von Zeit zu Zeit an diese Fahrt – vor allem, wenn du am Steuer sitzt. Du könntest noch schneller sein als ich. Die Voraussetzung dafür ist einfach: Du darfst keine Angst vor Geschwindigkeit haben.«

Ich redete wie ein frischgebackener Guru, denn ich wollte unbedingt aus einem der vielen Chauffeure unseres Hauses einen A-Mobil-Fahrer machen, der es an Kühnheit mit mir aufzunehmen wusste. Schließlich konnte ich mich nicht immer selbst ans Steuer setzen und hatte mich als Beifahrer lange genug über das Schneckentempo unserer Chauffeure geärgert.

Eine Viertelstunde später betrat ich die über dem *Armstrong und Ella* gelegene Wohnung meiner Freundin Techi und legte mich sofort ins Bett.

All das Kachar-Balsam, das ich im Laufe unseres Einsatzes getrunken hatte, gab mir offenbar Kraft zu einer ungeheuren Tat: Nachdem ich einige Minuten lang vergeblich einzuschlafen versucht und mich fruchtlos im Bett gewälzt hatte, legte ich den Kopf aufs Kissen meiner Freundin. Ein weiteres Treffen mit Lojso Pondochwa – so dachte ich – würde schon nicht so schlimm werden. Hätte er mir schließlich schaden wollen, so hätte er das schon bei unserer ersten Begegnung tun können.

Ich erhoffte mir von einem zweiten Treffen mit Techis Vater Antwort auf meine vielen Fragen. Kaum hatte ich die Augen geschlossen, überkam mich ein so süßer wie unabweisbarer Schlummer.

Vor dem Einschlafen überfällt mich mitunter eine kurze Panik, und ich verstehe gut, warum man den Schlaf auch den kleinen Tod nennt. Manchmal fürchte ich nämlich, am nächsten Tag als ein ganz anderer Mensch zu erwachen.

Diesmal aber befiel mich eine so heftige Panik, dass ich beinahe aus dem Bett gefallen wäre.

Ich schreckte hoch, sah mich ängstlich um und stellte fest, dass ich nicht mehr in Techis Schlafzimmer war, sondern welkes Gras unter den Füßen spürte. Offenbar war ich auf dem mir bereits bekannten Hügel gelandet.

Mein Leben lang hatte ich extravagante Träume, aber was ich nun erlebte, übertraf sie alle.

»Lojso, sind Sie hier?«, rief ich vorsichtig.

Ich hatte offenbar den Verstand verloren!

»Wenn du mich sehen willst, musst du den Hügel besteigen. Ich kann nicht zu dir runterkommen.«

Dass Lojso Pondochwa sich per Stummer Rede bei mir gemeldet hatte, beruhigte mich erstaunlicherweise. Ich riss mich zusammen und ging langsam bergan. Wenige Minuten später stand ich verschwitzt, aber gelassen auf dem Hügelkamm. Manchmal genügt eine Kleinigkeit, um wieder zu Kräften zu kommen – einige beruhigende Worte zum Beispiel oder eine große körperliche Anstrengung.

Wie bei unserer letzten Begegnung saß Lojso auf einem riesigen Bernstein. Er hatte die kräftigen Hände auf den Knien, und langes weißes Haar verbarg sein Gesicht.

»Du bist sehr schnell zurückgekehrt«, sagte er. »Ich hatte dich später erwartet.«

»Ich komme mit vielen Fragen zu Ihnen«, gab ich zurück und setzte mich neben ihn. »Ich vermute, Sie haben schon lange mit niemandem mehr gesprochen. Da habe ich vielleicht die Chance, dass Sie mir Antwort geben.«

»Die Chance hast du«, bestätigte Lojso. »Frag, was immer du wissen willst. Wenn du einen gesprächigen Menschen suchst, bist du bei mir an den Richtigen geraten.«

»Zuerst wüsste ich gern, warum ich nur den Kopf auf das Kissen Ihrer Tochter zu legen brauche, um hierher zu geraten. Eigentlich müsste ich doch das Tor zwischen den Welten nehmen. Außerdem gleicht das, was mir mit Ihnen widerfährt, einem Traum, doch die Kratzer, die ich mir bei unserer letzten Begegnung zugezogen habe, sind echt«, sagte ich, blickte ihn verlegen an und hielt ihm meine Hände unter die Nase.

»Stimmt, die Kratzer sind echt«, antwortete er. »Aber was genau willst du eigentlich von mir wissen?«

»Ich möchte wissen, ob all das, was ich mit Ihnen erlebe, Traum oder Wirklichkeit ist«, sagte ich.

»Wirklichkeit?« Lojso schüttelte gedankenverloren den Kopf. »Wir Menschen wissen leider nie, ob unsere Erlebnisse Traum oder Wirklichkeit sind. In keinem Moment deines Lebens kannst du sicher wissen, ob du existierst. Vielleicht bist du eine Frucht, die von einem Tier gefressen wurde und nun langsam verdaut wird. Vielleicht ist alles, was um dich herum passiert, nur eine Halluzination.«

»Vielleicht«, sagte ich und nickte nachdenklich.

Seine Worte klangen unheimlich und beruhigend zugleich. Womöglich hatte er wirklich Recht, aber dann würde ich mich nie vom Wahrheitsgehalt seiner Worte überzeugen können.

»Du nimmst meine Worte viel zu ernst«, sagte Lojso mit sanftem Lächeln. »Aber was soll's? Wir haben nichts als die Wahrnehmungen unserer Sinne. Vielleicht sind wir Früchte, die langsam verdaut werden, und bilden uns nur ein, wir säßen auf diesem Hügel unter einem wolkenlosen Himmel. Hast du noch weitere Fragen?«

»Nein, Lojso, vielen Dank. Ich bin wirklich leicht zu beeindrucken – viel leichter, als man glauben mag.«

»Das glaube ich nicht. Und jetzt schieß los.«

»Na gut«, sagte ich und machte eine kurze Denkpause. »Warum haben Sie mich in Ihre Welt gelassen?«

»Dein Schicksal hat es so gewollt«, erklärte Lojso achselzuckend. »Eines Tages wirst du mich sogar noch von hier entführen. Ich weiß zwar noch nicht, wie, aber dass es geschehen wird, ist sicher. Du hast die seltene Gabe, allen, mit denen du zu tun bekommst, die Freiheit zu schenken. Mit dieser Gabe bist du auf die Welt gekommen und kannst nichts dagegen unternehmen.«

»Ich würde Sie liebend gern sofort befreien, doch ich weiß nicht, wie. Mein Chef Juffin hat mir gesagt, Sie hätten Echo einst vernichten wollen. Das hat mir sehr missfallen, denn ich finde die Hauptstadt des Vereinigten Königreichs wunderbar und lebe dort sehr gern.«

»Das tust du nur, weil du von ganz woanders gekommen bist«, belehrte mich Lojso. »Fremde Welten besitzen nun mal eine ungeheure Anziehungskraft, und der Heimat gegenüber spürt man eine mit Schwermut vermischte Abneigung, finde ich. Mir würde die Welt, in der ich lebe, sehr gefallen, wenn es nur die Menschen nicht gäbe. Sie sind furchtbar lästig. Ihre dumpfen Gesichter stoßen mich ab. Zum Glück tragen sie wenigstens Kleidung, damit ich ihre schlaffen Körper nicht sehen muss. Immer wenn ich in Echo ein Wirtshaus betrat, überkam mich die blinde Wut. Warum siehst du mich an wie eine Frau, die eine Spinne erblickt? Hast du schon vergessen, wie viele Menschen du in der von dir erschaffenen Welt umgebracht hast? Denk nur mal an das Gemetzel am Strand. Und erzähl mir nicht, es hätte dir nicht gefallen. Überglücklich bist du damals gewesen! Tja, wir beide sind uns sehr ähnlich – mehr vielleicht, als dir lieb ist. Aber keine Sorge: Ich will Echo nicht mehr zerstören. Es gibt schließlich unendlich viele Welten, mit denen man etwas anstellen kann.«

Auf diese Tirade wusste ich nichts zu entgegnen, denn die Hitze hatte meinen Widerspruchsgeist betäubt. Ich hatte das Gefühl, mich allmählich in die ominöse Frucht zu verwandeln, die sich ein gefräßiges Tier einverleibt haben sollte.

»Wenn ich Ihnen begegne, tragen Sie stets mein Gesicht. Wie sehen Sie eigentlich wirklich aus?«, fragte ich ihn.

»Warum kannst du nicht endlich auf das dumme Wort *wirklich* verzichten? Habe ich dir das alles umsonst erklärt?«

»Natürlich nicht. Mir hat nur eine passende Alternative zu diesem von mir so geliebten Wort gefehlt. Aber ich versuche es noch mal: Sehen wir zwei einander *tatsächlich* zum Verwechseln ähnlich?«

»In letzter Zeit, ja, doch wie mein Gesicht aussah, als ich noch Novize in der Höheren Zauberschule von Cholomi war, weiß ich längst nicht mehr. Was glaubst du wohl, wann ich das letzte Mal in den Spiegel gesehen habe?«

»Vor fünfzig Jahren, stimmt's?«

»So ungefähr. Aber jetzt musst du nach Echo zurückkehren, Max. Ich bin ein ziemlich anstrengender Gesprächspartner, wie du sicher bemerkt hast. Außerdem ist deine Konstitution zu schwach, um das hiesige Klima zu ertragen. Und denk bitte daran, den Kopf nicht unbedingt auf das Kissen meiner Tochter zu legen. Wenn du mich treffen möchtest, reicht es, dir vor dem Einschlafen ein paarmal zu sagen, du wollest mich sehen. Techi war nur nötig, um unseren ersten Kontakt herzustellen. Inzwischen brauchen wir ihre Hilfe nicht mehr. Gut, dass du ihr nichts von unserer ersten Begegnung erzählt hast. Du hast richtig vermutet: Diese Geschichte hätte sie gewiss nicht begeistert. Meine Tochter kennt mich zwar kaum, mag mich aber ganz und gar nicht. Dafür hat sie allerdings ihre Gründe.«

»Kann Ihre Tochter unsere Bekanntschaft eigentlich beeinflussen?«

»Aber ja – sie kann vieles. Aber lassen wir dieses Thema, Max. Du würdest sowieso nichts davon begreifen.«

Mir brummte der Kopf, doch ich versuchte, das Gespräch in Gang zu halten. »Lojso, ich verlasse Sie so neugierig, wie ich gekommen bin. Aber ich glaube Ihnen nicht, dass Sie Echo nur aus Wut über die Menschen haben vernichten wollen. Das ist mir zu wenig.«

»Das habe ich auch nicht gesagt. Ich habe oft versucht, meiner Wut auf den Grund zu gehen, aber vergeblich. Weißt du: Wer einen Weltuntergang beobachtet, hat die Chance, all die Kraft der sterbenden Welt an sich zu reißen. Und für eine so gewaltige Portion Energie lohnt es sich, einiges zu riskieren. Leider ist mir das bisher noch nie gelungen. Aber jetzt musst du wirklich gehen, Max. Du siehst todmüde aus. Hör auf, dich intensiv mit bösen unbekannten Zauberern zu unterhalten.«

Er erhob sich lächelnd, gab mir die Hand und half mir beim Aufstehen. Dann gab er mir einen Schubs, der mich das Gleichgewicht verlieren ließ, und ich rollte den Hügel hinab. Ich schürfte mir Gesicht und Hände am welken Gras auf, spürte das aber kaum, denn es war die Hitze, die mir vor allem zu schaffen machte.

Als ich die Augen öffnete, befand ich mich in Techis Schlafzimmer. Sofort klappte ich die Lider wieder zu. Schon wieder hab ich vergessen, Lojso zu fragen, was die Wasserkrähe im Namen seines ehemaligen Ordens zu suchen hat, dachte ich beim Einschlafen. Man kann sagen, ich war in der Hölle, ohne von dort etwas Wissenswertes mitgebracht zu haben.

Die vorwitzige Wintersonne stand schon im Zenit, als ich erwachte. Ich wälzte mich noch eine halbe Stunde im Bett herum, genoss das Gefühl, nichts vorzuhaben, und freute mich an der Gedankenleere meines Kopfes.

Auch dieses Abenteuer war überstanden, und ich spürte mal wieder große Müdigkeit. Es gab zu viele Wunder, zu viele Gedichte und zu viele Geheimnisse, und ich hatte mich zu intensiv mit Lojso Pondochwa unterhalten. So seltsam es klingen mag: Mir gefiel dieser Zustand – vorausgesetzt, er dauerte nicht zu lange.

Irgendwann schaffte ich es ins Bad und fand mich bald darauf im *Armstrong und Ella* ein. Meine Freundin war allein im Lokal – von meinen Katzen abgesehen, die sich schnurrend an ihre Beine schmiegten. Dieses zärtliche Idyll rührte mich so tief, dass ich mich am liebsten auf den Boden gelegt hätte, um an Ort und Stelle zu sterben.

Doch ich beschloss, meinen Gefühlen anders Ausdruck zu verleihen und noch ein Weilchen am Leben zu bleiben.

»Was ist mit deinem Gesicht passiert?«, fragte Techi erstaunt und gab mir ihren Schminkspiegel. »Hast du dich mit allen Dichtern der Hauptstadt angelegt?«

»Das sind doch nur Kratzer. Ich bin in einige unwichtige Streitereien geraten, mehr nicht.«

Meine untere Gesichtshälfte hatte ein paar harmlose Schürfwunden abbekommen, als ich vom Hügel gerollt war.

»Wenn du die ganze Nacht unter Dichtern verbracht hast, bist du tatsächlich glimpflich davongekommen«, sagte Techi lächelnd und schmierte mir Salbe ins Gesicht. »In einer halben Stunde kannst du problemlos auf die Straße gehen. Was genau ist denn passiert?«

»Ach, nicht der Rede wert. Das erzähle ich dir später.« Ich wollte sie nicht belügen, durfte die Wahrheit aber nicht sagen und versuchte darum, die Lösung dieses Dilemmas auf die lange Bank zu schieben. Aber erstaunlicherweise begnügte Techi sich mit meinen Ausflüchten und bohrte nicht weiter nach.

»Gleich laufen deine vielen Freunde hier ein«, sagte sie. »Gerade hat sich der rundliche Dichter per Stummer Rede gemeldet und gefragt, ob du die Augen schon aufgemacht hast.«

»Ich habe einfach kein Privatleben. Kannst du das eigentlich auf die Dauer ertragen?«

»Du weißt, ich bin ein geduldiger Mensch«, gab Techi zurück. »Mitunter staune ich selbst über mich.«

Hinter mir knarrte die Tür. Ich sah mich um und erblickte meinen Freund Ande, den genialen Dichter und bemerkenswerten Menschen. Er kam nur Sekunden, nachdem ich beschlossen hatte, meine Nase in seine Angelegenheiten zu stecken. Schließlich hatte er mich früher mal selbst darum gebeten!

Wir begrüßten uns, und der Nachkomme ukumbrischer Piraten setzte sich an die Theke und begann, mit Techi zu flirten. Er dachte offenbar, sein Auftritt im *Gehörnten Mond* habe sein Ansehen bei mir so verbessert, dass er sich alles leisten konnte.

»Ande, wenn du wirklich nach Tascher reisen willst, kann ich dir dabei helfen«, sagte ich. »Geh einfach zum Hafen und frage nach Kapitän Gjata. Sag ihm, dass ich dich geschickt habe und … Nein, ich erkläre ihm das alles besser selbst. Frag ihn nur, wann er nach Tascher reisen wird. Er kann dich sicher mitnehmen und dir helfen, dich einzuleben. Du hast deine Reisepläne doch nicht über den Haufen geworfen, oder?«

»Wie kommst du denn darauf? Vielen Dank, ich gehe sofort zu ihm. Hilfst du mir wegen meiner Gedichte? Das ist wirklich nett von dir.«

»Ja, das alles tue ich nur, weil du so ein famoser Dichter bist«, versicherte ich ihm nickend.

Es ging natürlich kaum um die Gedichte dieses hochmütigen Verseschmieds, die meinen Jugendsünden gefährlich ähnelten. Wichtiger war mir, dass ich Kapitän Gjata unter dem Vorwand nach Hause schicken konnte, sich um meinen Freund Ande Pu zu kümmern. Ich wollte dem Journalisten dabei helfen, seinen Traum vom Glück zu verwirklichen. Sir Lojso Pondochwa hatte mich sofort durchschaut: Ich neige wirklich dazu, jedem, der mir in die Hände fällt, die Freiheit zu geben – und zwar einfach, um mir meine Freiheit zu erhalten.

Glücklicherweise konnte Ande meine Gedanken nicht lesen. Er bedankte sich überschwänglich bei mir, verabschiedete sich und ging wie auf Wolken zum Hafen.

Gedankenverloren sah ich ihm nach und meldete mich dann per Stummer Rede bei Kapitän Gjata. »Ich glaube, jetzt können Sie sich endlich bei mir revanchieren. Gleich wird ein alter Freund von mir zu Ihnen kommen, der seit Jahren den Wunsch hat, nach Tascher auszuwandern. Ich wäre froh, wenn Sie ihn mitnehmen und ihm beim Einleben helfen würden.«

»Ich freue mich, endlich einmal etwas für Sie tun zu können. Würde es Ihrem Freund viel ausmachen, mit der Reise bis zum vorletzten Tag des Jahres zu warten? Ich muss erst die Mannschaft komplettieren.«

»Natürlich nicht. Lassen Sie sich ruhig Zeit. Mein Freund träumt seit Jahren davon, sich in Tascher anzusiedeln – da kommt es auf ein paar Tage wirklich nicht an.«

Während ich mich mit Kapitän Gjata unterhielt, trank ich genüsslich Techis frische Kamra.

»Was ist los, Liebster?«, fragte sie belustigt. »Hast du dich entschlossen, für andere Leute Schicksal zu spielen? Das ist eine undankbare Beschäftigung.«

»Ich weiß«, sagte ich lächelnd. »Aber Ande Pu hat so heftig mit dir geflirtet, dass ich aus Sicherheitsgründen beschlossen habe, ihn zu entfernen.«

»Verstehe!«, rief Techi belustigt. »Das ist was anderes. Ande könnte mich mit seiner Poesie im Handumdrehen verzaubern. Außerdem ist er sehr nett und hat herrliche Mandelaugen.«

Ich machte ein strenges Gesicht und zeigte ihr die Faust. Techi nahm sie, führte sie an ihre Wange und lachte laut.

Die nächsten zwei Stunden verbrachten wir in schönster Harmonie, doch dann befiel mich einmal mehr das Bedürfnis, zum Haus an der Brücke zu tigern.

»Wenn du mich mit der Erzählung deiner Erfolge unterhalten willst, bedenke bitte, dass ich schon mit Sir Kofa, dem großen Rächer Nenurech Kielcha und sogar mit Lady Nasenlos gesprochen habe«, sagte Sir Juffin und setzte dabei eine Leidensmiene auf, um mir die bittere Pille zu versüßen, an meinem Bericht über den Hergang der Dinge nicht mehr besonders interessiert zu sein.

»Schon gut. Ich werde mir einfach einbilden, Ihnen alles haarklein geschildert zu haben und nun todmüde vom Erzählen zu sein. Wie geht es Kofa eigentlich?«

»Blendend wie immer, würde ich sagen. Er hat sich von eurem gemeinsamen Abenteuer offenbar völlig erholt. Übrigens möchte ich dich bitten, Lady Namenlos und Nenurech Kielcha von dem Zauber zu befreien, den du über sie verhängt hast. Ich habe heute Morgen versucht, die beiden ins Cholomi-Gefängnis zu schicken, aber das war zwecklos.«

»Wird sofort erledigt«, sagte ich ergeben. »Einer unserer gemeinsamen Bekannten behauptet, die Freiheit anderer liege mir besonders am Herzen.«

Ich begab mich sofort in den Keller, wo die unglücklichen Opfer meiner Kugelblitze einsaßen, und befreite sie schnell und schmerzlos von ihrer Bindung an mich. Dabei empfand ich kein Vergnügen, sondern eigentlich nur Erleichterung.

»Prima«, sagte Juffin, als ich wieder zu ihm ins Büro kam. »In ein paar Minuten werden die beiden von Wächtern des Gefängnisses abgeholt, und auch ich verschwinde gleich, um mir eine DVD in der Straße der alten Münzen anzusehen.«

»Was steht denn heute auf Ihrem Programm? Mal wieder ein paar Trickfilme?«

»Ja«, sagte mein Chef und nickte höflich. »Außerdem möchte ich mir einen Film über einen Verrückten ansehen, der nach seinem Tod in die Träume anderer eindringt, um sie zu töten – ähnlich wie der Fetan, der dich damals beinahe umgebracht hätte. Erinnerst du dich noch an ihn?«

»So was vergisst man nicht«, seufzte ich.

»Wie du siehst, sind deine und meine Heimat sich ziemlich ähnlich«, stellte Sir Juffin fest.

Offenbar war *Nightmare on Elm Street* in den Augen

meines Chefs eine absolut realistische Geschichte, doch ich war nicht in der Stimmung, ihn auf seinen Irrtum hinzuweisen. Und wer weiß: Vielleicht hatten die Drehbuchautoren ihre Ideen ja tatsächlich der Wirklichkeit entnommen.

Eine Stunde später erschien Lonely-Lokley in meinem Büro. Er hatte die Miene eines Menschen, der in großen Schwierigkeiten steckt.

»Ich habe dein Buch endlich zu Ende gelesen, Max«, sagte er streng und setzte sich mir gegenüber.

»Du wirkst sehr unzufrieden«, antwortete ich. »Vergiss bitte nicht, dass ich es weder geschrieben noch ausgesucht habe – es ist mir einfach in die Hand geraten.«

»Unzufrieden bin ich eigentlich nicht, doch inzwischen kann ich absolut nichts mehr mit deiner Welt anfangen. Sag mir bitte, ob deine Landsleute wirklich so schreckliche Menschen sind.«

»Tja, wie soll ich das erklären?«, begann ich, erinnerte mich an mein letztes Gespräch mit Lojso Pondochwa und dachte daran, was ich an meinem Traumstrand alles angerichtet hatte. Bei mir war Sir Schurf wirklich an den Richtigen geraten. »Als ich noch auf der Erde lebte, hat es Zeiten gegeben, in denen auch ich so negativ über meine Mitmenschen dachte, wie du es gerade tust. Aber es gab auch Zeiten, in denen ich ganz anderer Meinung war. Doch das spielt keine Rolle, denn das Buch, das du gelesen hast, gehört zum Genre der Fantastik, stellt also keine realistische Schilderung der Verhältnisse auf meinem Planeten dar. Wie ist die Geschichte überhaupt ausgegangen? Du hattest mir doch versprochen, es mir zu erzählen.«

»Ich fürchte, ich habe das Ende ganz und gar nicht verstanden, aber versuchen kann ich es ja. Die mächtigen Bewohner eines anderen Planeten, von denen ich dir schon erzählte, haben einige wenige Erdbewohner gerettet. Diese Auserwählten bekamen die Möglichkeit, eine neue Zivilisation aufzubauen. Soweit ich es verstanden habe, entsprach das Wertesystem dieser neuen Welt durchaus meinen Vorstellungen.«

»Wie interessant«, sagte ich lächelnd. »Ich glaube, ich muss dieses Buch unbedingt lesen, denn auch ich möchte eine Vorstellung von deinem Wertesystem bekommen. Aber wie ist das Ganze ausgegangen?«

»Die Auserwählten waren anfangs froh, am Leben geblieben zu sein, und schufen auf der Grundlage von Horoskopen ein System der Geburtenkontrolle. Bald aber entwickelten sich unter den Überlebenden immer größere Spannungen, bis die Minderheit schließlich die Mehrheit umbrachte. Auch diese Entwicklung fand die Billigung der fremden Retter. Dieses Buch hat mich unangenehm berührt, denn es erzählt eine zutiefst hoffnungslose Geschichte. Ich würde dem Autor gern in die Augen sehen und ihn fragen, wie er trotz dieser Geschichte weiterleben kann.«

»Ach, Schurf, das ist eine ganz normale Antiutopie. Solche Romane solltest du nicht zu ernst nehmen. Wenn der Verfasser wüsste, wie traurig sein Buch dich gestimmt hat, wäre er sicher überrascht. In meiner Heimat liest man solche Bücher aus Langeweile und vergisst sie sofort wieder. Genau das empfehle ich dir auch.«

»Deine Landsleute müssen starke Nerven haben. Oder es mangelt ihnen an Fantasie«, meinte Schurf erstaunt.

»Das kann sein. Wir zwei sind da ganz anders, glaube ich. Nachdem dich mein Landsmann so erschreckt hat, fühle ich mich verpflichtet, diese Sünde mit einem guten Abendessen zu vergelten.«

Schurf leistete keinen Widerstand. Wir gingen in *Juffins Dutzend*, wo alle Gespräche über andere Welten und deren Untergänge angesichts des vorzüglichen Essens verstummten.

Die letzten beiden Wochen des alten Jahres verbrachte ich sehr angenehm. An Sir Pondochwa verschwendete ich keinen Gedanken und hatte weitere Gespräche mit ihm auf unbestimmte Zeit verschoben.

Die Neujahrsnacht verbrachte ich pflichtgemäß im Büro. Meine Kollegen schliefen sich nach der unvorstellbaren Hast, die in Echo in den letzten Tagen des Jahres ausbricht, endlich wieder aus. Nur mein unermüdlicher Chef ging in die Straße der alten Münzen, um seiner Filmleidenschaft, die in den letzten Tagen hatte zurückstehen müssen, wieder zu frönen. Eigentlich hätte ich ihm Gesellschaft leisten können, denn in der Stadt war es vollkommen still, doch ich zog es vor, im Sessel gemütlich vor mich hinzudösen.

Kurz vor Mitternacht quietschte die Eingangstür, und Ande Pu, der Nachkomme ukumbrischer Piraten, meldete sich per Stummer Rede bei mir. »Max, darf ich dich kurz stören?«

»Donnerwetter! Hast du dich trotz deiner Polizeiphobie hier hereingewagt?«, fragte ich.

Gleich darauf stand er auf der Schwelle zu meinem Büro und zog eine Flasche aus der Manteltasche.

»Die ist aus dem Keller meines Großvaters. Ein echter Bomboroki aus Ukumbrien, mindestens zweihundert Jahre alt. Ich wollte mich verabschieden. Kapitän Gjata hat gesagt, wir stechen morgen bei Sonnenaufgang in See.«

»Freust du dich?«, fragte ich und trank schnell einen Schluck Kachar-Balsam, um mich gegen die berauschende Wirkung des Bomboroki zu immunisieren.

»Na ja, ein bisschen«, sagte Ande mit einer Stimme, die mich erschrecken ließ.

»Wenn du nicht nach Tascher reisen möchtest, bleib hier. Niemand zwingt dich auszuwandern.«

»Nein, nein, ich möchte ja in den Süden übersiedeln, aber ich habe Angst. Ich bin fix und fertig, Max. Womit soll ich dort meinen Lebensunterhalt verdienen?«

»Du könntest eine Zeitung herausgeben«, riet ich ihm. »Darin hast du doch jede Menge Erfahrung.«

»Kapitän Gjata sagt, das Lesen und Schreiben sei dort längst nicht so verbreitet wie hier.«

Mir kam eine geniale Idee. »Wenn die Leute nicht lesen können, machst du einfach Bildergeschichten – Comics also.«

Die ganze Nacht erklärte ich Ande, wie eine Zeitung für Menschen, die nicht lesen können, aussehen sollte. Er konnte – den Magistern sei Dank – ein wenig zeichnen. Das versetzte mich so in Hochstimmung, dass ich dem Bomboroki allzu ungestüm zusprach. Schließlich schlief ich im Sessel ein, und als Ande begriff, dass er in mir keinen Gesprächspartner mehr hatte, begann er, sich förmlich von mir zu verabschieden.

»Mach kein so trauriges Gesicht, mein Freund«, murmelte ich im Halbschlaf. »Langsam habe ich das Gefühl, ich treibe dich ins Exil. Dabei wollte ich dir nur helfen, deinen Traum in die Tat umzusetzen. Du kannst dich stets per Stummer Rede bei mir melden, auch mehrmals pro Tag, wenn es sein muss. Außerdem verreist du ja nicht für immer. Wenn es dir dort nicht gefällt, kannst du jederzeit zurückkehren. ›Die ihr hier eintretet, lasst alle Hoffnung fahren‹ – das ist ein dummer Spruch, denn keine Tür bleibt für immer geschlossen.«

»Max, ich fahre für immer«, sagte Ande traurig. »Sollte ich eines Tages zurückkehren, wird eine ganz andere Person vor dir stehen als heute. Hast du da gerade aus einem Gedicht zitiert?«

»Ja, aus einem sehr alten Gedicht. Es stammt leider nicht von mir.«

»Dafür war es sehr gut«, sagte Ande und verschwand.

Ich blieb schockiert in meinem Sessel sitzen. Nie wäre ich auf die Idee gekommen, dass Ande mich aus dem Gleichgewicht hätte bringen können. Sündige Magister. Wie gut er das formuliert hatte: *Sollte ich eines Tages zurückkehren, wird eine ganz andere Person vor dir stehen als heute.*

Ich erhob mich, verließ mein Büro und trat auf die Straße, denn ich war zu aufgewühlt, um schlafen zu können.

Ich stand im orangefarbenen Licht der Straßenlaternen, spürte den Wind vom Churon heranwehen und betrachtete die Bogenbrücken und den grünlichen Mond am schwarzen Himmel. Das waren sie schon, meine Einfachen Zauberdinge. Womöglich kehre ich in einer Stunde völlig verändert ins Haus an der Brücke zurück, dachte ich. Aber dieser neue Mensch wird sicher glücklich und zufrieden sein!